Die Kirschen in des Mörders Garten

Inka Stein ist im Schrebergarten ihrer Großeltern aufgewachsen. Sie liebt Bücher, Kunst und englische Gärten. Ihr eigener Garten dagegen ist eher als naturnah zu bezeichnen. Sie lebt und arbeitet seit vielen Jahren in Düsseldorf. »Die Kirschen in des Mörders Garten« ist ihr erstes Buch.

INKA STEIN

Die Kirschen in des Mörders Garten

EIN SCHREBERGARTEN KRIMI

emons:

Bibliografische Information der Deutschen Nationalbibliothek
Die Deutsche Nationalbibliothek verzeichnet diese Publikation in der Deutschen Nationalbibliografie; detaillierte bibliografische Daten sind im Internet über http://dnb.d-nb.de abrufbar.

FSC
www.fsc.org
MIX
Papier | Fördert gute Waldnutzung
FSC® C083411

Umschlaggestaltung: Nina Schäfer unter Verwendung der Bildmotive shutterstock.com/Olga Nikiforova, shutterstock.com/San Sigal
Gestaltung Innenteil: DÜDE Satz und Grafik, Odenthal
Lektorat: Susann Säuberlich, Neubiberg
Druck und Bindung: CPI – Clausen & Bosse, Leck
Printed in Germany 2023
ISBN 978-3-7408-1682-7
Ein Schrebergarten Krimi
Originalausgabe

Die Autorin dankt dem Ministerium für Kultur und Wissenschaft NRW für das Künstlerstipendium.

Dieser Roman wurde vermittelt durch die Literaturagentur Bettina Querfurth, Frankfurt am Main.

Dumme rennen, Kluge warten,
Weise gehen in den Garten.

März

Zerbrach ein falscher Zweig, und nieder fielen
Die rankenden Trophäen und sie selbst
Ins weinende Gewässer.

William Shakespeare, »Hamlet«

1

Weit wie ein Meer lag der Rhein unter mir. Das Wasser floss schnell stromabwärts und schien noch an Fahrt aufzunehmen. Wie viel Treibgut der Fluss mitgerissen hatte. Ein Campingstuhl tauchte aus der Strömung auf, drehte sich und verschwand im nächsten Strudel. Dahinter schaukelte eine Mülltonne in Richtung Rotterdam.

Die Luft roch frisch, fast salzig. Hier oben auf der Brücke kam der Wind von vorn. Mühsam kämpfte ich mich auf meinem Rad vorwärts, wich Glasscherben und tiefen Pfützen aus. Bei jeder unvorhergesehenen Bewegung schepperten die Stahlteile, die ich eilig in den Fahrradkorb geladen hatte. Die Wolken vor mir über Oberkassel sahen so aus, als würde es sofort losregnen wollen. Als ob der Rhein nicht schon breit genug wäre. Durch die Unwetter mit Starkregen in den letzten Tagen hatte er gewaltig zugelegt. Noch war das Hochwasser nicht rekordverdächtig, aber die Kasematten links hinter mir waren bereits überschwemmt und die Altstadt-Fluttore geschlossen. Die Gangways der leeren Restaurantschiffe führten nicht mehr ans Ufer, sie steckten tief im Wasser.

Auf der Oberkasseler Seite schaute immerhin noch ein Stück Land heraus. Die Pappeln, die den Weg am Rheindeich bis zum Garten meiner Tante Linde säumten, standen noch im Trockenen. Sogar die Luft war feucht. Nebelschwaden flogen mir entgegen, streiften mich bei der Abfahrt von der Brücke und strichen mir fast zärtlich übers Haar, als ich die Rampe hinunterfuhr. Ein Erlkönig am Rhein? Die hohen Bäume im sogenannten Pappelwäldchen, die im Sommer die Rheinwiesen beschatteten und nun weiß umweht dunkel aus dem Wasser aufragten, wirkten wie gespenstische Riesen.

Wie immer nahm ich die Abkürzung und bog rechts auf den Deich ab, fuhr nicht über den Kaiser-Friedrich-Ring. Die Aussicht war trotz oder gerade wegen des Nebels schon spektakulär: Normalerweise lagen zwischen Deich und Wasserlinie mehr als hundert Meter Wiese, heute konnte ich nur noch eine winzig kleine Böschung von vielleicht einem halben Meter ausmachen.

Ich bremste und schaute über die riesige Wasserfläche, die sich vor mir ausbreitete. Nebelfetzen hingen vereinzelt darüber. In der Mitte, wo es tiefer wurde, bildeten sich kleine Strudel. In Ufernähe, wo der Fluss einen Abzweig durch die Bäume gebildet hatte, dümpelten Äste und Müll.

Es war kaum jemand unterwegs an diesem Samstagmorgen. Kalendarisch war zwar in wenigen Tagen Frühlingsanfang, aber es fühlte sich immer noch an wie Winter. Nicht weit von mir stand mitten auf dem Weg ein Teenager mit einem Jack-Russell-Terrier. Das Mädchen machte seelenruhig Hochwasser-Selfies vor wechselndem Hintergrund. Ihre unglaublich langen pinkfarbenen Fingernägel hinderten sie nicht daran, unfassbar schnell auf ihrem Smartphone herumzutippen.

Ich stieg ab und schob mein Rad das letzte Stück, es war nicht mehr weit bis zum Kleingartenverein. Das Schieben war mühsam, die sperrigen Stahlteile schlugen bei jeder Bodenwelle klirrend aneinander und drohten aus dem Korb zu rutschen.

Der kleine schwarz-weiße Terrier zerrte an der Leine und kläffte und zog und bellte, wollte zum Wasser hin. Die Besitzerin ließ sich nicht weiter stören, sie drehte sich zu den Pappeln, zupfte die blonden Haare unter der rosa Wollmütze zurecht und hob das Handy. Kein Wunder, ein schmaler Sonnenstrahl brach durch die Wolken, reflektierte die neblige Umgebung und schien in ihr Gesicht.

Ich war auf Höhe des Hundes angekommen und schaute auf das Treibgut, das sich hinter einem kleinen Vorsprung angesammelt hatte. Stöcke und Äste in verschiedenen Größen und Dicken, Plastikmüll, Stroh, Überreste eines Vogelnests, das Skelett eines Tannenbaums, ein Schuh, ein geblümtes Stück Stoff, ein Mantel …

Ich blieb erstarrt stehen. Das konnte nicht sein!

Ich schob das Fahrrad die zwei Schritte zum Ufer. Soweit ich es von hier aus sehen konnte, steckte in dem Schuh ein Fuß. Das geblümte Tuch lag wie ein Schleier um die Person und bewegte sich plötzlich mit der Strömung, als ob es mir zuwinken wollte.

Einen Moment schloss ich die Augen in der Hoffnung, dass ich mich getäuscht hatte. Dann holte ich tief Luft und sah noch einmal hin. Das war nicht Erlkönigs Tochter, auch keine Ophelia, sondern nach Gestalt und Bekleidung offensichtlich eine normale jüngere Frau, die da im Wasser trieb. Und das wahrscheinlich schon eine Weile.

Mir wurde schlecht. Ich griff den Fahrradlenker fester, um nicht umzufallen, sah zu dem Mädchen hin. Wie konnte sie nur …?

»Nicht anfassen!«, rief das Mädchen. »Die ist tot. Schon länger«, sagte sie einsilbig.

Ich starrte sie irritiert an. Nichts lag mir ferner, als eine Wasserleiche anzufassen.

»Polizei ist schon unterwegs«, erklärte mir das Mädchen.

»Hast du sie gefunden?«

»Nee, ich nicht, so 'ne alte Frau aus den Gärten vorn.« Sie wies vage nach Nordwesten und machte mit ihren Selfies weiter. »Hat gesagt, ich soll hierbleiben und warten, bis die Polizei kommt. Dauert hoffentlich nicht mehr lange. Mir ist kalt.«

Das konnte nur meine Tante Linde gewesen sein, die mir im Austausch für ein wenig Gartenarbeit einen Standort für eine größere Stahlskulptur angeboten hatte. Damit hatte sie mir einen Herzenswunsch erfüllt, denn ich war Bildhauerin, genauer gesagt: Stahlbildhauerin. Und je größer die Stahlskulptur, desto besser. In meinem Künstlerolymp saßen Richard Serra, Eduardo Chillida und Günther Uecker Seite an Seite mit Alexander Calder und Robert Rauschenberg. Die Faszination für Objektkunst und Pop-Art teilte ich mit Linde, die vor ihrer Pensionierung Kunstlehrerin gewesen war. Linde hatte natürlich gewusst, dass ich so ein Angebot niemals ablehnen würde. Seit Jahren hatte ich von einem größeren Objekt geträumt, bei dem ich machen konnte, was ich wollte.

Allein beim Gedanken an meine Arbeit heute Vormittag kribbelte es mir in den Fingern, gefolgt von einem Rausch an Begeisterung, Euphorie und kreativer Energie. Lindes verwilderter Kleingarten war zudem wirklich perfekt für meine Ideen: Stahl und Natur sollten sich verbinden, sich auseinandersetzen und aneinander abarbeiten. Das Objekt würde durch den Ort verändert, und der Ort veränderte sich durch das Objekt, ganz langsam, im Lauf der Zeit.

Nicht so wie jetzt hier. Aus dem pittoresken Rheindeich im Nebel mit dem idyllischen Kleingartenverein war plötzlich ein Tatort geworden – oder zumindest ein Fundort. Mit einer sehr realen Leiche. Mir gruselte bei jedem Blick aufs Wasser.

»Tja dann …« Ich wandte mich schon zum Gehen.

Aber das Mädchen hatte es sich offensichtlich anders überlegt und wurde plötzlich freundlicher. »Können Sie nicht noch 'n bisschen bei mir bleiben? Ich will hier echt nicht allein sein.« Ihre Stimme klang nun eher piepsig. Verlegen zog sie ein ums andere Mal an der Leine und rief: »Twilight, sitz!«, wohl mehr, um sich selbst zu beruhigen.

Ich konnte definitiv nicht weg. Hatte ich denn nicht schon genug Baustellen in meinem Leben?

Matthias, die Kinder, die Schlosserei, Lindes Garten, meine Kunst … All das ratterte mir durch den Kopf, als wir, während die Sonne die letzten Nebelschwaden über dem Pappelwäldchen auflöste, bei der Unbekannten eine Art bizarre Totenwache hielten, nur unterbrochen von Gekläff und Rufen wie »Twilight, bleib hier!« oder »Twilight, nein!«.

Nach einer gefühlten Ewigkeit hörten wir schließlich mehrere Martinshörner auf der Brücke näher kommen. Nach der nebligen Ruhe herrschte plötzlich Chaos am Rheindeich. Ein ganzes Polizeiaufgebot plus Rettungswagen kam auf uns zugefahren. Vom Wasser aus steuerte uns ein Polizeiboot an, während am gegenüberliegenden Rheinufer ebenfalls Feuerwehrwagen hielten.

Hinter mir stoppte ein Motorrad. Der Polizist stieg ab und bedeutete uns knapp, uns zur Verfügung zu halten und nicht wegzugehen. Er hielt sich wirklich nicht mit Höflichkeitsfloskeln auf, sondern zog direkt Sperrband um die Szene. Er sah sehr jung aus, und ich überlegte, ob er wirklich schon diese schwere Maschine fahren durfte. Ich wäre nur zu gern endlich weitergegangen, denn mir wurde nach wie vor schwummerig, wenn mein Blick am Polizeimotorrad vorbei auf die Frau im Wasser fiel. Und ich musste mein Rad festhalten, damit die Stahlteile im Korb nicht Übergewicht bekamen, während ich versuchte, nicht in Richtung Rhein zu schauen.

»Ist das Ihrs? Können Sie das vielleicht ein bisschen weiter rüberschieben?« Der junge Polizist wies abschätzig in Richtung Straße.

»Marie! Mein Gott, da bist du ja!« Linde kam auf mich zugestürzt und fiel mir um den Hals. Das Rad schwankte bedenklich, während ich versuchte, es auszubalancieren. »Hast du denn …?«, fragte sie atemlos – um sich dann selbst zu unterbrechen: »Ach, ist das schön!« Sie sah verzückt auf ein gebogenes Stahlblech, das oben aus dem Korb ragte.

Ich schob das Rad einen Baum weiter, damit sich der Rettungswagen über den schmalen Weg zwängen konnte.

Man musste über meine Tante nicht viel sagen, um zu wissen, dass sie mit Leib und Seele Künstlerin war. Eine halb fertige Skulptur von mir und sie vergaß, dass das Hochwasser keine zwanzig Meter von ihrem Kleingarten entfernt eine Leiche angeschwemmt hatte.

»Die da«, erzählte das Teenagermädchen mit Hund dem Motorradpolizisten und zeigte auf Linde. »Die hat die Leiche gefunden. Ich bin dann stehen geblieben, weil sie gesagt hat, ich soll hier warten und nichts anfassen, bis sie wiederkommt. Aber ich hab dann mal lieber Sie angerufen …«

Das sah Linde ähnlich. Nach vierzig Jahren als Kunstlehrerin an einer Realschule konnte sie Fremden gegenüber die Aura eines Feldwebels aussenden. Wer sie besser kannte, wusste, dass das alles nur Fassade war. Linde hatte zwar ihre Prinzipien, aber auch ein großes Herz. Und ihrer kummervollen Miene sah ich an, dass sie der Leichenfund mehr mitnahm, als sie sich vielleicht selbst zugestehen wollte.

Mittlerweile war der schmale Weg um uns herum voller Menschen. Es hatten sich ein paar Gaffer angesammelt, und weiteres Blaulicht flackerte über den Deich. Auch aus den anliegenden Kleingärten kamen Leute. Das Polizeiaufgebot wurde nach und nach größer, und von der gegenüberliegenden Rheinseite näherte sich ein weiteres Boot der Feuerwehr Düsseldorf. Während sich der Rettungsdienst mit der Person im Wasser beschäftigte, hielten Polizeibeamte das Publikum an Land in Schach.

Wir standen am Rand des ganzen Geschehens und mussten mit ansehen, wie schließlich ein Mitarbeiter des Rettungsdiensts die Frau hinter einem aufgespannten Tuch umdrehte. Vermutlich war jeglicher Wiederbelebungsversuch gescheitert, denn der junge Motorradpolizist wurde schlagartig sehr bleich im Gesicht, schloss die Augen und ging ziemlich schnell so weit wie möglich weg. Er suchte anscheinend Zuflucht bei seinen Kollegen. Einer von ihnen, in Zivil, schaute herüber und steuerte dann geradewegs auf uns zu, obwohl ein anderer, ebenfalls ohne Uniform, ihn sichtlich zurückhalten wollte.

Zu spät, er stand schon vor mir und richtete das Wort direkt an mich.

»Sie sind hier Zeugin?« Er wirkte nicht wie ein Polizist, eher wie ein nicht mehr ganz so junger Fußballprofi mit einem trainiert smarten Blick, einem sportlichen Gang und zurückgegelten schwarzen Haaren.

»Äh …« Mir blieb das Wort im Hals stecken, als in meiner unmittelbaren Nähe die Leiche vorbeigetragen wurde. Ich wandte mich so weit weg wie möglich ab und sagte ihm nur: »Ist Zufall, ich wollte …«

»Ihr Name?«

»Marie Busch, und wer sind Sie?«

Der Mann wedelte wichtig mit seinem Polizeiausweis und

gab mir seine Karte. »Melden Sie sich auf jeden Fall bei mir. Ich brauche Sie als Zeugin.«

Er hieß Koray Levent, war vom LKA und sah mich herausfordernd an. Aber ich hatte schließlich andere Sorgen. Angestrengt stopfte ich die Karte in meine Jackentasche. Als ich aufsah, stand der Polizist schon wieder bei seinen Kollegen und gestikulierte wild in meine Richtung, so als würde er etwas klarstellen wollen. Ich beobachtete noch, wie er schließlich sichtlich aufgebracht in ein Auto stieg und wegfuhr. Was für ein Auftritt.

Linde war auch nicht mehr bei mir. Ich sah mich auf dem Deich um, konnte sie aber nicht finden. Wo war sie hingegangen? Ich fühlte mich plötzlich sehr allein und wäre gern einfach woanders gewesen.

Neben mir nahm eine Polizistin die Personalien des Handy-Mädchens auf und wandte sich dann an mich.

Während ich mechanisch meine Kontaktdaten herunterbetete, bemerkte ich, wie die Sanitäter die zugedeckte Leiche auf einer Trage zu ihrem Rettungswagen schafften. Das geblümte Tuch, eben noch wie ein Schleier im Wasser, wehte nun feucht und lappig im Wind.

Trotzdem, ein schönes Tuch, dachte ich. Ein Farbklecks im grauen Spätwinter, es war hellblau mit aufgestickten kleinen weißen Blüten und hellgrünen Ranken, roten Mohnblüten, dunkelblauen Veilchen oder Vergissmeinnicht, mehr Details konnte ich nicht erkennen. Es kam mir aber irgendwie bekannt vor. Unpassenderweise fiel mir ein, dass mein Hochzeitskleid vor neunzehn Jahren ziemlich ähnlich ausgesehen hatte.

Schnell schob ich diesen Gedanken weit von mir weg, denn an den Zustand meiner Ehe wollte ich im Augenblick nicht auch noch denken. Da sah ich Linde aus einem Polizei-Van steigen. Vermutlich hatte sie dort eben ihre Zeugenaussage zu Protokoll gegeben. Sie winkte mir zu und wies in Richtung ihres Kleingartens.

2

Ich schnappte mir mein Fahrrad und drängelte mich mühsam zwischen den vielen Leuten auf und neben dem Deich durch, bis ich bei Linde ankam, die vor der Kleingartenanlage auf mich wartete. Einen offiziellen Eingang gab es gar nicht, auch keinen Zaun ums Gelände, das war das Besondere an dem Verein am Pappelwäldchen. Jeder konnte rein- und durchgehen, was Vor- und Nachteile hatte. Die Hundebesitzer, die den Weg zu den Rheinwiesen abkürzen wollten, vor allem bei schlechtem Wetter, waren heute immerhin weggeblieben, weil das Hochwasser die Hundewiese unpassierbar gemacht hatte.

Wir bogen in den schmalen Schotterweg ein. An der Ecke zum Deich lag schon der erste Garten, der durch seine akribischen Heckenpflanzungen auffiel. Hier konnte man nicht reingucken, selbst wenn man wollte. Das wurde vom Verein geduldet, weil alle Verständnis dafür hatten, dass man bei den zahllosen Spaziergängern auf dem Deich seine Privatsphäre brauchte, auch wenn die Satzung eigentlich eine Heckenhöhe von nur einem Meter vierzig vorschrieb. Tom, der Besitzer dieses Gartens, war froh darüber, denn er war nicht der Typ Mensch, der ständig mit den neugierigen Nachbarn den neuesten Klatsch austauschen mochte.

Wir kamen an den nächsten beiden Gärten vorbei. In dem einen war nur selten jemand zu sehen, der zweite war ständiger Aufenthaltsort von Ulla und Rolf, sozusagen das Freiluftwohnzimmer des Rentnerpaars, guten Freunden von meiner Tante. Leider hatte Rolf vor Kurzem einen Schlaganfall erlitten und saß seitdem im Rollstuhl.

Schräg gegenüber auf der rechten Seite, nicht weit vom Deich weg, befand sich Lindes Garten. Im Frühsommer, wenn die Busch- und Ramblerrosen blühten, konnten Spaziergänger den Rosenbogen am Eingang schon vom Rheindeich aus rosarot leuchten sehen. Jetzt, im nebligen März, war die Welt nicht mehr als grün-grau.

Sie hatte das Tor für mich weit aufgeschoben und mit einem Sack Blumenerde festgehalten. Um das Rad auf seinem Stammplatz rechts am Zaun neben dem Tor zu parken, musste ich höllisch aufpassen und mich zwischen den kreuz und quer über den Weg austreibenden Krokussen durchschlängeln. Blumen durften bei Linde eben fast alles, und es war nicht viel Platz. Schweigend ging Linde vor mir den geraden Plattenweg entlang, der vom Tor zur Laube führte.

Vorsichtig hob ich meine Stahlteile aus dem Korb und trug sie an der Laube vorbei in den hinteren Teil des Gartens, wo meine Skulptur aufgestellt werden sollte. Auf der kleinen Betonfläche, die ich vor zwei Wochen gegossen hatte, legte ich das Metall ab und streckte mich. Wie lange hatte ich das schwere Rad halten müssen? Wahrscheinlich fast eine Stunde. Gut, dass ich heute keine wichtigen Termine mehr hatte.

Ich drehte mich um und ging zurück zu Lindes Laube. Erst jetzt, ohne mein schweres Gepäck, hatte ich Augen für das, was sich im Garten schon getan hatte. Viel zartes Grün zeigte, wie sehr sich trotz Nebel und Hochwasser doch der Frühling ankündigte.

Ich atmete auf. So karg und freudlos das Rheinufer mir erschienen war, so schrecklich das alles war, so viel Wärme strahlte Lindes Garten aus. Dieser Ort war ein blühendes Idyll. Und das, obwohl es erst Mitte März war. Am Gartenzaun hatten unzählige leuchtend blaue Krokusse ihre Blütenkelche geöffnet. Auf der anderen Seite des Zaunes, im Nachbargarten, blühte es weiter und im angrenzenden Garten ebenfalls.

Düsseldorfs »Blaues Band am Rhein« war weithin bekannt. Das riesige von der Stadtverwaltung angepflanzte Krokusbeet reichte rechtsrheinisch von der Messe durch den Rheinpark bis fast zur Altstadt, und die Touristen kamen in Scharen. Ganze Volkshochschul-Fotokurse verteilten sich im frühlingsfeuchten Gras und fotografierten die blaue Woge in der grünen Wiese.

Ganz zu schweigen von den Bloggern, die sich instagramtauglich und aufwendig gestylt in die Blütenpracht setzten und sich selbst oder gegenseitig ablichteten. Das wollte man auf der linken Rheinseite beim Pappelwäldchen e. V. natürlich nicht so stehen lassen. Vor drei Jahren war deshalb in einer Gemeinschaftsaktion des Vereins ein großer Schwung Krokuszwiebeln gesetzt worden. Das blaue Band des Pappelwäldchens begann am Vereinsheim, mäanderte an der Hecke entlang, ehe es ein paar Haken an diversen Gartenlauben vorbei schlug und schließlich drei Gärten hinter Lindes knapp vor dem Rheindeich endete.

Die Krokusse waren aber nicht das Einzige, was bei Linde schon zu bewundern war. Selbstverständlich blühten in ihrem Beet vor dem Küchenfenster der Laube weiße und rosafarbene Buschwindröschen zusammen mit den gelben Winterlingen. Die Buschwindröschen waren sozusagen Ehrensache, weil meine Tante genau wie ich mit Nachnamen Busch hieß und ihr Taufname Rosalinde war – nur durfte sie niemand so nennen. Die meisten sagten Linde, das gefiel ihr besser. Wer aber Rosalinde Busch hieß und einen Garten hatte, bekam ständig Buschrosen und Buschwindröschen geschenkt, damit hatte sie sich schon lange abgefunden.

In einem weiteren Beet blühten kleine Bellis in kräftigerem Rosa und blaue Traubenhyazinthen. Der Forsythienstrauch mitten auf der Wiese war auch schon voller kleiner gelber Knospen. Ein bisschen Sonne noch, dann würden die gelben Forsythien mit den pinkfarbenen Fäden des Zaubernussbaums und den Winterlingen um die Wette leuchten.

In den Gemüsebeeten war noch nicht viel los, ein paar Grünkohlstauden aus dem letzten Winter ließen noch müde die Köpfe hängen, aber Lindes Blumengarten war ein Farbenmeer, fast das gesamte Jahr über. Ich staunte in jeder Gartensaison aufs Neue, wie sie es hinbekam, dass es nicht wild und bunt, sondern harmonisch aussah, und ich war entschlossen, von ihr zu lernen. Lindes kleines Paradies sollte so bleiben, wie es war, auch wenn sie selbst älter wurde.

Im März war samstagmorgens in der Kleingartenanlage nur wenig los, das Polizeiaufgebot hatte aber jede Menge neugierige Anwohner und Hundebesitzer an den Rheindeich getrieben. Die Gärten waren zwar nicht wie ausgestorben, aber man hörte auch noch nicht das für den Frühling typische Klappern, Hacken und Mähen. Das Wasser im Verein war zu diesem Wochenende nach der langen Winterpause angestellt worden – am Jahresanfang das Startsignal für die Kleingärtner, obwohl es immer mal Streit über den richtigen Zeitpunkt gab.

Von weiter hinten in den Gärten vernahm ich monotone Hammerschläge, als ob jemand ein Ikea-Regal zusammenbaute und nun die Sperrholzplatte auf der Rückseite befestigen wollte. Ich sah Linde, die an der Laube auf mich wartete, fragend an. »Was ist denn da los? Zieht irgendwo jemand neu ein?«

»Das sind doch die Kinder von Frauke und Hendrik, die gehen nachher auf diese Demo und basteln ihre Protestschilder. Find ich gut. Für die Zukunft und so.«

Es war mir klar, von wem Linde sprach, und sofern es für das Klima und gegen Großkapitalismus ging, war ich absolut dafür. Bloß dass die beiden vierzehn- und fünfzehnjährigen Mädchen … Auf einmal schob sich das Bild der im Wasser treibenden Leiche vor mein inneres Auge. Und ich dachte an das berühmte englische Gemälde von Ophelia, Hamlets Geliebter, die ins Wasser gegangen war.

Die hämmernden Mädchen holten mich auf den Boden der Tatsachen zurück. Die beiden nahmen nicht nur lieb an den Fridays-for-Future-Demos teil, sondern hatten sich, wie mir Linde erzählt hatte, vor einer Weile außerdem der Umweltschutzbewegung Extinction Rebellion angeschlossen – in aller Radikalität und mit jugendlich überbordendem Enthusiasmus. Sie hatten schon wegen Blockaden Nächte in Polizeigewahrsam verbracht und betrachteten den Schulbesuch prinzipiell als nebensächlich. Die Eltern – beide Lehrer – sprach man besser gar nicht erst darauf an.

Lindes Laube, das kleine Steinhäuschen, war keinesfalls Geräteschuppen, sondern vor allem ihr Atelier. Noch war ihr großer, schwerer Holztisch nah an das Häuschen herangeschoben, die passende Holzbank ohne Lehne stand darunter, und über beidem hing ein durchsichtiger Plastikschutz. An diesem Tisch mit den – natürlich lindgrün gestrichenen – gedrechselten Beinen und der schön gemaserten Ahornplatte hing ihr Herz. Er war Sinnbild ihres Sehnsuchtsorts in Südfrankreich und wurde peinlichst sauber gehalten, noch nie hatte ein Farbklecks ihn verunstaltet. Bald würden Vasen mit Gartenblumen darauf stehen, und auf der Bank würden bunte Kissen liegen. Ich freute mich schon auf die ersten warmen Gartentage.

Noch aber waren diese wichtigen Dinge winterfest verstaut. Sonnenschirm und Klappstühle versperrten den Gang zum Plumpsklo, die Korbstühle konnte man nicht stapeln, und entsprechend wenig Platz war im Winterhalbjahr in der Laube.

Nebenan im Verschlag bewahrte Tante Linde Spaten, Grabegabel und Hacken auf, innen befand sich das Reich der Farben. Während die Wände in ihrer kleinen Oberkasseler Wohnung nahezu mit Bildern bedeckt waren, so war in der Gartenlaube jeder verfügbare Raum mit Regalen versehen. Unzählige Materialien waren so hineingestopft, dass ich ständig Sorge hatte, sie würden herausfallen. Skizzen klebten wild durcheinander, wo gerade Platz gewesen war. Ausgedrückte Farbtuben lagen immer genau da, wo man sich hinsetzen wollte. Ein vertrauter Geruch nach Ölfarben hing in der Luft und war nicht wegzukriegen, soviel auch gelüftet wurde.

Schon beim Hereinkommen in das Gartenhäuschen war ich wie betört von den Ölbildern. Wo Platz war zwischen den Regalen, waren sie gehängt worden, sogar über dem alten Herd und im Gang zum Plumpsklo. Jede freie Fläche lebte, war voller Blumen, Blumen und noch mehr Blumen. Und aus allen Gemälden leuchtete Tante Lindes Lieblingsfarbe Orange.

Sie schob mich zu dem kleinen Tisch vor dem Sofa, der schon mit rotem Steingutgeschirr aus den Siebzigern eingedeckt war. In Lindes Laube schien die Zeit stehen geblieben zu sein, aber auf eine gute Art. Es war ein ewiges Werden und Vergehen wie in der Natur, eine freundliche Unordnung.

Die Staffelei und der Teewagen mit ihren Malutensilien, den Farbtöpfen, der Pinselsammlung, Terpentinfläschchen mit Lappen, Farbverdünner, Schälchen zum Farbenmischen und, und, und hatten drinnen neben dem großen Fenster ihren Platz, wo Linde auch im Winter genug Licht zum Malen hatte. Auf dem vollkommen durchgesessenen Sessel, der schon seit Menschengedenken in der Laube stand und bereits von Lindes Eltern dorthin ausgemustert worden war, lagerte wie immer eine Reihe Leinwände.

»Na, was war denn das für ein hübscher junger Mann, dem du da nachgeschaut hast, Mariechen?«

»Linde!« Ich schob sie durch die Tür in die Laube. »Nur ein Polizist. Und so ganz jung war er auch nicht mehr, um die vierzig, würde ich sagen, mehr so mein Alter. Übrigens, selbst wenn ich meinen Mann nicht so oft sehe, weil er ständig für den Marathon trainiert, und die Jungs in Kanada herumreisen, habe ich doch eine Familie, für die ich Zeit haben möchte. Erzähl du doch lieber, warum du nicht selbst bei der Toten am Rheindeich gewartet hast, bis die Polizei gekommen ist. Warum hast du denn das Mädchen einfach am Rhein abgestellt und bist in deinen Garten gegangen?«

Linde nahm mich liebevoll am Arm. »Setz dich, ich mach uns einen Tee.«

Ihre knappe Anweisung verriet mir, dass Linde weiter ausholen würde mit ihrer Erzählung und dass da mehr war. Beim Teekochen konnte sie besonders gut nachdenken, das war schon immer so gewesen. Ich kannte das und wartete geduldig, bis sie bereit war zu reden.

Ich hatte Linde viel zu verdanken, obwohl die meisten sie für ein wenig verrückt hielten mit ihrer Siebziger-Jahre-Künstlerinnenexistenz. Sie hatte mich immer – egal worum es ging – unterstützt, auch finanziell, und deswegen tat ich ihr auch jeden Gefallen. Fast jeden.

Sie war nun schon bald siebzig, eher klein, immer noch schlank, und das Haar war immer noch rot gefärbt. Aus der lässigen Hochsteckfrisur fiel von Zeit zu Zeit eine widerspenstige Strähne heraus, auch mal zwei oder drei. Linde trug nie praktische Kleidung, sondern meistens einen ihrer geliebten Siebziger-Jahre-Künstlerkaftane. Heute in leuchtendem Blau. Und wie immer hatte sie rot lackierte Fingernägel. Auch das war natürlich im Garten kein bisschen praktisch, aber wozu gab es Gartenhandschuhe? Linde besaß etliche Paare in vielen Farben.

Kochen war nicht unbedingt ihre große Leidenschaft, zumindest nicht im Garten. Da gehörte ihre Zeit allein dem Malen und den Blumen. Deshalb standen über dem Kühlschrank in einem kleinen Regal nur Salz, Pfeffer und Maggiwürze, ein paar zerknitterte Tüten mit Resten von Gelierzucker, denn auch Marmeladen und Kompotte wurden vor Ort in der Laube eingekocht, und ein paar bunte Packungen mit ihren Lieblingstees.

Als sie die Teetassen abgestellt und sich zu mir gesetzt hatte, sprudelte es geradezu aus ihr heraus. »Marie, ich weiß, wer das war.«

Ich musterte sie aufmerksam. Was mochte sie entdeckt haben, das mir nicht aufgefallen war?

»Das Mädchen. Im Wasser. Das ist Alina. Vom Jupp.«

»Was?« Ich merkte, wie mir die Farbe aus dem Gesicht wich. Gut, dass ich schon saß.

»Ihr Schal«, sagte Linde nur.

Schlagartig wurde mir klar, warum mir das Tuch der toten Frau vage bekannt vorgekommen war. An Jupp Horns Geburtstagsfeier im letzten Jahr hatte sie den hellblauen Seidenschal mit den eingestickten Blümchen den ganzen Nachmittag getragen.

»Meinst du wirklich?«

Im Kleingartenverein kannte jeder jeden, und das schon lange. Jupp Horn war gute zehn Jahre älter als Linde gewesen und im letzten Herbst plötzlich gestorben. Seit ich denken konnte, hatte er den Garten schräg gegenüber gehabt. Seine Frau lebte schon lange nicht mehr, ich konnte mich an sie gar nicht erinnern. Mit Jupps Kindern hatte ich nie viel zu tun gehabt, sie waren deutlich älter als ich, und der Sohn, Alinas Vater, war früh verstorben, Herzinfarkt, wenn ich mich richtig erinnerte. Die Enkelin Alina aber, sie hatte als Kind immer zum Malen zu Linde kommen dürfen. Und während meines Studiums war ich Alinas Babysitterin gewesen. Ich hatte ihr stundenlang vorgelesen, mit ihr Fahrradfahren geübt. Auch wenn ich sie schon eine Weile nicht mehr gesehen hatte, war sie früher viele Jahre wie eine kleine Schwester für mich gewesen, die ich nie gehabt hatte. Und nun sollte sie tot sein?

Das ging mir nahe. Alina hatte ihren Opa vergöttert und er sie. Jupps Tod hatte sie sehr mitgenommen, sie hatte sich mehr als einmal bei Linde ausgeheult. Und ausgerechnet Alina sollte jetzt tot im Rhein gelegen haben?

Alina war noch keine dreißig, beruflich ziemlich ambitioniert und hatte für ein paar Jahre nach Singapur ziehen wollen, wie ich von Linde gehört hatte. Daran war wohl auch die Beziehung zu ihrem Freund zerbrochen. Sosehr Alina an ihren Kindheitserinnerungen hing und so gern sie vielleicht eines Tages den Garten ihres Opas übernommen hätte, im Moment war sie beruflich sehr eingespannt und hätte dafür überhaupt keine Zeit gehabt. Linde hatte mir das in aller Ausführlichkeit geschildert, als es darum ging, wer den Garten bekommen sollte – schließlich war jetzt eine junge Familie eingezogen. Nein, ich konnte das nicht glauben. Aber wenn es doch wahr wäre?

Nachdenklich sah ich auf die ersten bunten Blümchen in der Vase auf dem Tisch und hatte sofort die Szene am Rhein vor Augen, die zarten Blüten auf dem nassen Seidentuch, den toten Frauenkörper. Dann dachte ich an Alina – und verbot mir den Gedanken schnell. Noch wusste doch kein Mensch, ob sie wirklich nicht mehr lebte. Bestimmt war das nur eine von Lindes Vermutungen. Aber sicher war ich mir auch nicht.

Mein Blick fiel auf ein halb fertiges Blumenbild von Linde.

Vorwiegend Rot und Orange, aber auch Grün, verschiedene Blautöne gab es auch. Es war ziemlich bunt, aber wunderschön.

Vielleicht wäre es auch für mich schön, mal mit Farben zu arbeiten, überlegte ich. Meine Skulpturen waren normalerweise sehr groß und aus unbehandeltem Stahl geformt. Sie veränderten sich an der Luft, indem sie rosteten. In den letzten Jahren hatte ich vor allem aus Platzgründen angefangen, Miniaturen zu bauen. Zuerst nur als Modelle, dann auch als eigenständige Werke. Auch die hatten meist keine Farbigkeit, außer den Nuancen, die der Rost hervorbrachte. Aber Linde holte mit ihren bunten Blumen offenbar die Farben in mein Leben und in meine Kunst zurück.

Linde war beseelt von der Vorstellung, ich würde eines Tages ihren Garten übernehmen. Im Verein fand sowieso derzeit ein Generationswechsel statt. Die Alten, die Rentner, verstarben wie Jupp, zogen ins Pflegeheim oder gaben einfach nur den Garten auf. Neue, jüngere Leute übernahmen die Kleingärten. Und Linde wollte beides: Zukunft mit Veränderung und Kontinuität. Einen sanften Übergang, aber vor allem einen nach ihren Regeln.

»Und du bist dir sicher, dass es Alina war?«

»Ja.« Linde stemmte die Hände in die Hüften. »Was denkst du, warum ich vorhin schnell zur Laube zurückgegangen bin?« Sie zeigte auf die uralte Schlafcouch, auf der Bilder, Postkarten und Fotoalben verstreut lagen. Typisch Linde'sche Künstlerunordnung. Sie selbst fand dort nur so eben noch Platz. »Marie, ich hatte noch ein Foto von Alina in der Schublade. Ich hab es der Polizei gegeben. Darauf hat sie das Tuch gerade neu, das wir im Wasser …« Ein paar Tränen liefen ihr still die Wangen hinunter. »Sie hat es doch letztes Jahr vom Jupp zum Geburtstag bekommen, mit ihren Lieblingsblumen drauf. Und keine zwei Wochen später ist er dann gestorben. Aber den Geburtstag vom Jupp, eine Woche nach ihrem, den haben wir im Oktober ja noch hier im Garten gefeiert. Und da hab ich dieses Foto von den beiden gemacht.« Sie wischte sich energisch die Tränen weg. »Marie, wer tut so was?«

Ich hob die Schultern. »Ich weiß nicht, warum sie das gemacht hat. Sie muss sehr verzweifelt gewesen sein.«

»Wer?«

»Tja, Alina. Oder? Du bist doch sicher, dass sie das ist.«

»Bin ich. Aber nein, das war sie doch nicht selbst! Sie hätte nie … Nein, das hätte sie nie getan. Alina gibt nicht auf. Was hat die stundenlang mit dem Jupp dagesessen und ihm die Buchhaltung für die Vereinskasse in Ordnung gebracht. Der Jupp, der war doch zum Schluss nicht mehr so … na ja, nicht mehr so bei der Sache, der hat alles durcheinandergebracht. Und deswegen hat Alina ihm geholfen. Er wollte nicht, dass jemand merkt, dass er dement wird. Trotzdem haben's die anderen im Verein doch gewusst. Aber kaum einer hat mitbekommen, dass er Hilfe hatte.« Linde grinste verschmitzt. Sie liebte ihre Gartengemeinde. Doch dann sah sie mich streng an. »Warum bist du überhaupt mit dem Rad gekommen und nicht mit dem Auto?«

Ich spürte, wie die Wut erneut in mir hochkochte, war aber dankbar für den Themenwechsel. »Weil Matthias heute in aller Herrgottsfrühe mit unserem Auto zum Marathontraining an den Niederrhein gefahren ist«, erklärte ich.

»Warum läuft er denn nicht bei euch am Rhein entlang?«

»Mein Reden, Linde.«

In der Tat hatten wir den Rhein quasi vor unserer Haustür, man konnte nach dreihundert Metern auf die Cecilienallee am Rheinufer abbiegen und dann geradeaus so weit laufen, wie man wollte. Stundenlang und länger, bis Duisburg, rüber nach Krefeld oder meinetwegen auch bis nach Rotterdam. Gestern war ich in dem Glauben eingeschlafen, dass ich die schweren Stahlteile mit dem Auto transportieren würde. Morgens aber waren nicht nur Matthias und seine Laufschuhe, sondern auch unser Auto verschwunden gewesen.

»Ach, der Tom von drüben«, Linde wedelte mit der Hand schräg nach links aus dem Fenster, »der ist auch so einer, der ständig Fahrrad fährt oder läuft. Natürlich nicht mit einem

Hollandrad wie du, sondern so richtig mit einem teuren Rennrad.«

»Du magst ihn echt nicht, oder?«

»Nein, und ihm traue ich alles zu.« Sie sah mich entschlossen an.

»Was? Aber doch keinen Mord. Linde, ich bitte dich!«

»Ja, wem denn sonst?«

»Linde! Erstens kannst du nicht einfach jemanden beschuldigen, bloß weil Tom der Einzige hier im Verein ist, den du nicht leiden kannst –«

»Ach, da gibt's schon noch mehr Leute …«

»Glaub ich unbesehen. Aber zweitens ist auch nicht gesagt, dass es – falls es Mord und kein Unfall war – jemand aus dem Verein gewesen sein muss. Alina kannte doch viele Leute. Aber das klärt die Polizei, die ist schließlich mit genug Personal draußen vor Ort.«

»Die tun doch sowieso nix. Beamtenvolk. Krämerseelen.« Linde war in Fahrt. Zwar war sie als Lehrerin auch verbeamtet gewesen, sah sich aber selbst gern als wildes Blumenkind der Siebziger. »Da müssen wir uns schon selbst drum kümmern. Ich höre mich um, und du redest noch mal mit deinem Polizisten von vorhin.«

»Klar.« Eigentlich war das gar nicht klar. Ich hatte genug anderes zu tun, und ich war sowieso der Ansicht, die Polizei sollte tun, was nötig war. Aber so war Linde zufrieden, konnte sich beruhigen, und wir widmeten uns dem Tee, ein paar sehr trockenen Keksen und besprachen dann, wie wir die Beete fürs Frühjahr vorbereiten wollten, wo wir Kompost aufbringen würden und was in der nächsten Zeit eingesät werden müsste.

Der Themenwechsel tat gut. Außerdem musste unbedingt der Rasen geharkt werden – vertikutiert, auf Fachgärtnerisch. Ich fand zwar, dass es eine sehr rabiate Variante der Rasenpflege war, aber Linde sagte immer, dass das den Rasen erst so richtig schön zum Wachsen bringe. Da wollte ich lieber nicht widersprechen.

Schließlich einigten wir uns darauf, dass das Vertikutieren mein mühsamer Job wurde, während sich Linde um das fachgerechte Zurückschneiden der Kletterpflanzen kümmerte. Für die Clematis war es zwar schon ein wenig spät, aber es war auch bisher für die Jahreszeit zu kühl gewesen. Auch den wuchernden Efeu wollte sie sich vornehmen. Ich würde mich nach der Rasenbearbeitung, sozusagen als Belohnung, endlich um meine Stahlbleche hinten im Garten kümmern, wo meine halb fertige Skulptur auf mich wartete.

Als ich vom Stuhl aufstand, hatte ich plötzlich weiche Knie. Hatte ich einen Schock? Sonst ging es mir aber gut, befand ich. Vielleicht brauchte ich einfach nur frische Luft. Ich stapfte zum Schuppen.

Aus den Gärten links und rechts war inzwischen nicht nur emsiges Werkeln zu hören, an den Zäunen standen Gärtnerinnen wie Gärtner zusammen und diskutierten. Manche waren erst später dazugekommen und ließen sich den grausigen Fund in allen erdenklichen Details schildern. Diejenigen, die recht früh da gewesen waren, überboten sich in Mutmaßungen über die Identität der toten Frau und des Mörders. An einen Unglücksfall glaubte offensichtlich niemand, wie ich den herüberwehenden Gesprächsfetzen entnehmen konnte. Das wäre wohl auch zu profan gewesen.

Linde als Zeugin der ersten Stunde war eine begehrte Gesprächspartnerin, die erst mal eine Runde durch die Gärten machte. Ihre Clematis würde sich noch eine Weile gedulden müssen.

Mir dagegen reichte es. Ich wollte mit aller Gewalt Abwechslung und hatte außerdem das Gefühl, schon lange genug untätig gewesen zu sein. Ich wollte jetzt etwas tun, wollte Arbeit und Bewegung. Deswegen war ich schließlich hergekommen.

Ich öffnete die Tür zum Geräteschuppen und stieß auf ein heilloses Durcheinander. Wer hatte hier zuletzt aufgeräumt? Es war sicher Jahre her … Und jeder lieh von jedem etwas aus, es wirkte im Kleingartenverein noch der Geist der Hippiezeit, die neudeutsch als echte Sharing Community durchgehen konnte. Nur das mit der Ordnung war sichtlich ein Problem. Immerhin wurde das meiste zurückgebracht, wie man sehen konnte. Andererseits, wer sollte in dieser Rumpelkammer den Überblick behalten? Kreuz und quer hineingestopft standen und lagen Harken und Grubber, ein echtes Dickicht aus hölzernen Stielen, garniert mit alten Gummistiefeln. Nur mein Stoffbeutel, den meine Kinder vor Ewigkeiten im Kindergarten für mich bemalt hatten, hing ordnungsgemäß an seinem Haken.

Ich fischte aus der hintersten Ecke den Vertikutierer, einen Rechen mit gefährlich gebogenen Zinken, und begann, das Gras zu bearbeiten. Ich zog und zupfte, drückte die Zacken mit viel mehr Kraft in den Boden, als nötig gewesen wäre. Es war noch ein bisschen zu früh im Jahr fürs Vertikutieren, aber so nah am Rhein gab es eben sehr viel Moos, und Linde fing gern zeitig an mit ihrem geliebten Rasen.

Quadratzentimeter für Quadratzentimeter ritzte ich die Grasnarbe an, um jedes Fitzelchen Moos und die Mulchreste zu entfernen. Millimetergenaue Arbeit beruhigte mich normalerweise. Aber die Bilder von der Toten im Wasser ließen mich nicht los. Immer wieder tauchte vor meinem inneren Auge das hellblaue Tuch mit den hübschen Blumen auf. Ophelia. Und wenn es wirklich Alina war?

Ich riss Moos und Grasbüschel aus, als ginge es um mein Leben.

»Na, übertreib es mal nicht.« Linde erschreckte mich beinahe zu Tode, als sie plötzlich neben mir auftauchte. »Mach lieber vorn ein bisschen weiter, hier sieht das doch schon gut aus, und für heute Abend ist Regen angesagt.«

Ich sah hoch. Nach einer guten halben Stunde war ich nicht sonderlich weit gekommen. Ein letztes Moospolster flog zur Seite. Wieder musste ich an Alina denken und hörte wie aus dem Off den kleinen Terrier kläffen.

Ich schleppte mich auf die andere Seite der Laube. Das Vertikutieren hatte mich Kraft gekostet, aber das letzte kleine Stückchen würde ich auch noch schaffen. Das Gras sollte Platz haben, gut durchatmen können und schön dicht werden, damit Linde ihren geliebten englischen Rasen bekam. Ihr Garten war zwar eher wild gehalten, lebte aber von Kontrasten. Und der Rasen musste so gepflegt wie möglich sein, fand sie. Gänseblümchen zum Beispiel, die ich persönlich schön fand, waren nicht gewollt, nur geduldet, da war sie streng.

Ich arbeitete mich langsam rechend und reißend zur vorderen Hecke hin. Die war als Nächstes dran, sie musste noch vor der Brutzeit der Singvögel geschnitten werden. Als ich unmittelbar davor angekommen war, machte ich eine kleine Pause, um mir den Schweiß von der Stirn zu wischen.

Und all das trockene Schnittgut, das noch vom letzten Mal drinhängt, kann dann auch entfernt werden, dachte ich.

Doch was war das? Am Fuß der Hecke lag etwas, das ich aus der Ferne für einen Stock gehalten hatte. Ich bückte mich, zog daran und erkannte eine Feile, nicht nur irgendeine, sondern *mein* Lieblingswerkzeug. Wie kam die dahin? Sharing Community in allen Ehren, aber mein Werkzeug war meine Privatsache. Und wer außer mir konnte denn hier in den Gärten eine Metallfeile gebrauchen?

Dieses alte Werkzeug mit dem verzierten Holzgriff nutzte ich, um die Bohrungen in den Stahlblechen zu bearbeiten, es war mir heilig. Ich hatte diese Feile schon lange. Als ich noch Studentin gewesen war, hatte ich sie von einer älteren Künstlerin geschenkt bekommen. Ich hing daran, trug sie aber natürlich nicht ständig bei mir. Normalerweise lag sie zusammen mit ein paar Werkzeugen für Metallarbeiten, einem kleinen Amboss und einer Feuerschale, alles Utensilien, die ich für meine Arbeiten an der Skulptur brauchte, gut verstaut in dem Stoffbeutel in Lindes Geräteschuppen hinter der Tür. Und darin hatte ich sie auch zuletzt gesehen, denn ich räumte meine Sachen weg, bevor ich ging.

Nun aber lag meine Feile vor mir unter der Hecke. Schmutzig war sie auch. Sehr, sehr merkwürdig.

Ich sah genauer hin. War das etwa … Blut auf der Klinge? Igitt! Wer nicht mit Werkzeug umgehen kann, sollte auch keines benutzen.

Wütend streifte ich sie im Gras ab, trocknete sie mit einem alten Lappen und brachte sie dahin zurück, wo sie hingehörte.

3

Als ich am nächsten Morgen in Lindes Garten kam, schaute ich zuallererst in den Schuppen. Diesmal war mein Werkzeug unangerührt geblieben. Alles lag und hing so da, wie ich es zurückgelassen hatte, auch die nach wie vor schmutzig aussehende Feile. Ich nahm mir vor, sie bei Gelegenheit gründlicher sauber zu machen.

Linde hatte sogar innen aufgeräumt, weil ich mich bei ihr über die Rumpelkammer im Geräteschuppen beschwert hatte. Es war so friedlich, als ob nichts geschehen wäre. Ob die tote Alina nun bei uns herumspukte? Auch wenn die Idylle hier so was nicht vorsah. Sie wäre wahrscheinlich ein sanfter Geist gewesen – oder wer weiß?

»Marie, warte, bevor du anfängst.« Linde kam atemlos in den Garten gestürmt. Sehr viel früher als sonst, ich hatte sie noch gar nicht erwartet.

Normalerweise begann sie ihren Gartentag mit einem Rundgang an den Beeten entlang, jedes Pflänzchen wurde eingehend betrachtet und sich an denen erfreut, die blühten oder neu gewachsen waren. Aber heute gab es Wichtigeres. Ich folgte ihr in die Laube.

»Hast du das gelesen? Sie behaupten, sie wissen's noch nicht!« Sie sah mich verzweifelt an, schob mir die aktuelle Zeitung hin und tippte auf einen Artikel im Lokalteil. Es ging um die gestern gefundene Tote am Rheindeich.

Die Düsseldorfer Polizei hat eine Soko eingerichtet, konnte aber bis heute nicht die Identität der Unbekannten feststellen und bittet daher die Bevölkerung um Unterstützung: Die Frau ist circa 30 Jahre alt, etwa 1,75 Meter groß und 65 Kilogramm schwer. Sie hat lange dunkelblonde Haare und trug einen schwarzen Mantel, eine blaue Jeans mit schwarzem Gürtel sowie schwarze Stiefel in Größe 40, dazu einen langen hellblaugrundigen Schal mit aufgestickten Blumen in Rot- und Rosatönen. Hinweise auf die Identität der Frau nimmt die Polizei unter folgender Rufnummer entgegen …

»Aha, sieh an«, sagte ich. »Aber ist das nicht merkwürdig? Ich dachte immer, dass es mit der Identifizierung total schnell geht, wenn die Polizei gute ›sachdienliche Hinweise‹ hat wie das Foto von dir. Das kann doch nicht so kompliziert sein.«

»Ich hab es ihnen mehrmals gesagt. Und das Foto haben sie mitgenommen. Marie, mir geht das an die Nieren.«

Die Ereignisse brachten Linde sichtlich aus dem Gleichgewicht. Sie griff in das Regal neben dem schmalen Herd, um die Dose mit dem grünen Tee herunterzuholen – ihr Allheilmittel bei Ungemach jedweder Art. Sie musste sich ein bisschen recken. Dabei glitt ihr die Dose aus der Hand. Linde fasste nach – und riss zwei Bücher und ein schmales Holzkistchen mit, die krachend zu Boden fielen.

Die Teedose hatte sich geöffnet, und auch die Holzkiste war beim Aufprall aufgesprungen. Teeblätter verteilten sich im ganzen Raum, kamen schließlich sanft auf dem Sofa zum Liegen, auf dem Boden, auf dem Sessel – und diverse Münzen kullerten unter der Kommode und dem Sofa herum, bis sie schließlich kreiselnd zum Stillstand kamen.

»Neiiiin!«, rief Linde.

»So ein Mist!« Nach einer Schrecksekunde holte ich Kehrschaufel und Besen, hockte mich hin und fegte. »Linde, setz dich. Ich mach das schon.«

Ergeben ließ sich meine Tante in den abgewetzten Sessel sinken und streckte die Hand aus. »Gib mir mal die Kasse.«

»Was?« Verwirrt sah ich mich um.

»Die Vereinskasse.« Sie zeigte auf die Holzkiste vor mir am Boden.

Linde Buschs Vereinskasse war, diplomatisch ausgedrückt,

oldschool: eine mit dunkelrotem Stoff ausgelegte Zigarrenkiste. So alt, dass sie schon nicht mehr nach Zigarre roch, sondern nach ungelüfteter Kleingartenlaube. Wahrscheinlich hatte sie das Ding so, wie es war, von ihrem Vorgänger, dem verstorbenen Kassenwart Jupp, übernommen und der wiederum von seinem Vorgänger. Die Buchhaltung notierte Linde in einem Schulheft. Handschriftlich in ihrer Lehrerinnenschrift. Neben der Kasse im Regal hatte wohl das Bundeskleingartengesetz in der Ausgabe von 2002 gestanden, das sich nun wie eine Loseblattsammlung über den Boden ausgebreitet hatte.

Ich reichte ihr das Kistchen. Linde sah hinein und schrak zurück. Dann zeigte sie mir den Inhalt: In der Kiste klebte einsam ein einzelner verknickter Zehn-Euro-Schein.

»Wo ist denn der Rest?«

»Hier, schön verteilt.« Ich hob zwei Ein-Euro-Stücke auf und gab sie ihr. »Warte, es kommt noch mehr.« Zwischen den Teeblättern klackerten weitere Münzen auf mein Kehrblech. »Und da unten, unter der Kommode …«

Linde beugte sich im Sessel vor und sammelte die Buchseiten auf, während ich mit dem Handbesen an der Fußleiste entlangangelte. Tatsächlich, noch zwei Münzen. Eine davon war allerdings ein Fünfzig-Pfennig-Stück, das offensichtlich schon länger da gelegen hatte.

Ich stand auf. »Uff.«

Linde sah mich kritisch an.

»Was? Ich bin auch keine zwanzig mehr.« Zwar mit Anfang vierzig nicht uralt, aber länger auf dem Boden zu hocken, fanden meine Knie auch nicht mehr ganz so lustig. Ich ließ mich auf das Sofa fallen und legte ihr die Münzen vom Boden und vom Kehrblech in die Hand. »So, zähl mal nach. Ist alles da?«

Viel konnte es nicht sein. In dieser Kiste lagerten schließlich nicht die monatlichen Beiträge, von denen einiges an die Stadt und die Stadtwerke weitergeleitet werden musste. Das lief inzwischen über ein Girokonto bei der Sparkasse, die Kontoauszüge waren fein säuberlich in einen abgestoßenen schmalen Ordner geheftet, der zwischen ein paar Fotoalben auf der Eckbank lag. Aber am Pappelwäldchen hatte man seit Menschengedenken zusätzlich eine Bargeldkasse, in die jeder Gartenbesitzer im Laufe jeder Gartensaison zehn Euro einzahlte, um bei runden Geburtstagen oder kleineren gemeinsamen Anschaffungen Geld parat zu haben. All das war weitgehend liebenswert und auch praktisch, problematisch fand ich höchstens, dass es Usus war, diese Zigarrenkiste voller Geldscheine in der Laube aufzubewahren.

»Ich bin doch neulich erst rumgegangen und hab gesammelt – und von letztem Jahr war auch noch was drin. Wie viel das war, weiß ich nicht, aber das müssten mindestens zweihundert Euro gewesen sein.«

Linde hob die Tischdecke, zog eine Schublade unter dem Tisch auf und holte ein abgestoßenes Heft heraus. Ihre Buchhaltung. Wie ein Zirkusdirektor schlug sie mit großer Geste das Heft auf und blätterte durch mehrere Seiten mit Zahlen und Häkchen in verschiedenen Kugelschreiberfarben. Fast auf jeder Seite waren Kassenzettel für Ausgaben angeheftet und Post-its eingeklebt worden.

Ich beugte mich vor und sah mit hinein.

Die letzte Ausgabe, das bewies ein bereits angegilbter Kassenbon vom Januar aus dem Schreibwarenladen auf der Luegallee, waren ein Euro achtzig für ein neues Kassenheft gewesen. Darunter eine lange Reihe von Namen, neben denen jeweils die Summe »10,–« stand. Etwa die Hälfte war schon abgehakt, etliche andere hatten offensichtlich noch nicht bezahlt, auch vom vergangenen Jahr fehlten von ein paar Leuten die Beiträge. Außerdem waren die Pächterwechsel notiert. Hier war was durchgestrichen, da was drübergekritzelt. An mehreren Seiten pappten gelbe Post-its mit Fragezeichen und kleinen Rechnungen. Definitiv nicht in Lindes Schrift. Je länger ich in das Heft schaute, desto weniger blickte ich durch.

Linde anscheinend auch nicht. »Das verstehe ich nicht. Wo ist das Geld geblieben? Und was sollen all diese Klebezettel? Die stören doch. Also, vom Jupp sind die nicht. Ich mach die jetzt raus.«

»Halt!« Zu spät. Drei Post-its lagen schon auf dem Tisch. »Warte doch. Wer hat sich denn sonst damit beschäftigt? Du und Jupp, oder?«

»Ja. Und Alina. Sie hat ihm doch geholfen.«

»Alina?« Schon wieder Alina? Was sollte das Chaos in der Buchhaltung mit ihr zu tun haben?

»Sie hat doch ihren Opa bis zu seinem Tod tatkräftig unterstützt, was die Kasse betraf.«

Hatte Jupp Horn denn so viel Mist gebaut? Er hatte das doch jahrelang gemacht. »Und sie hat offensichtlich nachgerechnet. Lass die Zettel bitte drin, ich schau mir das bei Gelegenheit mal an. Da scheint etwas nicht gestimmt zu haben.«

Ich blätterte das Heft durch. Hin und wieder hatte jemand radiert und darübergeschrieben, an anderer Stelle war etwas mit Kuli korrigiert. Aber unterm Strich stimmte es wohl. Das meiste war richtig addiert und subtrahiert worden, so kompliziert war es schließlich nicht. Was nicht stimmte, waren die Rechnungen auf den Klebezetteln. Aber eins fand ich wirklich mysteriös, denn es gab sanfte Bleistiftstriche über den Zettelrand hinaus hin zu einigen Zahlen im Heft. Kein Zweifel, dass sich jemand eingehender mit diesen Rechnungen beschäftigt hatte. In dieser Schrift, die weder Lindes war noch die von Jupp, stand auf der letzten beschrifteten Seite unten eine Summe: zweihundertvierzehn Euro dreißig.

»Wenn ich es richtig verstehe, Linde, sind vom letzten Jahr noch vierunddreißig Euro dreißig übrig gewesen. Dieses Jahr hast du achtzehnmal zehn Euro eingesammelt. Hundertachtzig plus vierunddreißig Euro dreißig sind zweihundertvierzehn Euro dreißig. Das müsstest du in der Kasse haben. Wie viel liegt denn noch rum?«

»Der Zehner und die zwei Euro dreißig.«

»Das kann ja nicht sein.«

Ich kniete mich noch mal hin und suchte den Fußboden der

gesamten Laube ab, fand zwar staubige Pinsel und ein ausgeblichenes und zerknittertes Foto von mir mit meinen Kindern, aber das war's.

Linde rückte das Sofa vor, hob Farbtöpfe an, schaute in der Kommode nach, in der Herdschublade, auf den Regalbrettern, in Büchern, unter Tellern. Nichts.

Irgendwann saß sie nur noch seufzend in ihrem Sessel und murmelte: »Mann, Mann, Mann. Was mach ich denn jetzt?«

Sie sah lange in die Kiste. Schüttelte sie. Hob den Stoff hoch. Zählte die Münzen. Es blieb bei zwölf Euro dreißig.

»Zweihundertzwei Euro fehlen. In Zehnern und Zwanzigern, das weiß ich noch. Die können doch nicht weg sein. Ich hab sie hier reingelegt. Und dann die Kasse an ihren Platz zurückgestellt. So ein Zwei-Euro-Stück, das geht schon mal verloren, kann sein. Oder hab ich damit im Januar das Heft bezahlt?«

»Meinst du nicht, die Scheine tauchen wieder auf? Das Haus verliert nix. Sagst du doch auch immer. Vielleicht warst du in Gedanken und hast sie woanders hingetan?«

»Nee. Ich bin doch nicht senil.« Sie stemmte die Hände in die Hüften.

»Hat auch keiner behauptet. Wann hast du das Geld denn zum letzten Mal gesehen?«

»Ach, ich hab nicht mehr da reingeguckt, seit ich das eingesammelt habe. Das war – lass mich überlegen – nicht gestern. Da war das ja mit Alina. Das muss dann eine oder zwei Wochen her sein. Einige waren ja noch im Urlaub, die sind aber wieder zurück, da wollte ich nämlich heute noch vorbeigehen.«

»Meinst du, bei dir ist vielleicht doch jemand eingebrochen?«

»Das hab ich neulich auch schon gedacht. Rund ums Schloss sind auch so komische Kratzer an meiner Tür.«

»Was? Und das sagst du jetzt erst? Seit wann? Warst du denn bei der Polizei und hast das gemeldet?«

»Nee, ist ja nichts geklaut worden. Dachte ich jedenfalls. Nachher kommt sowieso noch mal der nette Polizist, der uns schon einmal verhört hat, dem erzähl ich das dann.«

Ich nickte. »Linde, wer weiß eigentlich, dass du die Kiste in deiner Laube aufbewahrst?«

»Na, alle.«

»Wer ist ›alle‹?«

»Alle eben. Alle, die hier einen Garten haben. Das weiß jeder, und das ist schon immer so gewesen. Und bisher ist auch noch nie etwas weggekommen.«

Ich stand auf und zog Linde hoch. »Ich brauch dringend frische Luft. Lass uns nachher weiterüberlegen. Ich fang jetzt an, die Stahlkanten abzuschleifen, und du hast doch bestimmt auch noch etwas vor.«

Linde arbeitete an mehreren Gartenbaustellen gleichzeitig. Sie erledigte die üblichen Frühjahrsarbeiten, sie siebte den Kompost, arbeitete ihn ins Frühbeet ein und lockerte dabei den Boden, um dann das Frühgemüse auszusäen. Nicht dass sie große Mengen anbaute, aber ein paar Reihen Salate, Mangold, Bohnen, Möhren und – extra für mich – Rote Bete.

Zwar schien die Sonne, aber im Schatten hinter der Laube, wo ich meine Skulptur aufstellte, war es noch ziemlich frisch. Deshalb trug ich ein paar meiner kantigen, rohen Stahlteile in den vorderen, sonnigeren Teil des Gartens, wo es im Sonnenlicht schon angenehm warm und viel heller war. So konnte ich auch kleinste Unebenheiten am Metall besser erkennen.

Ich platzierte meine Stahlstreben auf einer Plane, damit beim Schleifen und Feilen keine Späne ins Erdreich gelangten. Die einzelnen Streben, die ich gestern an der Toten vorbei hierhergeschafft hatte, mussten millimetergenau passen, wenn ich sie miteinander und mit dem bereits stehenden Teil verbinden wollte.

»Hallo, so trifft man sich wieder!«

Ich drehte mich erschrocken um, auch Linde kam mit dreckigen Gartenhandschuhen und in Gummistiefeln vom Komposthaufen.

Am Gartenzaun stand, breit grinsend, der Fußballer alias Polizist, der mir gestern seine Karte in die Hand gedrückt hatte.

Wo hatte ich die hingesteckt? Und seinen Namen hatte ich auch vergessen.

Er öffnete das Gartentürchen und kam auf uns zu. Eingeladen hatten wir ihn zwar nicht ausdrücklich, aber das fand er wohl gar nicht notwendig. Es gab ja Menschen, die sich überall willkommen fühlten.

»Levent, LKA. Sie haben also auch einen Schrebergarten am Rheindeich? Interessant.«

»Äh, ja? Beziehungsweise nein«, stotterte ich, »der Garten gehört meiner Tante.« Ich zeigte auf Linde, die neben mir stand.

»Sind Sie dann nur ab und an zu Besuch, oder halten Sie sich öfter hier auf?«

Mann, war der neugierig. »Geht es um die tote Frau von gestern?«, fragte ich zurück.

»Ich habe ein paar Fragen an Sie.« Levent deutete mit dem Finger auf mich.

Linde verstand den Hinweis, schob mich in Richtung Laube und widmete sich aufs Neue dem Kompostsieben. Mister LKA folgte mir auf den Fersen.

»Also, Frau Busch, warum sind Sie gestern am Rheinufer gewesen? Und das zu dem Zeitpunkt, als eine Wasserleiche angeschwemmt wurde?«

Ich war ein wenig konsterniert, so offensiv Fragen gestellt zu bekommen. Der Ton macht die Musik, sagte ich immer, und seinen ganz speziell fand ich schon sehr aufdringlich. Wieso fiel mir in diesem Moment keine geeignete Erwiderung, sondern nur eine flaue Rechtfertigung ein?

»Purer Zufall. Ich war auf dem Weg zu meiner Tante. Ich helfe ihr mit dem Garten und baue an einer Skulptur, die hinten neben ihrer Laube stehen wird.« Ich zeigte auf die Stahlteile am Boden, dann auf das Betonbett.

Levent sah mich interessiert an. »Ist das legal? Eine Skulptur?«

»Ich bin Künstlerin.«

Er betrachtete mich kritisch. »Leben Sie davon?«

»Zum Geldverdienen mache ich Kunsthandwerk in der Schlosserei. Verzierte Feuerschalen, designte Spaliere, Feuerschutzgitter für Kamine, so was halt.«

»Also Brotjob und nebenbei Kunst.« Er spazierte durch den Garten und sah sich ungeniert um.

Das ging mir etwas auf die Nerven, ich wollte weiterkommen. »Wenn Sie sich wirklich dafür interessieren: Ein Gartennachbar hat eine meiner größeren Skulpturen bei sich aufgestellt.«

Er blieb abrupt stehen. »Welcher?«

»Der am Ende des Weges, von hier aus gesehen vor dem Deich. Er heißt Tom, sein Nachname fällt mir im Augenblick nicht ein …«

»Ziegler?«

»Ja. Kennen Sie den?«

»Ja. Aber er kennt mich nicht – und das ist gut so.« Levent dachte kurz nach, ehe er weiterfragte. »Ob ich mir die wohl mal ansehen kann? Ihre Skulptur?«

Ich verstand nicht, worum es ihm ging, und wäre ihn nur zu gern und schnellstmöglich losgeworden. »Bestimmt«, sagte ich leicht unhöflich. »Dahinten, letztes Gartentor auf der rechten Seite. Törchen aufmachen, ›Hallo‹ rufen.«

»Könnten Sie nicht mitkommen?« Er warf mir einen Dackelblick zu, der wohl unwiderstehlich wirken sollte. »Ich würde mich gern mit Herrn Ziegler unterhalten, möchte ihn aber ungern wissen lassen, dass ich vom LKA bin. Ehrlich gesagt, finde ich ihn *noch* spannender als Ihre Skulptur. Tut mir leid. Würden Sie mir trotzdem helfen? Sie könnten mich als Freund vorstellen, der sich für Ihre Kunstwerke interessiert.«

»Herr, äh, Levent –«

»Koray.«

»Was?«

»Ich heiße Koray. Wenn wir befreundet sind, duzen wir uns, okay? Was wolltest du sagen?«

Ich seufzte. »Hab ich vergessen. Ach so: Warum soll ich eigentlich in diesem Theaterstück mitspielen?«

»Du bist gerade hier. Und du bist doch ein netter Mensch, und du kannst schlecht Nein sagen.« Er lächelte verschmitzt und strahlte mich an.

Nicht schlecht, kommunikationspsychologisch geschult schien er auch zu sein, was ich dagegen nicht war. Ob Tom uns aber das Spiel abnahm? Mein neuer Freund sah nämlich überhaupt nicht so aus wie ein typischer Kunstliebhaber. Eher strahlte er eine ausgeprägte, aber irgendwie doch liebenswerte Selbstgefälligkeit aus. Wenn ich mich nicht sehr irrte, hatte ich es mit einem Menschen zu tun, der sich zuallererst für sich selbst interessierte. Danach kam wahrscheinlich erst mal lange nichts. Ein gut aussehender Mann, zweifellos. Und für ihn war das sicherlich keine Neuigkeit. Seine Freizeit schien er peinlich genau zwischen Badezimmerspiegel und Fitnessstudio aufzuteilen. Die glatten schwarzen Haare waren exaktestens geschnitten, der Bart perfekt gestutzt, selbstbewusster Gang. Immerhin war die Jeans verwaschen, und die Timberland-Stiefel sahen ein wenig verlatscht aus.

»Vielleicht kannst du mir auf dem Weg ein bisschen was erzählen?«

Zielstrebig war er wohl auch. Ich ergab mich in mein Schicksal und fing an, ihn zuzutexten, sobald wir aus dem Gartentor traten. Ich erzählte drauflos, was mir so zu den Gärten einfiel.

»Schräg links ist der Garten von Holger, unserem Vereinsmeier. Echt hilfsbereit, hat zwar gar kein Amt im Verein, kümmert sich aber um alles, worum man ihn bittet. Deshalb kommt er auch nicht richtig zum Gärtnern. Die Obstbäume hat er übernommen, und statt eines Gemüsebeets hat er ein Trampolin für seine Kinder aufgestellt. Mehr gibt's in seinem Garten nicht zu gucken. Hinten links ist Claus, der hat den Garten schon ewig, ist Vorsitzender, und seine Frau ist vor zwei Jahren –«

»Ich dachte, du erzählst mir was über Tom Ziegler.«

»Oh, klar. Dann müssen wir rechts rüber. Tom ist ungefähr so alt wie ich. Meine Tante behauptet, wir hätten als Kinder miteinander gespielt, aber ich kann mich nicht wirklich dran erinnern. In seinem Garten ist das meiste noch so, wie er es von seinen Großeltern übernommen hat, als die vor ein paar Jahren ins Pflegeheim gekommen sind. Deswegen hat seine Frau sich mit der Situation auch nie richtig anfreunden können. Als ihr klar wurde, dass das Arbeit erfordert, hat sie schnell was organisiert. Tom ist beinahe geplatzt vor Wut, als er eines schönen Tages in seiner Mittagspause ihren Gärtner vor Ort angetroffen hat. In seiner Kleingartenparzelle. Ein sehr kurzes Telefonat mit seiner Frau und der Gärtner war auf immer Geschichte. Die Frau inzwischen auch, aber das hatte wohl andere Gründe.«

Schon waren wir vor Toms Garten angekommen, der weiter vorn am Fußweg des Rheindeichs lag.

Ich rief: »Hallo«, und wollte wie immer einfach um den Koniferensichtschutz herumgehen, ohne auf eine Antwort zu warten.

Koray blieb stehen und hielt mich am Arm fest. »Gestern war der nicht hier, oder?«, fragte er leise.

»Nee. Ist heute das erste Mal seit einiger Zeit im Garten. Hat meiner Tante Linde erzählt, er sei in der Schweiz gewesen«, flüsterte ich.

»Ja, der ist vor gut einer Woche nach Zürich geflogen. Was hat er da gemacht?«

»Was weiß denn ich? Ich geh mal davon aus, dass er Ski fahren war. Warum sonst sollte man im März in die Schweiz fahren?«

4

Ich ging vor Koray durch die dicht stehenden Hecken. Tom kam uns schon entgegen. Braun gebrannt und offensichtlich im Skiurlaub gewesen, schien er eins mit sich und der Welt zu sein. Wie ein Spiegelbild des LKA-Kommissars hinter mir. Dieses ähnlich provozierend selbstherrliche Geschlurfe, die im T-Shirt zur Schau gestellten Bizepse. Wohlgemerkt, wir hatten März. Die Sonne schien, aber ich trug noch eine Wolljacke überm Rollkragenpulli und meinem schwarzen T-Shirt und schwitzte kein bisschen.

Koray Levent allerdings sah plötzlich anders aus, als ich mich nach ihm umsah, er hatte anscheinend beim Gang durch die Koniferen sein Äußeres komplett verwandelt. Mit einem Griff hatte er eine schmale, dunkle Sonnenbrille aufgesetzt und seine Frisur durcheinandergebracht. Die eben noch ordentlich gegelten Haare wirkten nun unschön fettig und strähnig. Er lehnte leicht linkisch zu einer Seite und gab sich plötzlich wie ein Volltrottel. Er winkte Tom mit nerdigem Grinsen zu. »Hallöchen.«

Ich musste mich sehr beherrschen, um über diese Extravorstellung nicht laut loszulachen.

Tom dagegen zuckte nicht mal mit der Wimper, als ich ihm erklärte, mein Kumpel wolle sich über Gartengestaltung informieren und meine Skulpturen ansehen, auch die bei ihm im Garten, ob er etwas dagegen habe.

Er nickte betont freundlich und wandte sich mit ausladender Geste an Koray. »Willkommen in meiner Oase. Hier tanke ich auf. In jeder Hinsicht. Luft, Sonne und andere Formen der Energie.« Er grinste.

Komischer Witz. Verstand ich nicht.

»Hier gibt's doch null WLAN, und der wackeligen Stromversorgung wegen hab ich preiswerte Solarlampen angeschafft.«

Ach so. Hihi. Andere Formen der Energie. So ein Spaßvogel aber auch.

»Ich lass euch mal allein, ja? Hab noch was zu tun.« Ein Kommissar vom LKA brauchte bestimmt keinen Babysitter, der würde allein klarkommen. »Du findest den Weg zurück, oder?«

Koray nickte und stellte Tom gleich die nächste Frage, die ich schon nicht mehr hörte. Ich ging zurück zu Lindes Garten und sofort zu meinen Stahlteilen hin.

Meine Skulptur bei Tom war nichts Besonderes. Ein Frühwerk. Und nicht mal eins, das mir wichtig gewesen wäre. Tom hatte es zusammen mit dem Garten von den Großeltern übernommen. Die hatten mir noch während des Studiums das doch recht grobe Ding abgekauft und einen sehr anständigen Preis dafür bezahlt. Was ich gern und ohne schlechtes Gewissen angenommen hatte, denn Toms Familie schwamm immer schon im Geld und Zieglers wohnten von alters her im feinen Teil von Oberkassel, wo freitagmorgens die Zugehfrau das Meissener Porzellan abstaubte. Der alte Anton Ziegler hatte mir das gute Stück nicht aus reiner Liebe zur Kunst abgekauft, sondern auf eine Wertanlage gehofft. Bestärkt von Lindes Schwärmerei für mich war er zeitlebens überzeugt gewesen, ich würde irgendwann weltberühmt werden und er hätte ein Schnäppchen gemacht. Tja dann …

Dem Material bin ich treu geblieben, doch mein Stil hatte sich im Lauf der Zeit weiterentwickelt. Früher fand ich Serra mit seinem monumentalen Minimalismus toll, heute ist eher Calder mein Vorbild, der auch mit bewegten und farbigen Elementen arbeitete.

Ich zog die Plane mit den Stahlteilen hinter die Laube. Dort stand seit zwei Wochen das, was einmal die tragende Säule meiner Stahlskulptur werden würde, in ihrem Betonbett. Ich strich mit der Hand darüber. Auf dem von mir angerauten Metall blühten schon erste feine Rostspuren, das gefiel mir, es nahm die Kälte und die Feuchtigkeit der Umgebung gut an. Lindes Gartennachbarin und älteste Freundin Ulla ging momentan noch davon aus, dass ich für Linde einen besonders stabilen Wäscheständer aufstellte.

Konzentriert bereitete ich die nächsten Teile für die Aufhängung vor. Ein Teil hatte sich verzogen, das ärgerte mich. Noch war nicht der richtige Zeitpunkt für die Interaktion mit der Natur gekommen, denn den wollte ich selbst bestimmen.

Aus dem Schuppen holte ich meine Feuerschale, machte Feuer, zog meine Lederschürze an, erhitzte das verzogene Teil und bearbeitete es mit dem Schmiedehammer.

So versunken war ich in meine zugegebenermaßen laute Tätigkeit, dass ich gar nicht gemerkt hatte, dass Linde sich mit einem neuen Besucher näherte. Als die beiden vor mir standen, erschreckte ich mich fast zu Tode.

»Marie, ich hab dir ja gesagt, dass der Herr von der Kriminalpolizei noch mal kommen und dich sprechen wollte.«

Ich nickte und holte erst mal tief Luft. Bisher hatte ich angenommen, dass sie mit dem »netten Polizisten« meinen neuen Freund Koray meinte. Und für heute hatte ich sowieso schon gefühlt genügend Unterbrechungen gehabt. Tatsächlich aber stand ein Mann neben ihr, der ein wenig gedrungener war als Koray. In Zivil, ebenfalls etwa in meinem Alter, wahrscheinlich etwas älter, entschlossen gerecktes Kinn, bohrender Blick, ein bisschen militärisch, wenn auch nicht übertrieben sportlich gekleidet.

Ich richtete mich auf, den Hammer noch in der Hand. Besonders groß war er auch nicht, wir sprachen etwa auf Augenhöhe. »Guten Tag. Marie Busch.«

Er wich merklich vor dem Hammer und dem sprühenden Feuer zurück. »Holzmann, Kripo Düsseldorf.«

Ich war ihm nicht geheuer, das sah ich sofort.

In der Hand hielt er Lindes Zigarrenkiste, in der das Kleingeld bei jeder Bewegung hin- und herrollte. Er drehte sich zu ihr um. »Frau Busch, vielen Dank, ich kümmere mich darum.«

Linde verabschiedete sich in Richtung Laube, um zu malen. Warum wollte heute jeder mit mir reden und nicht mehr mit Linde?

»Nun zu Ihnen, Frau … Unwillkürlich blickte er zur Hecke hin, als Schritte zu hören waren. »Was will der denn hier? Na, ich kann's mir denken.« Er schüttelte genervt den Kopf.

Ich folgte Holzmanns Blick und sah zum Weg hinüber, wo mir Koray winkte und sich aus dem Staub machte. Seine Haltung begradigte er im Gehen, die Brille nahm er ab. Bloß die Frisur war unwiderruflich hin.

»Ihr Kollege hat doch schon –«

»Der Levent ist nicht mein Kollege.«

»Entschuldigung. Aber ich dachte immer, LKA ist auch irgendwie Polizei.«

»Irgendwie, hm?« Er schnaubte, offenbar ernüchtert von so viel Unwissen um ihn herum. »Ihre Tante hat mir schon gesagt, dass Sie oft hier sind und gestern am Fundort waren. Sind Sie denn jedes Wochenende vor Ort? Die Kollegen haben Ihre Personalien aufgenommen. Wir haben bisher mit fast allen Gärtnern reden können, nur mit Ihnen noch nicht.«

Ich erzählte auch ihm von der Kunstschlosserei, in der ich beschäftigt war, und dass mir Arbeit und Familie an Werktagen zu wenig Zeit ließen, um an meiner Skulptur zu arbeiten.

Holzmann sah mich an, als ob er schlechten Fisch gegessen hätte. Stahlbildhauerei war wohl wirklich nicht sein Fall, und humorlos schien er auch zu sein.

»Ist Ihnen irgendetwas aufgefallen hier im Garten? Irgendetwas Ungewöhnliches in letzter Zeit?«

»Nee.« Ich sah mich um. »Alles wie immer. Und stimmt es, dass Sie gar nicht wissen, seit wann sie dort lag? Die Tote, meine ich.«

»Nein. Man kann bei Wasserleichen nur Vermutungen anstellen«, erklärte er bemüht. »Dauert nur ein, zwei Tage, und schon können wir den Todeszeitpunkt nicht mehr eingrenzen. Das Wasser ist kalt, die Luft auch. War mindestens einen, maximal vier Tage tot.« Er hob die Schultern, und erneut klapperte es in der Zigarrenkiste.

»Wo ist sie denn reingefallen?«

»Wissen wir nicht. Deswegen befragen wir die Leute. Auch ob sie gefallen ist, ist nicht klar. Die Tote hat Wunden, wir ermitteln in alle Richtungen. Selbst wenn der *Kollege* Levent sich schon eine ganz bestimmte Vorstellung in den Kopf gesetzt hat.«

Ups, da lag wohl was im Argen zwischen LKA und Kripo. Oder es war etwas Persönliches zwischen zwei Alphatieren. Im Grunde konnte es mir egal sein, aber es war offensichtlich, dass Holzmann argwöhnte, ich hätte Koray mehr erzählt als ihm. Auch er streckte mir seine Karte hin.

»Deshalb, auch auf die Gefahr hin, dass ich mich wiederhole: Rufen Sie mich an, wenn Ihnen etwas auffällt, das anders ist als sonst. Egal, wie unbedeutend es Ihnen erscheinen mag.«

»Ich wüsste spontan nix. Abgesehen von meiner Feile vielleicht.«

»Ihrer Feile.« Er schaute mich kritisch an und wechselte die Zigarrenkiste geräuschvoll in die andere Hand. »Was ist mit Ihrer Feile?«

»Na ja, die habe ich gestern vorn im Gebüsch gefunden. War ziemlich dreckig, und ein bisschen Blut war dran.«

»Sie haben ein blutverschmiertes Werkzeug gefunden und uns nicht so-fort angerufen?«, brüllte er.

»Ich dachte …«

Holzmann verfärbte sich, eine ungesunde Röte zog seinen Hals hinauf und über sein Gesicht. Das Kleingeld in der Kiste schepperte hin und her. »Sie sollen nicht denken! Sie sollen mich anrufen! Oder die 110 wählen!«

»Ist ja gut. Entschuldigung. So was kommt hier halt mal vor, dass sich jemand von anderen was ausleiht und sich vielleicht in den Finger schneidet.«

»Wenn Sie nach einem Mordfall in der Nähe des Fundorts ein blutverschmiertes Werkzeug finden, dann …« Je aufgeregter er wurde, desto mehr fuchtelte er mit der klappernden Kiste herum.

»Dazu müsste ich gewusst haben, dass ein Mord passiert ist«, fuhr ich dazwischen. »Bis eben dachte ich, Alina ist ertrunken.«

»Nein. Wir ermitteln in einem Mordfall. Eine Feile käme als Tatwerkzeug durchaus in Frage.«

Tatwerkzeug? Ich sah ihn schockiert an. Das wurde ja immer besser.

»Wo ist sie?«, blaffte er.

Wortlos wies ich auf den Boden vor mir. Er klemmte sich die Zigarrenkiste unter den Arm und zog einen Plastikbeutel aus der Jackentasche, griff hinein, packte damit die Feile, stülpte den Beutel um und steckte ihn samt Inhalt zurück in die Jacke. »Definitiv Ihre?«

»Ja sicher, der verzierte Griff ist handgeschnitzt.«

»Und wo haben Sie die gefunden?«

Einen weiteren Wutanfall später hatte Oberkommissar Holzmann begriffen, dass ich nicht nur die Feile mehrfach angefasst hatte, sondern sie auch woanders hingelegt und zudem notdürftig abgewischt hatte. Er beruhigte sich erst wieder, als ich anbot, eine Skizze anzufertigen.

Während er mit der Spurensicherung telefonierte, holte ich Papier und einen Zeichenstift aus der Laube und legte los. Wenn ich etwas konnte, dann das. Ich war imstande, mir Bilder und die Anordnung von Dingen so einzuprägen, dass ich auch Tage später noch eine detaillierte Skizze davon anfertigen konnte. Für Bilder, Muster und Gegenstände hatte ich ein fotografisches Gedächtnis. Leider hatte das bei Französischvokabeln aber nie funktioniert.

Holzmann wandte sich um und zeigte auf die Laube. »Können wir uns kurz unterhalten?«

»Klar.« Ich ging vor, er kam hinterher und schlug Linde, die gerade mit dem Besen hineinwollte, die Tür vor der Nase zu.

»Bitte.« Ich lenkte ihn in Lindes alten, durchgesessenen Polstersessel.

Er sank tief ein, die Knie fast auf Ohrenhöhe, während ich hübsch aufrecht am Tisch auf einem ganz normalen Stuhl saß. Rache musste sein. Wer sich so abfällig über meine Kunst äußerte, sollte ruhig aus dem Sessel zu mir aufschauen.

»Wo waren Sie in den Tagen davor?«

»Vor was?«

»Vor dem Auffinden der Wasserleiche.«

»Pffff. Da muss ich nachdenken. Das war … Ja, letzte Woche. Da war der Kollege im Urlaub, und ich habe jeden Tag Überstunden gemacht. Wir hatten unheimlich viel zu tun, weil wir wie jedes Frühjahr wahnsinnig viele Aufträge haben. Tore, Spaliere, Zäune, die Leute wollen alles neu. Ich bin die ganze Woche nicht dazu gekommen, irgendetwas anderes zu machen. Selbst mein Yoga am Mittwoch habe ich absagen müssen.«

Er sah ungerührt in seinen Block. »Sie arbeiten in einer Schlosserei, haben Sie gesagt? Was machen Sie da?«

»Was man in einer Schlosserei eben macht. Schmieden. Metall sägen, löten, schweißen.«

»Und für die Zeit, in der Sie nicht in der Schlosserei waren, gibt es da Zeugen? Leben Sie allein? Wie kommen Sie zur Arbeit? Gibt es eine Fahrgemeinschaft?«

»Nein. Ich lebe nicht allein, und mein Mann kann Ihnen bestätigen, dass ich jede Nacht zu Hause gewesen bin. Es gibt keine Fahrgemeinschaft, ich laufe die paar Meter von der Klever Straße zur Schwerinstraße. Auf dem Heimweg gehe ich meist über die Nordstraße und mache ein paar Einkäufe. Ich weiß nicht, ob Ihnen da jemand …«

Ich überlegte, während Holzmann sich schweigend ein paar Notizen machte und Stichpunkte abhakte.

»Sie sind also erfahren im Umgang mit Werkzeug und mit Metall.«

»Was? Ja, natürlich. Was wollen Sie damit sagen?«

»Nichts. Ich notiere mir das nur. Es ist wichtig.«

»Inwiefern?«

»Insofern, falls wir an der Feile nicht nur Ihre Fingerabdrücke, sondern auch die DNA der Frau feststellen sollten, die tot am Rheinufer angeschwemmt wurde.«

Mir wurde es angst und bange. »Und jetzt denken Sie …?« Ich wollte den Satz gar nicht vollenden. »Aber ist sie denn nicht ertrunken?«

»Frau Busch, Sie sind Besitzerin eines möglichen Tatwerkzeugs, insofern halten Sie sich bitte zu unserer Verfügung. Sie sollten auch das Land nicht verlassen. Und zur Todesursache kann ich Ihnen noch nichts sagen.«

»Wann denn?«

Er lächelte gekünstelt mitleidig. »Frau Busch, die Polizei ist eine Behörde. Manche Dinge können eben ein bisschen dauern. Wissen Sie doch.«

Holzmann wurde nun sarkastisch, als ich ihn fragte, ob die Tote wirklich noch nicht identifiziert sei, obwohl Linde ihm ein Foto von Alina mit dem Schal gebracht hatte. »Frau Busch, für eine Identifizierung brauchen wir mehr als einen Schal, der in jedem Kaufhaus zu haben ist. Sie wissen, dass wir nicht nur am Rhein Hochwasser hatten, oder?«

Was wollte er? Ich sah ihn fragend an.

»Auch in der Ostparksiedlung war Land unter.«

»Ich kann Ihnen nicht folgen.«

»Frau Busch! Das können Sie sich doch wohl denken! Ich dachte, Sie kennen Frau Horn. Wir brauchen den Zahnabgleich für die Identifizierung!« Sein Gesichtsausdruck hatte sich weiter verdunkelt.

Ich fragte trotzdem nach. »Aber wieso?«

»Tierfraß.«

»Ah …« Solche Einzelheiten hatte ich gar nicht wissen wollen. Man konnte die Frau also nicht mehr anhand ihres Gesichts identifizieren.

Holzmann war nun in Schwung, er redete weiter. »Und der Zahnarzt von Frau Horn sitzt in der Ostparksiedlung, direkt an der Düssel. Die ganze Praxis ist überschwemmt, vollgeschlammt, die Akten sozusagen vernichtet. Der Arzt geht nächstes Jahr in Rente und hat nix digitalisiert. Hatte seine Daten nur auf Karteikarten und Gipsabdrücken. Zum Kotzen.«

Er wandte sich zum Gehen, die Kiste meldete sich klappernd zurück.

»Moment!« Mir war noch etwas eingefallen. »Alina hat früher beim DHC Hockey gespielt, nebenan am ›Seestern‹. Und nachdem die in irgendeine tolle Liga aufgestiegen waren, hat die ganze Hockeymannschaft professionelle Zahnschutzschienen bekommen, das wurde gesponsert, und sie fand das total toll. War so begeistert, dass sie allen davon erzählt hat. Die ganze Mannschaft ist für die Abdrücke zu einem Zahnarzt gekarrt worden – und später wurden die Dinger individuell angepasst. Das ist wohl so gute zehn Jahre her, schätze ich.«

Etwas mehr Enthusiasmus nach einem solchen Hinweis hätte ich schon erwartet, aber nicht so bei Holzmann.

»Aha. Wir gehen dem nach, danke. Aber damit sind Sie noch lange nicht aus dem Schneider.«

»Wie meinen Sie das?«

»Sie sind die Besitzerin des mutmaßlichen Mordwerkzeugs und stehen damit ganz klar in der Liste der Verdächtigen sehr weit oben. Das wissen Sie doch selbst. Und wenn Sie dann morgen im Präsidium vorbeikommen und Ihre Aussage unterschreiben könnten.« Er sah mich streng an, und wieder rasselte es in der Kiste, was seiner Bemerkung diesmal einen finsteren Beiklang verlieh.

Grußlos drehte er sich um und ging. Am Gartentor stand bereits die Spurensicherung, zwei Leute in weißem Ganzkörperplastik. Es war anzunehmen, dass die beiden Lindes Garten und Laube auf links drehen würden. Das musste ich ihr noch schonend beibringen.

Einer der Weißgekleideten nahm von Holzmann die Kiste entgegen und brachte sie weg. Das Geräusch des klappernden Kleingelds wurde mit jedem seiner Schritte leiser.

Nachdem er gegangen war, blieb ich noch eine Weile in der Laube sitzen, unfähig, mich zu rühren. Das war das bei Weitem Beklemmendste, was mir je passiert war. Wie sollte ich Matthias das erklären? Meinen Kindern? Meinen Eltern? Linde? Besitzerin eines möglichen Tatwerkzeugs. Und das war kurz vor »unmittelbar tatverdächtig«. Ohne Umschweife hatte Holzmann nach meinem Alibi gefragt. Aber ich hatte keins. Und klar, theoretisch hätte ich vor oder nach der Arbeit im Garten vorbeifahren können.

Ich atmete schwer. Das war so erdrückend. Vor allem, weil ich keine Ahnung hatte, wie ich meine Unschuld konkret beweisen sollte. Bislang waren Kriminalfälle in meinem Leben am Sonntagabend um zwanzig Uhr fünfzehn im »Tatort« passiert – und um einundzwanzig Uhr fünfundvierzig war die Welt wieder in Ordnung. Mord war so weit weg von meinem vergleichsweise beschaulichen Leben wie ein Lottogewinn. Ich besaß keinerlei Erfahrung mit echtem Hass. Missgunst und Neid gab es überall, aber einen Menschen zu töten, das lag außerhalb meines Vorstellungsbereichs. Und nun war ich, wie Holzmann gesagt hatte, im Kreis der Verdächtigen weit vorn.

Ich war fertig mit den Nerven. An Kunst und Kreativität war heute nicht mehr zu denken. Vielleicht wäre es gut, jetzt mit Linde irgendetwas umzugraben. Produktive, anstrengende körperliche Arbeit hatte mir schon über manche Krise hinweggeholfen.

***

Ursprünglich war es Lindes Plan gewesen, sich langsam vom Selbstversorgergarten zu verabschieden, es war ihr mit fast siebzig mittlerweile zu beschwerlich. Sie hatte aber mit einem Blick erkannt, dass ich etwas brauchte, das mich vom Grübeln abhielt: Es war zwar überhaupt noch nicht der richtige Zeitpunkt, um Kartoffeln zu setzen, noch war es zu kalt und zu nass, aber wir konnten immerhin den Boden schon vorbereiten.

Wir lockerten das ganze Beet mit der Grabegabel auf, entfernten Wurzelreste und Steine aus dem Boden, arbeiteten Humus ein. Drei Liter Kompost pro Quadratmeter. Der Gemüseacker war nur klein, aber mit den knapp dreißig Quadratmetern waren wir bis in den Nachmittag beschäftigt. Hornspäne hatte Linde nicht mehr, die würden wir nächste oder übernächste Woche zugeben, wenn wir den Boden vor dem Kartoffelsetzen sowieso noch einmal lockern mussten.

Schließlich erzählte ich Linde von meinen Ängsten und Sorgen, meiner Beklemmung, meiner Not und dass ich keine Ahnung hatte, wo ich anfangen sollte. Denn wenn ich nichts tat, blieb es so. Ich, die Tatverdächtige. Ich war schon so weit, dass ich mir die Gerichtsverhandlung vorstellte: »Frau Busch, aufgrund von Indizien verurteilen wir Sie zu …« Lieber gar nicht daran denken.

Ich fragte sie auch, ob sie mir dabei helfen würde, selbst alles über Alina und ihren Tod herauszufinden. Denn ich sah es nicht ein, dass ich den Sündenbock spielen sollte, nur weil die Polizei auf das erstbeste Indiz abfuhr. Niemand wurde einfach so umgebracht. Selbstmord hatten wir ja schon ausgeschlossen. Was noch dazukam: Mir lag persönlich etwas an Alina. Vielleicht entdeckte ich doch noch ein Detail, das Aufschluss geben könnte, warum jemand sie getötet hatte.

»Weißt du, Linde, ich muss schon allein deshalb mehr über Alina wissen, nicht nur wegen meiner blöden Lage, sondern auch weil ich sie mochte und ihr Tod mir einen Schock versetzt hat. Immerhin kenne ich sie länger als manch einer hier im Verein, aber das weißt du ja … Außerdem, so blöd das klingt, fühle ich mich als ihre ehemalige Babysitterin irgendwie immer noch für sie verantwortlich. Klingt das völlig absurd?«

»Das klingt für mich völlig logisch. Es geht um Alina. Und es geht um dich. Ich finde es sehr wichtig, dass du dich damit beschäftigst. Wir uns. Ich helfe dir natürlich. Marie, mir geht das auch sehr nahe. Das mit Alina sowieso, aber dass du in die Sache mit hineingezogen wirst … Das ist doch wirklich die Höhe!«

5

Entgegen aller Gewohnheit radelte ich am nächsten Tag nachmittags noch zum Garten. Linde hatte mir eine Nachricht auf meine Mailbox gesprochen und sehr aufgebracht geklungen. Polizei und Spurensicherung seien am Sonntag durch die Gärten gewütet und hätten eine Spur der Verwüstung hinterlassen.

Gestern hatte ich keinen Sinn dafür gehabt, oder die Sonne heute Mittag hatte ganze Arbeit geleistet: Als ich beim Betreten der Kleingartenanlage die ersten Tulpen sprießen sah, ging mir trotz allem das Herz auf. Die bunt leuchtenden Blüten strahlten zusammen mit den letzten Osterglocken wie Konfetti durch die Zäune und durch die wenigen noch kahlen Sträucher. Es würde im Lauf der nächsten Wochen noch viel mehr Farbtupfer geben, vor allem wenn besonders bei Linde, der Gartenkünstlerin, Zierlauch, Schachblume und die frühen Stauden wie Storchschnäbel und Fuchsien dazukämen. Und jedes Frühjahr aufs Neue brach im Verein eine postmoderne Version des holländischen Tulpenfiebers aus. Denn auch Kleingärtner haben ihre Statussymbole, und das nicht zu knapp. Jeder wollte etwas Besonderes im Garten haben. Ulla und Rolf von gegenüber pflanzten als Traditionalisten ausschließlich ungefüllte frühe Tulpen wie die orangefarbene »Apricot Beauty« oder den strahlend weißen »White Prince«, dazu schnörkellose gelbe, rote und pinkfarbene.

Linde mochte es extravaganter: Als Malerin bevorzugte sie natürlich sogenannte Rembrandt-Tulpen. Nicht dass Rembrandt sich als großer Blumenmaler hervorgetan hätte, aber auch er hatte sich seinerzeit mit den Tulpenzwiebeln ziemlich verspekuliert. Die Tulpenkrise war ja vor allem deswegen entstanden, weil die mit dem Tulpenmosaikvirus infizierten Zwiebeln wunderschöne Farbverläufe an den Blütenblättern entwickelt hatten. Die Zwiebeln wurden dann täglich teurer und teurer, bis der Markt implodierte. Wenn möglich, hätte Linde sicher auch gern eine »Semper Augustus« gehabt, aber die war virenbedingt leider ausgestorben. Lindes Rembrandt-Tulpen waren weiß mit rotlila geflammten Blütenblättern. Sie ließen sich aber mehr Zeit, oft blühten sie erst im Mai und mochten es lieber etwas weniger feucht als in diesem Frühjahr. Falls es zu nass war, würde es das ganze Frühjahr über lautes Wehklagen von Linde geben, weil ihre Tulpen im Gegensatz zu den anderen – und so weiter.

In einem Garten weiter hinten, näher zur Straße hin und etwas höher gelegen, blühte ein ganzes Meer von knallorangefarbenen, gefüllten »Willem van Oranje«. Ich konnte sie mühelos schon vom Eingang der Kleingartenanlage aus leuchten sehen. Obwohl Joe dem Ganzen eher leidenschaftslos gegenüberstand, würde seine holländische Mutter wohl nie aufhören, ihn auf diese Weise an seine Wurzeln zu erinnern. Jedes Jahr zum Geburtstag im September schenkte sie ihm einen Sack Tulpenzwiebeln, die er dann auch brav setzte.

Ich traf Linde neben der Laube, wo sie ihr Staudenbeet wiederbelebte. Die Sonnenhüte vorn am Rand hatten sich schon ein wenig erholt und ihre Blättchen ausgefaltet, aber dahinter das, was mal Cosmeen werden sollten, und der Phlox … da lag einiges im Argen. Oder besser gesagt: Es lag platt getreten auf dem Boden.

Linde gab jedem noch so kleinen Trieb eine Chance, sie richtete Halm um Halm auf, stützte ein paar Stängel mit Bambusstäbchen, band mehrere zusammen. Im Endeffekt würde sich die Natur ihren Weg suchen. Ewiges Werden und Vergehen war das eben. Aber Linde war doch mehr für das Werden, und sie gab nicht auf.

»Kriegst du's denn wieder hin?«, fragte ich vorsichtig.

»Warum muss *ich* das eigentlich machen?«

»Schon gut, Linde, ich helfe dir. Immerhin waren die ja wegen meiner Feile da. Warte, ich zieh mir eben die Jacke aus.«

»Ach, Marie. Dich meine ich doch gar nicht.« Als sie aufstand, sah ich die Wut in ihrem Gesicht. »Wie eine Rotte Wildschweine!«

»Na ja. Die mussten doch –«

»Gar nichts mussten die! Vorsichtig hätten sie sein können! Deswegen hab ich eben auch im Präsidium angerufen. So geht's ja nicht.«

»Wen hast du angerufen?« Mir schwante Übles.

»Diesen Kommissar Holzmann. Ursprünglich fand ich ihn ja seeehr nett. Aber jetzt musste ich ihm wirklich die Meinung sagen. Und weißt du, was er geantwortet hat? Dass es in diesem Fall um mehr gehe als um ein paar Blümchen.«

»Ich bin sicher, du hast ihn nicht damit davonkommen lassen.«

»Nein, ich hab ihm gesagt, er soll mir seinen Chef ans Telefon holen.«

Ich musste innerlich schmunzeln. Typisch Linde. »Und? Hat er?«

»Natürlich nicht. Er sei der Chef der Abteilung, und der Polizeipräsident würde sich wahrscheinlich nicht dafür interessieren. Das ist doch eine Frechheit, oder?«

»Linde, die machen auch nur ihren Job da. Und der Holzmann ist wirklich nicht nett, der rief vorhin bei mir an. Gestern wurden ja meine Fingerabdrücke genommen und dann mit denen auf der Feile abgeglichen. Das Ergebnis: Außer meinen sind keine anderen Fingerabdrücke auf dem Griff. Und die Feile war mit großer Wahrscheinlichkeit das Tatwerkzeug. Also will er mich noch mal sprechen. Er hat gesagt, er meldet sich, wenn die Untersuchung der Feile abgeschlossen ist.«

Ich musste schlucken, und Wut stieg wieder in mir auf, aber ich wollte Linde nicht damit belasten.

»Heißt das …?«

»Genau. Alina ist vermutlich mit meiner Feile umgebracht worden. Wie mache ich denen denn klar, dass ich damit nichts zu tun habe?«

»Ach, Schatz, das ist ja schrecklich!« Linde umarmte mich fest. »Aber wie solltest du? Du bist doch kaum mal hier.«

»Das weißt du, das sage ich, aber ich kann es doch nicht beweisen.«

»Schönen guten Tag, die Damen!«

Linde und ich drehten uns abrupt um. Wenn man vom Teufel sprach. Da stand Kommissar Holzmann, wie am Tag zuvor in schwarzer Stoffhose, dunkelblauer Wetterjacke und Schuhen, die mehr fürs Büro gemacht waren als für einen Ausflug in die freie Natur. Der Mann war dienstlich unterwegs.

»Frau Busch, schön, dass ich Sie antreffe.«

»Hallo, Herr Holzmann.«

»Sie sind ja doch nicht nur wochenends hier.« Mit Höflichkeitsformeln hielt er sich offenbar nicht lange auf.

»Nein. Heute habe ich frei, da kann ich noch ein bisschen an der Skulptur arbeiten.«

»Was …?« Er stand unschlüssig vor der Laube, starrte die Säule an und runzelte die Stirn.

»Ist noch nicht fertig. Ich setze noch Teile an und ein. Kennen Sie die Werke von Calder? Chillida? Oder Serra?«

»Sind das Künstler?«

»Sie sind alle Stahlbildhauer und meine Vorbilder – unter anderem.«

»Tut mir leid, ich versteh nichts von Kunst. Interessiert mich auch nicht. Ich sehe nur Metall – mit zum Teil ziemlich scharfen Kanten.«

»Die sind nicht mehr scharf, die habe ich gerundet, deswegen brauche ich die Feile.«

»Aber rostig.«

»Das ist der Sinn der Sache. Wie gesagt, Richard Serra. Das Kunstwerk nimmt Einfluss auf den Ort, der Ort beeinflusst das Kunstwerk, die Elemente arbeiten am Metall, der Betrachter verändert mit jedem Schritt seine Perspektive, das Kunstwerk verändert sich permanent.«

Holzmann starrte mich verständnislos an. Er konnte mit Kunst sichtlich nichts, aber auch gar nichts anfangen. Auch gut. Ich nickte stumm.

»Wir haben die Identifizierung.«

»Von der Toten am Rheindeich? Alina?«

»Ja und nein.«

»Wie jetzt?«

»Die Wasserleiche ist nicht Frau Horn.«

»Was? Echt?« Am liebsten hätte ich ihn umarmt. Alina lebte? Ich war so erleichtert. »Toll!«

»Wie man's nimmt. Ist ja immer noch jemand gestorben, oder?«

»Oh, natürlich. Und wer …? Aber das dürfen Sie garantiert nicht sagen, oder?«

»Jedenfalls nicht Ihnen, Frau Busch, und nicht, bevor wir die Angehörigen informiert haben.«

»Klar. Moment! Und ich? Ich bin damit raus, oder?«

»Nicht ganz. Das Tatwerkzeug ist und bleibt Ihre Feile.«

»Das ist doch absurd, Herr Holzmann! Denken Sie wirklich, ich sei eine Mörderin?«

Er wand sich rhetorisch ein bisschen, nur um dann mit der Erklärung um die Ecke zu kommen, dass der Fall im Prinzip so gut wie abgeschlossen sei, Akte zu und fertig. Es habe sich offensichtlich um einen Streit unter Obdachlosen gehandelt, es gebe sogar einen, der zumindest zugegeben habe, dass er sich nicht mehr an alles erinnern könne, aber es sei wohl möglich, dass er im Rausch diejenige erschlagen hatte, die ihm mit ein paar Bemerkungen dumm gekommen war. Meine Feile habe der Täter wohl gefunden. Für meinen Geschmack klang das viel zu dürftig, um eine Akte zu schließen, aber er sagte mir wahrscheinlich nicht mal die Hälfte von dem, was er wusste.

Mein Einwand, dass die Feile doch wohl vorsätzlich aus dem Werkzeugschrank geklaut worden war, ließ er nicht gelten, weil »man ja manchmal gedankenlos Sachen irgendwo herumliegen lässt«. Er zeigte sich megagenervt, dass ich erneut mit meiner These vom Betrug, Diebstahl und dem Mord an Alina daherkam – »wo wir doch alle wissen, dass es ganz anders war, Frau Busch …«.

Er redete mit mir wie mit einem minderbemittelten Goldfisch. Glaubte er denn selbst, was er da sagte?

Ich antwortete nicht. Es war besser so. Jedes Wort von mir wäre zu viel gewesen. Und bestimmt auch zu laut. Ich wäre nicht imstande gewesen, in normaler Zimmerlautstärke auf derart herablassende Äußerungen zu reagieren.

Offensichtlich aber wertete er mein Schweigen als Einverständnis. Da irrte er sich aber. Ich würde nicht so einfach aufgeben.

Das ganze Ausmaß dessen, was Holzmann mir so förmlich mitgeteilt hatte, wurde mir allerdings erst im Nachhinein klar: Alina Horn lebte, und ich stand nicht mehr unter Mordverdacht. Ich nicht, aber sehr wohl meine Feile. Das war und blieb mir ein Rätsel. Nur was mich daran störte, konnte ich nicht benennen. Mir kam es fast so vor, als hätte ich etwas sehr Offensichtliches einfach übersehen.

April

Unkraut ist die Opposition der Natur
gegen die Regierung der Gärtner.

Oskar Kokoschka

1

Dass etwas im Verein nicht stimmte, wurde mir erst vier Wochen später klar, als Linde sich ihre Zigarrenkiste im Polizeipräsidium wieder abgeholt hatte. Man hatte das Verfahren eingestellt.

Und dann kam es mir. Verfahren. Genau, so war es. Das Gerichtsverfahren des Mordprozesses. Es war noch nicht abgeschlossen, noch kein Urteil gefällt, kein Mörder im Gefängnis. Wenn ich mich richtig erinnerte, hatte jemand gestanden, die obdachlose Frau getötet zu haben. Damit war er aber noch nicht verurteilt. Vielleicht lief er, unter gewissen Auflagen sicherlich, aber immerhin hier noch frei herum. Wer wusste das schon? Ich jedenfalls kannte mich mit diesen polizeilichen Gepflogenheiten nicht aus. Aus Fernsehkrimis wusste ich, dass Geständnisse gelegentlich auch widerrufen wurden. Dort neigten Angeklagte dazu, sich nach einer Weile an nichts mehr zu erinnern. Dass Holzmann jemanden festgenommen hatte – hatte er das überhaupt? –, hieß jedenfalls noch gar nichts.

Mein letzter Stand war: Er hatte ein Geständnis, und meine Feile war die Tatwaffe. Dass hier weder ein Fall abgeschlossen noch irgendjemand dingfest gemacht worden war, hatte ich in den letzten vier Wochen erfolgreich verdrängt. Jetzt allerdings raubte es mir den Schlaf.

Und ich fühlte mich nach wie vor nicht wohl mit dem, was Koray von mir verlangt hatte. Ja, das Spiel mit der Freundschaft ging weiter. Direkt nach dem Gespräch mit Holzmann letzten Monat hatte er mich angerufen, um mir nur mitzuteilen, was ich bereits wusste: dass die Tote vom Rheindeich nicht Alina war. Woher hatte er überhaupt meine Handynummer? Ich hatte ihn gefragt, warum er sich nicht mit mir freuen konnte.

»Marie. Erst mal ist trotzdem jemand ermordet worden. Und dann ist es auch so, dass du zwar nun weißt, dass die Tote nicht Alina Horn ist, aber davon ist sie ja nicht plötzlich wieder da.«

»Stimmt.« Darüber hatte ich so noch gar nicht nachgedacht. »Und wo ist sie?«

»Wenn ich das wüsste. Sie ist nach wie vor spurlos verschwunden.« Koray hatte vollkommen ratlos geklungen. »Ich kann dich aber nur bitten, das alles bis auf Weiteres für dich zu behalten … Also, mit niemandem darüber zu reden, dass die Tote identifiziert ist. Mit *niemandem*. Das käme mir und meinen Ermittlungen gegen Ziegler ziemlich gelegen …«

»Weil du denkst, dass Tom Alina beiseitegeschafft hat?«

»Na ja, so ungefähr. Hast was gut bei mir.«

Was hatte ihm im Einzelnen vorgeschwebt? Im Moment hatte er für mich in Rätseln gesprochen, aber ich hatte nicht weiter nachgefragt, sondern mich an mein Versprechen gehalten. Koray hatte mich zu absoluter Geheimhaltung verpflichtet. Und das bedeutete für mich, dass ich nach wie vor auch gegenüber Linde Stillschweigen bewahren musste. Sicher würde ich irgendwann an den Punkt kommen, wo ich ihn um einen Gefallen bitten müsste. Wir hatten also einen Deal.

Am Pappelwäldchen dagegen war längst wieder Ruhe eingekehrt. Es war sozusagen Gras über die Sache gewachsen. Der Verein trauerte um Alina, weil man es nicht besser wusste, glaubte aber an einen Unglücksfall. Und da Alina seit Jupps Tod sowieso nicht mehr im Garten gewesen war, vermisste sie offensichtlich auch niemand. Oder besser: Niemand thematisierte sie. So war die Aufregung schnell wieder verloschen. Zudem hatte es von Ende März bis Mitte April fast durchgehend geregnet. Zwar war nicht erneut mit Hochwasser zu rechnen gewesen, aber die Gartenarbeit machte bei diesem Wetter überhaupt keine Freude, es hatte wochenlang am Stück genieselt und war mal wieder »für die Jahreszeit zu kalt« gewesen.

Deswegen hatte es mich völlig unvorbereitet erwischt, dass im Kleingartenverein merkwürdiges Brauchtum gepflegt wurde. Nicht nur am ersten April, sondern den ganzen April hindurch wurden mit viel Hallo Aprilscherze gemacht: Kaum war ich in der Kleingartenanlage angekommen, kam mir Sandra Moosbichler entgegen, die als Neue noch völlig ahnungslos war. Sie berichtete mir aufgelöst, sie habe an ihrer Laube einen Zettel vorgefunden. Ihr Nachbar Marek habe am Abend zuvor zu viel Wodka getrunken und versehentlich ihren Komposthaufen mit seinem Hausmüll verwechselt. Er habe eine offene Dose alten Fisch hineingeworfen. Als sie dann mit Gummistiefeln und Mundschutz gegen den Gestank in ihrem Kompost vorgehen wollte, sei Marek hinter der Hecke hervorgesprungen und habe »April, April« gerufen.

Bei so einer Art von Scherz, ich kannte das schon, musste man einfach cool bleiben. Sandra schwankte zwischen Wut auf Marek, Ärger über ihre eigene Dummheit, nicht damit gerechnet zu haben, und Verzweiflung, weil sie ihren Kompost wild im halben Garten verteilt und plötzlich eine Menge unvorhergesehener Arbeit hatte. Dabei musste sie so schnell wie möglich weg, um eines ihrer Kinder zu einem Kindergeburtstag zu bringen, wo man mit Gummistiefeln, selbst mit solchen aus Naturkautschuk, wie Sandra sie trug, sicher nicht willkommen war.

Ich war keine fünf Minuten in der Anlage und hatte schon mehrere mehr oder weniger lustige Aprilscherze über mich ergehen lassen, unter anderem Witze über Tulpen, die in der Mikrowelle vorgezogen werden, und Tipps für einen Spaten für Linkshänder. Es hatte etwas von Bullerbü hoch drei, aber ich machte wohl oder übel mit. Insgeheim lobte ich mich, dass ich mich so tapfer geschlagen und jedes Mal pflichtschuldig gelacht hatte.

Dann stellte sich mir auch noch Joe in den Weg. In seinem üblichen Schlabberlook trat er auf mich zu, hielt mir als gespieltes Mikrofon eine Karotte vor die Nase und sagte: »Ich bräuchte mal deine Meinung als Unbeteiligte: Was sagst du zum Thema Intelligenz?«

Da ich zwei neunzehnjährige Söhne hatte, traf mich wenigstens dieser Witz nicht unvorbereitet, und ich antwortete: »Dazu kann ich im Moment genauso wenig sagen wie du.«

So super fand ich die Antwort zwar nicht, aber Joe schüttete sich aus vor Lachen, sodass sein strähniger Zopf auf und ab wippte. Schön, wenn man einen Menschen glücklich gemacht hatte.

Eigentlich hieß Joe ja Jochen und arbeitete in der IT eines großen Reiseveranstalters. Joe war kein passionierter Gärtner, sondern ein waschechter Prepper. Er baute Gemüse an und weckte es dann ein, um sich Vorräte für den drohenden Atomkrieg oder wahlweise Weltuntergang anzulegen. Denn wenn er schon überlebte, dann so gesund wie möglich, hatte er mir mit ernster Miene in einer stillen Stunde erklärt und auch von seinem Keller erzählt, den er unter seiner Laube gegraben hatte. So ganz legal war das nicht, soweit ich wusste. An einem zweiten unterirdischen Raum baute er noch. Der erste war für die Vorräte, der zweite zum Überleben, es sollten auch noch eine Sauerstoffzufuhr und ein Chemieklo eingebaut werden. Er war ziemlich bizarr, aber im Grunde seines Herzens ein lieber Kerl und hilfsbereiter Gartengenosse, Linde ließ auf jeden Fall nichts auf ihn kommen, sie sagte immer: »Jeder Jeck is anders«, was heißen sollte, dass jeder auf seine Art glücklich sein sollte und dass es die anderen nichts anging, was einer tat oder auch nicht. Düsseldorfer Humor eben.

Als ich endlich bei Lindes Garten ankam, stand sie in trauter Zweisamkeit mit Claus vor der Laube.

»Ach, Marie, meine Liebe, ich hab's Claus grade schon erzählt: Ich stelle mich ernährungsmäßig um.« Sie strahlte mich an, nickte erwartungsvoll und platzte dann heraus mit: »Die Kekse stehen jetzt nicht mehr im Regal, sondern im Schrank.«

Die beiden kannten sich seit ihrer Jugend, waren mit ungefähr zwanzig ein Paar gewesen. Geheiratet hatte Claus dann aber Inge, die Details der Trennung kannte ich nicht. Nach Inges Tod vor zwei Jahren waren sich die beiden aufs Neue nähergekommen, es war richtig süß.

Ihr triumphierendes Gelächter konnte ich trotzdem nur mit Mühe würdigen, am liebsten wäre ich umgekehrt und direkt wieder nach Hause gefahren. Lindes Aprilscherz war der Tropfen zu viel im Fass.

Ich verzog wohl ein wenig das Gesicht, denn das mit dem Lächeln wurde plötzlich schwieriger.

Linde hielt mich am Arm fest. »Entschuldige. Der wievielte war das?«

»Du bist die Vierte auf fünfzig Metern. Wie hältst du das bloß aus?«

»Lächeln und mitspielen. Letztes Jahr hat Holger ja den Vogel abgeschossen. Im März hat er den Garten übernommen gehabt mit seiner Familie, und dann haben die sich so gut eingefunden und jeden Spaß gleich mitgemacht. Und seine Frau ist ja auch ganz eine Patente. Sie arbeitet als Krankenschwester und kümmert sich lieb um ihre Kleinen. Immer wenn sie eins der Kinder zum Sport gebracht hat, ist sie mit dem jeweils anderen Kind im Garten. Ich glaub, die ist fast jeden Tag hier. Und richtig nett.«

Ich freute mich wirklich, dass Linde, die so oft wie möglich in ihren Garten ging und malte, Leute traf, die sie mochte. Abgesehen von ihrer Freundin Ulla, die sie schon seit der Schulzeit kannte, aber für meinen Geschmack fast zu lange und zu gut: Ulla und Linde waren wie ein altes Ehepaar, das sich nur noch kebbelt und oftmals auf den Keks geht. Ulla war Claus' Stellvertreterin im Vereinsvorsitz und hatte auch so ihre Schrullen.

»Außerdem, Marie«, Linde stemmte die Hände in die Hüften, »hast du dir meine Beete heute schon angesehen? Erst diese Trampel von der Polizei, die den Sonnenhut und die ganze Staudengruppe platt getreten haben. Und jetzt, wo ich sie wieder aufgepäppelt habe – weißt du, was jetzt kommt?«

»Regen? Sturmböen? Hagel?« Ich holte mein Handy aus der Tasche und klickte die Wetter-App an.

»Quatsch! Leg das Ding weg. Jetzt kommen die Schnecken!«

»Oh nein.«

Schnecken waren echt mies. Und hier direkt am Rhein war es so schön feucht, im Frühling und im Sommer war es hübsch sonnig und warm, das richtige Saunaklima für Nacktschnecken. Ob es sich nun im Einzelnen um die Rote oder um die Spanische

Wegschnecke handelte – ich konnte sie nicht auseinanderhalten. Mir schien es manchmal, als fühlten sich besonders die schädlichen Arten in Rheinnähe sehr wohl. Sie gediehen prima, liebten und mehrten sich. Und sie waren nicht wählerisch, fraßen Blumen und Salat, gern das junge und frisch gekeimte Grün. Nichts gegen gesunde Ernährung, aber das Gemüse wollten Linde und die anderen Gärtner dann doch lieber nicht mit den Schnecken teilen. Der Phantasie zur Schneckenbeseitigung sind immerhin wenig Grenzen gesetzt, und die unterschiedlichsten Taktiken werden Jahr für Jahr am Gartenzaun diskutiert.

An Lindes geliebtem Sonnenhut zeigten sich bereits verräterische Knabberspuren. Eine ziemlich fette rotbraune Nacktschnecke kroch gemütlich zwischen den Stängeln herum und hinterließ eine Schleimspur im Beet – und das am helllichten Tag. Ich dachte immer, dass sie nur bei Dunkelheit aus ihrem Versteck kämen, aber am Rhein hatten wir es wohl mit einer besonders frechen Sorte zu tun. Linde kultivierte ihre Sonnenhutstauden – und zwar sowohl gelbe wie auch rote – extra in halbschattiger Lage, damit sie im Sommer Bienen anlockten. So weit mussten sie es aber erst schaffen. Und deswegen musste den schleimigen Salat- und Staudenfreunden offensivst Einhalt geboten werden.

Linde war gnadenlos und sehr konservativ. Böse musste Böse vertreiben, und biologische Mittel waren ihr zu schlapp.

»Ich hab kein Schneckenkorn mehr da. Marie, komm, wir müssen uns was leihen.« Schon war sie aus dem Gartentor hinaus und bog gleich schräg gegenüber bei Holger ein.

Warum ging ich ihr eigentlich hinterher? Bloß weil sie »wir« gesagt hatte?

»Schneckenmassaker!«, brüllte Holgers Jüngster, der achtjährige Tim.

Offensichtlich bevorzugte Familie Schwahn eine besonders drastische und tödliche Methode. Jeder Gärtner schwor ja auf ganz bestimmte merkwürdige Praktiken. Bei Holgers Familie tippte ich auf Schneckenkorn oder das vorsätzliche Ersäufen in Bier. Oder wurden die Schnecken abgesammelt und dann durchgeschnitten? Gruselig.

Aber so oder so, ich war immer neugierig, wie es in anderen Gärten so aussah. Erstaunlich unterschiedlich wirkten sie, obwohl alle identisch groß waren. Bei Holger war ich noch nie im Garten gewesen, man konnte auch nicht hineinsehen, denn auch bei ihm verdeckten die Laube vorn am Tor und einiges Gebüsch den Blick. Im hinteren Teil auf dem Rasen hatte er für seine Kinder ein Trampolin aufgestellt. Im Vorbeigehen konnte man meistens die knirschenden Geräusche der Federung hören und ab und zu einen Kinderkopf hoch über den Haselnusssträuchern auftauchen sehen.

Linde war deutlich vor mir bei Holger angekommen und hatte ihn sofort in ein Gespräch verwickelt. Wobei, Gespräch …

Sie schrie: »Ach Holger! Schau mal, das ist meine Nichte Marie. Ihr kennt euch schon, oder? Die hilft mir ein bisschen. Im Garten und bei der Buchhaltung.«

Er nickte, grüßte mich kurz und wandte sich wieder an Linde. Es ging gar nicht um Schnecken, sondern um Energieversorgung im Kleingarten im Allgemeinen, in seinem im Besonderen und dann noch um Stromzähler, die ausgetauscht werden müssten. Ich klinkte mich gedanklich aus und betrachtete das alte Gewächshaus, den in voller Blüte stehenden Kirschbaum und überlegte, wie viele Gläser Marmelade, Bleche Kirschstreusel …

»Marie!«

Streng rief mich Linde zu sich – und ich kam mir vor wie eine Achtjährige, die im Matheunterricht geträumt hatte. Sie winkte mich heran und sagte erklärend, diesmal in normaler Lautstärke: »Jetzt geht's doch um die Buchhaltung hier.«

Holger ließ sich nicht stören, sondern redete weiter, als ob ich gar nicht da wäre. »… eine wunderbare Fingerübung, aus diesem Gestümper eine rechtlich bindende Beitragsordnung zu schaffen.« Und dann fügte er diesen Satz an, den ich bei jedem Fernsehkoch hasste: »Ich hab da schon mal was vorbereitet.«

Ich rechnete fast schon damit, dass er gleich akkurat gehäckselte Zwiebeln, Ingwer und anderes störrisches Zeug in einer Reihe von Schälchen hervorzauberte, als er mir mehrere DIN-A4-Bögen in die Hand drückte, eng bedruckt. Ich fing an zu lesen, während Linde zu Holgers Frau Marijke ging, um sich Schneckenkorn auszuleihen.

»Tut mir leid, das so sagen zu müssen«, flüsterte Holger beinahe verschwörerisch, während er sich den Kragen seines Polohemds zurechtzupfte.

»Aua, Holger, mit wem hast du dich denn angelegt?« Sein Polohemd stand gerade so weit offen, dass man am Hals einen langen, verkrusteten Kratzer sehen konnte.

Holger lachte verkniffen und schloss peinlich berührt zwei Knöpfe. »Nichts weiter, nur die Katze von meiner Schwester vor ein paar Wochen. Musste ich einfangen, dann hat es sich noch entzündet. Scheißvieh.«

»Na, gute Besserung.«

»Danke, geht schon. Aber, wie gesagt, es ist jedenfalls an der Zeit, dass jemand diesen Verein ins 21. Jahrhundert führt.«

Er lag natürlich nicht ganz falsch. Ich dachte an die Zigarrenkiste, die von der Polizei einkassiert gewesen war. Sicher musste sich etwas ändern. Ich war keine Buchhaltungsfachfrau, konnte aber schon auf eine erfolgreiche Kassenverwaltung beim Förderverein der Grundschule zurückblicken.

Ich besah mir die Blätter, und prompt kamen mir doch ein paar Zweifel. »Puh, das ist ja verdammt detailliert. Glaubst du wirklich, das lesen die sich haarklein durch?«

»Der eine oder andere steigt wahrscheinlich schon bei den dreiundfünfzig Euro siebenundvierzig aus. Deswegen ist es aber so ungeheuer wichtig, dass wir – also wenigstens die Vereinsmitglieder, die mit der Kasse etwas zu tun haben – da durchblicken. Der anteilige Wasserverbrauch, der anteilige Versicherungsbeitrag, das ist von den Stadtwerken und von der Stadt ja auch auf den Cent genau berechnet, das muss so umgelegt werden, und das schaffst du irgendwann nicht mehr mit diesem Schulheft. So charmant ich das auch finde.« Holger war nicht zu stoppen: »Transparenz,

Marie! Transparenz ist das A und O! Wir stehen hier an einem entscheidenden Punkt für den Verein.« Er redete sich so richtig in Fahrt, und ich hatte das Gefühl, ich müsste schnell eine Zwischenfrage stellen, um ihm den Wind aus den Segeln zu nehmen.

»Wie kommt es eigentlich, dass du dich so gut damit auskennst? Was machst du beruflich?«

Er strich sich wieder übers Kinn und lächelte nachsichtig. »Ich führe ein eigenes kleines Unternehmen, hauptsächlich im digitalen Markt.«

»Oh, ja«, sagte ich. »Tja dann …«

»Aber sag mal, Marie, ich hab ein Gerücht gehört, dass du … Also mit der toten Frau … das ist ja …«

»Nein, nicht ich. Ein Werkzeug von mir, das man mir geklaut hat.«

»Puh, dann ist ja gut.« Er lächelte etwas gequält, nicht hundertprozentig überzeugt.

Ich nickte ihm freundlich zu und machte mich auf den Rückweg.

»Also, Marie! Wenn ich da«, er deutete nachdrücklich auf die Bögen, die ich ihm zurückgegeben hatte, »auf deine Unterstützung zählen könnte, würde uns das ein großes Stück weiterbringen.«

»Ja klar. Das muss anders werden im Verein. Ich bin dabei, ich rede mit Linde.«

»Super. Zusammen schaffen wir das. Wir sollten uns vernetzen. Schick mir deine Handynummer, dann leite ich dir mal ein paar Infos weiter.«

Auch wenn Linde behauptete, die Buchhaltung im Griff zu haben: Holger hatte recht. Es war nicht mehr zeitgemäß, wie der Verein die Kasse handhabte. Wenn man mit dem PC und in Excel-Tabellen arbeitete, war es mit Sicherheit übersichtlicher, und aus meiner Zeit beim Förderverein kannte ich ein paar Buchhaltungsprogramme. Alles in allem würde es Linde sehr entlasten.

Ich war noch nicht aus Holgers Garten raus, da hörte ich bereits, wie mehrere Nachrichten auf meinem Handy aufploppten.

Auf dem Weg zwischen den Gärten holte ich Linde ein. Sie zupfte trockene Blätter aus ihrer Rosenhecke und sah mich herausfordernd an.

»Dir ist klar, dass das Wahlkampf war, oder?«

»Wahlkampf? Wer? Wovon sprichst du?«

»Marie, nächste Woche ist Vereinssitzung. Wir bestätigen normalerweise in der Frühjahrssitzung den Vorstand im Amt.«

Aha, daher wehte der Wind. Linde wollte nicht abgewählt werden. Wenn man es ein bisschen geschickt anstellte, könnte man den Verein vielleicht sanft modernisieren. Man müsste die Alten im Amt bestätigen und ihnen jeweils einen jüngeren Menschen als Stellvertreter zur Seite stellen. Im Grunde hatten Linde und vor ihr Jupp Horn das schon vorgemacht. Linde zog mich zurate, aber vielleicht war jemand wie Holger in dieser Hinsicht doch kompetenter – und engagierter – als ich.

»Sag mal, warum hast du den armen Holger denn so angebrüllt? Der Mann ist doch nicht schwerhörig.«

»Doch.«

»Nein, wieso?«

»Kindchen, würde er denn sonst ein Hörgerät tragen?«

Hörgerät? Hatte ich nicht gesehen. Wie kam sie nur darauf? Dann ging mir ein Licht auf. »Linde, das ist kein Hörgerät, das sind Kopfhörer. In-Ear-Kopfhörer zum Telefonieren und Musikhören.« Und zum Sich-wichtig-Fühlen …

Linde war nun wirklich nicht digitalaffin. Zwar besaß sie zu Hause einen Laptop und konnte damit durchaus umgehen. Onlinebanking aber lehnte sie aus Prinzip ab, und ihr Handy war immer stumm geschaltet. Man erreichte sie nicht, wenn sie im Garten war. Und sie wollte auf keinen Fall mit ihrem Smartphone ins Internet gehen, weil sie genügend Jugendliche gesehen hatte, die so süchtig danach waren »wie nach Heroin«. Telefonieren, das ging, aber mehr auch nicht …

Ich schüttelte regelmäßig den Kopf über ihre Einstellung, aber es war nichts zu machen.

Ich dagegen war froh über jeden technischen Fortschritt, der mir erlaubte, mit meinen Kindern problemlos Kontakt zu halten, obwohl sie für ein Jahr in Kanada waren. Sie hatten gestern Abend spektakuläre neue Fotos geschickt. Zurzeit jobbten sie in der Nähe von Vancouver in einem Skigebiet an der Liftstation. Keine hochgeistige Tätigkeit, aber sie lernten Leute kennen, perfektionierten ihr Englisch, fuhren nach eigener Aussage inzwischen supergut Snowboard und konnten sich ihre Ausrüstung vom dort verdienten Geld selbst kaufen. Was will man mehr? Gern hätte ich Linde die neuesten Fotos von Jan und Ben im Pulverschnee gezeigt, wurde aber von Holgers Nachrichten abgelenkt.

Ich setzte mich vor die Laube. Nachricht eins zeigte mir an, dass ich in die Whatsapp-Gruppe des Vereins aufgenommen war. Sandra Moosbichler hatte mir bereits ein Winke-Emoji zur Begrüßung geschickt. Nachricht zwei von Holger ging nicht in die große Gruppe, sondern machte mich noch einmal auf die Vereinssitzung am kommenden Donnerstag aufmerksam. Als ob ich die vergessen könnte! Linde lag mir tagtäglich in den Ohren, dass ich bloß kommen sollte, denn sie hatte zwei Ämter, das der Sitzungsprotokollantin und kommissarisch das der Kassenwartin. Weil sie sich außerstande fühlte, gleichzeitig Protokoll zu führen und den Kassenbericht vorzutragen, hatte sie mich schon vor einiger Zeit gebeten, die Schreibtätigkeit für sie zu übernehmen.

Holgers dritte Nachricht war ein weitergeleitetes Stück, vermutlich aus der großen Gruppe. Eine echte Tapete hatte er mir geschickt.

Hallo, liebe Mitglieder, Förderer und Freunde …
Wie bereits angekündigt, habt ihr ab sofort die Möglichkeit, uns ohne Aufwand finanziell zu unterstützen. Wir haben eine Kooperation mit »Shop for us« geschlossen. Das bedeutet, dass ihr ab sofort beim Onlinekauf automatisch einen Bruchteil des Einkaufsbetrags an den Verein abgebt. Das Ganze ist für euch natürlich vollkommen kostenlos, und

ihr könnt zu den regulären Onlineshop-Preisen einkaufen. Des Weiteren werden keine personenbezogenen Daten an uns übersendet, euer Einkauf bleibt für uns nicht einsehbar. Was ihr dafür tun müsst: Ihr besucht nicht direkt eure favorisierten Onlineshops, sondern klickt auf unserer Homepage auf das Shop-for-us-Logo. Daraufhin kommt ihr auf die Seite von »Shop for us«, auf der ihr euch euren favorisierten Onlineshop aus einer Auswahl von über siebenhundert bekannten Shops aussuchen könnt. Dann wie gewohnt einkaufen, und Pappelwäldchen e. V. profitiert von den angegebenen Prozenten des Einkaufsbetrags.
Alternativ könnt ihr auch den folgenden Link zu euren Favoriten hinzufügen, ihr kommt damit ebenfalls auf die Shopseite bei shopforus.de:
shopforus.de/Pappelwaeldchen
Auf dieser Seite findet ihr zudem ein kurzes anschauliches Video, in dem der Ablauf noch einmal beschrieben ist.
Wir bitten euch, diesen Weg zu nutzen und den Link mit dem Hinweis so weit als möglich zu streuen. Jeder kann helfen, Nachbarn, Freunde, Bekannte, denn jeder Cent zählt. Wäre doch gelacht, wenn wir in diesem Jahr nicht einen ansehnlichen Betrag zusammenbekommen.
Vielen Dank im Namen aller Pappelwäldler
Holger

Der hängte sich aber rein! Und formulierte so unfassbar umständlich, was für mich normalerweise ein Grund gewesen wäre, es gar nicht durchzulesen. Aber wenn es dem Verein nützte, bitte sehr. Onlineshopping fand ich praktisch, obwohl ich schon vor mir sah, wie Linde die Nase rümpfen würde. Ich hatte zum Beispiel die günstigsten Angebote für ihre neue Regentonne als Nuronline-Angebot bei einem Gartencenter gefunden und gleich bestellt. Eigentlich war ich auch auf einen neuen Hochentaster aus gewesen, denn die uralte Astschere, mit der Linde herumfuhrwerkte, war geradezu lebensgefährlich. Und so ein Hochbeet, wie Tom Ziegler sie reihenweise stehen hatte, könnte Linde und mir den Rücken beim Gemüseanbau sehr schonen. Und dank Kupferbändern hätten es die Schnecken dann auch nicht so leicht. Allerdings waren die Dinger teuer.

Ich seufzte.

Und klickte auf den Link von Holger, registrierte mich als Nutzerin und legte einen schicken Hochentaster in den Warenkorb, obwohl der dreißig Euro teurer war als im Gartencenter, dazu noch mehrere Bauteile für einen Schneckenzaun mit Ecken, Schneckenkorn und die Saatmischung »Bunter Schneckenzaun«. Oh, der Betrag belief sich auf deutlich mehr als zweihundert Euro. Schade, aber der Hochentaster musste raus, es würde in diesem Sommer noch einmal so gehen müssen. Damit hatte ich den Betrag fast halbiert.

Die Schnecken waren ein echtes Problem, da konnte ich nicht sparen, sondern bezahlte und loggte mich aus. Leider kein Rabatt, aber immerhin ein Einkauf zum Wohle des Vereins.

Drei Mails ploppten auf, um mir von meinem Einkauf zu berichten: Die Bestellbestätigung des Onlineshops, ein Beleg für meine Zahlung von PayPal, und auch »Shop for us« freute sich.

Mir dagegen entglitten ein wenig die Gesichtszüge, als plötzlich ein Fremder im Garten stand. Lang, schmal, mit leichtem Überbiss, aber selbstbewusster Haltung und teuren Schuhen.

»Ein Windhund«, flüsterte Linde neben mir.

Mich erinnerte er an Harry Potters Erzfeind Draco Malfoy. Einem so unsympathischen Menschen wollte ich keinen Meter mehr gönnen und ging ihm schnell entgegen. Er war garantiert noch keine dreißig, was für ein Schnösel!

»Guten Tag, was kann ich für Sie tun?«

»Guten Tag, Frau Busch. Ich wollte mir bei Gelegenheit das Metallungetüm ansehen, an dem Sie so gern herumfeilen.«

Er erntete einen sehr bösen Blick von mir. Und ein Kopfschütteln. »Nein. Tut mir leid. Es gibt nichts zu sehen.« So ein Blödmann.

»Na ja, Sie haben Ihr Werkzeug ja auch gerade nicht, wie ich hörte.«

»Wer sind Sie, und was wollen Sie?«

Er lächelte milde, zog eine Visitenkarte aus der Hosentasche seiner Designer-Chinos und reichte sie mir.

»Mein Name ist Dr. Benedict Bongartz.«

Menschen, die mit ihrem akademischen Titel jedem vor der Nase herumwedelten, waren mir per se abgrundtief unangenehm. Ich sah auf die Karte. Als Berufsbezeichnung stand dort »Rechtsbeistand«. Ein Anwalt?

Er betrachtete mich angriffslustig. »Ich wollte mich vor allem von Ihren Fertigkeiten im Umgang mit Metallwerkzeug überzeugen. Da scheinen Sie sehr viel versierter zu sein als mein Mandant. Vor Gericht wird man sich dafür interessieren.«

Ich bekam zwar spontan Herzklopfen, ließ mir aber nichts anmerken, sondern versuchte, kühl und abgeklärt aufzutreten. »Und wer ist Ihr Mandant?«

»Christopher von Haasen.«

»Sagt mir nichts. Tut mir leid, ich glaube, Sie haben sich in der Adresse geirrt.«

»Wohl kaum, Frau Busch. Ist es nicht vielleicht so, dass Sie mit Ihrem Werkzeug eine unliebsame Besucherin aus Ihrem Garten vertrieben haben und Ihre Tat meinem Mandanten angelastet wird?«

Linde meldete sich empört zu Wort: »Ach, Sie … Sie …«

Ich ging dazwischen. »Nee, Linde lass mal. Kein weiteres Wort. Der junge Mann hat garantiert ein eingeschaltetes Handy in der Tasche und nimmt dieses Gespräch auf. Deswegen darf auch jeder mitkriegen, dass Sie uneingeladen ein Privatgrundstück betreten haben. So, raus jetzt. Und demnächst mit schriftlicher Ankündigung!«

Tatsächlich trat Draco Malfoy den Rückzug an. Er drehte sich noch einmal kurz um – und ich dachte, jetzt sagt er noch: »Träum weiter, Potter.« Aber nein, er beließ es bei einem beleidigt-abschätzigen Blick.

»Du hättest Lehrerin werden können, Marie.« Linde grinste anerkennend, dann wurde sie wieder ernst. »Was sollte das, und wie geht das weiter?«

Ich konnte nur den Kopf schütteln, ich wusste es auch nicht.

***

Aber Koray wusste es – und stand bei uns im Garten, kaum zwanzig Minuten nachdem der schnöselige »Rechtsbeistand« weg war. Gut, dass ich seine Telefonnummer noch hatte.

»Also dieser Christopher von Haasen ist ein abgestürzter und verstoßener Sohn aus reichem Meerbuscher Hause. Hat schon als Schüler angefangen zu saufen und zu dealen. Und konsumiert hat er natürlich auch. Wohnt seit drei Jahren mal hier, mal da, im Sommer am Paradiesstrand oder unter der Brücke dahinten. Wenn es da Stress mit den Wohnungslosen gibt, kannst du sicher sein, dass der dabei ist. Nennt sich gern ›der krasse Chrissi‹.«

Da konnte man ja nur mit den Augen rollen.

Koray nickte mitleidsvoll. »Der Bruder von diesem Typen hat jedenfalls einen Strafverteidiger engagiert. Einen Schulfreund, der gerade mit dem Examen fertig ist und sich irgendwie profilieren will. Ist noch nicht mal 'n richtiger Anwalt.«

»Mag sein, aber er stiefelt hier rein und erzählt, ich käme vor Gericht und könne nicht alles auf seinen Mandanten abwälzen.«

»Entspann dich, Marie. Dieser Vogel stellt erst mal eine steile These auf und guckt, wie du reagierst. Das ist ein Spiel. Er hat dich provoziert, du hast Kontra gegeben, das ist schon prima.«

»Brauche ich jetzt einen Anwalt?«

»Du hast ja mich.«

Ich sah ihn zweifelnd an.

»Wir werden dich so weit wie möglich raushalten.«

»Wir?« Ich war misstrauisch geworden, das LKA hatte ich hoffentlich nicht an der Backe.

»Keine Sorge. Ich rede von Holzmann und mir. Unter uns:

Du bist seine Zeugin, und er hat überhaupt kein Interesse daran, dich auf der Anklagebank zu sehen.«

»Hm. Ich dachte, der Typ, der Angeklagte, hätte gestanden, die Frau umgebracht zu haben.«

»Nee, nee. Er hat eingeräumt, es sei möglich, dass er bekifft mit ihr in Streit geraten und dieser Streit handgreiflich geworden ist. Ein Geständnis sieht anders aus.«

»Danke, dass du so schnell gekommen bist und das alles schon für mich rausgefunden hast.«

Koray grinste schief. »Na ja, bin halt nicht der ganz große Büromensch. Was glaubst du, warum ich nach dem Jurastudium nicht Anwalt geworden bin? Ich nutze jede Gelegenheit, um vom Schreibtisch wegzukommen. Und was die ganzen Infos angeht, hab ich auf dem Weg mit Holzmann telefoniert. Der hasst den Typen auch.«

»Den Anwalt?«

»Strafverteidiger.« Er seufzte schwer. »Die haben grundsätzlich 'ne Macke, wenn du mich fragst. Ein paar von denen hätten mit einer schlechteren Abiturnote wahrscheinlich Theologie oder Soziale Arbeit studiert, die verteidigen aus Menschenfreundlichkeit und persönlicher Güte Leute, von deren Unschuld sie überzeugt sind. Aber nach zehn Jahren haben sie dann den totalen Burn-out. Das andere Extrem hast du kennengelernt: aufmerksamkeitsgeiler Profilneurotiker, der Spaß daran hat, anzuecken. Wenn er wirklich Eier hätte, wäre er Punkrocker ... Aber die allermeisten machen eine Strafverteidigung, weil sie halt gerade irgendeinen Job brauchen.«

»Das klingt nicht besonders vertrauenerweckend ...«

Ich war zwar nicht komplett beruhigt, aber zumindest wusste ich Koray und Holzmann auf meiner Seite. Auch wenn Holzmann seltsam war und Koray sich für meinen Geschmack selbst viel zu super fand. Aber man konnte sich seine Verbündeten schließlich nicht immer aussuchen.

2

»Sag mal, soll ich vielleicht mitkommen am Donnerstag?«

Matthias hatte eingesehen, dass er den Bogen etwas überspannt hatte, neulich, als er einfach das Auto genommen und mich mit den Stahlteilen stehen gelassen hatte. Deswegen hatte er für Mittwochabend einen Tisch bei meinem – nicht gerade billigen – Lieblingsitaliener reserviert.

Wenn ich abends ausging, was leider nicht so oft vorkam, kostete ich das kleidungsmäßig voll aus. Nichts gegen eine schwarze Hose mit weißer Bluse oder umgekehrt – aber nur mit einer richtig dicken leuchtend roten Korallenkette. Das war aber so ziemlich das Allerdezenteste, zu dem ich bereit war. Zwar waren meine Kunstwerke meist monochrom, aber dafür liebte ich bunte Kleidung und Schmuck, je knalliger, desto besser, gern auch viele Farben, die nicht jeder unbedingt kombinieren würde. Das war auch etwas, das Matthias, dem blassen aschblonden Anzugträger, immer an mir gefallen hatte.

In der Schlosserei oder im Garten dagegen trug ich eher Schwarz, schwarze T-Shirts und schmale schwarze Cargohosen, weil das praktischer war. In den Taschen konnte ich verstauen, was ich brauchte. Unter anderem meine kleine Zange, mit der ich aus Blumendraht oder herumliegenden Büroklammern alles Mögliche formte – während ich telefonierte oder nachdachte. Andere Leute malten Kringel auf Papier, schnipsten an ihrem Kuli herum oder kauten auf dem Bleistift. Ich bog Draht, na und?

Mit einem wunderbaren Vitello tonnato, Trüffelpasta, einem samtigen Rotwein und göttlichem Tiramisu ließen wir den Abend ausklingen, sodass ich mich endlich in der Verfassung fühlte, Matthias vom Besuch des Strafverteidigers zu erzählen und ihm zu gestehen, dass ich mich ein bisschen vor der Vereinssitzung fürchtete.

»Ich dachte nur, du brauchst vielleicht einen starken Mann

an deiner Seite?« Er hatte seine Hand über meine gelegt und sah mich treuherzig an. Er schien es ernst zu meinen.

Ich fühlte mich, als sei ich im falschen Film, denn bisher hatte man sich immer darauf verlassen, dass ich allein klarkam, was auch der Fall war. Aber Matthias schien sich für seine Verhältnisse richtig Mühe zu geben. Also ließ ich ihn gewähren, obwohl ich nicht wusste, wie mir geschah, er war so nett und mitfühlend wie schon lange nicht mehr.

»Nee, lass mal. Erstens sind schon genug Leute dabei, und zweitens darfst du gar nicht mit, da steht dir das Bundeskleingartengesetz im Weg.«

»Ernsthaft? Ich darf nicht mal in der Vereinsgaststätte rumstehen und ein Bier trinken, während ihr da irgendwo tagt?«

Er war noch nie im Vereinsheim gewesen, die dortigen Dimensionen waren ihm vollkommen fremd. Das Haus hatten die Kleingärtner in den Nachkriegsjahren in Eigenarbeit gebaut. Es bestand aus einem Souterrainraum, zu dem vier Stufen hinunterführten und in dem gelagert wurde, was allen oder keinem gehörte: Gartenstühle aus sieben Jahrzehnten, Gerätschaften, die man zur Pflege der Wege benötigte, und Lagerware für die Gaststätte, eimerweise Ketchup, Mayo, Senf. Darüber, sieben Treppenstufen aufwärts, die Gaststätte und das Klo. Mehr passte nicht auf die knapp vierzig Quadratmeter. Und die Küche war noch nicht einmal durch eine richtige Wand vom Gastraum abgetrennt, sondern bloß durch die Theke. Transparenz pur.

»Theoretisch schon, aber die Sitzung ist intern, und es gibt leider keinen zweiten Raum, und an meiner Seite wärst du dann auch nicht«, sagte ich grinsend.

Als er dann später in seinen Terminkalender gesehen hatte, war sein aufopferungsvoller Plan sowieso unmöglich geworden, für den Donnerstag um siebzehn Uhr dreißig stand noch ein geschäftlicher Termin in Köln an. Immerhin, er hatte es versucht.

***

Der erste Teil der Woche war arbeitsam gewesen. Wir hatten in der Schlosserei viel zu tun gehabt. Frühjahr eben. Alle fingen in Haus und Garten an zu werkeln und zu renovieren, und wir reparierten, arbeiteten lange Auftragslisten ab und machten Überstunden. Abends fiel ich todmüde ins Bett, nicht mal für einen Hauch von Gedanken an meine Skulptur war Zeit gewesen.

Am Donnerstagnachmittag saß ich zu Hause und ging auf Lindes Bitte noch einmal das Kassenbuch durch. Auf der vorletzten Seite hatte jemand unten links in weichem Bleistift blass die Zugangsdaten fürs Onlinebanking eingetragen, vermutlich Alina. Die hatte sich seit Jupps Tod im Oktober logischerweise nicht mehr um die Buchhaltung des Vereins gekümmert. Der Job – einschließlich Kassenbuch, Bargeldkasse und Girokarte – war sozusagen nahtlos an Linde übergegangen, die bislang seine Stellvertreterin gewesen war.

Ich fotografierte die Daten ab, loggte mich ein und staunte nicht schlecht. Neben den Daueraufträgen und einzelnen Überweisungen sah ich auch Abhebungen von verschiedenen Bankautomaten und Einzahlungen in bar. Viel war jedenfalls nicht auf dem Konto.

Offenbar war Linde mit der Buchhaltung tatsächlich überfordert. Das mit der Transparenz, von der Holger gesprochen hatte, war wohl wirklich eine gute Idee. Die war nötig. Noch nötiger aber fand ich, dass sich vielleicht jemand der Buchhaltung annehmen würde, der mehr davon verstand als Linde. Mit Alina im Gespann war ein Rentner als Kassenwart absolut zu begrüßen gewesen. Sie hatte einen Master in Finanzierung und diverse Wirtschafts- und Steuerpraktika gemacht. Ich würde mich eindenken können, hatte zunächst aber nicht viel mehr als gesunden Menschenverstand zu bieten.

Mit dem jedoch waren mir eben auf den ersten Blick schon ein paar Dinge aufgefallen, die unprofessionell aussahen, um nicht zu sagen, bedenklich. Für Wartungsarbeiten an der Heizung für das Vereinsheim hatte die zuständige Firma hundertvierunddreißig Euro achtzig berechnet. Dämlicherweise aber waren vorvergangene Woche durch einen Zahlendreher hundertvierundachtzig Euro dreißig überwiesen worden. Falls so etwas öfter vorkam, war es kein Wunder, dass der Verein knapp bei Kasse war – und dass Alina ihrem Opa hatte helfen müssen.

Um nichts anbrennen zu lassen, schrieb ich schnell eine Mail an die Handwerkerfirma mit der Bitte, die zu viel gezahlten neunundvierzig Euro fünfzig bitte zurückzuüberweisen. So. Feierabend. Ich musste los, schließlich wollte ich bei Linde vor der Tür parken und dann mit ihr zu Fuß zum Vereinsheim gehen. Linde war fit für ihre neunundsechzigdreiviertel, aber einen Sprint wollte auch ich nicht hinlegen. Raus aus der dreckigen Cargohose, rein in Jeans, Bluse, Sneaker – in knalligen Farben, versteht sich.

Mein Handy klingelte. Eine Nummer, die ich nicht kannte. Ich wollte schon wegdrücken, entschied mich aber dagegen. Vielleicht jemand aus dem Verein, wegen der Sitzung.

»Ja?«

»Hier ist Koray.«

»Woher hast du meine Handynummer?«

»Schon vergessen? Du hast mich neulich angerufen. Außerdem arbeite ich beim LKA. Wenn ich eine Nummer haben möchte, bekomme ich die. Hallo, Marie.«

»Ja, hallo.« Ich streckte die Segel und ließ mich in der Diele auf einen Stuhl fallen. Er duzte mich, das Rollenspiel ging also weiter. »Und was willst du?«

»Es geht um Alina Horn. Die kennst du näher, oder?«

Ich erzählte ihm in aller Kürze, was ich auch Kommissar Holzmann schon gesagt hatte. Und erfuhr im Gegenzug, dass Alina nicht nur seit fünf Wochen nicht auffindbar sei, sondern auch als Informantin bei ihm in einem Fall von Wirtschaftskriminalität hätte aussagen sollen und ich das eigentlich gar nicht wissen dürfe.

»Wieso das denn?«

Ich konnte quasi hören, wie er mit den Augen rollte. Auf

eine Antwort verzichtete er daher völlig und stellte lieber eine Gegenfrage: »Hast du über Social Media Kontakt zu ihr gehabt?«

»Alina? Ich folge ihr bei Instagram, wieso?«

»Ah. Sehr gut, weil Facebook hat sie nicht, bei Twitter ist sie registriert, nutzt das aber nur alle paar Ewigkeiten, und bei Insta habe ich sie nicht gefunden. Welchen Namen hat sie da?«

»ahoernchen_ddorf.«

Er prustete laut los. »Nicht dein Ernst. Also so was Albernes hätte ich der …« Ich hörte ihn leise kichern und auf einer Tastatur klackern. »Ah, da! Danke, Marie.«

»Gern. Sag mal, wonach suchst du denn?«

»Sag ich dir nicht. Sonst alles gut bei dir?«

»Mir geht's super – bis auf die Tatsache, dass dieser komische Strafverteidiger mich als Hauptverdächtige drankriegen will. Du erinnerst dich?«

»Moment, Hauptverdächtige? Hat er das *so* gesagt?« Plötzlich war er wieder ernsthaft, und ich hatte seine hundertprozentige Aufmerksamkeit.

»Nee, ganz genau so natürlich nicht, aber der Typ hat mir echt Angst eingejagt. Jetzt ist das alles wieder hochgekocht, was mir im März schon zu schaffen gemacht hat: die Wasserleiche, der Einbruch, die leere Kasse, das Blut an meiner Feile. Für mich ist das alles eins. Die Feile lag bei uns im Garten. Jemand wollte, dass sie bei mir gefunden wird und dass ich mit dem Mord was zu tun habe. Wer auch immer das war, hätte sie ja auch sauber machen und wieder in die Kammer legen können. Niemand hätte es gemerkt. Wäre der perfekte Mord gewesen.«

»Nicht ganz, die Leiche gäbe es ja auch noch. Aber lassen wir das.«

»Danke, und ich erinnere mich zufällig sehr gut an das, was Holzmann gesagt hat, dass nämlich nur meine Fingerabdrücke an der ›mutmaßlichen Tatwaffe‹ zu finden sind. Er hat sich sehr vage ausgedrückt.«

»So ist er, der Holzmann. Aber das beunruhigt dich?«

»Ja, logisch. Wie wenig wisst ihr denn wirklich?«

»Wir wissen einiges, aber noch lange nicht genug. Und Holzmann weiß mehr als ich. Warte, was hat er denn genau gesagt? Erinnerst du dich an die Wortwahl?«

»Er hat gesagt, er ›kann mir noch nicht sagen‹, woran sie wirklich gestorben ist, also ob ertrunken oder erschlagen.«

»Aha! Er hat nicht gesagt, dass er es nicht weiß. Dafür, dass er es dir nicht sagen kann, könnte es mehrere Gründe geben.«

»Wortklauberei«, sagte ich verärgert.

»Juristische Präzision, würde ich sagen. Obwohl Holzmann gar kein Jurist ist …« Er überlegte einen Moment und schlug dann einen anderen, mitfühlenderen Ton an. »Ich lehne mich hier ziemlich weit aus dem Fenster, aber ich glaube wirklich nicht, dass du etwas mit dem Mord zu tun hast.«

Danke. Im Moment war es mir ziemlich egal, ob er mich von oben herab behandelte, es war wohl doch eher nett gemeint.

»Du meinst, du hast einen anderen Verdacht?«

Schweigen am anderen Ende.

»Bist du noch da?«

»Ja. Aber du erwartest nicht ernsthaft eine Antwort, oder? Auch wenn dies mein privates Handy ist.«

»Darf ich mir denn für Notfälle deine Nummer speichern?«

»Darfst du.« Er seufzte. »Und, Marie?«

»Was?«

»Behalt das bitte nach wie vor für dich, dass die Tote nicht Alina ist. Auch wenn's schwerfällt. Und auch wenn das alles nichts miteinander zu tun hat.«

Ich war zwar anderer Meinung, verabschiedete mich aber und steckte mein Smartphone in die Tasche. Nicht dass mich dieses Telefongespräch sonderlich beruhigt hätte, aber ich fand es doch ein kleines bisschen tröstlich, seine Nummer zu haben. Warum auch immer er bereit gewesen war, sie mir zu geben.

Egal, ich hatte zu tun: Parkplatz in Oberkassel finden und Linde abholen.

3

In der Vereinsgaststätte des Pappelwäldchen e. V. war ich, soweit ich mich erinnerte, zum letzten Mal mit zwölf gewesen, zum Eiskaufen. Vielleicht war ich auch schon vierzehn gewesen. Jedenfalls war es ewig her. Geändert hatte sich in den letzten ungefähr dreißig Jahren wenig. Die Eckbank hatte wahrscheinlich ein neues Polster bekommen, eventuell waren auch die Vorhänge noch keine zwanzig Jahre alt, das Farbspektrum Beige, Braun, Ocker und Rot war jedenfalls erhalten geblieben. Der Raum erschien mir noch kleiner, als ich ihn in Erinnerung hatte, möglicherweise standen damals mehr Tische und Stühle darin. Trotzdem war das Vereinsheim mit etwas mehr als dreißig Leuten ziemlich ausgelastet.

Wir waren früh dran, aber nicht die Ersten. Ulla erwartete uns schon, sie war ohne Rolf gekommen, denn rollstuhlgerecht, sprich barrierefrei, war das Vereinsheim nun wirklich nicht. Claus verteilte die ausgedruckte Tagesordnung auf den Tischen, während Marek und Janina die Stühle entstapelten.

Linde ging stracks zu Ulla hin und half ihr, Frühlingsgestecke auf den Tischen zu verteilen: zehn unterschiedliche Keramikblumentöpfe mit jeweils einer Topfpflanze und ein paar hineingesteckten Blüten, etwas Moos, Osterheu und bunten Stoffschleifen dekoriert. Nicht mein Geschmack, aber das musste wohl so sein. Die Zwiebelpflanzen, weiße Hyazinthen, helle Narzissen und weiße Tulpen, hatten sie gekauft, während die einzelnen Blüten als Farbtupfer, gelbe Ranunkeln, pink- und orangefarbene Tulpen, aus ihren eigenen Gärten stammten. Die letzten beiden Tage hatten Ulla und Linde damit verbracht, die Übertöpfe aus dem Vereinsheim zusammenzuklauben, die Zwiebelblumen einzutopfen, Moos darum zu verteilen und die Dekoration zu drapieren. Es wertete den Raum erheblich auf.

Dass sich heute nicht die übliche ausgelassene Tresenstimmung ausbreitete, lag daran, dass die, die fröhlich den Raum betraten, gleich zurückschreckten. Vor dem kleinen Stehpult in der Ecke lehnte auf einem Höckerchen ein großformatiges Foto mit schwarzer Banderole. Linde hatte das Foto von Alina, das sie an Jupps Geburtstag gemacht hatte, auf Postergröße ausdrucken lassen und gerahmt. Das, auf dem Alina das hellblaue Seidentuch trug.

Kurz war ich in Gedanken wieder am Rheindeich und sah das Tuch vor mir, wie es nass und schlammüberzogen im Wind schlackerte …

So musste es auf die anderen wirken, war ich doch die Einzige im Raum, die wusste, dass nicht Alina die Tote war. Darüber nicht einmal mit Linde reden zu können war sehr viel verlangt. Natürlich waren mir die Beweggründe der Polizei klar, aber Linde stand mir näher als alle anderen. Näher als meine Eltern jedenfalls. Mit ihr konnte ich über alles reden, was Matthias nicht verstand, über Kunst und das Künstlerinnendasein. Und nun ein Geheimnis vor ihr zu haben machte mich fertig. Zusätzlich zu allem, was mich angesichts der seltsamen Vorgänge rund um die tote Frau belastete.

Leicht beklommen und ein wenig niedergeschlagen strömten die Gärtner und Gärtnerinnen hinein. Einige kannte ich, andere nicht. Im Grunde nahm ich an der Sitzung nur als normales Vereinsmitglied teil und wollte sonst möglichst nicht auffallen. Deshalb suchte ich mir einen Platz an einem der Tische am Rand. Von dort aus hatte ich einen guten Überblick, störte nicht weiter und konnte in Ruhe Protokoll schreiben, wie ich es Linde versprochen hatte.

Ich sah in meine Tasche. Wie blöd! Korays Anruf hatte mich aus dem Konzept gebracht, ich hatte vergessen, mir einen Schreibblock einzustecken. Zum Glück lag die Einladung zur Vereinssitzung mit Tagesordnung ausgedruckt auf den Tischen aus.

Einladung zur Mitgliederversammlung

Gemäß § 9 der Satzung unseres Vereins laden wir alle wahlberechtigten Mitglieder zur ordentlichen Mitgliederversammlung am
Donnerstag, 28. April, 19.00 Uhr,
im Vereinsheim des Pappelwäldchen e. V., Am Deich 1, 40547 Düsseldorf,
herzlich ein.
Die Tagesordnung lautet:
Eröffnung und Begrüßung
Bericht der Vorsitzenden
Kassenbericht
Anträge
Festsetzung der Beiträge und anderer Fälligkeiten
Wahl des Versammlungsleiters
Entlastung des Vorstands
Wahl des Vorstands
Verabschiedung Haushaltsplan
Verschiedenes

Stimmberechtigt sind alle Mitglieder, die am Tag der Versammlung das 18. Lebensjahr vollendet haben.
Wir würden uns über eine starke Beteiligung freuen!

Euer
Vorstand Kleingartenverein Pappelwäldchen e. V.

Ich drehte das Blatt um und schrieb auf die Rückseite schon mal »Protokoll Vereinssitzung«, Platz für Notizen hatte ich hoffentlich genug.

Ich listete die Anwesenden auf, die ich kannte: Linde, ihre Freundin Ulla, dann die Gartennachbarin Astrid, Lindes alte Flamme Claus; mehrere Leute, die ich noch nie gesehen hatte, würde ich hinterher bitten, mir ihre Namen zu sagen. Soeben flanierte Tom Ziegler herein, an seinen Lippen klebte lauschend Sandra Moosbichler, gefolgt von Holger Schwahn und dem kauzig-bizarren Joe.

Als Tom an Alinas Bild vorbeikam, blieb er abrupt stehen. Er riss die Augen auf, verlor ein wenig Gesichtsfarbe und war dann sichtlich bemüht, seinen Sitzplatz so auszuwählen, dass er das Bild nicht ansehen musste.

Das war doch auffallend seltsam! Linde war es auch nicht entgangen, ich fing ihren Blick unter den hochgezogenen Augenbrauen auf. Sie war bekanntlich nicht gut auf Tom zu sprechen und hatte ihn schnell verdächtigt, seine ehemalige Praktikantin um die Ecke gebracht zu haben.

Ich beschloss, in den nächsten Tagen Koray anzurufen und ihm von Toms Reaktion zu erzählen. Wenn es um Tom Ziegler ging, war er wie ein Jagdhund. Vielleicht würde ich dadurch erfahren, was ihn an Tom so interessierte. Was hatte Tom getan, dass das LKA hinter ihm her war?

Als Ulla, die zwar nur stellvertretende Vorsitzende war, das Wort ergreifen wollte, kamen noch Frauke und Hendrik hereingeschlichen, die Eltern der rebellischen Teenager.

Ulla eröffnete dann feierlich die Sitzung, begrüßte den Vorstand sowie mich als Protokollantin, verlas die Tagesordnung – und schluckte schwer. Der erste Programmpunkt stand gar nicht auf der Liste, sie bat uns, eine Gedenkminute für Alina einzulegen. Während dieser Minute war es still, sehr still im Raum, man vernahm lediglich einzelne Schniefer.

Es war mir körperlich unangenehm, zu wissen, dass hier Menschen gewissermaßen ganz umsonst trauerten. Andererseits, was hatte Holzmann noch gesagt? Immerhin war doch jemand gestorben. Eine wohnungslose Frau. Wenn ich das für mich als stellvertretende Trauerfeier für diese junge Frau betrachtete, konnte ich besser damit umgehen.

Sodann begann Ulla mit noch zittriger Stimme, den Bericht des Vorstands vorzutragen, den sie mit Claus bildete. Zwar war Claus erster Vorsitzender, aber nun wahrlich keine Rampensau, während Ulla gern moderierte. Nicht zuletzt war sie als Prototyp der rheinischen Frohnatur ja auch aktives Mitglied im Karnevalsverein.

Zunehmend gefestigter berichtete Ulla über das vergangene Jahr, wie viele Begehungen stattgefunden hätten (zwei), wie viele Beanstandungen es gegeben habe (nur eine), dass die Probleme inzwischen aber behoben seien. Dass das Vereinsfest im letzten Sommer ein voller Erfolg gewesen sei und man es unbedingt wiederholen wolle. Dass die Busfahrt zur Blumenzwiebelbörse in Waltrop im letzten Herbst ja prima geklappt habe und die ersten Tulpen wunderbar in den Gärten gediehen. Dass derzeit alle Gärten belegt seien und auf der Warteliste inzwischen sieben Leute stünden. Dass durch den plötzlichen Tod des Kassenwarts Jupp Horn seine Stellvertreterin Linde Busch das Amt kommissarisch übernommen habe und dass sich Interessierte schon mal Gedanken machen sollten, ob sie sich für den frei gewordenen Posten zur Wahl stellen wollten.

Im Anschluss übergab Ulla das Rednerpult an Linde, die den Kassenbericht vortrug. Weniger souverän, als ich es von ihr erwartet hätte. Jahrzehntelang hatte sie Horden von Schülern gebändigt, doch heute Abend wirkte sie unsicher. Schließlich musste sie ja auch beichten, dass die Bargeldkasse aus ihrer Laube gestohlen worden war und damit kein Geld zur Verfügung stand – auch zu Alinas Beerdigung hatte man keinen Kranz schicken können. Aber jedenfalls habe sie den Diebstahl bei der Polizei angezeigt, und die werde sich melden. Eine richtige Kassenprüfung müsse aber noch erfolgen, das werde dann auf die nächste Vereinssitzung verschoben, wenn alle einverstanden seien.

Holger Schwahn sprang auf und schlug vor, doch schon einmal gleich, wo ja die Vereinsmitglieder fast vollzählig seien, Geld für ein Grabgesteck einzusammeln, speziell und ausschließlich dafür, das könnte man ja auch jederzeit nach einer Beerdigung aufstellen. Vielleicht sei es mit zeitlichem Abstand zur Beerdigung noch schöner. Er würde mit Alinas Familie Kontakt aufnehmen und das mit ihr abstimmen. Ich überlegte fieberhaft, wie ich ihn davon abhalten konnte, damit das Geheimnis der Polizei nicht aufflog.

Die Idee fand im Saal aber großen Beifall, denn obwohl man natürlich ausnahmslos bestürzt war wegen des Diebstahls, so war die Bereitschaft, noch einmal etwas für ein Gesteck zu spenden, bei den meisten ebenso groß. Der Einfachheit halber, damit Linde mit dem Kassenbericht fortfahren konnte, übernahm Holger inzwischen das Einsammeln. Bis er bei mir angelangt war, hatte Linde zusammen mit Claus verkündet, dass die Beiträge konstant blieben, die Nebenkosten jedoch steigen würden. Jeder solle dann bitte selbst drauf achten, den Dauerauftrag zu erhöhen.

»Kann man die Beiträge nicht per Lastschrift einziehen?«, raunte mir Holger zu.

Ich nickte. »Wäre wohl eine gute Idee. Dann müsste man nicht so vieles ständig überprüfen. Ich werde das mit ihr besprechen.«

Da der Briefumschlag, in dem Holger sammelte, noch nicht so sehr gut gefüllt war und Gestecke bekanntlich teuer waren, legte ich einen Zwanziger hinein. Gleichzeitig versicherte ich ihm, dass ich mit Alinas Cousine in Kontakt stünde und das mit dem Gesteck absprechen würde. Damit hätten wir Zeit gewonnen. Wir? Die Polizei! Wann würden die mit ihren Ermittlungen so weit zu Potte kommen, dass ich ein für alle Mal entlastet war? Und nicht mehr herumlügen musste?

Dann musste ich mich beeilen, mit dem Protokollieren nachzukommen, denn die Sitzung hatte Fahrt aufgenommen, Ulla und Claus suchten bereits einen Freiwilligen als Versammlungsleiter, der dann die Entlastung des Vorstands vornehmen und die Wahl des neuen Vorstands durchführen würde.

Es war wie beim Elternabend in der Grundschule: Die Anwesenden schauten betreten zu Boden, studierten betont beiläufig ihre Fingernägel oder lernten die Tagesordnung auswendig. Zu meiner Überraschung war es nicht Holger Schwahn, der wie sonst sofort »Hier, ich!« schrie, sondern Tom Ziegler, der sich bereit erklärte, diesen Part zu übernehmen. Er könne wegen eines beruflichen Termins zwar wahrscheinlich nicht bis zum Ende der Sitzung bleiben, aber die Wahl, das würde er noch schaffen.

Gelegenheit für mich, mir Tom genauer anzusehen. Wo doch Linde ihn als Mörder abgestempelt hatte. Seine Reaktion vor Alinas Foto fand ich auf jeden Fall höchst merkwürdig. Und nur zu gern hätte ich gewusst, warum Koray und das LKA ihn auf dem Kieker hatten.

Tom war heute nicht in Gartenmontur erschienen und wirkte mit hellblauem Hemd und vermutlich maßgeschneidertem Sakko plötzlich viel kompetenter und weniger gestelzt als in Gummistiefeln und knackengem T-Shirt.

Aber Ulla war noch nicht fertig. »Liebe Mitglieder, liebe Pappelwäldler! Wir werden unser Bestes geben müssen, um unseren Verein gut durch dieses Jahr zu bringen. Es wird ein Jahr sein, in dem uns einige Neuerungen ins Haus stehen. Ja, es geht um unser Vereinsheim. Wir wollen – und wir müssen! – die Küche renovieren. Darüber haben wir vorhin gesprochen. Ingo Broich, der sich, wie wir ja wissen, mit Gebäuden bestens auskennt, hat uns neulich aufgeschrieben, was notwendig ist, und wird uns ein paar Fachleute vermitteln können. Dafür danken wir ihm in Abwesenheit.« Kunstpause. Höfliches Tischklopfen. »Was die Finanzierung für unsere Renovierung angeht, dazu haben wir vorhin von Linde auch schon etwas gehört … Ja, und damit bin ich an dem Punkt, wo ich an Tom übergebe.«

Er erhob sich und ging nach vorn zu Ulla, die noch am Rednerpult stand. Einem Rednerpult, das wackelte und, wie alles hier, sehr in die Jahre gekommen war.

»Ja, liebe Pappelwäldler. Bevor wir zur Wahl kommen, ein paar organisatorische Dinge vorweg: Als Anwalt sage ich euch aus leidvoller Erfahrung, dass eine Wahl per Akklamation im Nachhinein womöglich anfechtbar ist. Falls jemand, der heute nicht da ist, morgen Einspruch erheben will. Manchmal kann man gar nicht so dumm denken, wie es dann kommt. Erst kürzlich hatte ich wieder so einen Fall. Ich schlage deshalb vor, dass wir diese Wahl geheim und schriftlich austragen, nicht wie sonst durch Handheben.« Sein Blick wanderte zu mir. »Haben wir ausreichend Zettel?«

Ich sah auf meinen leeren Tisch. »Äh. Nee. Also ich hab hier nix.«

Im Prinzip war eine schriftliche Wahl keine ganz blöde Idee, aber das hätte er vielleicht mal vorher sagen können, dann wäre man auch vorbereitet gewesen. Ulla und Linde hätten das gern gemacht. So mussten die Zettel erst beschafft und klein geschnitten werden.

Ich schrieb indes eifrig mit: Wahlleiter, Kandidaten, Stellvertreter.

Beim Aufschreiben kam es mir total sinnlos vor, da die ganze Wahl doch sowieso nur eine Formalie war. Im Grunde ging es doch darum, den alten Vorstand im Amt zu bestätigen und Linde, die den Posten als Kassenwart nach Jupps Tod kommissarisch übernommen hatte, offiziell in dieses Amt zu wählen. Ich zweifelte keine Sekunde daran, dass es genau so kommen würde, denn auch im Land der Vereinsmeier gibt es ja mehr Leute, die sich drücken, als solche, die scharf sind auf Pöstchen wie den des Kassenwarts eines unbedeutenden Kleingartenvereins.

Tatsächlich aber wurde der Abend eine Überraschung für mich. Denn zunächst wurde der Form halber gefragt, wer sich denn zur Wahl stellen würde. Für den Vereinsvorsitz kandidierten nur Claus und Ulla. Sandra Moosbichler bot sich an, ein Amt zu übernehmen, egal welches. Es sei ihr ein Anliegen, etwas für den Verein und damit für das Grün in der Stadt zu tun. Sie hob zu längeren Ausführungen über ökologischen Gartenbau an – und ich entschied mich dagegen, das im Einzelnen zu protokollieren. Sandra hatte mit Mann und Kindern den Garten von Jupp Horn, Alinas Großvater, übernommen und versuchte, ein Öko-Biotop zu errichten und komplett auf Plastik zu verzichten – in ausnahmslos jedem Lebensbereich.

Sandra war ein paar Jahre jünger als ich, schätzungsweise

Mitte dreißig. Von Beruf war sie Physiotherapeutin, ihr Mann war Elektroingenieur, arbeitete bei einem Ökostromanbieter und kandidierte für einen Sitz im Landtag für eine Öko-Kleinpartei, deren Namen ich schon wieder vergessen hatte. Ihre drei Kinder gingen in den Waldkindergarten, die Älteste würde ab dem Sommer die Waldorfschule besuchen, da stand der Familie einiges an Fahrerei mit ihren Lastenfahrrädern bevor.

Sandra war mit ihrer Öko-Radikalität, der lauten Stimme und ihrer wilden Hennafrisur der exakte Gegenentwurf zu Claus. Der saß ihr gegenüber und betrachtete sie wie ein wunderliches, nicht ganz ungefährliches Insekt. Mit Öko hatte Claus nichts am Hut. Nicht aus Prinzip, sondern weil er alles so machte, wie seine Inge das jahrzehntelang gemacht hatte. Er hinterfragte Dinge nicht, wenn sie funktionierten. Deswegen verteilte er seelenruhig große Mengen Blaukorn auf Rasen und Beeten. Nicht dass er das Zeug verbotenerweise kaufte. Nein, er verbrauchte Altbestände. Und davon hatte er reichlich.

Ich bemerkte, wie meine Gedanken abschweiften. Sandra fand ich anstrengend und ihren Vortrag sterbenslangweilig. Viel lieber wollte ich herausfinden, wer mir den Status als Verdächtige in einem Mordfall eingebrockt hatte, indem er oder sie meine Feile ausgeliehen und blutig in die Hecke geworfen hatte, sodass ich jetzt einen Strafverteidiger am Hals hatte.

Mein Blick wanderte zurück zu dem großformatigen Foto. Alina hatte ein offenes Gesicht, nicht ebenmäßig schön, aber sehr hübsch. Strahlend blaue Augen, glatte dunkelblonde Haare. Und vor allem das ganze Leben noch vor sich! Was hatte sie denn getan, um jemanden derart gegen sich aufzubringen?

Ich schüttelte unwillkürlich den Kopf. Das war Blödsinn. Die Aktion mit dem Foto war doch im Grunde nur Theater. Am Pappelwäldchen glaubte man noch, dass Alina tot sei. Und der Mörder nahm es natürlich auch an. Es musste also anders gewesen sein. Oder aber es war doch um Alina gegangen, und irgendwer hatte einfach blindlings die falsche Frau erschlagen? Dann allerdings müsste es ja doch jemand hier im Raum sein.

Ich kannte Alina als normales, freundliches Mädchen, das gern Sport trieb und ihren Opa Jupp Horn über alles geliebt hatte. So jemanden konnte nur ermorden, wer irgendeinen eingebildeten Hass auf Alina projiziert hatte.

Aber wie konnte das sein? Die Tote war eine obdachlose junge Frau, mit der jemand in Streit geraten war, das hatte die Polizei geklärt. Holzmann hatte es mir gesagt und der Strafverteidiger ja gewissermaßen auch. So gesehen hatte der Todesfall überhaupt nichts mit dem Verein zu tun.

Allerdings hatte der Täter ganz real meine Feile benutzt. Wie war er – oder sie – überhaupt drangekommen? Um den tödlichen Schlag auf Alina ausführen zu können, hatte der Mörder die Feile ja zuerst mal aus dem Stoffbeutel in der Werkzeugkammer nehmen müssen, um ihr dann damit aufzulauern. Affekt, wie das so schön hieß, war das sicher nicht. Auch war es wahrscheinlich kein Zufall, dass die Feile nach begangener Tat wieder unter Lindes Hecke gelandet war.

Und Fingerabdrücke – außer meinen – gab es auch keine, da musste jemand Handschuhe getragen haben. Andererseits konnte man sich eher fragen, wer in einem Kleingarten *keine* Handschuhe bei der Arbeit trug.

Es hatte auf irgendeine Weise doch mit dem Verein hier zu tun. Ich schaute in die Runde. Wer von diesen braven Menschen wäre denn zu so etwas fähig? Einer musste es aber gewesen sein. Wer sonst kannte sowohl Alina wie auch mich? Und der- oder diejenige wollte nicht nur Alina, sondern auch mir etwas Böses.

Und dann noch die Geschichte mit der Bargeldkasse. Auch wenn Linde sich leider nicht darauf festnageln ließ, seit wann das Geld wirklich fehlte. Ich hatte mir bei passender Gelegenheit, als Linde in den anderen Gärten unterwegs gewesen war, mal die Tür angesehen. Das Schloss war nicht gewaltsam oder mit grobem Werkzeug aufgebrochen worden, eher schon mit einem feinen Dietrich. Zwar war die Farbe am Türrahmen abgeblättert, und man sah dort relativ feine Kratzspuren, aber wie alt die im Einzelnen waren, eine Woche oder ein Jahr, konnte ich zum Beispiel nicht sagen.

Doch wo die Bargeldkasse aufbewahrt wurde, konnte nur jemand wissen, der sich im Verein gut auskannte. Aber wer würde Linde schaden wollen? War Linde das Ziel gewesen?

Ihre Laube war allerdings auch die einzige, in der Geld aufbewahrt wurde, obwohl das nur den Vereinsmitgliedern bekannt war. Und die saßen fast alle hier in diesem Raum. Ich fühlte mich einen Moment lang wie in einem Agatha-Christie-Krimi.

Das grenzte den Kreis der Verdächtigen beim Diebstahl doch sehr ein. Es musste auch in diesem Fall jemand aus dem Verein sein, denn wer sonst wusste von der Kasse in der Zigarrenkiste? So etwas wurde vielleicht mal im Nebensatz erwähnt, und wenn das jemand hörte, der ein bisschen knapp bei Kasse war … Gelegenheit macht Diebe, hieß es ja so schön.

Ein reiner Zufall war es sicherlich nicht, denn Lindes Garten lag mittendrin. An einen Zufall hätte ich geglaubt, wäre es der Garten von Tom vorn am Deich gewesen – oder der ihm gegenüber. Aber dem sah man schon von Weitem an, dass da nichts zu holen war. Das war so eine Bruchbude! Dort war natürlich auch die Beanstandung gewesen, denn die Pächter hatten sich nicht ausreichend um die Bepflanzung mit Nutzpflanzen gekümmert. Und sie hatten auch eine Mahnung erhalten, weil sie mit der Gemeinschaftsarbeit im Rückstand waren und die Wege nicht vom Unkraut befreit hatten, als sie laut Plan dran gewesen waren.

Andererseits konnte es natürlich auch sein, dass es abgelaufen war wie bei jedem anderen Wohnungsdiebstahl. Nicht dass ich über einschlägige Erfahrung verfügte, aber was man so las. Tage- oder wochenlang wurde ausgekundschaftet, wer wo wohnte und welchen Gewohnheiten nachging. Immerhin war das aber ziemlich aufwendig. Und ob der Aufwand wirklich den Einbruch wert war, wusste man doch vorher gar nicht, denn anders als bei Wohnungen, wo viele Leute Schmuck, Uhren, Bargeld und Elektronik aufbewahrten, waren in einer Kleingartenlaube sicher keine großen Schätze zu erwarten. Es sei denn, dass irgendjemand mit Hund so durch die Kleingärten spaziert war und geschaut hatte, wo wohl alte Leute waren, die man leicht übertölpeln konnte. Und die vielleicht auch gern mal laut redeten. Zum Beispiel darüber, dass sie gerade das Geld für die laufende Gartensaison einsammelten …

So konnte es gelaufen sein. Aber wie groß war die Wahrscheinlichkeit? Außerdem kannte man in den Gärten auch diejenigen, die regelmäßig mit dem Hund durch die Anlage zum Rhein gingen.

Nicht zuletzt war da – oh ja, genau! – Alinas Ex, der sich im vergangenen Sommer nach der Trennung, wobei es so gewesen war, dass Alina sich von ihm getrennt hatte, einen Hund zulegte. Nicht etwa einen sehr männlichen Rottweiler oder Schäferhund, sondern so ein instagramtaugliches Schoßhündchen. Ein Hündchen, das eher piepste als bellte und so langsam trippelte, dass man mit ihm wirklich nur flanieren konnte. Selbst langsames Walking war schon viel zu viel für das Tier.

Mit diesem Hündchen hatte ich ihn des Öfteren durch die Kleingartenanlage schlendern sehen und mitbekommen, wie Alina mit den Augen gerollt hatte, als sie ihrem Opa im Garten geholfen hatte und der Ex – wie hieß er denn noch? – vorbeigelaufen war. Linde hatte mir dann erzählt, dass Sascha – richtig, so hieß er! – Alina »nachstellte«. Auf Neudeutsch und etwas klarer: Er hatte sie gestalkt. Aber ob das wirklich stimmte?

Nur eins sprach dagegen: Sascha brauchte ganz sicher kein Geld. Er wäre vielleicht aus enttäuschter Liebe zu allem Möglichen gegen Alina imstande gewesen, aber ein Einbruch in eine Gartenlaube? Und ermordet hatte er sie bestimmt auch nicht, dazu waren noch zu viele Gefühle im Spiel. Auf mich hatte er auch immer eher verzweifelt denn rachsüchtig gewirkt, das kam deshalb als Motiv nicht in Frage – und er nicht als Täter. Es wäre auch nicht sein Stil gewesen. Sascha war mit dem sprichwörtlichen »goldenen Löffel« im Mund geboren, hatte sonst keine

Sorgen und einen gut dotierten Job bei einer Unternehmensberatung. Blieb erst mal der Verein hier.

Wer von den Anwesenden hatte ein Motiv? Es ging, das musste man natürlich sagen, um einen Bagatellbetrag. Zweihundert Euro waren keine Summe, mit der man große Sprünge machen konnte. Weit kam man damit nicht. Aber für Menschen, die nicht viel hatten, war das schon eher eine Menge Geld. Für Kleinkriminelle, Obdachlose, Schülerinnen …

Hatten nicht Frauke und Hendrik neulich erzählt, die rebellischen Töchter würden so elend viel Geld für das Leihen von E-Scootern ausgeben und im Internet allerlei Kram bestellen? Weswegen sie alle naselang pleite waren? Letztens hatten die Mädchen mir stolz berichtet, sie würden Nachhilfe geben, um ihr teurer gewordenes Leben zu finanzieren.

Ich schüttelte mich. Nein, das war Quatsch. Misstrauen war schlecht. Ich traute Fraukes Töchtern einiges an Blödsinn und Leichtsinn zu, aber keinen Diebstahl im Verein.

Sandra Moosbichler kam zum Ende, und Ulla schlug vor, sie könne doch vielleicht Schriftführerin werden. Linde habe signalisiert, den Posten abgeben zu wollen. Sandra nickte eifrig.

Die Wahl der Ämter, das würde schnell gehen, dachte ich, es waren schließlich nicht viele Leute im Raum.

Zunächst lief es sehr flott. Beim Vereinsvorsitz wurden Claus und Ulla im Amt bestätigt, Sandra Moosbichler wurde zur Schriftführerin gewählt und freute sich.

Für das Amt des Kassenwarts notierte Ulla dann Linde, fragte nach einem weiteren Kandidaten, sah in die Runde, nickte und setzte Holgers Namen für das Amt des Stellvertreters daneben. Bevor jedoch Tom die Zettel für die geheime Wahl austeilen konnte, hob Holger Schwahn die Hand und beantragte, sich um den Job als neuer Kassenwart bewerben zu dürfen. Als Kassenwart, nicht etwa als Lindes Stellvertreter! Das entsprach nun nicht den Gepflogenheiten hier. Andererseits war er selbstständiger Unternehmer, und wer eignete sich besser für einen solchen Posten? Da würde ich persönlich die Vereinsbeiträge in besseren

Händen wissen als bei einer ehemaligen Kunstlehrerin. Nichts gegen meine Tante, aber ihre Talente lagen nicht unbedingt in der Buchhaltung.

»Lasst mich kurz ein paar Worte sagen«, dröhnte Holger, während Tom mit vor Skepsis hochgezogenen Brauen die Zettel verteilte.

Ulla machte am Stehpult Platz, Holger lächelte, trat neben sie, legte die Hände vor der Brust zusammen und neigte sich leicht nach vorn. Ich hasste diese Geste. Der verballhornte Namaste-Gruß sollte Demut suggerieren, war aber oft genug Ausdruck von falscher Bescheidenheit.

Und dann schwadronierte er los. Ich war verblüfft. Aber er schien sich auszukennen und wollte Kompetenz einbringen. Sagte er. Der Verein nämlich brauche einen wie ihn. Man werde ihn und seine Skills benötigen. Das sagte er tatsächlich. Und er sei bereit, sich einer guten Sache so zu committen. Er werde mittelfristig viel Zeit und damit auch große Summen in dieses Projekt investieren. Und er werde das dem Verein zuliebe tun – und selbstverständlich um Linde unter die Arme zu greifen. Und mit ihr zusammen und so weiter.

Man war beeindruckt von seinem Auftritt und klopfte begeistert mit den Fingerknöcheln auf den Tisch. Linde war sichtlich erbost und warf mir einen Hab-ich's-nicht-gesagt-Blick zu. Sie hatte recht, er hatte neulich bei unserem Besuch in seinem Garten schon Wahlkampf gemacht.

Er setzte sich. Rasch kritzelten alle ihre Wahlzettel voll, Tom zählte sie aus und verkündete mit eisiger Miene das Ergebnis. Es war niederschmetternd für Linde. Fünf Stimmen für sie, dreiundzwanzig für Holger.

Der lehnte sich zufrieden zurück. »Läuft.«

Ich sah erstaunt hinüber.

Er grinste verstohlen und sagte: »Uuups«, schien aber sehr mit sich im Reinen.

Ich schüttelte den Kopf, um die Gedanken zurück auf mein Sitzungsprotokoll zu lenken. Schließlich konnte Ulla dann als alte und neue Vereinsvorsitzende das Wort ergreifen und ihr Team vorstellen. Ich protokollierte eifrig und bemerkte nur, als ich aufblickte, dass Linde nicht hundertprozentig glücklich aussah. Ulla aber war schon einen Schritt weiter und beglückwünschte bereits den neuen Kassenwart.

»Danke, Holger, für dein Engagement und deine beeindruckende Präsentation. Mit dir als Kassenwart brechen für diesen Verein neue Zeiten an. Zeiten der elektronischen Kontoführung. Besonders aber freut es mich, lieber Holger, dass sich unsere kommissarische Kassenwartin Linde bereit erklärt hat, dir als Stellvertreterin zur Seite zu stehen. Sie wird dich in die wichtigen Belange unseres Vereins einarbeiten, dich kundig beraten und nach Kräften unterstützen.« Erneuter Applaus. Diesmal lauter.

Holger erhob sich und ging erneut nach vorn. »Liebe Mitglieder, liebe Pappelwäldler! Ich danke für euer Vertrauen bei dieser Wahl. Ihr habt keine schlechte Wahl getroffen, so viel kann ich euch versichern.« Kleine Kunstpause. »Was ich euch noch versichern kann, ist, dass ich mich sehr kurzfristig darum kümmern werde, einen Sponsor für die Reparatur der Küche zu verpflichten. Als Schatzmeister des Vereins wird es meine Aufgabe sein, nicht nur die Finanzmittel zu verwalten, sondern auch die Liquidität aufrechtzuerhalten und mich zusätzlich um Kapitalbeschaffung zu kümmern. Es geht nicht nur um die Mitgliederbeiträge, sondern auch um das, was dieser Verein an Kapital besitzt beziehungsweise anzuschaffen gedenkt. Ich denke unter anderem an diese Immobilie, die eine Wertsteigerung erfahren sollte. Eine Wertsteigerung, die wir nicht allein aus den Vereinsmitteln und deren Zinsen stemmen können. Hier bedarf es sozusagen professioneller Hilfe.«

Er machte nochmals eine kleine Pause, damit das Gesagte einsickern konnte.

Ich sah mich um, die Pappelwäldler klebten an seinen Lippen. Er konnte das gut.

Irgendwie wirkte Holger halbseiden. Äußerlich jedenfalls.

Andererseits: Ich kannte ihn im Grunde gar nicht. Er war noch nicht lange im Verein, und ich hatte bisher nicht viel mit ihm zu tun gehabt. Dass mir sein Gesicht unsympathisch war, tat nichts zur Sache. Er war halt kein hübscher Mensch. Leicht fettige braune Haare, dünne Augenbrauen, unsportliche Figur, das war nicht alles seine Schuld.

Ich ärgerte mich über mich selbst, dass ich noch mit über vierzig versucht war, Menschen nach Äußerlichkeiten zu beurteilen. Linde hatte mir das schon als Kind versucht auszutreiben. Mein Vater dagegen – Lindes älterer Bruder – war schon immer der Meinung gewesen, dass der erste Eindruck zählte. Weswegen er bis heute darauf bestand, dass man prinzipiell ordentlich geputzte Schuhe und saubere Fingernägel zu haben hatte. Dass sich das weder mit Gartenarbeit noch mit Malerei und schon gar nicht mit Stahlbildhauerei vertrug, war selbsterklärend. Und warum ich mich mit Linde besser verstand als mit meinen Eltern, war damit auch klar.

»Beispielsweise denke ich an Sponsoren, die sicherlich ein Interesse daran hätten, uns bei diesem Vorhaben zu unterstützen. Ebenso wie Ingo habe ich auch Kontakte zu Bau- und Baustofffirmen, an die ich – äh, an die wir als Verein herantreten werden. Ich kann euch deshalb nur ermuntern, euch ebenfalls zu engagieren. Wir sollten gemeinsam überlegen, wie wir die Kosten für das geplante Vereinsfest im Juni gemeinsam stemmen können. Eventuell brauchen wir da eine höhere Umlage. Das Gleiche gilt für den Ausflug, der ja im vergangenen Jahr nach Waltrop zur Blumenzwiebelmesse ging, da konnten wir auf Gelder des Vereins zurückgreifen. Das wird diesmal leider nicht möglich sein. Wir haben ja vorhin von Linde gehört, dass ihr die Bargeldkasse gestohlen wurde und auch auf dem Konto nicht mehr viel übrig ist. Aber das bekommen wir wieder in den Griff, das verspreche ich euch!«

Er sprach nicht weiter, um die Begeisterung auszukosten, denn es brandete Applaus auf. Auch Linde wirkte angesichts der positiven Worte wieder zuversichtlicher.

»Und was den Ausflug angeht, so besteht die Idee, in diesem Jahr zu Schaugärten nach Holland zu fahren. Vielleicht um Himmelfahrt herum. Ich werde da unverbindlich ein paar Angebote einholen und euch über die Kosten informieren. Zusätzlich besteht ja die Kooperation mit einem Onlinedienstleister. Bei Onlinegeschäften geht dann bei jedem Kauf ein gewisser Prozentsatz der Kaufsumme automatisch an uns. Wir könnten auf diese Weise mit geringem Aufwand ebenfalls die Kasse ein bisschen füllen. Einige von euch haben ›Shop for us‹ ja bereits genutzt. Vielen Dank.«

Linde war mit der Situation überfordert, das sah man ihr an. Sie war fest davon ausgegangen, dass sie umstandslos wiedergewählt würde. Nicht dass das Kassenwartsamt von globaler Bedeutung war, aber für Linde war es wichtig. Der Verein machte einen großen Teil ihres Lebens aus. Nicht nur ihr Garten, in dem sie jeden Tag arbeitete und malte, sondern tatsächlich auch der Verein. Sie engagierte sich seit vielen Jahren – vor allem, seit sie vor fünf Jahren in Pension gegangen war. Ulla war eine sehr alte Freundin, die beiden kannten sich seit mehr als fünfzig Jahren, und Claus war Lindes Jugendliebe gewesen und sie die seine. Linde hatte nie geheiratet, der Verein war ihre Familie.

Und, was mir noch im Nachhinein dämmerte: Holger hatte es sehr geschickt so gedreht, unterschwellig, als ob Linde für die ganze Finanzmisere persönlich verantwortlich wäre. So richtig nett war er wohl doch nicht. Und ich wollte doch sehr hoffen, dass die Lage der Vereinskasse ab sofort wirklich besser wurde.

»Jaaa, und damit sind wir eigentlich …« Ulla betrachtete ihre blassgelbe Karteikarte, »mit unseren Themen so weit durch, denke ich … Wir können uns dann den herrlichen Schnittchen zuwenden, die unsere liebe Hilde gezaubert hat. Danke, Hilde.« Sie winkte in Richtung Theke. Allgemeines zustimmendes Tischklopfen. »Der Vorstand, meine lieben Gartenfreunde, lädt euch heute Abend alle auf ein Altbier ein.«

Das ließen sich die meisten nicht zweimal sagen und strömten zum Ausschank. Mit Ausnahme von Tom Ziegler, der, anscheinend wieder ganz der Alte, eilig seinen Mantel anzog und einen Trolley unter seinem Tisch hervorholte. Im Vorbeigehen klopfte er Claus auf die Schulter, zwinkerte Ulla zu und verschwand. Wohin ging es diesmal? New York, Rio, Tokio – oder doch noch einmal die Schweiz?

Ich musste grinsen, denn mir wurde gerade klar, dass mein neuer Freund beim LKA das sicher wissen würde.

4

Ich sortierte meine Mitschrift und schaute aufs Handy, wo eine Nachricht von Matthias aufleuchtete: »Na, wie war's? Überlebt?«

Nett gemeint, aber ich musste nur zu Linde hinüberschauen: Bei ihr war gerade gar nichts mehr lustig. Ich schickte ihm ein halbherziges »Klar«.

Linde ließ ihre riesige, uralte Handtasche auf meinen Tisch fallen und setzte sich neben mich. »Weißt du was?« Sie sah mich bedrückt an. »Ich hatte recht. Es war wohl doch ein kaltblütiger Mord.«

»Linde, das kannst du unmöglich wissen!«

»Ich hab's aber im Gefühl.«

»Komm mir nicht mit deinen Tätertheorien. Die kann ich im Moment gar nicht gebrauchen.« Was ich brauchen konnte, war ein Bier. Aber ich musste noch fahren. Also nicht.

»Marie, dann sag mir mal, warum denn dein hübscher Freund von der Polizei neulich zu ihm rübergegangen ist?«

Ich hob die Hand, um ihr Einhalt zu gebieten, damit sie nicht so laut herumposaunte, dass sich das LKA für Tom interessierte. Aber sie verstand es leider falsch.

»Keine Angst, ich sag nichts. Dein Geheimnis ist bei mir gut aufgehoben.« Linde neigte zur Theatralik. Sie legte sich einen Finger vor den Mund und winkte beschwichtigend ab. Verschwörerisch flüsterte sie mir zu: »Weißt du, nicht alle im Verein haben Alina so gern gehabt wie wir beide.«

»Aber glaubst du denn, der Tom hat sie so sehr gehasst?«, erwiderte ich, ebenso flüsternd. »Das kannst du mir nicht erzählen. Ich traue ihm zwar einiges zu, von Steuerhinterziehung bis Unterschlagung, aber nicht so was.«

»Nein. Ach, ich weiß nicht. Alina hat mal ein Praktikum da bei ihm in der Kanzlei gemacht. Und sie hat euphorisch davon erzählt, was sie da alles lernen konnte. Aber er war irgendwie nicht gut auf sie zu sprechen, hat immer von ›diesem Praktikantenmäuschen‹ geredet.«

»Sehr grenzwertig. Alter weißer Mann eben«, sagte ich und dachte im selben Augenblick, dass diese Erklärung die Sache vielleicht doch nicht so ganz traf.

Ja, Tom hatte sich heute Abend merkwürdig verhalten. Man hatte ihm den Schreck angesichts der allgemeinen Anteilnahme auch angesehen, obwohl er doch sonst eher als arroganter Typ mit Pokerface auftrat. An der Andacht zu Alinas Gedenken hatte er nicht teilgenommen, sondern auf seinem Handy herumgetippt.

»Ja. Alina ist bei älteren Männern meist angeeckt. Nicht bei ihrem Opa, aber bei Männern, die um einiges älter waren als sie. Nicht dass Tom alt wäre, der ist nicht viel älter als du …«

Das war mir eben auch schmerzlich bewusst geworden. »Linde, ist schon gut.« Darüber musste ich dann doch lachen. »Bei wem denn noch?«

»Claus.«

»Claus?« Ausgerechnet Claus? Lindes Vertrauter, ihre Jugendliebe, der Mann, der alles stehen und liegen ließ, um ihr beim Marmeladekochen zu helfen?

»Ja. Vorhin erst. Als wir vor der Sitzung das Bild aufgestellt haben. Da hat er so was Blödes gesagt. Dass Alina sich wohl keine Freunde gemacht hat hier im Verein, dass sie vorlaut war und sich viel zu viel herausgenommen hat. Bloß weil er vierzig Jahre Finanzbeamter gewesen ist, muss er doch nicht alles besser wissen.« Sie seufzte. »Unser altes Streitthema. Das begleitet uns schon so viele Jahre … Aber er ist oft wirklich bockig.«

»Könnte einem mit dir nie passieren …«, flötete ich süffisant und nahm sie in den Arm. »Wir haben's beide nicht leicht, oder?«

Wir standen auf und gingen zielstrebig auf die Theke mit den laut diskutierenden Kleingärtnern zu. Ich bestellte mir wenn schon kein Alt, dann wenigstens eine Cola und machte mich auf die Suche nach dem Teller mit den Schnittchen.

Während Linde und Ulla die Blumengestecke von den Tischen zusammenklaubten, Töpfchen um Töpfchen, hatte sich am Tresen ein dynamisch wabernder Pulk Kleingärtner gebildet. Vergessen schien die Trauer um Alina, jetzt hatte das leibliche Wohl Vorrang. Und Freibier und Mettbrötchen gehörten beim rheinischen Kleingärtnerleben zusammen wie Pott und Deckel. So stolz die Pappelwäldler auch auf ihr naturnahes, gemüselastiges Selbstversorgerdasein waren, wenn es Mettbrötchen gab, gab es kein Halten mehr. Ich nannte das rheinische Wurschtigkeit, und sah das auch nicht als Widerspruch. Das war eben Ausdruck ihrer Lebensart. »Hamma immer su jemaat«, wie der Rheinländer sagt. Vegetarische Ernährung? Kenne mer nit, bruche mer nit, fott domet.

Ich selbst war weder Vegetarierin noch Fleischapostel, versuchte nur, meine Familie und mich möglichst gesund und ausgewogen zu ernähren. Fleisch kam daher bei uns nur selten auf den Tisch – aber so ein Mettbrötchen ... Frisch und von der Pächterin der Vereinsgaststätte vor Ort zubereitet? Mir lief schon das Wasser im Mund zusammen.

Ich wartete ein bisschen, bis das schlimmste Gedrängel vorbei war, schnappte mir dann auch eins und biss sofort hinein. So mussten Mettbrötchen sein: noch knusprig und mit Zwiebeln bestreut, das konnte Hilde gut.

Als Kontrast hatte Sandra Moosbichler vegane Schnittchen zum Büfett beigesteuert. Die trockneten leider traurig auf ihrem Teller vor sich hin. Ein paar wenige Stücke waren probiert worden, immerhin erforderte es einigen Mut. Wenn sie mich gefragt hätte, hätte ich ihr geraten, einen anderen Brotaufstrich zu wählen als Shiitakepastete. Nicht einmal die Tatsache, dass Sandra ein aufgefächertes Essiggürkchen darauf drapiert und eine Karotte durch den Spiralschäler gequält hatte, machte die beige-gräulichen Schnittchen sonderlich attraktiv. Es war schade drum, ich mochte Shiitake, und Linde war sowieso noch anderweitig beschäftigt, also griff ich gern noch mal zu.

An die Theke gelehnt, sah ich mir kauend das lustige Treiben der Kleingärtner an. Mit zunehmendem Altbierkonsum gingen sie leider auch immer mehr zur rheinischen Mundart über – und ich verstand nur noch die Hälfte. Ich war zwar in Düsseldorf geboren, aber doch sehr hochdeutsch aufgewachsen.

Dialekt und Alkohol, darüber sollte man mal soziologisch forschen, überlegte ich, als mir auffiel, dass Claus schon ein ziemlich rotes Gesicht hatte. Kam das vom Bier – oder war er wütend? Wahrscheinlich beides. Claus regte sich schon gern einmal auf, und wenn dann noch Alkohol im Spiel war …

Er lehnte an einem Stehtisch nahe der Theke, auf dem Joe soeben schwungvoll zwei Alt abstellte. Der Teller mit den Ciabattascheiben, die jemand mit Mozzarella, Tomaten und leuchtend grünem Pesto bestrichen hatte, war ebenfalls bei den Herren auf dem Tisch gelandet. Vielleicht konnte ich davon noch eins stibitzen. Wenn ich mich beeilte – es war fast nichts mehr da.

Während beide nach einem Glas griffen, unterhielten sie sich lebhaft weiter. Wobei hauptsächlich Claus redete. Ich schnappte das Wort »Unkraut« auf und rollte unwillkürlich mit den Augen. Es war Claus' Leib-und-Magen-Thema. Ich hatte das schon oft erlebt: Die Frage, ob Giersch beispielsweise als Unkraut oder Beikraut zu bezeichnen war, trieb einen tiefen Keil in die Beziehung zwischen Linde und Claus. Er war sofort mit Spitzhacke und Giftspritze zur Stelle, während Linde mehr oder weniger erfolgreich versuchte, dem Giersch buchstäblich das Wasser abzugraben, indem sie Frauenmantel und die feine, in gelben Rispen blühende Elfenblume als Konkurrenzpflanzen danebensetzte. Aus den verbleibenden Pflanzen, die sich trotzdem behaupteten, kochte sie tapfer und kübelweise Gierschsuppe oder -spinat, wegen der vielen Mineralstoffe, wie sie sagte. Ich bekam immer einen großen Topf davon ab.

Mit Joe war Claus sicher nicht an den Richtigen geraten, was er natürlich wusste. So waren die meisten Diskussionen im Verein entweder traditionsreiche Showkämpfe oder knüpften an alte, immer wieder gern aufgewärmte Dispute an. Man diskutierte um des Diskutierens willen. Joe ließ Knöterich, Vogelmiere und Giersch freien Lauf und rührte zwar keine Suppe an, schwor dafür aber auf Wildkräuterpesto nach seinem Geheimrezept. Er experimentierte anscheinend noch mit Haltbarkeitsmitteln, um die Gläser möglichst lange in seinem semilegalen Keller unter der Laube horten zu können. Claus schien sich richtig reinzuhängen und echauffierte sich weiter, während ich von Joe nur ein »Doch, doch, doch!« hörte.

Holger stellte sich an den Männertisch dazu, brachte noch einmal drei Gläser Altbier mit. Er ließ eine improvisierte Liste rumgehen, auf der sich die eintragen konnten, die mit nach Holland zu den Schaugärten fahren wollten. Ein bisschen verfrüht, fand ich, aber immerhin war das Thema Unkraut vom Tisch, und Claus konnte sich beruhigen. Danke, Holger.

»Also dieses Getue von Ulla und Linde mit Alina, das war mir schon echt ein bisschen reichlich.«

Ich war so überrascht, dass mir fast der Bissen im Hals stecken blieb. Wer war denn so gefühlskalt? Interessanterweise kam das offensichtlich von Claus, denn Joe und Holger nickten halbwegs betreten.

»Joa«, sagte Joe und neigte sich verschwörerisch zu den beiden anderen hin, »also ich mein, jut ausjesehn hat se ja. Aber mal weggehen mit mir, so aufn Bier, wollte se dann auch nich. Nä …«

Unwillkürlich schüttelte ich den Kopf. Na, wenn das der Maßstab war, dann gute Nacht.

Sandra, die sich zu mir an den Tresen gesellt und in mir ein williges Opfer gefunden hatte, mit dem sie über ökologische Ideen reden konnte, hatte mein Kopfschütteln auf sich bezogen und rief: »Doch, Marie! Das ist wichtig!«

Wohl oder übel musste ich sie mit ein paar warmen, verständnisvollen Worten beschwichtigen, bis sie beruhigt war und weiterschwadronierte. So, dass ich mein Ohr erneut dem Tisch mit den drei Herren zuwenden konnte.

»Hier läuft unglaublich viel schief. Hast du ja schon gesehen, Holger. Wird Zeit, dass du da mal draufguckst. Weil: Linde war's nicht, und der Jupp, der war zu blöd, andere zu betuppen. Wer bleibt? Kann doch nur die Alina gewesen sein. Das kleine ehrgeizige Ding. Wie oft war ich denn beim Jupp und hab gesagt, ich helf dir. Aber dann ist die Kleine gekommen und hat gesagt, nee, sie macht das. Ja, warum wohl, ne?« Nach diesem Rundumschlag trank er sein Alt in einem Zug aus.

»Noch eins?«, fragte Holger, worauf Joe und Claus nickten.

Holger brüllte: »Hilde!«, hielt drei Finger in die Luft, drehte sich um und erzählte weiter dröhnend von seinen neuen Plänen im Verein.

Das nun wollte ich mir nicht entgehen lassen. Ich stellte meine Cola neben Sandras stillem Wasser ab, biss ab und an mikroskopisch kleine Bissen vom Shiitakeschnittchen und versuchte in unregelmäßigen Abständen, in Richtung Sandra zu nicken. In der Sache hatte sie auch sicherlich recht, doch es ging meist um das Gleiche: ihre Lebensphilosophie, ihren Plastikverzicht, ihren Naturdünger, ihre Selbstversorgerpläne. Das Schöne war, dass sie episch reden konnte und nicht merkte, ob man ihr zuhörte oder nicht.

So gelang es mir, einiges mehr vom Gespräch am Nebentisch aufzuschnappen. Holgers Plan klang einleuchtend. Er wollte fortführen, was Alina angefangen hatte, und mehr mit Onlinebanking und Buchhaltungsprogrammen arbeiten, statt von Hand zu überweisen und im Schulheft einzutragen. Ihm waren die Fehlerquellen zu hoch. Wenn ich an die Buchung mit dem Zahlendreher dachte, hatte er sicherlich recht. Die Buchhaltungssoftware, verkündete er, müsse der Verein gar nicht kaufen, die habe er in seiner Firma und werde sie einfach in seinem neuen Ehrenamt als Schatzmeister mitbenutzen. Keine Kosten für den Verein, erprobte Software, Leute, die sich damit auskannten.

Ich atmete auf. Das würde Linde tatsächlich entlasten, sie würde sich nur darauf einlassen müssen. Aber das ließ sich machen. Ich nahm mir vor, mich demnächst mal mit ihr zusammen im Vereinskonto einzuloggen und ihr zu zeigen, wie das Onlinebanking funktionierte. Sie konnte dann jederzeit von zu Hause aus beobachten, ob das, was Holger da tat, auch seine Richtigkeit hatte. Das würde ihr gefallen.

Inzwischen war Holger beim Sponsoring angelangt. Vorhin, in seiner Rede in der Sitzung, war mir das ziemlich hochgegriffen vorgekommen, aber nun merkte ich, dass er durchaus wusste, wovon er sprach. Er hatte Kontakte zu einer Solarpanelfirma, für die sein Unternehmen ein paar Projekte abgewickelt hatte. Die schienen nun nicht völlig abgeneigt, dem Verein Teile der Küchenarbeiten zu sponsern, wenn im Gegenzug ihre Solarpanels auf dem Dach montiert würden und ein Schild auf dieses Sponsoring hinwies. Das klang in meinen Ohren total vernünftig und machbar.

Auch Sandra schien angesichts ihres neuen Amtes voller Tatendrang und hatte nach wie vor nicht bemerkt, dass ich ihr nur mit halbem Ohr zuhörte. Gerade ging es um ihre Ideen, wie sie die Vereinswebsite überarbeiten wollte, dazu dachte sie laut über Beiträge zum Thema Permakultur nach.

»Hier hat zwar jeder seine eigene Methode für den Gartenbau, aber viele interessiert das bestimmt«, sagte ich vorsichtig. »Was ist denn überhaupt Permakultur?«

Das hätte ich nicht fragen sollen. Sofort legte sie los und dozierte. Wikipedia war nichts dagegen. Ich konnte ihr kaum folgen. Man durfte weder umgraben noch jäten, oder wenn, dann müsse das ausgerissene Grünzeug auf dem Beet vor Ort liegen bleiben. So wachse das Gemüse besser und wie von selbst.

Das klang schon vielversprechend und, was mich freute, nach wenig Arbeit. Nur war kein Kleingarten so groß, dass man ganze Abschnitte komplett der Natur überlassen konnte, damit selbstregulierende Ökosysteme entstanden, das konnte ich mir nicht vorstellen. Auch Kreislaufwirtschaft und Hügelbeete – brauchten die nicht viel mehr Raum? Aber ich sagte nichts, denn ich wollte ungern in eine Diskussion einsteigen, weil ich nach wie vor mit halbem Ohr am Nebentisch die Entwicklungen verfolgte.

Achtsamkeit, naturnahe Kreisläufe, natürliche Ressourcen,

Rhythmus der Jahreszeiten, heimische Pflanzen, das praktizierte Linde in ihrem Garten, solange ich denken konnte. Eben keine neue Erfindung, sondern eher altes Gärtnerwissen. Auch wenn es sicher den Versuch wert war und Linde und ich nur zu gern experimentierten, hatte unser Verein doch eine sehr konservative Grundhaltung. Und früher oder später würde einer der wenig zartfühlenden Vereinskollegen Sandra daran erinnern, dass sie nur Schriftführerin eines Kleingartenvereins war … Ich hoffte, dass sie nicht allzu unsanft auf den Boden der Tatsachen zurückgeholt werden würde.

Ich leitete abrupt vom Thema weg und drückte ihr den Zettel in die Hand, auf dem ich mein Protokoll notiert hatte. Als erste Amtshandlung musste Sandra es prüfen und dann abtippen und schließlich verteilen.

Am Nebentisch regte Claus sich nun doch ein bisschen mehr auf. Warum? Es war doch eben noch alles gut gewesen. Warum sich aufregen, wenn …?

Ach richtig … Claus war nicht zuletzt ehemaliger höherer Finanzbeamter, er hatte sicherlich seine eigenen Vorstellungen, die vielleicht nicht mit den Modernisierungen von Holger übereinstimmten. In dieser Hinsicht befand er sich – danach klang sein Reden gerade – hundertprozentig auf Lindes Kurs. Einerseits natürlich süß, aber trotzdem nicht so richtig zeitgemäß. Was das betraf, war ich eher auf Holgers Seite.

Ebenso wie offensichtlich Joe, denn der wurde eben von Claus heftig angeblasen. »Was du auf deiner Parzelle machst, ist doch gar nicht erlaubt! Du stehst sowieso schon mit einem Bein im Gefängnis, und wenn du nicht aufpasst …«

Joe und Holger sahen sich bestürzt an. Claus stieg von seinem Bierhocker und schob ihn so ruppig zur Seite, dass er umfiel. Mit hochrotem Kopf, Tasche und Mantel unter dem Arm verließ er den Raum.

»Claus!«

Linde lief besorgt hinter ihm her, doch Claus schüttelte sie ab, rief: »Ich muss hier raus!«, und lockerte seinen Kragen.

Linde blieb bedröppelt zurück.

Joe und Holger wechselten noch ein paar Worte, nahmen dann ebenfalls ihre Jacken und verabschiedeten sich lautstark von den im Raum Verbliebenen. Dann verließen sie sichtlich schwankend das Gebäude.

Ich wäre gern ebenfalls gegangen, hatte meine Schuldigkeit getan und war das Protokoll immerhin schon losgeworden. Aber ich hatte Linde versprochen, sie nach Hause zu bringen, und noch war kein Ende abzusehen. Dabei waren wir schon die Ersten gewesen, denn Linde hatte deutlich vor Beginn der Sitzung im Vereinsheim sein wollen. Das hatten wir geschafft, wir hatten sogar noch warten müssen, bis aufgeschlossen wurde. Die Pächterin der Vereinsgaststätte war mit einem Paket Mett angekommen und hatte seit achtzehn Uhr Mettbrötchen geschmiert und Frikadellen gebraten. Der Geruch war durch jede Ritze im Gebäude gezogen und wahrscheinlich auch in jede Faser meiner Kleidung. Ich hatte das Gefühl, in einer Fettwolke zu sitzen.

Es war stickig im Raum, und ich hatte Kopfschmerzen. Der Tag war lang gewesen, und ich wollte endlich nach Hause, raus aus den Stiefeln, duschen und aufs Sofa. Aber ich wollte auch auf Linde warten, denn ich würde es nicht ertragen können, wenn sie auf dem Heimweg Angst haben müsste oder ihr gar etwas zustieß. Der Weg war nicht lang, im Grunde nur ein paar hundert Meter. Im Sommer war das Rheinufer bis spät in die Nacht bevölkert von Leuten, die spazieren oder joggen gingen, mit Hund oder ohne. Im April dagegen war es feucht, diesig und dunkel – einfach usselig, wie Düsseldorfer das nannten.

5

Bevor wir den Heimweg antreten konnten, musste ein Abstecher in Lindes Garten gemacht werden. Ulla und Linde hatten beschlossen, acht der zehn Gestecke von den Tischen in Lindes Laube zu parken, damit die schönen Blümchen nur nicht umkamen. Zwei wollten sie selbst mit nach Hause nehmen, die anderen würden sie am kommenden Wochenende in den Gärten an Interessenten verteilen. Ich hatte dankend abgelehnt, weil ich sowieso fast nie zu Hause war und Matthias gern gegen alles Mögliche eine überraschende Allergie entwickelte.

Tragen helfen musste ich aber trotzdem. Beladen mit Frühlingsgestecken konnte ich endlich mit Linde und Ulla im Schlepptau das Vereinsheim verlassen. Wurde auch Zeit, es war schon bald halb zehn.

Wir stiefelten durch die dunkle Kleingartenanlage. Der kleine Platz vor dem Vereinsheim war noch hell erleuchtet gewesen, aber je weiter wir uns davon entfernten, desto dusterer wurde es. Kein Mond war zu sehen, den ganzen Tag über war es wolkig und regnerisch gewesen.

Ich schaltete die Handytaschenlampe an und leuchtete uns den Weg, während ich fünf Gestecke im anderen Arm balancierte und nur hoffte, dass keins abstürzte.

Luftlinie wäre genial gewesen, denn Ullas Garten lag angrenzend hinter dem Vereinsheim. Es gab aber kein Hintertürchen – zum Glück, wie Ulla meinte, denn sonst hätte sie ständig die gesamte Gartenbelegschaft auf der Terrasse sitzen.

Wir mussten deshalb gefühlt endlos lang außen herumgehen. Aus dem Vereinsheim vorn Richtung Rheindeich raus, dann links über den schmalen Plattenweg am Spielplatz entlang zur Toreinfahrt, die Hilde hinter uns zusperrte. Dann links auf den Weg, an zwei großen Gärten entlang, links um die Ecke in den Hauptweg, der parallel zum Rheindeich unterhalb und zur

Straße oberhalb verlief. Der Hauptweg war trotz seines Namens nicht asphaltiert wie die Zufahrt zum Vereinsheim, sondern ein Schotterweg, immerhin ein breiter. Auf beiden Seiten ragten Bäume aus den Gärten, Efeu und andere Ranken drängten an den Wegesrand. Die Zäune der ersten Gärten links und rechts waren von hohen Hecken überwachsen, dadurch wurde es noch finsterer. Die Pächter kannte ich nicht, aber sie sollten vielleicht doch mal mit der Heckenschere kommen.

Dann kam rechts der Garten von Claus mit seinem geliebten Jägerzaun und einzelnen Büschen. Bei Tageslicht konnte man den gesamten Garten auf einmal überblicken, fast ein Schock nach den zugewucherten Nachbarn. Gegenüber zu unserer Linken lag dann Holgers Garten. Beim ihm sah man dank der Haselsträucher auch nicht viel.

Wir bogen links in den Weg II ein, vorbei an Holgers Gartentor links, rechts in Astrids Garten klimperten leise ein paar Windspiele. Der nächste Garten auf der rechten Seite war schon Lindes. Schräg gegenüber kam zuerst der Garten von Marek und Janina, dann endlich Ullas Gartentor.

Während Linde nun recht schweigsam war, war Ullas Redefluss nach dem aufregenden Abend nicht mehr zu stoppen.

»Linde, du gefällst mir heute Abend gar nicht. Dass du so schweigsam bist. Das ist bestimmt die Frühjahrsmüdigkeit. Glaub mir, in unserem Alter kommt das gar nicht so selten vor.«

»Quatsch, Ulla. Mir geht bloß so viel durch den Kopf und warum in meine Laube eingebrochen wurde, also ... Jetzt auch noch gerade der Claus – und die Wahl. Nee, das ist für mich ein bisschen viel auf einmal.«

»Auf jeden Fall musst du eine Frühjahrskur mit Wildkräutern machen. Weil, sich an der frischen Luft bewegen, machst du doch sowieso jeden Tag. Die Kräuter, die unterstützen das. Und ungeheuer belebend sind die.« Ulla schloss ihre Laube auf, stellte die Gestecke auf den Tisch, holte einen Gefrierbeutel mit abgeernteten Kräutern aus der Küche, hielt ihn hoch und verkündete: »Linde, nimm mit. Die kriegt auch mein Rolf. Da steckst du einfach Löwenzahn, Vogelmiere, Brennnessel und Sauerampfer in den Mixer, gibst Banane oder Birne dazu, ein bisschen Trockenobst, was du halt so im Haus hast. Ach, und Orangensaft, frisch gepresst. Also die Kräuter, da bin ich total überzeugt, das sind so richtige Kraftpakete. Und die stärken sogar das Bindegewebe. Linde, du wirst sehen …«

Linde sah sie entrüstet an. »Ulla, jetzt mach aber mal einen Punkt. Bindegewebe – ich bitte dich. Du und ich, wir wissen beide, wie viele Krampfadern und wie viel Cellulite wir haben. Meinst du, es hilft noch so ein Kraut? Ich glaub's wohl!« Linde schnaubte, ließ Ulla und mich kurzerhand stehen und stratzte erbost zu ihrem eigenen Garten.

Sie hatte schon recht. Die Tage, als die beiden im Bikini durch die Gärten stolzierten, waren definitiv vorbei. Aber nun war Ulla natürlich auch beleidigt, und ich stand unschlüssig herum. Wusste nicht, welche Laus ihr über die Leber gelaufen war und welcher der beiden Grazien ich zuerst helfen sollte. Linde hatte zwar nur wenig bis überhaupt kein Licht, eine winzige Funzel an ihrem Schlüsselbund, aber ich wartete trotzdem, bis Ulla ihre Laube gründlich verschlossen hatte, und ging mit ihr zurück zum Weg, half ihr mit dem Gartentörchen.

Mittlerweile war es stockfinster. Es war ein bisschen unheimlich in der Anlage. So verdammt still um uns herum. Nur unsere eigenen Schritte knirschten auf dem Weg. Linde war längst schräg gegenüber in ihrer Laube verschwunden.

Plötzlich hörten wir ein markerschütterndes Quietschen, lang gezogen, ohrenbetäubend. Ulla und ich blieben beide wie angewurzelt stehen. Vielleicht wirkte es in der Dunkelheit und der sonstigen Stille viel lauter. Es dauerte eine gefühlte Ewigkeit, tatsächlich aber wohl nur wenige Sekunden, bis mir klar wurde, was das gewesen sein musste. Oben an der Straße hatte ein Auto scharf gebremst. Wir hörten gedämpft jemanden schimpfen, dann war es wieder still. Bis uns erneut fast das Herz stehen blieb, als es im Gebüsch raschelte, Zweige knackten – und schließlich drei Karnickel vor uns über den Weg rannten.

Ulla war fertig mit den Nerven. Ich übrigens auch. Keine von uns war in der Lage, ein Wort zu sagen, bis wir bei Linde ankamen. Die hatte sich zum Glück in der Zwischenzeit beruhigt, im Gegensatz zu Ulla und mir. Nun schwatzte Linde fröhlich drauflos, während wir allenfalls leise nickten.

Als Linde ihre Laube abschloss, huschte noch ein Eichhörnchen quasi über unsere Füße, Ulla quiekte auf und sprang mir in die Arme, mir entwich ein »Ahhhhhh!«, und Linde starrte uns entgeistert an.

»Sag mal, was ist denn mit euch los?«

»Hast du das eben nicht gehört? Als wir noch bei Ulla waren? Das Reifenquietschen?«

»Nö, ich war doch drin.«

»Linde, das war total gruselig!«

Ulla brachte kein Wort heraus. Wir gingen im schwachen Schein meines Handys über Lindes rutschigen Plattenweg zum Gartentörchen. Plötzlich setzte sich eine fette Krähe auf Lindes Torbogen, sah uns herausfordernd an und krächzte heiser.

»Oh«, sagte nun auch Linde recht zaghaft und krallte sich an meinen Arm.

Ich holte tief Luft und bugsierte die beiden alten Damen auf den Weg. Es wurde Zeit, dass wir hier wegkamen.

Wieder schreckten wir auf, als hinter uns Zweige knackten.

Noch mal Kaninchen?, dachte ich und sah mich um. Dabei bemerkte ich weiter hinten einen Lichtschein. In Toms Garten war ein Bewegungsmelder angesprungen, und eins von seinen Solarlichtern leuchtete auf. Wir waren sichtlich nicht allein. Schlich da jemand herum, oder war Tom doch noch nicht abgereist?

Als ob sie meine Gedanken erraten hätte, sagte Ulla: »Komisch, Tom ist doch lange vor uns weg. Der hatte es doch so eilig, weil er zum Flughafen musste. Hat er jedenfalls gesagt.«

»Na, vielleicht hat er was vergessen«, knurrte Linde, beschleunigte aber ihre Schritte.

So ungemütlich, kalt und nass es war, so tröstlich war es,

auf die erleuchtete Straße zu kommen. Wir begleiteten Ulla zu ihrem Auto, das sie oben am Kaiser-Friedrich-Ring in Richtung Theodor-Heuss-Brücke geparkt hatte. Auch an der sonst belebten Straße war nicht viel los. In den vornehmen Einfamilienhäusern mit den ausladenden Vorgärten brannte Licht, ebenso im eleganten Altenwohnheim. Man war zu Hause und lief nicht in der Gegend herum. Kein Mensch weit und breit, schon gar nicht auf der unbebauten und unbeleuchteten Straßenseite mit den Bäumen und dem Radweg.

Nachdem Ulla mit ihrem rollstuhltauglichen Kastenwagen davongebraust war, drehten wir um und gingen zurück in Richtung Luegallee. Linde hatte sich bei mir eingehakt, sie war wieder recht schweigsam. Außerdem fing es an zu nieseln. Das hatte mir gerade noch gefehlt.

»Irgendwie gefällt mir das nicht.«

»Was?« Ich war mit den Gedanken woanders gewesen. »Was gefällt dir nicht? Das Wetter? Mir auch nicht.«

»Ach, Kindchen, nein. Der Regen ist doch gut. Der Februar war viel zu trocken. Ich will doch nicht im Mai schon eine verdorrte Wiese haben. Nein, mir gefällt das nicht im Verein.«

Ich war zu müde für Nachfragen und hatte schon genug gehört für heute. Wer mit wem seit Jahrzehnten Stress hatte, wer neu war und sich gar nicht einfügte, wer viel zu modern und wer viel zu altmodisch war. Ich blickte den Gehweg entlang und überlegte.

»Dass Holger ab sofort deinen Job macht? Immerhin bist du nicht raus aus der Kassensache, du bist noch dabei. Und sieh es mal so: Wenn was schiefläuft, ist er schuld, nicht du.«

Sie schwieg, ich auch. Dann fiel mir etwas ein. »Mist! Wir hätten Holger noch das Kassenbuch übergeben müssen, oder?«

»Der läuft uns nicht weg. Dann kriegt er es eben in den nächsten Tagen. Macht doch nix und eilt ja nicht. Reichtümer sind da sowieso nicht drauf, aber das weiß er auch.«

»Ich geb es dir, wenn wir bei dir sind, erinnere mich dran. Im Moment hab ich keine Hand frei.« Links hatte ich meine

Umhängetasche und Lindes Gesteck, am anderen Arm hing Linde selbst. »Linde, komm, wir wechseln die Straßenseite.« Ich zeigte nach vorn, wo ein paar Meter entfernt ein Mann an einen Papiercontainer gelehnt saß. Ziemlich schief sah das aus. Ob er alkoholisiert war und uns anpöbeln würde, konnte ich natürlich nicht wissen, wollte Linde aber nicht in eine unangenehme Situation bringen. Der Mann schien ziemlich in den Seilen zu hängen und brabbelte vor sich hin.

Aber Linde machte sich von meinem Arm los und ging auf den Mann zu. Sie bewegte sich, als wäre sie viel jünger, ging in die Knie und fasste den Mann am Arm.

»Linde!«, rief ich und wollte sie hochziehen. Sie schüttelte mich ab.

»Claus …«, sagte sie sanft. Sie sah mich nicht an, sondern nur ihn.

In der Tat. Es war Claus, der eben wutentbrannt aus dem Vereinsheim gestürmt war. Der sich tierisch aufgeregt hatte und stinksauer auf Joe und Holger gewesen war und jetzt vor uns am Straßenrand halb saß, halb lag wie ein Häufchen Elend. Es ging ihm gar nicht gut, das sah selbst ich. Und so viel getrunken hatte er über den Abend hinweg auch nicht.

Claus war nicht mehr rot im Gesicht wie vorhin im Vereinsheim, sondern bleich. Ihm stand der Schweiß auf der Stirn, und er hielt sich den linken Arm. Er atmete schwer und wollte Linde etwas sagen, brachte aber nur Unverständliches hervor. Linde tupfte ihm vorsichtig mit einem Taschentuch über die Stirn, und er nahm dankbar ihre Hand.

Medizinisch war ich nicht sonderlich bewandert, aber nach dem, was man so hörte und las, waren dies – vor allem das mit der linken Seite – am ehesten Anzeichen für einen Herzinfarkt. Aber Claus war doch gesund, oder? Andererseits war er über siebzig, hatte man da nicht das eine oder andere Zipperlein? Doch ich hatte keine blasse Ahnung, und anderer Leute Krankengeschichten interessierten mich normalerweise nicht.

Ich sah zu Claus. Wenn das möglich war, war er noch blasser

geworden. Er sackte weiter zusammen. Jetzt blieb keine Zeit mehr für Diskussionen. Ich holte mein Handy aus der Tasche.

»Ich ruf einen Rettungswagen. Wo sind wir?« Ich ging die paar Meter zur nächsten Straßenecke und sah auf das Schild. »Kaiser-Friedrich-Ring«, las ich, das Schild »San-Remo-Straße« zeigte im rechten Winkel in die kleine Straße.

Sobald ich der Leitstelle der Feuerwehr die Dringlichkeit meines Anrufs deutlich gemacht hatte, klingelte mein Handy. Hatten die eine Rückfrage?

Nein. Im Display leuchtete mir »Koray L.« entgegen. Zwei Anrufe von ihm hatte ich wohl schon verpasst. Genervt nahm ich den Anruf entgegen.

»Hallo. Sorry, ich kann jetzt nicht. So gar nicht. Hier ist … Ach egal, ich ruf dich zurück. Später. Wenn ich's nicht vergesse …«

»Marie, was ist los? Wo bist du?« Er hatte mir wohl angehört, dass etwas nicht stimmte.

»Draußen. Ich hab eben die Feuerwehr angerufen.« Ich sammelte mich, und Koray hörte mir ruhig zu, was ich von ihm so noch nicht kannte. »Ich war mit meiner Tante auf der Sitzung vom Kleingartenverein. Erst die Sache mit der Kasse und dann noch die Gedenkminute für Alina … Eben sind wir dann hoch zur Straße, zum Kaiser-Wilhelm-Ring, und da lag Claus dann, äh, der Vereinsvorsitzende. Gerade wiedergewählt. Vorhin ging's ihm noch gut. Vielleicht hatte er einen Herzinfarkt. Oder was Komisches gegessen? Was weiß ich. Hoffentlich kommt der Notarzt bald.«

»An welcher Straßenecke seid ihr?«

»San Remo.«

»Bleib, wo du bist, ich schicke euch jemanden. Das klingt nicht gut.«

»Danke.«

Er hatte schon aufgelegt.

Auf dem Weg zurück zu Linde und Claus versuchte ich, mich selbst zu beruhigen. Es würde nicht lange dauern, bis der Rettungswagen kam. Ob man Claus wohl ins Krankenhaus bringen oder nur nach Hause fahren würde? Ich ging mal davon aus, dass man ihn nach so einem Schwächeanfall nicht mit der Bahn fahren ließ. Sein Auto hatte er Ende letzten Jahres verkauft, hatten mir Ulla und Linde vorhin erzählt.

Als ich zu den beiden zurückkam, war auch Linde bleich um die Nase. Sie sah mich mit großen Augen an und kämpfte mit den Tränen. Claus sah noch schlechter aus als vorher. Konnte man noch blasser werden – oder lag das am fahlen Schein der Laterne? Linde tätschelte ihm die Wange, redete leise auf ihn ein, er keuchte nur noch.

»Rosi … Tu's für mich. Du, meine Rosi. Nur du …«

»Ach, Claus. Nein, noch nicht. Wenn uns jemand sieht! Komm mit ums Eck in unsere Laube. Die Eltern sind auf dem Fest, ich höre meinen Vater singen. ›Gott Lob, die Herbstzeit zeiget sich‹. Jedes Jahr singt er das. Und die Mutter schämt sich, weil er so schlecht singt, und trinkt einen Schnaps nach dem anderen. Komm, Claus. Deine Hände sind so warm. So wie du hat mich noch keiner geküsst.«

»Tu's für mich, Rosi …«, hörte ich Claus leise sagen.

Ich war wie vom Donner gerührt. Was bitte redete Linde da? Warme Hände? Geküsst? Was immer die beiden sprachen, es ging nicht ums Hier und Jetzt. Sie waren gemeinsam in die Vergangenheit abgetaucht. Lindes Vater, mein Großvater, war vor mehr als zwanzig Jahren gestorben!

Dann plötzlich Martinshorn und Blaulicht. Ich ging an den Straßenrand und winkte, um mich bemerkbar zu machen. Zwei Sanitäter stiegen aus, einer der beiden hörte sich an, was ich weniges zu berichten hatte: dass Claus wie wir auf der Sitzung gewesen war, dass er für sein Alter recht gesund war, aber mindestens zwei Alt getrunken und ein rotes Gesicht gehabt hatte.

Mit einem weiteren Fahrzeug der Feuerwehr kam der Notarzt, und eine Trage wurde zu Claus und Linde gebracht. Ich war dabei definitiv überflüssig und konnte nur beobachtend an der Seite stehen. Interessant, mit welcher Seelenruhe Sanitäter und Notarzt arbeiteten, und faszinierend, wie schnell man sein konnte, wenn man sich nicht panisch beeilte.

Auch Koray hatte eben am Telefon so eine effiziente Ruhe ausgestrahlt.

Ein paar Meter weiter, zwischen den Bäumen, stand jemand und starrte zu uns herüber. Ich drehte den Kopf aus dem Blaulichtschein heraus und erkannte Micha. Ob er wirklich so hieß, keine Ahnung. Micha lebte schon ewig in einem Zelt neben der Kleingartenanlage. Er hatte dort einen geschützten Platz gefunden, hielt die Wiese um sein Zelt herum sauber und ordentlich, er pöbelte nicht herum, störte keinen, deswegen wurde er vom Ordnungsamt und von den Pappelwäldlern geduldet. Mit den Obdachlosen, die sich unter der Oberkasseler Brücke eingerichtet hatten, verstand er sich nicht so gut, Micha war ein Einzelgänger. Ich schätzte ihn auf Ende dreißig, er wirkte wie ein kluger Mensch und guter Beobachter – wenn er nicht Unmengen Wodka in sich hineinkippte. Ich mochte ihn, und auch Linde brachte ihm häufig etwas zu essen vorbei. Er revanchierte sich, indem er ihr schwerere Arbeiten abnahm. Im letzten Herbst beispielsweise hatte er ihr einen großen Ast an einem Baum gestutzt.

Ich ging zu ihm, er nickte mir scheu zu.

»Grüß dich. Hast du was gesehen?«

Er schüttelte den Kopf. »Nee. Aber, weißte …«

»War denn noch jemand dabei?«

»Das ist der Freund von Linde, ne?«

»Ja.« Ich nickte. »Erzähl.«

»Nee, sonst keiner, weißte. Also erst nicht. Der kam aber ganz langsam den Weg vom Garten hier zur Straße hoch. So langsam und so komisch. Hat ganz schön geschwankt, als hätte der getankt, weißte?« Micha überlegte. »Und dann, weißte, dann ist der auf die Straße. Nicht geguckt, ob was kommt oder so, weißte. Denkt man ja auch nich um die Zeit am Abend. Aber dann kam einer. Total schnell, weißte? Und der ist dann gerade noch zurück, und der Wagen musste total bremsen. Richtig laut, weißte?«

»Das hab ich gehört. Als ich noch unten im Garten war. Hast du das Auto gesehen? Hast du nachgeguckt, wie es Claus ging?«

»Nee … da kam dann einer von hinten, weißte. Und ich hab's ja nicht so mit Leuten, weißte?«

»Und der Autofahrer? Hat der angehalten?«

»Hatter nich. Is weiter.«

»… und was für ein Auto war das, hast du was gesehen?«

»Dunkler SUV. Porsche vielleicht. Kenn mich nich so aus damit, weißte.«

»Schon okay, Micha, danke.«

Dann aber brach plötzlich doch Hektik aus. Ein Sanitäter nahm Linde beiseite, die anderen beiden schienen Claus zu bearbeiten. Es sah nach Herzdruckmassage aus. War es so ernst? Claus musste beatmet werden? Ich hatte an Kreislaufprobleme gedacht und mir schon überlegt, ob das mit dem Rettungswagen nicht vielleicht etwas übertrieben gewesen war.

Linde stand händeringend etwas entfernt daneben, sie lehnte sich an die Laterne und wirkte sehr mitgenommen. Ich wäre ihr gern beigestanden, aber zwischen ihr und mir waren die Rettungsleute beschäftigt, sodass ich nicht zu ihr konnte.

Zwei weitere Blaulichter kamen in unsere Richtung gefahren. Ich erkannte einen Polizeiwagen und ein dunkles Zivilfahrzeug. Zwei Polizistinnen mit langen blonden Zöpfen stiegen aus dem Streifenwagen, und aus dem dunklen Wagen kam ein ebenso dunkel gekleideter Mann heraus, der sich ein wenig steifbeinig umschaute.

Linde hatte es zu mir hin geschafft und hängte sich bei mir ein. Aus dem Augenwinkel sah ich noch, wie Micha unauffällig im Gebüsch verschwand.

»Frau Busch. Sie schon wieder?«

Ich drehte mich um. »Könnte ich auch sagen. Guten Abend, Herr Holzmann.« Der hatte uns gerade noch gefehlt.

»Dass ich Sie wieder da antreffe, wo jemand zu Schaden gekommen ist. Zufällig, nehme ich an.«

»Ob Sie es glauben oder nicht: Im Kleingarten war Vereinssitzung, Vorstandswahlen und so.« Langsam kam ich zurück in die Spur. Nichtsdestotrotz, der sarkastische Holzmann nervte. »Auf der Trage liegt der alte und neue Vereinsvorsitzende Claus Bachmann. Meine Tante und ich haben ihn eben an der Straße gefunden, es ging ihm schlecht, deshalb habe ich die Feuerwehr alarmiert.«

»Und den Levent.«

»Nee, der hat mich … Aber …«

Er winkte ab, ging zu den Sanitätern und schien mit ihnen Informationen auszutauschen. Linde wirkte etwas gefasster und stellte plötzlich Fragen.

»Marie, mit wem hast du denn noch telefoniert?«

»Nur mit dem vom LKA, der neulich auch bei uns im Garten war. Koray Levent. Aber: Er hat mich angerufen, nicht ich ihn. Jedenfalls hat Koray wahrscheinlich Kommissar Holzmann informiert.«

»Das ist aber sehr nett von ihm.«

»Ich würde sagen, es war professionell.«

»Ihr duzt euch?« Ein winzig kleines Lächeln.

»Das hat sich so ergeben.« Es wäre keine gute Idee gewesen, Linde ausgerechnet jetzt in die Scharade mit der Skulptur in Toms Garten einzuweihen. Sie würde zu viele Einzelheiten wissen wollen, und meiner Ansicht nach gab es im Moment genug, womit sie fertigwerden musste.

Claus wurde in den Rettungswagen verladen, der mit Blaulicht und Martinshorn losfuhr.

Holzmann schlenderte zu uns herüber und wies auf den Notarztwagen, der sich ebenfalls in Bewegung setzte. »Sie sind nicht mit dem Herrn verwandt oder so? Dass Sie mitgemusst hätten, meine ich.«

Linde und ich schüttelten stumm den Kopf. Als sich die Szenerie leerte, sickerte langsam ein, was passiert war.

»Treffe ich Sie am Samstag in dieser Schrebergartenanlage an?«, fragte Holzmann polternd in die Stille hinein.

»Sicherlich.«

»Ich habe dann garantiert noch ein paar Fragen an Sie.«

»Klar.«

»Aber wissen Sie was, Sie kommen am besten morgen im Präsidium vorbei. Wegen der Aussage. Die müssen Sie noch unterschreiben. Übung haben Sie ja langsam.«

Er ging weg, zu seinem Auto. Dann standen wir völlig allein auf der dunklen Straße.

6

Holzmanns Fragen waren nicht sonderlich originell gewesen, als ich vor einiger Zeit zur Unterschrift ins Polizeipräsidium gemusst hatte. Umso origineller hatte ich deshalb an diesem besonderen Tag mein Outfit zusammengestellt. Ich gehörte nicht zu den Frauen, die bei Regenwetter mit einem Taschenschirm in die U-Bahn stiegen und sich dann ärgerten, wenn es dann doch nicht regnete. Ich liebte Luft, Wind und Risiko und hasste die U-Bahn. Das war etwas Persönliches zwischen uns beiden. Wenn ich schon mal U-Bahn fuhr, dann gab es garantiert eine Baustelle auf der Strecke, einen Stromausfall, oder der Lokführer wurde krank. Was auch immer, wenn ich mich auf die Bahn verließ, kam ich regelmäßig zu spät.

Mein Fahrrad dagegen war immer da, wo ich es brauchte, es fuhr, wenn ich das wollte und wohin ich wollte.

Ich plante, standesgemäß vorzufahren. Am Polizeipräsidium. Aber es gab gar keinen Fahrradständer vor der Tür – war denn das zu glauben? Hundert Meter weiter kettete ich mein Rad an einem Laternenpfahl an und musste diese hundert Meter dann im Starkregen zu Fuß gehen. Natürlich hatte es angefangen zu schütten. Mit der Bahn wäre ich nicht so nass geworden. Aber, wie gesagt, auch sicher nicht pünktlich angekommen.

Das Düsseldorfer Polizeipräsidium war zwar ein Neubau, aber eben eine Behörde mit dem entsprechenden Charme. Mein leuchtender Regenmantel, grün mit hellgrünen Birnen darauf, bereicherte das triste Gebäude farblich um einiges. Leider bildete sich unter mir auf dem Schmutzteppich ein wenig schöner dunkler Fleck. Ich tropfte, wetterbedingt, und war zusätzlich noch kurz vor Erreichen der Präsidiumstür in eine Pfütze gelatscht. Ich war pitschnass.

Meine Stimmung war entsprechend, auch der grüne Regenmantel half nicht. Denn im Eingangsbereich traf ich dann auf

Hauptkommissar Holzmann. Dem klappte bei meinem Anblick – so durchgeregnet und mit quietschend nassen Schuhen – der Unterkiefer runter. Ich hatte das bislang für eine unrealistische Redewendung gehalten, musste aber sagen, in der Realität war es sehenswert.

Holzmann starrte mich und meine triefende Erscheinung wortlos an.

»Ja, wie jetzt? Was soll ich unterschreiben, und was wollen Sie noch wissen?« Mir lief das Wasser übers Gesicht, vermutlich zeichnete auch ein schwarzes Rinnsal Wimperntusche unschön meine Wangen. Ob es mehr nach Verzweiflung oder eher nach Kriegsbemalung aussah, konnte ich nicht abschätzen, auch nicht, was Holzmann darüber dachte. Er ließ sich auf jeden Fall nichts anmerken.

»Frau Busch!«, rief Holzmann. »Äh, ja.« Er zeigte auf zwei Polizisten an einer Art Empfangstresen. »Ich habe das für Sie zur Unterschrift deponiert, die Kollegin führt Sie hin. Und …«

»Was noch, Herr Holzmann? Ich würde dann auch gern nach Hause und mich trocknen.«

»Äh, mich würde noch interessieren, wann Sie genau bei der Versammlung waren und bis wann und wann Sie das Reifenquietschen gehört haben.«

»Von halb sieben bis kurz vor halb zehn im Vereinsheim, dann bin ich mit meiner Tante und der stellvertretenden Vereinsvorsitzenden noch zu deren Laube, was abstellen. Plötzlich haben wir das Reifenquietschen gehört. Dann sind wir hoch zur Straße. Bis wir oben waren, war's, keine Ahnung, fast zehn? Dann haben wir Claus Bachmann gefunden, und dann habe ich ziemlich bald die Feuerwehr angerufen, und dann kamen Sie ja auch«, leierte ich den Ablauf des Vorabends herunter.

»Danke. Können Sie das auf dem Formular noch anfügen?« Sprach's und verschwand.

Ich tat alles, was er gewollt hatte, und machte mich, so nass, wie ich war, auf einen sehr ungemütlichen Heimweg. Zum Trost kaufte ich auf dem Rückweg im französischen Feinkostladen völlig überteuerten Fisch, den ich abends für Matthias und mich braten wollte, und verbrachte den Nachmittag damit, in der Schlosserei irgendjemandes schmiedeeisernes Gartentor zu reparieren.

7

Ich war auf einiges gefasst, als ich am Samstag in den Garten kam, aber nicht darauf. Linde und ich hatten gestern noch telefoniert. Sie hatte trotz Claus' schrecklichem Unfall noch halbwegs normal gewirkt, sodass ich mir keine Gedanken gemacht hatte. Aber als ich sie auf der Bank vor ihrer Laube sitzen sah, so klein, blass und still, machte ich mir doch Sorgen. So kannte ich sie gar nicht.

»Linde, was ist mit dir?«

Sie sah mich nur kummervoll an.

»Hast du denn schon mit Claus sprechen können?«

»Nein, gar nicht, er liegt doch im Koma.«

Du meine Güte, das hatte ich noch nicht gewusst.

»Wie geht's ihm denn sonst so?«

»Den Umständen entsprechend, aber die Ärzte sagen, es war sehr knapp.«

Dann schwieg sie lange. Ihre Hände lagen im Schoß, und es sah fast so aus, als wollte die sonst so aktive Linde gleich mit ihm ins Koma fallen. Ich versuchte vergeblich, sie zu trösten, sie schüttelte nur immer leicht den Kopf und sagte: »Ach, Claus.«

Um sie auf andere Gedanken zu bringen, schlug ich ihr vor, gemeinsam durch den Garten zu gehen. Normalerweise waren diese Runden Lindes liebste Beschäftigung und bedeuteten die reine Entspannung: Sie spazierte nach keinem festen Plan herum. Was ihr ins Auge fiel, wurde eingehend betrachtet. Sie sah sich an, was neu gewachsen war, begrüßte neu aufgegangene Pflänzchen, schnitt die eine oder andere verblühte Blüte ab oder zupfte das ein oder andere Beikraut aus.

»Lass uns doch wenigstens nachschauen, ob dein Flieder schon aufgeblüht ist.«

Mühsam erhob sie sich und folgte mir mit vorsichtigen Schritten. Natürlich hätte man das auch von der Bank aus sehen können, aber Bewegung half schließlich bekanntlich bei allem, vor allem auch bei Kummer. Und so langsam nahm ihr Gesicht Farbe an, als sie die vielen zarten grünen Blätter an ihrer Wildrosenhecke entdeckte.

»Mariechen, wir müssen die Rose demnächst vorsichtig schneiden, sonst wird die Hecke zu breit. Und wann kommt endlich der Schneckenzaun?«

Ihre gewohnte Verfassung kam nach und nach zurück. Sie war beinahe wieder die Alte. Ein kleiner Feldwebel im Siebziger-Kaftan mit knallrot lackierten Fingernägeln.

Ich holte tief Luft, denn das Thema Schneckenzaun hatte mich bereits einige Nerven gekostet. Meine Bestellung war nach wie vor nicht eingetroffen, der Onlineshop hatte keine neue Ware bekommen, und im Baumarkt sank der Bestand ebenfalls. Ich wusste das so genau, weil ich gefühlt fünfmal am Tag nachsah. Lange würde ich nicht mehr durchhalten.

Ich sah auf mein Handy. Bestand im Gartencenter: zwölf Stück. Damit war klar, was ich heute noch tun würde: die Onlinebestellung stornieren und im Gartencenter vorbeifahren und direkt welche aus dem Regal nehmen, sehr oldschool, und leibhaftig einkaufen.

Linde hatte mir über die Schulter geschaut, war aber weise genug, sich jeglichen Kommentar zu verkneifen, was ich ihr hoch anrechnete.

»Oh, schau!«, rief sie.

Eine erste Fliederdolde hatte ihre vielen helllilafarbenen Blütenkelche geöffnet, und viele andere standen kurz davor.

»Hallo, Linde! Marie!« Holger winkte und kam durch Lindes Gartentor spaziert. »Ihr seid doch noch in euren Gärten gewesen am Donnerstag nach der Sitzung, oder? Habt ihr jemanden gesehen?«

Linde berichtete ihm von Claus' Unfall. Das meiste wusste Holger natürlich schon. Gegen die Buschtrommeln der Kleingärtner war Facebook eine lahme Brieftaube. Einige Details aber kannte er noch nicht und war sehr bestürzt. Er ließ sich von

Linde haarklein schildern, was Claus' Gesundheitszustand und den möglichen Autounfall betraf und was die Polizei nun zu tun gedachte.

Holger nickte bedächtig. »Ich frag nur, weil bei mir in der Laube eingebrochen worden ist.«

Linde war schockiert. »Nein! Wirklich? An dem Abend? Und?«

»Ja, Schloss aufgebrochen und so, wie bei dir.«

Ich sah hinüber zu Lindes Laubentür. Holgers Blick folgte meinem. Rund ums Schloss waren seitdem jede Menge Kratzer. Ich hatte mir das letztens mal aus der Nähe angesehen: Sie ergaben ein Muster, in verschiedene Richtungen jeweils mehrere parallele Linien. Sie erinnerten mich an Alexander Calders Mobile »Thirteen Spines«, das in Köln im Museum Ludwig hing. Eines meiner liebsten Werke von Calder.

Mal vom künstlerischen Ausdruck abgesehen, war an Lindes Tür ein Stümper am Werk gewesen. Ich arbeitete schließlich nicht umsonst in einer Schlosserei und hatte dort auch gelernt, wie ein Profi das macht. Auf jeden Fall hätte *ich* ohne Kratzer die Laubentür öffnen können.

»Ist bei dir was geklaut worden?«

»Geld hatte ich zum Glück nicht da drin. Aber das Geburtstagsgeschenk für Tim war in der Laube. Der Kerl durchsucht doch zu Hause die Schränke.«

»Ach nein, Holger! Ihr wolltet ihm doch ein Handy schenken.«

»Ja. Wollten wir. Hatte ich besorgt, und jetzt ist es weg. War nicht das billigste …«

Mir war zwar nicht klar, warum er ein teures Handy ausgerechnet in seiner Laube verstecken musste, aber bitte. »Das ist wirklich superärgerlich. Kriegst du das von der Versicherung zurück?«

»Ich will's hoffen. Aber erst mal muss ich gleich in die Stadt, ein neues kaufen. Der Geburtstag ist ja morgen.« Er strich sich übers Kinn wie jemand, der einen Bart trug. Oder getragen hatte.

»Das mit dem Einbruch muss am Donnerstagabend gewesen sein. Morgens war Marijke in der Laube, und da war noch alles in Ordnung.«

»Nein, bei dir im Garten war es vorgestern Abend ruhig.« Linde schüttelte vehement den Kopf.

»Nur bei Tom ging der Bewegungsmelder an«, sagte ich laut, eher zu mir selbst.

»Tom. Soso. Ich frag gern nach.« Holger schlurfte in Richtung von Toms Garten.

»Meinst du, Marie, es wird alles wieder gut?«

»Du meinst, mit Claus?«

»Ja.« Linde sah mich so unglücklich an, dass ich sie liebevoll in den Arm nahm.

»Mach dir keine Sorgen, der wird schon wieder.«

Aber sie war noch nicht zufrieden. »Und er hatte doch letzte Woche noch so gute Werte beim Arzt.« Sie sah mich sehr entschlossen an. »Oder der Arzt hat es ihm verschwiegen. Ich finde, das geht wirklich zu weit.«

Wir schlenderten weiter durch den Garten am Gemüsebeet vorbei, wo die dicken Bohnen keimten und schon prächtig das Beet bevölkerten.

»Denkst du, Tom hat Claus beinahe über den Haufen gefahren? Zuerst wollte er so eilig weg, und dann ist er doch bis zum Ende geblieben. Ist doch seltsam, oder?«

»Ach, Marie, man muss bei Tom nicht alles auf die Goldwaage legen.«

Soso. Neulich noch war sie fest davon überzeugt gewesen, Tom habe Alina ermordet, jetzt war alles wieder okay? Manchmal verstand ich sie nicht. »Claus hat doch vorgestern auf der Straße noch etwas zu dir gesagt, so was wie: ›Tu's für mich.‹ Was sollte das bedeuten, erinnerst du dich?«

Da blickte Linde mich verzweifelt an. »Das geht mir seitdem auch schon die ganze Zeit im Kopf herum, immer und immer wieder, und ich krieg's nicht raus. Aber ich überlege weiter.«

»Hat es denn vielleicht mit Alina zu tun?«

»Sicher. Claus hat Alina noch nie leiden können, er fand sie immer zu ehrgeizig. Darüber haben wir uns oft gestritten.«

»Das kann sein, ich hab's am Donnerstagabend mitbekommen. Er hat lauthals herumerzählt, dass er sich sicher ist, Alina hätte an den Konten herumgemauschelt. Glaubst du das?«

Linde blieb plötzlich stehen und sah mich an. »Das war's. Er wollte, dass ich nachforsche, was in der Kasse schiefgelaufen ist und wieso. Aber ich möchte das gar nicht im Einzelnen nachprüfen müssen, das wächst mir über den Kopf. Es sei denn, Marie, du machst mit.«

Ich nickte. Kein Problem, so wild würde das schon nicht werden. Einen Teil der Ungereimtheiten um die Vereinskasse hatte ich wahrscheinlich schon gefunden, und im Verein wollte ich mich sowieso weiter umhören – aus eigenem Interesse. Immerhin stand meine Feile nach wie vor weit oben auf Holzmanns Liste der Hauptverdächtigen. Egal, was die Herren Polizisten meinten, ich sah einen Zusammenhang mit diesem Verein. Und noch die Sache mit Claus, obendrauf noch ein weiterer Einbruch, diesmal bei Holger. Es lief definitiv einiges schief! Und wenn die Polizei nicht zu Potte kam vor lauter Bürokratie, musste ich eben mal selbst schauen, worum es wirklich ging.

Linde seufzte, als wir an der bereits verblühten Zaubernuss entlanggingen. Im Kräuterbeet war noch nicht so viel los. Bis die Zitronenmelisse und Minze zu großen Büscheln geworden waren und der Salbei kräftiger neu ausgetrieben hatte, würde es noch ein wenig dauern. So lange verwendete Linde die getrockneten Bündel aus dem letzten Sommer, die dem Essen erstaunlich viel Aroma gaben. Legendär waren auch ihre Teemischungen.

Linde erzählte, dass sie Claus zum Glück jeden Tag besuchen dürfe, weil er sie in seiner Patientenverfügung eingetragen habe, und dass das nur ein künstliches Koma sei. In zwei Tagen sollte er wieder ansprechbar sein, wenn seine Genesung gut verlief.

Sie war sichtlich erschöpft von dem kleinen Spaziergang und ließ sich direkt auf die Bank sinken. Ich setzte mich zu ihr. Zusammen blickten wir in den blühenden Kirschbaum, ich nahm ihre Hand, und wir schwiegen.

Vor zwanzig Jahren war es mit den japanischen Kirschen in der Anlage losgegangen. Vorher hatte jeder Garten ein bis zwei »normale« Kirschbäume gehabt, für Marmelade und Kuchen. Aber als Ken und Shin, der Engländer Kenneth und sein Lebensgefährte Shinji aus Japan, einen Garten übernommen und ihn mit japanischen Kirschbäumen bepflanzt hatten, wollten die anderen auch so etwas Wunderbares haben. Die beiden waren inzwischen Mitte sechzig, stinkreich und hatten diesen Schrebergarten nur, weil sie das so typisch deutsch fanden. Ihr Düsseldorfer Domizil war eine Zweihundert-Quadratmeter-Altbauwohnung im alleredelsten Teil von Oberkassel, nur einen Steinwurf entfernt von den Kleingärten und von Lindes Wohnung. Trotzdem lagen Welten dazwischen. Ken und Shin lebten mit mehreren Marmorbädern, antikem Mobiliar und diversen Originalgemälden. Zusätzlich besaßen sie ein Loft in London und ein Landhaus in den Cotswolds, eine Wohnung in Tokio und ein Haus an einem schicken Strand in Japan, und dann waren sie noch öfters bei Freunden an der Côte d'Azur, in Südafrika und sonst wo. Sie verbrachten ihre Zeit im Grunde damit, ihre Domizile abzuklappern, jeweils ein paar Wochen dort zu verbringen und dann weiterzuziehen. Shin war in Düsseldorf ein hohes Tier bei einer japanischen Bank gewesen, Ken Unternehmensberater, ebenfalls zeitweilig in Düsseldorf. Hier hatten sie sich kennengelernt und liebten das beschauliche Leben am Rhein. Ich mochte beide sehr, auch wenn sie in einer komplett anderen Welt lebten als ich, denn sie waren unglaublich freundlich und höflich zu jedermann.

Für die Phasen, in denen sie nicht in Düsseldorf waren, was den Großteil des Jahres der Fall war, hatten sie eine Profigärtnerin engagiert, die sich um die kostbaren Pflanzen kümmerte, sodass sie keine Arbeit hatten, sondern die Zeit im Garten so richtig genießen konnten. Und das taten sie – sie feierten häufig und heftig.

Worauf man sich bei den beiden immer verlassen konnte, war, dass sie entweder zur Kirschblüte in Düsseldorf waren oder zum Japan-Tag. In diesem Jahr war es die Kirschblüte. Und der Garten von Shin und Ken leuchtete schon von Weitem zartrosa. Wo pragmatische Gärtner eine Ligusterhecke angepflanzt hätten, stand bei ihnen eine Reihe japanischer Zierkirschen dicht an dicht, perfektestens gepflegt, über und über voller Blüten. Dahinter hatte Shin sich ein Zen-Gärtchen angelegt und harkte selbstvergessen vor sich hin. Es duftete herrlich, die Bienen freuten sich – und die Instagram-Jünger und Influencer zogen jedes Jahr scharenweise durch die Kleingärten und fotografierten sich gegenseitig.

Und klar, nachdem Shin damals die Kirschbäume angepflanzt hatte und seitdem professionell von einem japanischen Gartenmeister pflegen ließ, machte der ganze Pappelwäldchen e. V. mit. Bloß den Gartenmeister konnte und wollte sich niemand leisten. Vielen war aber nicht klar, dass die japanischen Kirschbäume mit ihren besonders schönen und zahlreichen Blüten gar keine essbaren Früchte trugen. Ulla und Rolf hatten sich mehrere Bäume gekauft, gepflanzt und auf eine reiche Ernte gehofft, bis sie festgestellt hatten, dass die japanische Kirsche nicht dazu gedacht war, in Form von Marmelade ihre Erfüllung zu finden, sondern leider nur eine gute Woche blühte und dann die gesamte Wiese mit einem hellrosa Blütenblätterteppich versah.

Anders dagegen Claus, dessen Frau Inge damals noch gelebt hatte. Die beiden hatten fünf normale Sauerkirschbäume herangezogen und waren enttäuscht, weil das Blütenmeer nicht so gewaltig ausgefallen war wie bei Ulla und Rolf. Dafür wurden sie der Kirschernte nicht mehr Herr – und Ulla war Jahr für Jahr selbstverständlich eingesprungen und hatte blecheweise Kirschstreusel gebacken.

Linde hatte ohnehin schon immer zwei Kirschbäume im Garten gehabt, eine Süßkirsche und eine Sauerkirsche. Und klar, zwei Zierkirschen hatte auch sie haben müssen. Inzwischen stand nur noch eine, die hinten am Zaun, der ihren Garten von dem von Shin und Ken trennte. Wahrscheinlich fühlte sich dieser Baum seinen Artgenossen verbunden. Der zweite, den Linde vorn am Gartentor gepflanzt hatte, war dem Sturm Ela vor einigen Jahren zum Opfer gefallen und unrettbar umgeknickt.

Plötzlich lehnte Koray am Gartentor. Ich hätte ihn beinahe nicht erkannt, denn er trug die Inkognito-Frisur und eine unfassbar hässliche Sonnenbrille. Ich ließ Linde weiter ausruhen und ging nach vorn.

»Marie, ich wollte eigentlich deinen Gartennachbarn Ziegler besuchen, aber der ist nicht da. Ich war übrigens heute Nachmittag nicht der Einzige, der ihn gesucht hat.«

Holger hatte wohl ebenfalls unverrichteter Dinge umkehren müssen.

»Dass du schon wieder hier bist. Du hast wohl kein Zuhause? Hast du denn nie Wochenende?«, fragte ich lachend.

»Doch, doch. Bin quasi auf der Durchreise. Ich fahr nachher noch ins Stadion.« Er freute sich sichtlich.

»Fortuna?«

»Schalke!«, erwiderte er entrüstet. »Ich bin aus Gelsenkirchen.« Fatalismus pur. »Marie, weißt du, ob Ziegler verreist ist?«

»Donnerstagabend ist er mit einem Rollkoffer weg, zum Flughafen. Frag mich nicht, wohin. Willst du zu ihm, weil er Claus Bachmann als einer der Letzten gesehen hat? Den, der vorgestern oben an der Straße zusammengebrochen ist?«

»Das ist nicht meine Baustelle, sondern Holzmanns.«

Keine weitere Erklärung, keine Antwort auf meine Frage.

»Weißt du was, Koray, ich hab zu tun und keine Zeit, mit dir zu klönen. Es gibt zwei Möglichkeiten: Entweder du gehst und lässt mich machen, oder du machst dich eine Viertelstunde lang nützlich.«

»Was soll ich tun?«

»Das Schloss am Gartentor entrosten.«

Das klemmte nämlich schon seit Längerem. Wahrscheinlich Flugrost oder irgendetwas anderes, das der Wind hergetragen hatte. Das Tor lag auf der Windseite. Das bedeutete viel Sonne im Garten, aber auch eine Menge Wind, der über Lindes Parzelle hinweg über den Rhein und hinein in die Stadt wehte. Der brachte im Laufe des Jahres so einiges mit. Saharastaub, Feinstaub und eben Flugrost. Im Winter war wahrscheinlich noch zermahlener Rollsplitt von der Straße oben am Deich dazugekommen.

Ich drückte Koray, der nicht recht wusste, wie ihm geschah, aber brav mitmachte, einen Lappen, eine alte Zahnbürste und Rostlöser in die Hand.

8

Koray erwies sich als sehr hilfsbereit und durchaus brauchbar. Ich war erstaunt, wie widerstandslos er das Spiel mitmachte und nun am Schloss stocherte und ruckelte.

»He!«

Er sah sich um, rechtzeitig genug, um die Dose WD40 nicht an den Kopf zu bekommen.

»Danke!«, rief ich dem Dosenwerfer Joe zu. »Meins ist fast leer!«

Joe kam herübergeschlendert, nickte Koray beiläufig zu und sah mich mit hochgezogenen Brauen an.

»Hi, Joe.« Und ich tat ihm den Gefallen, seine Neugier zu befriedigen. »Ein alter Schulfreund von mir –« Ich wies auf Koray.

»Morgen«, sagte Koray und fiel mir damit schnell ins Wort. Okay, ich hatte verstanden: keine Namen.

»Hi.« Joe winkte Koray linkisch zu. Er stand ein bisschen unschlüssig herum, trat von einem Bein aufs andere und suchte offensichtlich nach einem Gesprächsthema. »Sag mal, am Donnerstag … Fandst du das nicht auch ein bisschen übertrieben?«

Ich hatte keine Ahnung, wovon er sprach. »Was meinst du, Joe?«

»Dieses Trauergetue mit Alina. Ganz ehrlich, ich wein der keine Träne nach.«

Aha, dachte ich nur, es wurde interessant. Ein Blick zur Seite verriet mir, dass Koray sich nichts anmerken ließ, sondern dienstbeflissen am Schloss herumputzte, als ob ihn das wirklich nichts anginge.

»Na, sie war zwar kein Vereinsmitglied, aber … ich kenne Alina schon, seit sie klein war, die ist doch praktisch bei uns aufgewachsen«, erwiderte ich. »Wenn sie nun … das geht mir schon nahe …«

»Alina war 'ne arrogante Kuh!«

Bei dem Kommentar zuckte Korays Augenbraue doch kurz. Mir dagegen entglitten die Gesichtszüge komplett. »Was?«

»Die sah klasse aus, aber wenn man die näher kennenlernen wollte, war se superarrogant. Hat echt gedacht, die wär was Besseres. Und … und die hat das hier auch alles, den Garten und so, richtig kacke gefunden. Bloß ihr *Oopiie*, auf den hat sie nix kommen lassen, der war ja fast schon heilig.«

Als er sah, dass ich nicht darauf einstieg, drehte sich Joe wortlos um und ging zurück in seinen Garten. Schockiert sah ich ihm hinterher.

»Wer ist das denn?«, flüsterte Koray.

»Joe? Hat um die Ecke seinen Garten«, flüsterte ich zurück.

Er überlegte amüsiert. »Dieser Joe ist garantiert mal bei Alina abgeblitzt …«

»Wär dir nicht passiert, oder was?«

»Mit mir hat sie sich jedenfalls ein paarmal getroffen.«

Ich war baff. »Du hattest eine Affäre mit Alina?«

»Nein. Ich habe nur gezielt Kontakt zu ihr aufgebaut.«

»Du hast sie angebaggert. Rein beruflich, natürlich.« Ich fühlte mich anscheinend noch immer als Babysitterin und wollte sie beschützen.

»Marie, Alina Horn ist eine kluge und sehr ehrgeizige junge Frau, die bestimmt weiß, was sie will. Und wie sie das erreicht. Sie ist kein kleines Mädchen mehr. Ich war das ein oder andere Mal mit ihr was trinken, was essen. Weiter nichts.«

»Und seit einiger Zeit ghostet sie dich.«

»Exakt.« Er grinste. »Aber es geht schließlich nicht um mein Ego. Sie hat den Kontakt abgebrochen, ist nicht mehr erreichbar – und ich hab ein komisches Gefühl dabei.«

»Was wolltest du denn von ihr? Ich denk mal, wenn du ständig bei mir vorbeikommst, hab ich doch das Recht auf ein paar Antworten, oder? Wir können uns auch kurz drüben hinsetzen.« Ich zeigte zu den alten Korbstühlen am lindgrünen Holztisch vor der Laube. Koray nickte. »Ermittelt ihr denn nicht offiziell gegen Tom?«

»Doch, aber den offiziellen Teil macht meine Chefin. Wir nennen sie ›Lagarde‹, wenn du weißt, was ich damit sagen will. Claudia kann echt furchteinflößend sein und ist absolut die Richtige für jemanden wie den. Ich mache eher so die Drecksarbeit, wühle ein bisschen im Mist, wirble Staub auf und so. Ich kann dir keine Details nennen, aber du darfst fragen. Schon allein, damit ich noch öfter herkommen und mich umschauen darf. Es ist wirklich sehr nützlich für meine Ermittlungen, in dieser Kleingartenanlage ab und zu eine alte Freundin besuchen zu dürfen …«

Er nutzte mich aus – aber immerhin stand er dazu. »Du hast demnach hier eine Art Basislager aufgeschlagen?«

Zur Antwort erhielt ich nur ein fröhliches Grinsen. Das erstarb jedoch, als er weiterredete. »Ich hätte Alina gern als Informantin gehabt. Sie war schließlich Zieglers Praktikantin. Und Ziegler hat – das ist auch kein Geheimnis – Geschäfte begünstigt, die den Staat mehrere Milliarden Euro gekostet haben.«

»Mehrere Milliarden.« Es klang nicht nach Peanuts. »Die soll Tom sich in die Tasche gesteckt haben?«

Koray winkte ab. »Nee, nee. Er nicht. Aber er hat auch sehr gut dabei verdient, mach dir nur keine Gedanken. Den Begriff ›Cum-ex‹ hast du sicher schon gehört, oder?«

»Ja klar, in den Nachrichten. Aber es scheint doch keiner so genau zu wissen, was das ist.«

»Okay.« Koray ging sofort geschmeidig in seiner Rolle auf: Ich erklär dir die Welt, Baby. Und ich, ich hörte ihm mehr oder weniger gespannt zu, auch weil er mich dabei so nett ansah. »Als Wirtschaftsanwalt hat Ziegler für Investoren Gutachten geschrieben. Mit dem Inhalt, dass es kein Gesetz gibt, das diese Geschäfte verbietet. Für diese Gutachten hat er jeweils einige zigtausend Euro kassiert.«

»Wenn das doch legal ist, wo ist dann das Problem?«

»Das Problem ist, dass zwischen ›nicht ausdrücklich verboten‹ und ›erlaubt‹ ein Unterschied besteht. Eine Grauzone sozusagen. Manche Leute behaupten, es wäre juristische Haarspalterei –

aber nicht zuletzt geht es um viel Geld, ein paar Milliarden Euro, die zwar in die Staatskasse gehören, jetzt aber in anderen Taschen verschwunden sind. Deswegen ist es mein Job, zu beweisen, dass es abgesprochene und geplante Geschäfte waren und dass Ziegler maßgeblichen Einfluss auf diese Geschäfte hatte.«

»Und Alina sollte dir die Beweise liefern? Als Toms ehemalige Praktikantin? Weiß sie denn so viel?«

»Ich hatte das Gefühl, ja. Sie hat ungewöhnlich viel Einblick bekommen in Zieglers Arbeit. Deswegen war sie interessant für uns.«

»Aber warum ist das mit Alina so komisch? Warum sollte sie abtauchen? Habt ihr denn keine anderen Hinweise, wo sie sein könnte?«

»Wir sind eben nicht befugt, in ihre Wohnung einzudringen oder ihr Telefon abzuhören. Das Problem ist, dass sie nicht offiziell vermisst wird. Sie ist im Grunde bloß nicht erreichbar. Das kann sie aber auch so wollen, es ist ihr gutes Recht. Ich weiß, dass sie nicht allein in der Welt ist, dass sie Verwandte hat und mindestens eine gute Freundin, das hat sie mir erzählt. Und erst wenn irgendwer aus Alinas Umfeld zur Polizei geht und sie als vermisst meldet, können wir bestimmte Hebel in Bewegung setzen und detailliert nachforschen. Sämtliche Kontodaten und so. Bis dahin sind uns rechtlich die Hände gebunden.«

»Ist dann nicht alles gut, wenn sie nicht vermisst wird?«

»Geht so. Sich aus Social Media ausklinken und Mails nicht beantworten ist das eine. Alina Horn hat im Augenblick keinen Job, zumindest keinen offiziellen, steuerlich gemeldeten. Sie hat seit Mitte März kein Flug- oder Bahnticket gebucht, keinen Mietwagen, nicht mal einen E-Scooter. Sie hat den Kontakt zu mir sehr abrupt abgebrochen, was eigenartig ist, vor allem, weil sie mir etwas erzählen wollte. Wir hatten am Abend, bevor die tote Frau im Rhein gefunden wurde, einen Termin, zu dem sie nicht erschienen ist. Und sie hat weder ihre Kreditkarte noch ihre EC-Karte benutzt. Wovon lebt die Frau? Es soll Leute geben, die mit zweihundert Euro in der Tasche Zelt und Rucksack nehmen und ein paar Wochen durch die Gegend wandern. Aber Alina Horn?«

Ich schüttelte den Kopf. Das konnte ich mir beim besten Willen nicht vorstellen.

»Wenn du eine Möglichkeit siehst, mit ihr in Kontakt zu treten, tu das bitte.«

»Ich habe wenig mit ihr zu tun, hab sie aber neulich angeschrieben. Sie hat nicht reagiert. Ich fand es komisch, denn sonst hat sie immer geantwortet. Hast du wirklich keine Idee? Wenn sie doch deine Zeugin ist ...«

»Das ist sie eben leider nicht. Wir waren verabredet, ich hatte gehofft, sie würde mir etwas erzählen. Sie weiß nicht mal, wo ich arbeite.«

Mein Handy vibrierte. Ich holte es aus der Tasche, weil ich auf eine Nachricht von meinen Kindern wartete, und erstarrte.

Instagram meldete einen neuen Post von Alina.

»Oh Gott.« Mir zitterten die Hände. »Da! Schau! Sie lebt, alles ist gut.«

Koray beugte sich über mein Handy und tippte auf den Post.

Wir sahen ein Bild von einem Teller Risotto, daneben lag eine grob karierte Serviette. Ich hätte das vielleicht sogar zurückgehen lassen, denn es war sehr wenig Risotto auf einem ziemlich großen Teller. Drum herum ein bisschen hölzerne Tischplatte. Wie ein Bäumchen stand ein Zweig Rosmarin im Reishügel, ein paar Scheibchen Salami daneben.

Koray schnaubte. »Nee, ne?«

»Aber guck doch mal. Alina hat das gepostet, sie war essen. Ist doch prima.«

Koray war nicht zufrieden. »Nicht aussagekräftig. Unbrauchbar.«

»Was meinst du? Dass das gefakt ist?«

»Es ist jedenfalls kein Beweis dafür, dass sie lebt und dass das von ihr ist.«

»Von wem sonst?« Ich sah ihn wütend an. »Ist das etwa von euch? Will die Polizei eine Reaktion provozieren?« Ich bereute die Frage sofort und bekam auch keine Antwort. »Was starrst du mich so an? Glaubst du im Ernst, dass ich …?«

»Ich glaub gar nix. Vom LKA ist das nicht, das weiß ich. Aber Kripo? Wer weiß. Der Holzmann, der steht auf solche Spielchen. Aber in diesem Fall … nee.«

Linde kam zu uns nach vorn in den Garten, sie hatte sich in der Laube ausgeruht. Sie begrüßte Koray, ließ ihn dann aber links liegen.

»Weißt du was, Marie? Das hab ich vorhin völlig vergessen dir zu erzählen: Holger übernimmt kommissarisch den Vorsitz, solange Claus ausfällt. Dazu hat er sich gestern spontan bereit erklärt, und wir haben das dann so am Gartenzaun beschlossen. Das ist doch das Einfachste.«

Ich musste schmunzeln. »Und du gibst die Kasse dann doch nicht ab, weil Holger damit so viel anderes zu tun hat?«

»Nein. Wir machen das zusammen, haben wir gestern ausgemacht.«

»Oh Mann! Ich hab ihm immer noch nicht das Kassenbuch gegeben. Das hab ich am Donnerstag total vergessen. Und auch danach nicht mehr dran gedacht.«

»Marie, das macht nichts. Er hat von mir am Donnerstag die Kontokarte bekommen und wollte sich sofort einarbeiten. ›Reinfuchsen‹, hat er gesagt. Na ja, er will ja da alles umstellen auf digital und so. Dass dann mehr übers Konto geht. Ich hab's nicht ganz verstanden.«

»Soll er mal. Das läuft noch nicht so ganz rund. Und auf meine Mail wegen der zu hohen Überweisung hab ich auch noch keine Rückmeldung bekommen. Die sollten das doch zurückerstatten.«

Koray hatte schweigend zugehört, sah mich nun aber an wie ein Terrier. »Wer hat zu viel überwiesen? An wen?«

Ich erklärte ihm, dass ich diesen Buchungsfehler entdeckt und sicherheitshalber noch eine Mail an den Handwerker geschrieben hatte. Das war jetzt auch schon wieder eine gute Woche her.

»Marie, könnte es sein, dass das Absicht war?«

»Absicht? Dass jemand zu viel überweist? Ich bitte dich. Wo ehrenamtlich gearbeitet wird, ist Unvermögen nicht selten, aber so total blöd sind die hier auch nicht.«

»Marie, es gibt einen Trick, und der heißt Overpay. Ein Handwerker, wie der Klempner nach dem Rohrbruch im Vereinsheim, der schreibt eine Rechnung über, sagen wir mal, fünfhundertacht Euro siebzehn an das Unternehmen X. Die von X überweisen. Aber sie überweisen zu viel. Zum Beispiel fünfhundertachtzig Euro siebzehn. Fünf acht null statt fünf null acht. Das sieht einer von der Firma X – oder tut so, als ob es ihm erst später auffällt – und schreibt eine Mail an den Handwerker, oh, tut mir leid, Zahlendreher, so was Dummes auch … Der Klempner sagt, ach, das kann ja mal passieren, wir überweisen das zurück. Und dann bekommt der Klempner eine Bankverbindung genannt. Aber das ist nicht dieselbe wie die, von der die fünfhundertachtzig Euro siebzehn überwiesen worden sind, sondern die gehört dann zum Privatkonto dieses Mitarbeiters, der die Mail geschrieben hat. Das fällt dem Klempner aber nicht auf, weil er froh ist, dass man ihm die Überweisung so einfach wie möglich vorkaut.«

»Dann hat sich der Mitarbeiter mal eben zweiundsiebzig Euro in die Tasche gesteckt.«

»Und seinen Arbeitgeber beklaut. Denn das Overpay, also das Zu-viel-Bezahlen, war ja Absicht.«

»Oh. Und du meinst, das ist bei uns im Verein auch passiert?«

»Könnte sein. Schaut euch die Zahlen noch mal an. Auch, was du mir von dem Gekritzel im Kassenbuch erzählt hast. Vielleicht ist das eine Liste von Zahlendrehern und Differenzen. Je nachdem kommt im Lauf der Zeit schon was zusammen. Damit kannst du dich vielleicht nicht für den Rest deines Lebens auf die Malediven absetzen, aber ein paar Monate mehr oder weniger gut leben.«

Ich nickte und holte das Kassenbuch aus meiner Handtasche, wo es langsam Eselsohren bekam. »Und wenn ich sparsam bin oder zusätzlich andere Einnahmequellen habe, reicht das auch länger. Und du meinst, Alina hat das vielleicht erkannt?«

»Ja klar. Wenn nicht, hätte ich schwer an ihrer Ausbildung gezweifelt, schließlich hat sie einen ziemlich guten Master in Finanzierung gemacht.«

»Aber wie kommt man denn auf so eine Idee mit dem Overpay, und wer macht so was?«

»Die unterschiedlichsten Leute, du würdest dich wundern. Jemand, der nicht damit rechnet, dass sich eine Alina Horn das anguckt. Leute, die sich für besonders clever halten. Andere machen so was aus purer Not: Haus mit großem Kredit gekauft, teure Scheidung, noch mehr Schulden, Tilgung zu niedrig – dann erwacht bei vielen Leuten die kriminelle Energie.« Ein Blick auf mich und er sah, dass ich interessiert zuhörte. Sofort ergriff er die Gelegenheit, richtig auszuholen. »Wir hatten da zum Beispiel mal eine spielsüchtige Frau, die in der Finanzabteilung einer Krankenkasse arbeitete. Die hat ihr Hobby finanziert, indem sie monatelang eingehende Krankenhausrechnungen kopiert und dann im Krankenkassen-PC Duplikate angelegt hat. Ausgezahlt wurde das Geld auf das Konto ihrer Mutter. Keiner hat's gemerkt, weil der Abteilungsleiter vollstes Vertrauen in seine langjährige Mitarbeiterin hatte. Erst als der Abteilungsleiterposten neu besetzt und eine interne Revision durchgeführt wurde, haben wir die Täterin überführen können. – Bis dahin, bis zur Revision, hatten die fast die ganze Abteilung auf links gedreht, ohne was zu finden.«

Koray liebte offensichtlich das Dozieren, seine Miene entspannte sich geradezu im Reden. Und geübt schien er auch zu sein, er erklärte gut und verständlich, das musste ich zugeben. Ich schenkte uns ein Glas Wasser ein.

»Da waren in dem Unternehmen schon auch noch zwei andere, die durchaus Grund gehabt hätten, linksrheinisch Geld abzuschöpfen. Einer hatte sich beim Hauskauf übernommen, und sein Gehalt und das seiner Frau reichten nicht zur Schuldentilgung, er hatte mit einer Beförderung gerechnet, als er das Haus gekauft hat. Eine andere hatte beide Eltern und die Schwiegermutter im Pflegeheim, dazu noch ein Kind, das in Wien studiert.

Die beiden hatten große finanzielle Nöte, aber beide hatten ausreichend Skrupel gehabt.«

Ich atmete tief aus. Das waren ziemliche Dimensionen. »Dann müsste ich überlegen, wer von denen hier Geldsorgen hat. Und wer dann noch so skrupellos ist, den Verein über den Tisch zu ziehen.« Während ich laut nachdachte, widmete sich Koray wieder hingebungsvoll seinem Handy.

Wer? Wer aus diesen Kleingärten würde Geld unterschlagen? Nein, wer *brauchte* Geld? Joe? Nein, der lebte frugal und brauchte fast nichts. Ulla? Claus? Frauke und Hendrik? Nee.

So kam ich nicht weiter. »Am besten, ich finde raus, auf welches Konto diese Overpay-Rückzahlungen gemacht worden sind. Ich werde ein paar Mails an diese Firmen schicken, mit denen ich schon Kontakt hatte.«

»Nein, auf keinen Fall, du rufst an.« Koray ließ das Handy sinken und sah mich entsetzt an. »Keine Mail, Marie. Die könnte weitergeleitet werden an denjenigen, der das Overpay angezettelt hat. Und dann kann es ungemütlich für dich werden. Bei der Polizei musst du das nicht mehr anzeigen. Ich bin ja hier, ich nehm das auf und schicke es weiter. Schau nicht so skeptisch. Ich brauche von dir keine Unterschrift, ich hab das zufällig entdeckt bei meiner Recherche.« Er nickte in Richtung von Toms Garten.

»Und die Mail, die ich neulich geschrieben hab, was ist mit der? Kann mir daraus denn jemand einen Strick drehen?«

»Damals war deine Tante ja noch nicht abgewählt, und du hast der Kassenwartin geholfen, insofern war das in Ordnung. Aber wenn du heute eine Mail schreibst, ist klar, dass du in alten Akten wühlst – oder gefunden hast, was jemand anders sucht. Und es geht nicht darum, dass dir jemand einen Strick daraus dreht, sondern darum, dass du dich in Gefahr bringen würdest.«

So hatte ich das noch gar nicht betrachtet: dass man so eine Mail natürlich problemlos zu mir zurückverfolgen konnte. Und wenn sich jemand nicht auf die Finger gucken lassen wollte, konnte das für mich sehr unangenehm werden.

»Das wirklich Ätzende an so einer Overpay-Kiste ist aber

ganz was anderes: Für den Täter genauso wie für den Geschädigten ergeben mehrere von diesen ›versehentlich zu hohen Überweisungen‹ eine erhebliche Summe. Juristisch gesehen ist aber jede einzelne ›fehlerhafte Transaktion‹ ein Einzeldelikt. Das muss einzeln nachgewiesen werden, und das Strafmaß bezieht sich immer auch nur auf das eine Delikt.«

»Nicht dein Ernst.« Das musste ich erst mal verdauen. »So 'n Overpay, das sind doch manchmal nicht mehr als fünfzig Euro. Deswegen landest du ja nicht im Knast. Und wenn du das öfter machst, kommen zwar größere Summen zusammen, aber du kannst beruhigt damit weitermachen? Das ist doch echt das Letzte. Ich glaub, in meinem nächsten Leben werde ich auch Betrüger.«

»Es sei denn, du gerätst an einen wie mich …«

»Und wie kriegst du so jemanden?«

»Ich weise ihm – oder ihr – Vorsatz, System oder bandenmäßigen Betrug nach. Am besten alles.«

»Bandenmäßig?«

»Lach nicht, das ist der juristisch korrekte Begriff. Klingt echt antik, oder?«

»Schon. Und wie machst du das?«

»Vorsatz erkennst du daran, dass das nach einer Weile ganz plötzlich aufhört. Wenn jemand zum Beispiel Schulden hat und eine ganz bestimmte Summe braucht. Wenn die erreicht ist, hört die Person auf. System ist schwieriger nachzuweisen und kommt seltener vor. Da müsste einer schon jedes Mal die ersten beiden Ziffern vertauschen, bei jeder Überweisung, egal in welcher Höhe und egal ob die größere Zahl vorn oder hinten steht. Aber das macht keiner. Wär ja auch blöd. Aber weil deswegen jedes einzelne Mal ein kleines bisschen Hirnschmalz reinfließt in die Überlegung, ›lohnt sich das oder nicht‹, ›welche Ziffern drehe ich‹, na ja, so ist das schon wieder eine eigene Straftat.«

»Aber so ein bisschen schuld ist der Empfänger der Überweisung doch auch.«

»Nicht schuldig. Bloß dödelig. Das Blöde ist, dass die Täter genau darauf bauen, dass sowohl bei den Firmen, die die Überweisung bekommen, wie auch bei den Geschädigten keiner den totalen Durchblick hat. Die gucken sich schon an, mit wem sie das machen können. So wie bei einem Fall, den ich neulich hatte, wo in einer Versicherung so eine Erbse saß, die sich mehr für ihre Fingernägel interessiert hat als für ihren Job. Die ist dann natürlich froh, wenn man ihr gleich eine Bankverbindung nennt, damit sie nicht noch was raussuchen muss.«

»Das mit der Erbse ist aber nicht gerade politisch korrekt.«

»Aber die Wahrheit. Wirklich.«

»Das LKA beschäftigt sich doch nicht ernsthaft mit solchen Fünfzig-Euro-Betrugsgeschichten, oder?«

»Nö, aber das Prinzip ist das gleiche. Der Ziegler und diese Cum-ex-Geschäfte, wie gesagt.«

»Das, wo ich nicht durchblicke.«

»Genau das ist ja das System von diesen Geschäften: Da soll auch keiner durchblicken. Da wird eine Weile ganz fix hin- und hergeschachert, und keiner weiß mehr, wem was wann gehört hat. Das ist absolut auch der Sinn – und der Kern der Sache. Weil es darum geht, Verwirrung zu stiften und zu verdecken, wer an den Geschäften beteiligt ist. Hauptsache, sie machen alle eine Steuerrückerstattung geltend. Das Finanzamt ist total überfordert und denkt, das wird schon seine Richtigkeit haben und das sind doch seriöse Firmen. Ja, haste gedacht. Und der Ziegler hat diesen Bankern und Investoren dann auch noch Unbedenklichkeitsgutachten geschrieben. Denen war von vornherein klar, dass das auch in die Hose gehen könnte. Und die Kosten von den Gutachten waren an den Wert der geplanten Investition gekoppelt.«

»Mit anderen Worten: sehr lukrativ. Nehme an, damit bist du ein paar Wochen beschäftigt.«

»Jahre, Marie. Ein paar Jahre. Recherche, Beweise, Anklage, Verfahren, das zieht sich. Genau das nämlich ist bandenmäßiger Betrug. Ein fester Kreis von Leuten, der vorsätzlich und mit System betrügt. Ist nur langwierig und kleinteilig, so was zu beweisen. Deswegen sammle ich ja auch jeden Brosamen auf, den ich zu Ziegler bekommen kann.«

»Das mit Ziegler klingt heftig, aber was den Verein hier angeht, würde ich sagen: Du siehst Gespenster.«

Koray sah auf die Uhr. »Verdammt, ich muss los, sonst verpasse ich den Anstoß.«

Er hatte vielleicht Sorge, wir würden ihn noch weiter einspannen wollen. Aber das wollten wir sicher nicht. Mit der Vereinskasse kamen wir prima allein klar, denn die war nun wirklich keine Raketenwissenschaft.

Kaum war er durchs Gartentor, loggte ich mich neugierig auf dem Handy in das Vereinskonto ein. Ich wollte sehen, ob ein Unternehmer wie Holger sozusagen im Handstreich jahrzehntelange Stümperei ausmerzen konnte.

Sehr schnell wurde klar: Das konnte er nicht. Es gab ein paar Buchungen, die sich mir in ihrer Absurdität nicht erschlossen, aber vielleicht hatte er irgendetwas ausprobiert. Was auch immer. Wahrscheinlich hätte ein buchhalterisch geschultes Auge sofort erkannt, was Holger Spezielles abgebucht hatte. Lindes Erklärung, dass das bestimmt schon die ersten Anzahlungen für die Fahrt nach Holland waren, leuchtete mir ein. Daran hatte ich gar nicht mehr gedacht. Holger hatte noch am Freitagmittag eine Mail an die Vereinsmitglieder geschickt:

Fri, 29 April, 13:17:41 +0100

Hallo,
vielen Dank für die Anmeldung zu unserer Fahrt zu den Schaugärten in Holland.
Wir werden mit etwa 25 Personen reisen.
Wie angekündigt, ist eine Anzahlung notwendig, weil Bus et cetera schon vorab bezahlt beziehungsweise angezahlt werden müssen.
Sobald ALLE Anzahlungen eingegangen sind, werde ich diese Buchung erst durchführen. Ich bitte darum, dass frü-

bestmöglich überwiesen wird, um Preissteigerungen auszuschließen. Ob wir zusätzlich das Essen dort ebenfalls vorab buchen und bezahlen müssen, ist noch nicht abschließend geklärt und richtet sich nach der Anzahl der Anzahlungen. Mit durchgeführter Überweisung gilt die Anmeldung als bestätigt.
Hinweis: Die Anzahlung kann nicht zurückerstattet werden, wenn es aus persönlichen Gründen zu einer Absage kommt, weil die Buskosten damit bereits abgegolten und nicht mehr reduzierbar sind.
Für die Arbeiten habe ich ein Konto eingerichtet, auf das alle Zahlungen für die geplante Renovierung zu leisten sind:
Kontoinhaber: Holger Schwahn
IBAN: DE07 3005 1001 2345 6789 10
Verwendungszweck: Vorname Nachname Parzelle (Max Mustermann P7)
Betrag: 65 €
Begleitpersonen, die ebenfalls mitfahren möchten, überweisen bitte ebenfalls 65 €. Verwendungszweck dann Vorname Nachname BP (Begleitperson)
Den Termin für die Restzahlung gebe ich frühzeitig bekannt.
Vielen Dank und Gruß
Holger Schwahn

Dass die Liste, in der man sich am Donnerstag nach der Sitzung hatte eintragen können, schon als Anmeldung galt, war mir nicht klar gewesen. Aber ich wollte ja sowieso nicht mitfahren.

Linde hatte sich natürlich sofort eingetragen, zusammen mit Ulla, Rolf und Claus, gleich nach dem Ende der Sitzung und noch bevor sich Claus mit Joe gestritten hatte. Claus würde wohl nicht dabei sein können.

Ich klopfte mir selbst auf die Schulter, als ich feststellte, dass die Rückzahlung der Handwerker noch immer nicht eingetroffen war. Gut, dass ich mich darum kümmerte. Ich würde morgen bei ihnen anrufen. So ging es schließlich nicht. Als wenn wir nicht schon allein genug Chaos in der Buchhaltung hätten!

Ich schaute, wie spät es war, und überlegte. Halb eins. Sollte ich mit Linde eine Pause machen? Ich hatte noch keinen großen Hunger, andererseits war es heute Abend noch so schön sonnig vor der Laube.

Mir wurde die Entscheidung abgenommen, denn Hauptkommissar Holzmann kam den Gartenweg entlang auf uns zu.

»Frau Busch, da sind Sie ja.«

Ich nickte. Wo sonst sollte ich sein am Samstag? Das sollte er doch nun wissen.

»Heute ist hier aber noch nichts vorgefallen, oder? Sie ziehen ›Unfälle‹ ja geradezu magisch an. Finden Sie das nicht selbst ein bisschen merkwürdig?«

Ich blinzelte sprachlos. Der Mann hatte eine Gesprächseröffnung wie eine Abrissbirne.

»Was soll daran merkwürdig sein? Claus Bachmann hatte einen Schwächeanfall oder Infarkt, was kann ich dafür? So was kann in dem Alter doch passieren.«

»Ich wollte Sie nur über neue Entwicklungen in Kenntnis setzen, die sich seit Ihrem Besuch im Präsidium gestern ergeben haben.«

Ich sah ihn aufmerksam an. Der Mann, der redete wie ein Steuerformular, machte es spannend.

»Wir konnten ein Fremdverschulden feststellen.«

»Ich habe ihm bestimmt nichts ins Bier getan.«

»Woher wissen Sie, dass er Bier getrunken hat?«

Langsam wurde ich immer saurer. »Die Vereinsgaststätte ist nicht so groß, dass man nicht alle sehen würde. Außerdem gab es ein Bier umsonst. Und ich bin nicht die Einzige, die das weiß. Das können Ihnen zehn andere Leute genauso erzählen.«

»Acht.« Er holte einen Zettel aus der Tasche seiner Jacke, die mehr nach billigem englischem Landsitz aussah als nach rheinischer Großstadt. »Acht Leute haben das bereits ausgesagt.

Mit Ihnen neun. Zwei Leute müsste ich gleich noch befragen. Jedenfalls hatte Herr Bachmann Substanzen im Blut, die sich ungünstig auf seine Herzprobleme ausgewirkt haben. Laut Aussage der Ärzte hat das auch sofort zum Infarkt geführt. Völlig ausgeschlossen, dass er die Substanz zu sich genommen hat, bevor er in die Gaststätte kam.«

Ich schüttelte den Kopf. »Und danach war er immer mit Leuten aus dem Verein zusammen. Linde und Ulla waren während der Sitzung die ganze Zeit bei ihm, und hinterher war er auch mit anderen Vereinsmitgliedern zusammen am Tisch. Die haben alle Bier aus demselben Fass getrunken. Sonst hätten Joe und Holger ja auch was.«

»Wer hat kein Bier getrunken?«

»Ich. Weil ich noch fahren musste. Genau wie Ulla Werner und Tom Ziegler.«

Holzmann sah auf seinen Zettel. »Ja, die Frau Werner haben wir schon befragt. Der Herr Ziegler fehlt noch. Wo finde ich den?«

»Der ist heute nicht da, soweit ich weiß. Den hat Ihr Kollege – ich meine Herrn Levent – vorhin auch schon vergeblich gesucht.«

Holzmanns Blick verdunkelte sich bei der Erwähnung seines »Kollegen« vom LKA. »Kommt der nicht mehr regelmäßig?«

»Doch der war vorhin – oh, Sie meinen Tom Ziegler? Der ist in letzter Zeit öfters verreist. Ich glaube, der hat noch woanders eine Kanzlei, ich weiß aber nichts Genaues. München vielleicht? Oder in der Schweiz? Da ist er ziemlich oft. Und wenn, dann ist er auch mal eine Woche oder so am Stück weg. Jedenfalls musste er sofort im Anschluss an die Sitzung weg.«

»Und danach haben Sie ihn nicht mehr gesehen?«

»Nein.« Ich überlegte. »Obwohl an dem Abend vielleicht noch jemand in seinem Garten war.«

Holzmann sah mich prüfend an, während ich ihm von unserem Gang durch die dunkle Kleingartenanlage berichtete, vom Reifenquietschen und von den Bewegungsmeldern bei Tom.

Ich hatte das bislang nicht im Zusammenhang mit Claus' Unfall gesehen.

Holzmann aber sah natürlich eine zwingende Verbindung der Geschehnisse und verabschiedete sich mit den Worten: »Sie wissen verdammt viel, Frau Busch. Und Sie kennen den Herrn Ziegler auch schon sehr lange, habe ich gehört.«

Es war kein angenehmes Gefühl. Als ob ich vor einem Cluedo-Brett säße. Immer diese Verdächtigungen. Auch wenn es nicht Alina gewesen war, die tot angeschwemmt worden war, so brachte diese Erkenntnis keine Klarheit. Im Gegenteil, diese Tatsache warf noch viel mehr Fragen auf. Holzmann sollte seine Arbeit machen und uns – vor allem mich – bitte endlich in Ruhe lassen. Außerdem brauchte Linde Erholung.

Doch die bekamen wir den Rest des Samstags auch nicht mehr. Die beiden Mädchen, die auf direktem Weg von »Bibi und Tina« zu Extinction Rebellion umgeschwenkt waren, hatten ungefähr zwanzig ihrer neuen Freunde in den Garten ihrer Eltern eingeladen. Sie schienen dort zur Probe eine Baumhaussiedlung aufzubauen, am einzigen größeren Baum in deren Garten wurden jedenfalls Strickleitern und Taue befestigt, und es wurde geklettert, was das Zeug hielt. Dass der Baum nicht sofort aufgegeben hatte, fand ich beinahe ein Wunder. Und das Gehämmer für den Bau einer Plattform sehr weit oben schallte mir auf dem Heimweg noch bis kurz vor der Brücke nach.

Mai

Nichts ist vollkommen auf dieser Welt.
Der Rose ist der Stachel beigesellt.

Heinrich Heine

1

Der ganze Rummel um Claus hatte Linde schon sehr mitgenommen, und mir war in der letzten Woche so richtig klar geworden, wie sehr sie an ihm hing. Und dass sie es sich selbst nie wirklich eingestehen wollte. Doch nach dem Unfall stand sie zu ihm und ihren Gefühlen: Sie hatte jeden Tag bei ihm im Krankenhaus gesessen und seine Hand gehalten. Und er hatte sich tatsächlich erholt, in wenigen Tagen würde er entlassen werden.

Linde hatte kaum etwas geschafft im Garten. Umso mehr hatten wir rund um die Laube aufzuholen, der Garten hatte fast ein wenig verwildert ausgesehen, als wir neulich nach Feierabend eine kleine Begehung gemacht hatten, um die weiteren Arbeiten zu planen. Es war viel zu tun. Als Erstes sollten unbedingt die Rosen geschnitten werden. Damit musste man – laut Linde – anfangen, wenn die Forsythien blühten, und das war längst so weit. Wir waren dieses Jahr sowieso viel zu spät dran. Überhaupt hatte ich das unbestimmte Gefühl, mit allem Möglichen hinterherzuhinken. Da waren die Rosen fast das Geringste. Obwohl der Rosenschnitt jedes Jahr ein kleines Drama war, das kannte ich schon. Es war nicht leicht, das richtige Maß zu finden. Auf keinen Fall durfte zu viel weggeschnitten werden, da war Linde eigen. Aber bisher hatte ich auch noch nicht raus, wo die Grenze war, das blieb ihr Geheimnis.

Ich mochte Lindes Rosen zwar, aber umso lieber, wenn sie blühten, sonst machten sie viel Arbeit, und die Beschäftigung mit ihnen war ein eher dorniges Vergnügen, und jede hatte dazu noch ihre Besonderheiten. Aber ich war schließlich willig und wollte lernen.

Linde hatte sehr gedrängelt, am liebsten wäre es ihr gewesen, wenn wir schon am Samstag und nicht erst am heiligen Tag der Arbeit den Rosen zu Leibe gerückt wären, aber ich hatte ihr absagen müssen. Denn gestern hatte ein Pflichtprogramm der dritten Art angestanden: Matthias und ich waren zum Geburtstagskaffee meiner Schwiegermutter nach Coesfeld eingeladen gewesen. Und weil meine Schwiegermutter glaubte, ihre gesamte Großfamilie könnte den Hungertod erleiden, wenn sie nicht für alle deftigst münsterländisch auftischte, waren wir genötigt worden, im Kreise von Geschwistern, Tanten, Onkeln und Cousinen von Matthias kaum eine Stunde nach dem Abräumen der Kaffeetafel noch eine größere Portion westfälisches Rindfleisch in weißer süß-saurer Zwiebelsoße mit Senfgurken und Salzkartoffeln zu vertilgen. Die Portionen meiner Schwiegermutter waren schlichtweg unmenschlich. Auf der Rückfahrt im Auto hatte ich das Gefühl gehabt, spontan zehn Kilo zugelegt zu haben.

Da passte mir ein Sonntagnachmittag mit Linde im Garten außer der Reihe schon gut ins Konzept. Nach all dem Herumgesitze in muffigen Stuben würde ich mich endlich ein wenig bewegen können, und so stellte ich mir das Rosenschneiden in der Frühlingsluft sehr erfrischend vor. Und genügend westfälische Kalorien hatte ich auch als Energiepolster dabei.

Mir war zudem sehr daran gelegen, dass Linde nicht allein mit ihrer vorsintflutlichen Astschere herumfuhrwerkte, denn sie neigte in letzter Zeit dazu, ihre Kräfte zu überschätzen, auch wenn sie mit ihren fast siebzig noch sehr fit war.

Auf die Forsythie freute ich mich besonders. Ich mochte den Strauch, der schon seit meiner Kindheit an der Grenze zum Nachbargarten stand. Dass dieses ziemlich alte Gehölz so viele Blüten hervorbringen würde, hatte ich bei dem zerfurchten Stamm nicht gedacht, aber seine Lebenskräfte hatten auch dieses Jahr reichlich ausgereicht, um eine gelbe duftige Wolke in den Garten zu zaubern. Vielleicht waren sie doch noch nicht ganz verblüht und ich konnte ein paar Zweige mit nach Hause nehmen.

Als ich schließlich an diesem sonnigen ersten Maisonntag die Kleingartenanlage betrat, war es ungewöhnlich ruhig, fast schon sommerlich träge. Nachdem das Wetter sich nach einigen Unwettertagen noch einmal zum Besseren gewendet hatte – die

Sonne schien, es wehte nur noch eine leichte Brise –, war ich davon ausgegangen, dass die meisten an diesem Wochenende so viel Zeit wie möglich im Garten verbrachten.

Falsch gedacht. Wo waren die alle?

Wahrscheinlich übers Wochenende nach Holland ans Meer gefahren? Dann war es am Strand von Domburg bestimmt so voll wie sonst nur an Himmelfahrt und Pfingsten.

Der Spielplatz vor dem Vereinsheim lag einsam und verlassen, die Wege zwischen den Gärten wie ausgestorben. Himmlische Ruhe, ein paar piepsende Vögel, erste summende Hummeln.

Ich blieb stehen und hielt das Gesicht in die Sonne. Es waren bestimmt schon um die zwanzig Grad. Wenn ich bei Linde ankam, würden wir uns gemütlich zusammensetzen, dann ein bisschen Gartenarbeit und heute Abend vielleicht ein Gläschen Wein auf dem Balkon mit Matthias, den westfälischen Frieden begießen, den wir diesmal heil überstanden hatten. Ich war hochzufrieden mit meinem Plan, einen entspannten Übergang ins Wochenende zu schaffen.

Ein kurzer, spitzer Schrei riss mich aus meinen Träumen. Krachen, Rumpeln.

Ich lauschte angestrengt. Wo war das hergekommen? Ein Schwarm Sittiche kam mir zeternd entgegengeflogen, die waren wohl auch aufgescheucht worden. Dann nur noch Stille. War das – ein leises Stöhnen?

Ich ging rasch weiter und bog, so schnell ich konnte, um die Ecke, von wo aus ich schon Lindes Gartentor sehen konnte.

»Linde?« Nun rannte ich, ein komisch flaues Gefühl im Magen. »Linde!«

Ich ließ meine Tasche fallen, lief in ihren Garten, um die Laube herum.

Da lag sie! Beziehungsweise hing sie – schräg über dem Holzstoß, den Überresten des morschen Kirschbaums, die Micha dort an die Ecke gestapelt hatte.

Ich trat näher. Ihr linker Fuß sah ungesund verdreht aus. Das Schlimmste aber war am Kopf. Ein schmales rotes Rinnsal rann aus ihren Haaren über die linke Gesichtshälfte, sie hatte die Augen geschlossen. Ich hob die Leiter, die noch über ihrem Bein lag, vorsichtig an die Seite.

»Linde! Hörst du mich?« Ich kniete mich neben sie, strich leicht über ihre Wange. Sie stöhnte leise auf. Ich wagte nicht, sie aufzurichten, aus Sorge, sie noch mehr zu verletzen. Wenn sie nun eine schlimme Kopfverletzung hatte?

»Linde, was ist passiert? Wie geht es dir? Wo tut es weh?«

Sie antwortete nicht, stöhnte nur leise.

»Hilfe! Hilfe! Linde ist verletzt! Ist jemand da?« Ich sah mich um. »Bleib so liegen, beweg dich nicht, ich hol Hilfe.«

Ich rannte zum Gartentor, keine Antwort, niemand zu sehen. Wo war mein Handy? Ich tastete sämtliche Hosen- und Jackentaschen ab. Nichts. Zum Glück kam Holger vorbeigeschlendert.

»Holger! Holger, schnell!«

»Was is 'n los?«

»Kannst du mir helfen? Linde ist von der Leiter gefallen und kann nicht mehr aufstehen! Hast du sie nicht schreien hören?«

»Sorry, nee, ich hab nichts gehört ...«

Er deutete auf seine Ohren, in denen wieder einmal die Kopfhörer steckten, das Handy hielt er in der Hand.

»Ruf den Rettungswagen! Schnell! Ich find mein Handy grade nicht!«

»Sorry, mein Akku ist fast alle.« Er schüttelte sein Handy wie eine leere Kekspackung. »Ich guck aber mal, ob hier irgendwo noch einer ist.«

Er drehte sich auf dem Absatz um und verschwand. Besonders eilig wirkte er nicht.

Was war denn mit dem los? Sonst rief Holger doch immer »Hier!«, wenn es darum ging, sich als Retter des Vereins aufzuspielen. War es ihm zu Kopf gestiegen, dass alle so dankbar waren, weil er ein ums andere Mal spontan eingesprungen war und an Claus' Stelle den Vereinsvorsitz übernommen hatte?

Panisch rannte ich noch einmal zu Linde. Sie lag noch so da, wie ich sie zurückgelassen hatte, und stöhnte leise.

Meine Tasche! Ich wühlte hektisch darin herum. Das Handy war drin gewesen, es musste da sein! Schließlich fischte ich es mit zitternden Händen aus der letzten Ecke und versuchte hektisch, es zu entsperren. Natürlich vertippte ich mich.

Mist, für einen Notruf brauchte ich das ja gar nicht! Na, jetzt war es auch egal. Ich alarmierte die Feuerwehr zum zweiten Mal innerhalb von kurzer Zeit.

Es dauerte zwar nur ein paar Minuten, bis der Rettungswagen eintraf – mit Vollgas durch den Hauptweg, dann spurteten die Sanitäter im Laufschritt den schmalen Gartenweg zu uns –, aber es war mir unendlich lang vorgekommen. Zigmal war ich zwischen dem Gartentor und Linde hin- und hergelaufen, um zu gucken, ob endlich jemand kam. Wahrscheinlich bildete ich mir das nur ein, aber sie schien immer schwächer zu werden. War sie überhaupt noch richtig wach?

Die Sanitäter versorgten die Kopfwunde und fragten mich aus, aber viel konnte ich ihnen nicht sagen. Schließlich nahmen sie Linde mit ins Marienhospital, wo sie neurologisch untersucht werden sollte. Das Bein war hoffentlich nicht gebrochen.

Immerhin war das Krankenhaus für mich gut erreichbar, in fünf Minuten war ich von zu Hause aus mit dem Fahrrad dort. Und lebensbedrohlich schien es nicht zu sein, denn ich wurde weggeschickt, um alles Nötige an Wäsche für die ersten Tage zu holen und dann nachzukommen. Ich machte mir trotzdem Sorgen, was man mir wohl ansah, denn die Sanis beruhigten mich wortreich. Waren sie von Natur aus so gelassen? Blaulicht gab es für Linde auch nicht.

Der Rettungswagen fuhr rückwärts aus der Kleingartenanlage auf den Rheindeich. Genau dort entlang, wo wir noch vor wenigen Wochen die Tote im Wasser gefunden hatten. Die nicht Alina gewesen war. Und jetzt Linde.

Ich war total fertig und hätte eine Pause gebraucht. Es half nichts, ich musste zu Linde nach Hause fahren und Sachen für sie holen. In einer Stunde solle ich nach ihr fragen, dann seien die ersten Tests durch, hatte der freundliche Sanitäter gesagt. Aber der wusste schließlich nicht, dass ich mit dem Rad unterwegs war. Das wurde ganz schön knapp.

***

Abgehetzt und durchgeschwitzt kam ich eine gute Stunde später mit einer kleinen Tasche mit Wäsche und Zahnbürste für Linde im Marienhospital an. Und musste dann doch fast eine Stunde warten, bis jemand kam, um mir Bescheid zu sagen. Eine nette, sehr junge Ärztin begrüßte mich. Wir hatten echt Glück gehabt, wie sie sagte. Wäre ich nicht so bald nach dem Sturz bei Linde eingetroffen, hätte ihre ohnehin schon ziemlich heftige Gehirnerschütterung möglicherweise irreparable Folgen gehabt. Dazu hatte sie eine Prellung am linken Knöchel und diverse blaue Flecken. Wenigstens keinen Bruch.

Wahrscheinlich wollte die Ärztin tröstlich und ermutigend klingen, mich aber machten ihre Worte niedergeschlagen, denn natürlich dachte ich die ganze Zeit daran, was gewesen wäre, wenn nicht. Immerhin durfte ich zu ihr.

Linde war glücklicherweise bei Bewusstsein. »Mariechen, Mariechen, was machst du für Sachen? Was kletterst du auch überall hoch? Hab ich denn nicht richtig aufgepasst? Und dann fällst du mir auch noch ausgerechnet in die Regentonne … In die Buschrosen wär besser gewesen, da hättest du nur ein paar Schrammen abbekommen und wärst nicht fast ertrunken. Mariechen, Mariechen, was sollen wir deinem Papa erzählen? Mein Bruder reißt mir den Kopf ab.«

Ich war entsetzt. Linde hatte echt Aussetzer. Der Pfleger aber blieb total gelassen und erklärte mir, es komme nach einem Schock schon mal vor, dass die Patienten »Probleme mit der Zeitleiste« hätten, das werde sich aber später geben.

Sein Wort in Gottes Ohr.

2

Montags hatte ich frei und erledigte normalerweise alles Mögliche – von Einkäufen bis hin zu Arztbesuchen. Oder eben diesmal den Krankenhausbesuch bei Linde.

Zum Glück ging es ihr heute schon etwas besser. Nachdem sie ein Stück vom mitgebrachten Kuchen gegessen hatte, sah sie versonnen aus dem Fenster. Dann schloss sie die Augen und sagte in strengem Ton: »Also, Marie, das gefällt mir gar nicht, was der Thomas da macht.« Sie wiegte den Kopf sanft hin und her. »Du musst unbedingt nachsehen. Kümmere dich, versprich mir das.« Sie sah mich streng an.

Ich nickte. Innerlich schüttelte ich allerdings den Kopf. Nicht aus Ablehnung, ich war eher fassungslos. War das immer noch der Schock? Wurde Linde etwa plötzlich dement? Sie lebte offensichtlich in der Vergangenheit.

Man muss dazu wissen, dass es in unserer Familie diese Anekdote mit meinem Cousin aus dem Hunsrück gab. Besagter Cousin mit Namen Thomas war im Alter von gerade mal vier Jahren bei einem Besuch in Lindes Garten auf den Kirschbaum geklettert. Der Baum war leider Geschichte, ihn hatte Sturm Ela umgeknickt, Micha hatte ihn im Herbst zersägt, und Linde war gestern auf genau diesen Holzhaufen gefallen.

Vor fast einem halben Jahrhundert aber waren die untersten Äste für einen Vierjährigen mit Hilfe eines achtlos abgestellten Gartenstuhls problemlos zu erreichen gewesen. Weil Cousin Thomas genau gewusst hatte, dass er das nicht durfte, hatte er während des Kletterns die ganze Zeit »Was macht denn der Thomas da? Was macht denn der Thomas da?« gemurmelt und war oben in luftiger Höhe in lautes Lachen ausgebrochen und hatte sein »Was macht denn der Thomas da?« durch die gesamte Gartenanlage gerufen. Zum Schrecken der versammelten Familie, die um die Ecke vor der Laube gesessen hatte.

Ich kannte die Anekdote nur aus Erzählungen, denn das Ereignis hatte sich ungefähr eine Woche vor meiner Geburt abgespielt. Linde aber tat in ihrem Krankenbett so, als sei es gestern gewesen. Das machte mir ein bisschen Angst. Ich hatte schon genug Sorgen mit dem Verein, dem Strafverteidiger, meiner Feile. Eine Tante, die in der Dämmerung der Demenz versank, konnte ich wirklich nicht auch noch gebrauchen.

Ich hatte nicht weiter versucht zu verstehen, was Linde mir erzählte, sondern nur genickt. Sanft legte sie mir die Hand auf den Arm und fragte: »Hast du mir denn zugehört? Du kümmerst dich, ja?«

Ich nickte pflichtschuldig. »Jaja, klar. Mach ich.«

»Und du sagst mir Bescheid? Ich will alles sofort wissen. Du musst dem auf den Grund gehen.« Jetzt klang sie plötzlich so klar und energisch wie eh und je.

Ich versprach hoch und heilig, sie über Gedeih und Verderb ihrer Buschrosen, ihres Gemüsebeets und der Kräuterecke auf dem Laufenden zu halten. Warum auch nicht, vergessen würde ich es auch nicht, schon allein, weil sie ständig danach fragte. Im Anschluss an meinen Besuch würde ich bei ihr noch mal nach dem Rechten sehen.

***

Im Garten angekommen, bekam ich den nächsten Schreck. Ich hatte in der Eile am Sonntag zwar das Gartentor ordentlich abgeschlossen, anscheinend aber die Laube vergessen. Die Tür war nämlich nur angelehnt. Das sah ich schon von Weitem. Gut, dass Linde nichts Kostbares drinnen lagerte. Andererseits, wer in eine Schrebergartenlaube einbrach, konnte nicht viel erwarten, man musste schon sehr in Not sein.

Ich schob die Tür auf und schnupperte. Es roch immerhin nicht nach Tier. Das hätte mir noch gefehlt, dass sich ein streunender Fuchs häuslich eingerichtet hätte. Es lebte einer hier in der Gegend, der sich hin und wieder eines der zahllosen Kaninchen genehmigte, die beide Rheinufer dicht besiedelt hatten. Wenn er sich nach dem Essen drinnen aufgehalten hätte, hätte man das gerochen. Aber die Laube schien unversehrt, kein Vogel, kein anderes Viechzeug.

Ich zog meinen Mantel aus, hängte ihn hinter die Tür an den Haken, zog meine Gartenjacke über und sah mich um. Irgendetwas störte mich sehr, ich konnte nur nicht benennen, was es war. Vielleicht lag es daran, dass Linde sonst immer da war? Es war ein unangenehmes Gefühl, aber nicht greifbar. Ausgerechnet hier, wo ich mich mein Leben lang wohl und geborgen gefühlt hatte. Die Laube war Lindes kleines Paradies und gleichzeitig mein Zufluchtsort. Wann immer ich Sorgen oder Probleme gehabt hatte, konnte ich mit Linde alles besprechen – und wir hatten fast immer eine gute Lösung gefunden.

Ich schüttelte den Kopf, um meine Unruhe loszuwerden, und ging raus, es gab schließlich was zu tun. Ich hatte Linde versprochen, mich um die Rosen zu kümmern, und machte mich an die Arbeit, befreite die Astschere aus dem Holzstapel und stellte die umgefallene Leiter auf. Was für ein wackeliges Ding! Kein Wunder, dass Linde damit umgekippt war. Uralt, späte Siebziger, schätzte ich, immerhin aus Metall. Ehemals weiß oder hellgrau gestrichen, war sie inzwischen sehr vergilbt.

Ich stellte die Leiter auf, und schon wurde mir klar, warum Linde stets Gartenhandschuhe trug. Das hatte nicht nur damit zu tun, dass sie ihre lackierten Fingernägel schonen wollte, sondern auch mit ihrem Gartengerät. Das Ding war unfassbar rostig. Wie auch nicht? Es stand sommers wie winters im Garten, zwar im Schuppen, aber schon mindestens dreißig Jahre lang, und der wurde nicht geheizt und war deshalb im Winter kalt und feucht.

Es gab keine Alternative, dies war die einzige Leiter, aber ich war fast einen Kopf größer als Linde und konnte einige Äste, für die sie die Leiter brauchte, noch vom Boden aus erreichen. Für alle Zweige reichten meine ein Meter fünfundsiebzig dann aber auch nicht, und ich stieg unwillig auf die unterste Leitersprosse. Das half mir wenig weiter, also kletterte ich höher.

Aua! Mein linker Fuß rutschte auf der Sprosse ab, die Leiter kippelte, ich stieß sie weg und krallte mich am Rosenzweig fest. Nicht die brillanteste Idee, denn trotz der dicken Gartenhandschuhe pikste es höllisch. Immerhin glitt ich etwas sanfter zu Boden.

Ich zog die Handschuhe aus und betrachtete meine Hände. Ein paar Dornen hatten mich erwischt, es blutete ein bisschen, aber das war's auch schon. Nicht so schlimm. Am Abend würde ich die Hände mit Salbe einreiben und Baumwollhandschuhe drüberziehen. Morgen wäre die kleine Wunde schon fast abgeheilt, in der Werkstatt passierte mir so etwas auch öfter. Nur Matthias würde meckern, dass ich mich nicht von Linde einspannen lassen sollte. Hatte der eine Ahnung! Er kapierte nicht, dass ich die Gartenarbeit gern machte.

Aber warum war ich bloß abgerutscht? Mein linker Schuh war wie der rechte. Ein feuchtes Blatt klebte auf der dritten Sprosse. Das sollte gereicht haben, um mich beinahe von der Leiter zu holen?

Ich kniete mich hin, zog das Blatt ab und sah, was los war. Die dritte Sprosse hing auf der linken Seite lose herunter. Damit war auch klar, warum Linde gestürzt war.

Aber seltsam war doch, dass ihr die Macke an der Leiter nicht aufgefallen war. Linde war sonst unglaublich pingelig mit ihren Gerätschaften, vom Werkzeug bis zum Malpinsel achtete sie stets darauf, dass alles intakt war. Zwar lagen die Sachen nicht immer an ihrem Platz oder da, wo ich sie gesucht hätte, aber sie putzte, kontrollierte und reparierte aus Prinzip. Manchmal war ihre strikt nachhaltige Einstellung schier zum Verzweifeln, weil es erheblich praktischer gewesen wäre, ein neues Gerät zu kaufen. Eine neue Leiter wäre schon vor zehn Jahren keine Verschwendung gewesen. Stattdessen aber zu warten, bis einem die Schrauben unter den Füßen wegrosteten, war nicht nur Blödsinn, sondern sogar gefährlich. Linde im Krankenhaus war der lebende Beweis dafür.

Ich war wütend. Auf Linde. Und auf mich.

Ich legte die Leiter auf die Seite, um mir die rostige Schraube näher anzuschauen. Was ich sah, machte mich nachdenklich. Von Rost keine Spur. Links fehlte die Schraube, Punkt. Die anderen Schrauben saßen fest. Das Stufenblech war verzogen, klar, durch Lindes und mein Gewicht.

Ich richtete mich ein wenig auf und drehte die Leiter. Auf der Unterseite der verzogenen Sprosse waren Kratzer. Wie von einem abgerutschten Schraubenzieher. Und irgendwie …

Ich schleppte die Leiter zur Laubentür. Die Kratzer ähnelten denen neben Lindes Türschloss fatal. Denn auch diese Linienführung erinnerte mich an Alexander Calders Mobile.

Was sollte das bedeuten? Ich konnte nicht verhindern, dass sich einmal mehr meine Gedankenspirale in Gang setzte.

Was ging hier vor sich? In dieser beschaulichen Kleingartenanlage war seit etlichen Jahren nichts passiert. Und vorher auch nichts Nennenswertes. Kriminalistisch betrachtet ganz klar sterbenslangweilig. Seit der Vereinssitzung mit Claus' Unfall in der vergangenen Woche ging es hoch her, die Ereignisse überschlugen sich. Und davor noch Alina. Also, nicht Alina, sondern die obdachlose Frau, die tot im Hochwasser vor den Gärten gefunden worden war, dann Claus und jetzt Linde. Und jedes Mal war etwas daran eigenartig. Mich beschlich das ungute Gefühl, dass die Einschläge, welcher Art auch immer, näher kamen.

Musste ich etwas tun? Sollte ich die Polizei anrufen? Holzmann würde vermutlich nur einen seiner ironischen Kommentare abgeben und sich halb totlachen, wenn ich ihn wegen ein paar Kratzern auf einer alten Leiter anrief. Und vor allem verdächtigte er mich ja noch. Zwar weniger im Zusammenhang mit der toten Frau, im Moment eher, weil ich seiner Meinung nach Zugang zu Claus' Bierglas gehabt hatte. Wie etliche andere auch, aber für ihn spielte das wohl keine Rolle. Dieser Hauptkommissar hatte sich definitiv auf mich eingeschossen. Der wäre der Letzte, den ich anrufen würde.

Und Matthias? Der würde wahrscheinlich noch nicht einmal

verstehen, warum ich mir Sorgen machte. Und was ich im Garten tat, interessierte ihn ohnehin nicht die Bohne.

Ich ging zu Ulla, die kam jeden Tag her, war aber mit ihrem Strickzeug – es sah nach sehr dicker und auch eher kratziger Wolle aus – glücklich beschäftigt.

»Das ist Wolle von den Rheinschafen, die nebenan auf den Rheinwiesen weiden, Mariechen, das ist etwas ganz Besonderes«, sagte sie und war sichtlich zu entspannt, als dass sie sofort begriff, wovon ich sprach, als ich ihr von Lindes Unfall erzählte. Da musste ich etwas deutlicher werden.

Daraufhin erschrak sie doch sehr, beruhigte sich aber schnell wieder, als sie erfuhr, dass es Linde so weit gut ging. Sie schilderte mir in aller Ausführlichkeit, wie oft sie Linde schon geraten habe, sich eine neue Leiter zu kaufen, aber nein, die habe ja nicht hören wollen, und nun habe sie eben den Salat. Natürlich wollte sie auch wissen, wo sie sie im Krankenhaus besuchen könne.

Ich gab auf, latschte zurück zu Lindes Garten und starrte erneut auf die Leiter und auf das Schloss. Koray würde mich wenigstens verstehen. Ihn könnte ich anrufen.

***

Keine Viertelstunde später stand er am Tor. Er sei gerade in der Gegend gewesen, behauptete er.

»Weißt du, Marie, ich habe mir angewöhnt, immer mal, wenn ich sowieso unterwegs bin, bei Ziegler vorbeizufahren und zu gucken, ob er im Büro ist. Ist ja nicht weit von hier.«

»Keine Ahnung, wo der sein Büro hat.«

»Echt nicht? Seine Kanzlei ist oben auf der anderen Seite der Oberkasseler Brücke, am Kaiser-Wilhelm-Ring. Nobler Altbau, Stuckdecken, nur vom Feinsten. Sag mal, wie gut kennst du Ziegler?«

Ich überlegte. »Was willst du denn wissen? Der ist ein total strukturierter und durchgeplanter Mensch. Zum Beispiel gärtnert der nach Plan, seinem eigenen Plan, nicht nach irgendeinem

Mondkalender oder so. In der Hinsicht ist er wie die anderen Kleingärtner auch, ein bisschen speziell. Ich kenne ihn nur aus dem Garten; wie er im Job ist oder sonst im Privatleben – keine Ahnung. Bei ihm jedenfalls geht es sehr preußisch zu, vorwiegend gerade Linien, keine geschwungenen Rasenkanten. Er nennt das Zen, aber mich macht das immer ein bisschen nervös da. Das sieht nicht organisch aus, sondern so rastermäßig. Weißt du, was ich meine? Er schottet sich eben gern ein bisschen ab. Der Wind ist sicher nur ein Vorwand, warum er so ein Heckenfreak ist. Hecken sind sehr pflegeleicht und vor allem: blickdicht, formbar, leicht zu schneiden und ebenmäßig. Tom sagt immer: ›Privatsphäre ist ein nicht zu unterschätzendes Gut.‹«

Koray starrte ins Leere, total in Gedanken versunken. Dann blinzelte er ein paarmal und war wieder da. »Ziegler überlässt nichts dem Zufall, wolltest du sagen? Marie, du hast eine gute Beobachtungsgabe, aber eine gewöhnungsbedürftige Erzählweise. Traust du ihm denn zu, dass er deiner Tante was antun wollte?«

»Nein! Ich meine, eigentlich nicht, aber weiß man es? Einerseits ist er von klein auf im Verein, kennt die Leute und ist auch hilfsbereit. Man kann sich Gartengeräte oder Werkzeug von ihm leihen, und neulich bei der Sitzung hat er auch spontan den Wahlleiter gespielt.«

»Kann der mit Werkzeug umgehen?«

»Klar. Und er hat richtig gute, teure Sachen.« Ich überlegte einen Moment. »Nein. Der kann es nicht gewesen sein mit der Leiter. Tom nicht. Der hätte keine Spuren hinterlassen. Nicht mit seinem Superwerkzeug und nicht mit dieser Akribie, mit der er arbeitet.«

Koray grinste.

Wir waren uns einig. Auch darin, dass die Muster an Tür und Leiter ähnlich aussahen. Er erkannte darin zwar keinen Calder, das verlangte ich auch gar nicht, aber immerhin hatte er den Namen schon mal gehört. Und er teilte meine Befürchtung, dass hier irgendetwas nicht stimmte. Nach dem schönen Motto

»Vier Augen sehen mehr als zwei« bat ich ihn, sich auch einmal in der Laube umzusehen.

Er bewegte sich vorsichtig, fasste nichts an, guckte konzentriert in alle Ecken. Ich hatte das Gefühl, er konnte sich Räume wie ich gut einprägen, aber uns fielen sehr unterschiedliche Dinge auf. Er betrachtete Lindes wie immer auf dem Sessel herumliegende Skizzen mit skeptischem Blick. Ich wiederum fand das völlig normal, aber …

»Guck mal, die Malsachen zum Beispiel.« Ich zeigte auf Lindes Pinselsammlung auf der Fensterbank. »Die hat jemand angefasst und umgestellt.«

Koray sah mich fragend an.

»Linde würde niemals Pinsel so als Bündel hinlegen. Bei ihr gehören sie schön nebeneinander angeordnet, damit sie gut trocknen können. Und …«, triumphierend zeigte ich auf einen Pinsel, der nicht wie die anderen auf dem Tuch lag, »… so was würde ihr nie passieren. Linde ist eine Pinselpedantin.«

»Sonst noch was? Sieh dich bitte nur um und fass nichts an.«

»Das Kassenbuch. Das hat gestern noch auf dem Tisch gelegen. Ich hab es gesehen. Hundertprozentig. Sie wollte es an diesem Wochenende Holger geben, dem neuen Kassenwart. Das hatten wir vorher immer vergessen. Wahrscheinlich kommt der aber sowieso nicht dazu, sich um die Buchführung zu kümmern, der hat schließlich auch noch den Vereinsvorsitz übernommen, bis Claus wieder fit ist. Ulla ist zwar Stellvertreterin, aber mehr so die Sitzungsrednerin, organisatorisch ist bei ihr viel Luft nach oben.«

»Oh, oh, Kassenwart plus Vereinsvorsitz. Nun ja.«

Keine Ahnung, was er damit meinte, aber meine Aufmerksamkeit wurde von einem Stück Papier angezogen, das unter dem Sofa hervorblitzte. Ich kroch unter den Tisch und holte das Blatt hervor – und noch eins und einen Stift, der danebengerollt war. Alle drei Sachen hielt ich Koray triumphierend unter die Nase.

»Hab ich nicht gesagt, *nichts* anfassen?«

»Schon, aber …«

Koray atmete schwer. Schwer wütend. Er hielt sein Handy in der Hand und hätte offensichtlich gern ein Foto gemacht. »Pass auf, Marie. Dies ist womöglich ein Tatort. Und der muss verdammt noch mal komplett unberührt bleiben, verstanden? Wenn ich fotografiert habe, wie das alles so dalag und wo was war und so … dann kannst du es von mir aus aufheben. Wobei es mir lieber wäre, du würdest, wie gesagt, besser gar nichts anfassen.« Er wedelte mit einem Paar Gummihandschuhen herum.

»Beruhig dich. Du kannst davon ausgehen, dass sowieso auf dem, was rumliegt, meine Fingerabdrücke drauf sind. Und wo die Blätter lagen und der Kuli, das zeichne ich dir auf, das ist so gut wie ein Foto.« Schnell holte ich aus Lindes Regal ein Zeichenbuch und einen Bleistift. Keine zwei Minuten später hatte er einen Lageplan der Laube mit dem Fundstück in der Hand.

»Mhmm. Danke.« Er faltete das Blatt und stopfte es in seine Jeanstasche, ohne es auch nur anzusehen.

Ich hätte, ehrlich gesagt, etwas mehr Begeisterung erwartet.

Er sah mich an. »Ja, was? Das geb ich dem Holzmann. Einbruch ist nicht meine Baustelle. Das war's? Sonst alles wie immer?«

Ich nickte. »Mehr fehlt nicht, bloß das Kassenbuch. Aber vielleicht hat Linde das nach Hause mitgenommen. Mehr fällt mir nicht auf.« Ich sah auf die Papiere in meiner Hand, eins war leer, das andere beschriftet. »Diese Zettel habe ich vorher im Kassenbuch gesehen. Sind wohl rausgefallen.« Es war ein Übersichtskalender des vergangenen Jahres, wahrscheinlich herausgerissen aus einem Taschenkalender. Im September waren zwei Wochen angestrichen und mit »UA« angemarkert, Anfang Oktober stand ein »OK«. Ein paar Daten waren mit Kreuzchen versehen. Waren das mondkalendermäßig günstige Tage für bestimmte Pflanz- und Jätearbeiten? »UA« wie »Unkraut ausreißen«? Und OK? Hieß das »in Ordnung«? Ich hatte Linde längst fragen wollen, woher das Kalenderblatt kam, es aber immer vergessen. »Ich glaube nicht, dass das wichtig ist.«

»Ich mache ein Foto. Und du hebst das gut auf, falls doch was Wichtiges drauf ist. Manchmal weiß man nie.«

Ich legte das Kalenderblatt in Lindes Zeichenheft und schob es ins Regal zurück.

Koray blickte skeptisch. »Sicher, dass du es da wiederfindest? Oder deine Tante es nicht entsorgt?«

»Verlass dich drauf. Linde ist nicht gut im Wegwerfen, so als Bohemien mit Hippiewurzeln …«

»Klar. Und ist im Verein noch jemand, der ein bisschen komisch ist?«

»Ja, ich«, sagte ich und lachte.

Koray guckte irritiert.

Ich tat so, als ob nichts gewesen wäre, und fuhr fort: »Die Leute geben sich sehr normal, aber so ganz sauber ticken die alle nicht, wenn du mich fragst.«

»Mit Ausnahme deiner Tante natürlich.«

»Nein, auch Linde hat einen Knall. Aber mit dem kann ich umgehen. Linde ist nur schräg, kann furchtbar indiskret sein, lebt voll und ganz in ihrer Künstlerwelt und hat nach dem Ausscheiden aus dem Schuldienst jegliches Beamtische abgelegt. War ohnehin nicht viel. Ansonsten ist sie eine sehr umgängliche Person – grins nicht so! Nein, wirklich! Linde hat ein Herz aus Gold, sie kann ja nicht mal einen Regenwurm töten.«

»Und wen gibt es hier sonst noch?«

»Nebenan gärtnert eine Schamanin. Astrid hat einen total bürgerlichen Beruf, Bibliothekarin in der Stadtbücherei. Aber in ihrer Freizeit beschäftigt sie sich seit vielen Jahren mit esoterischen Theorien, besucht Seminare und Conventions und was auch immer. Jedenfalls hat Astrid einen schier unerschöpflichen Vorrat an Heilkräutern und Tees gegen alle Zipperlein, die es zwischen Himmel und Erde gibt. Sie ist aber ebenso harmlos wie Linde, auch wenn ihre Sprüche manchmal grenzwertig sind. Das sind so die unmittelbaren Nachbarn. Abgesehen von Lindes ältester Freundin Ulla – und Claus, ihrem Verflossenen. Nicht so oft ist diese polnische Familie mit dem Baby da, aber die

Oma kommt fast jeden Tag, bloß spricht sie nur wenig Deutsch und will sich auch nicht unterhalten. Aber die quarzt wie ein Schlot und legt pausenlos Gurken ein. Diese neue Familie in Jupp Horns ehemaligem Garten ein Stück den Weg hinunter versucht, komplett plastikfrei zu leben. Das ist zwar löblich, aber wenn man ihnen zu nahe kommt, wird man gnadenlos missioniert. Wer sonst? Holger und seine Familie aus Krefeld, die haben zwei lustige Jungs, so weit recht nett. Joe hast du kennengelernt. Und ob Alinas Opa mit irgendwem Stress hatte, kann ich dir nicht sagen. Da fragst du die Falsche. Am besten sprichst du Linde und Ulla an, die beiden wissen viel, viel mehr als ich.«

»Heute aber nicht mehr.« Er sah auf die Uhr. »Muss mich mal im Büro sehen lassen.«

3

Im Lauf des Nachmittags wurde es dann doch voller in den Gärten, und die Lautstärke stieg an. Ich bekam Kopfschmerzen. Keine Ahnung, ob von der plötzlichen Wärme, von der Sorge um Linde nach dem Sturz oder davon, dass das, was geschah, mir ständig neue Rätsel aufgab. Jedenfalls sah ich mich außerstande, an meiner Skulptur weiterzuarbeiten. Sinnvoll im Garten etwas zu tun ging mit den Kopfschmerzen auch nicht. Ich packte deshalb meine Sachen, schloss Laube und Gartentörchen diesmal richtig ab und ächzte auf dem Fahrrad hoch zum Kaiser-Wilhelm-Ring. An der Luegallee gab es eine Apotheke, in der ich mich mit Aspirin bevorraten konnte, zu Hause war heute Morgen nichts mehr gewesen.

Kurz bevor ich zur Straße kam, kroch Micha aus dem Gebüsch links neben mir. Ich hatte ihn vorher gar nicht bemerkt und fiel fast vom Rad vor Schreck. Jetzt hatte ich nicht nur Kopfweh, sondern auch noch wackelige Knie.

Ich stieg ab, seufzte tief und schob mein Rad.

»Was ’n los?«

»Das ist nicht mein Tag heute.«

Micha nickte verständnisvoll. »Bin auch nich gut drauf, weißte.«

»Irgendwie kommt gerade alles zusammen.«

»Kenn ich.«

Ein paar Meter gingen wir schweigend nebeneinanderher. Ich fragte mich, was Micha den ganzen Tag so machte. Wie er den Tag verbrachte, denn er war fast immer in der Nähe seines Zelts, sagte Linde.

»Was ist denn los?«

»Zwei Tage haben se mich gelöchert. Aber Essen war gut. Und umsonst, weißte. Bloß hab ich ja nix zu trinken gekriegt.«

»Was? Nichts zu trinken? Zwei Tage? Wo warst du?«

»Wasser haben se mir gegeben, aber sonst ja nix, weißte.«

Ich atmete erleichtert auf. Die Polizei hatte ihn befragt, wahrscheinlich wegen Claus' Unfall. Wahrscheinlich eher über Nacht und nicht zwei Tage. Aber Micha redete schon weiter.

»Und die Selma, weißte, die ist irgendwie weg. Und ich hab doch keine Ahnung, wo.«

»Selma? Deine Freundin?« Ich war den beiden im Winter mal in der Stadt begegnet und hatte ihnen heißen Tee gekauft. »Seit wann denn?«

Er schaute mich traurig an. »Na, seit ein paar Wochen schon. Ich mein, wir ha'm uns ja sowieso nich jeden Tag gesehen, weißte. Also wenn du die mal siehst …«

»Hast du ein Bild, Micha?«

Er strahlte ein klitzekleines bisschen, kramte in der Innentasche seiner Jacke und zog ein verknicktes Automatenfoto hervor. Selma und Micha hatten im Fotoautomaten Pärchenfotos gemacht. Süß. Er hielt mir das Bild hin. Ihre Gesichter waren jeweils nur halb drauf, beide lächelten glücklich. Sie hatte lange blonde Haare, ein wenig strubbelig, aber hübsch.

»Haben Stress gehabt, weißte.«

»Weswegen habt ihr euch gestritten?«

»Weißte, wegen dem Scheißschal. Der lag da oben fast an der Straße, wenn man aus den Gärten kommt, weißte. Den hat die sich mitgenommen. Und ich hab gesagt, das kannste nich, weil der gehört wem. Und wir hatten beide schon was intus, weißte?«

Ich konnte es mir vorstellen, lebhaft. Und ich konnte sie verstehen.

»Warum warst du dagegen?«

»Ich weiß doch, wem der Schal gehört, weißte. Und jetzt ist die tot.«

»Wer ist tot?«

»Die im Rhein ertrunken ist, weißte. Die hast du doch auch gesehn. Schon 'ne Weile her.«

»Im März, beim Hochwasser?«

Micha nickte.

»Der Schal von Alina? War das kein Wollschal, sondern dieses hellblaue Tuch mit den Blumen? Und du hast es wiedererkannt?«

»Weißte, das kann se doch nich machen. Ich weiß doch, dass die den Schal von ihrem Opa hatte und so. Und deswegen wollt ich nich, dass die Selma den mitnimmt. Da bin ich mit ihr rüber zu den Gärten, und wir ham den Schal zurückgebracht, hingehängt an den Zaun, weißte? Und da war se sauer, und weg war se.«

»Und du hast sie seitdem nicht mehr gesehen?«

»Hab ich doch gesagt. Aber bei der Tafel meinte einer, da wär sie wohl neulich noch gewesen.«

»Also, wenn du dahin gehst und Selma siehst ...«

»Als ob ich der hinterherrenn, weißte?« Micha duckte sich und machte ein paar Schritte zurück, als von weiter weg ein Martinshorn zu hören war.

Ich drehte mich zur Brücke und sah Holger von der U-Bahn-Haltestelle kommen, winkte schnell und wandte mich noch mal an Micha, bevor er wegging. »Micha!«, rief ich. »Wenn du Selma zufällig irgendwo triffst, kannst du sie dann von mir fragen, ob ihr da was aufgefallen ist? Egal was. Bitte! Versprochen?«

Mit einem »Ja klar, mach ich, klar« tauchte Micha wieder im Gebüsch unter.

Holger war stehen geblieben und schaute herüber, aber ich hatte überhaupt keine Lust auf ein Schwätzchen.

Als ich auf mein Rad stieg, traf es mich wie ein Schlag. Micha war von der Polizei verhört worden. Holzmann hatte gesagt, er ermittle weiterhin im Obdachlosenmilieu. Er dachte doch nicht ernsthaft ...?

Ich fühlte mich plötzlich, als hätte mir jemand eins übergebraten, und trat wie in Trance in die Pedale. An der Kreuzung zur Luegallee war die Ampel noch grün, und ich nutzte die seltene Gelegenheit, um auf die andere Straßenseite zu wechseln. Spontan beschloss ich, einen kleinen Umweg einmal um den Block zu fahren, denn nach Korays Erzählungen wollte ich mir gern selbst anschauen, was Tom so trieb. Hauptsache, ich kam auf andere Gedanken.

Ein paar hundert Meter ging es den Kaiser-Wilhelm-Ring entlang, dann rechts rein in die Salierstraße. Aus einer Ausfahrt kam ein Porsche gebrettert, und ich stieg in die Bremsen. Er bog nach rechts ab und verschwand in Richtung Autobahnzubringer. Die Altbauvillen in der besten Oberkasseler Gegend hatten zum Teil Tiefgaragen mit bedenklich schrägen Zufahrten. Von unten konnte man beim besten Willen nicht auf den Gehweg gucken, sondern müsste sich als verantwortungsvoller Verkehrsteilnehmer langsam und vorsichtig vortasten. Wäre ich minimal schneller gewesen und hätte ich nicht so prompt reagiert, hätte der Porsche mich voll erwischt. Auf solche Typen, die in dicken Autos herumfuhren und in Gründerzeit-Altbauten residierten, war ich als Radfahrerin nicht gut zu sprechen. Da habe ich Vorurteile – und ich stehe dazu.

Wütend musterte ich das schneeweiße Gebäude, das in den oberen Etagen Butzenfenster hatte und im Hochparterre sichtlich ein Büro beherbergte. Mein Blick fiel auf die Klingel- und Briefkastenanlage. *Ein* Büro? Dutzende! Etliche Namensschilder waren aufgereiht.

Nochmals sah ich zum Haus hoch. Okay, es war groß, aber doch nicht so groß, dass an die zwanzig Firmen Platz hatten. Allenfalls mehrere Ein-Mann-Start-ups oder Ein-Frau-Unternehmen. Aber Start-ups konnten sich im Allgemeinen nicht solche Immobilien leisten.

Oh, nur zu interessant. Und ich kannte jemanden, der in so einer Residenz arbeitete. Und der mich eben fast über den Haufen gefahren hätte.

Das größte Klingelschild lautete: »Ziegler und Kompanie. Rechtsberatung«.

Ziegler wie Tom Ziegler. Der war Anwalt. Und er erzählte jedem, der es wissen wollte, dass sein Büro beim Garten direkt um die Ecke war. Und Koray hatte recht gehabt, das war wirklich sehenswert. Tja dann.

Ich betrachtete ungeniert neugierig die anderen Schilder. Die Firmennamen klangen so derart unseriös, dass ich beinahe laut gelacht hätte: Ziegler Real Estate, TAZ Projektentwicklung, Golden Boy Capital GmbH & Co KG, Golden Boy Finance GmbH, Golden Boy Grundbesitz Portfolio GmbH, Golden Boy Real Estate Management GmbH, Golden Boy Real Estate Group GmbH, GBRE Alpha GmbH, GBRE Beta GmbH, GBRE Neue Höfe GmbH.

Das sah aus wie ein Imperium von Scheinfirmen. Kein Wunder, dass Koray Tom auf den Fersen war. Und wenn Alina bei ihrem Praktikum in der Kanzlei herausgefunden hatte, dass so einiges nicht korrekt ablief, und Tom wusste, dass Alina wusste …

Was tat Tom eigentlich in seiner Kanzlei? Koray hatte von Gutachten für sehr viel Geld erzählt. Hatte Tom nicht zusätzlich eine teure Scheidung am Hals? Er konnte wahrscheinlich gute Einkünfte gebrauchen. Aber wer bezahlte so fürstlich, dass der Gutachter große Summen beiseiteschaffen konnte und sich das LKA für ihn interessierte? Cum-ex, hatte Koray gesagt und es mir erklärt. Ich konnte nicht behaupten, dass ich es so richtig verstanden hatte. Das musste für den Auftraggeber dann schon ein lohnendes Geschäft sein. Ein teures Gutachten gab man nur in Auftrag, wenn man sich einen großen Gewinn davon versprach.

Je länger ich darüber nachdachte, desto dubioser fand ich es. Obwohl – oder vielleicht weil – ich so gut wie nichts über Toms Big Business wusste. Ich kannte ihn nur aus dem Garten und … nun, nach der Vereinssitzung, wie war es abgelaufen? Erst hatte er nicht lange bleiben können, dann war er doch bis zum Schluss geblieben, und dann … hatte ich später noch Licht in seinem Garten gesehen! Das konnte natürlich auch jemand anders gewesen sein. Am Abend selbst hatte ich Toms Verhalten rundum merkwürdig gefunden.

Hoffentlich hatte ich Koray gegenüber keine »ermittlungsrelevanten Informationen« zurückgehalten. War Tom ein Mörder? *Der* Mörder? Auf der Vereinsversammlung, vor allen Leuten, hatte er erschrocken auf Alinas Bild reagiert. Nicht betroffen, sondern er wirkte fast ertappt, so schien es mir im Rückblick. Schuldbewusst? Vielleicht. Jemandem, der ein so zwielichtiges Firmenimperium führte, traute ich einiges zu.

Auch mit Claus und Linde hatte er regelmäßig im Clinch gelegen. Nichts Ernsthaftes, aber immer war es um die Vereinsfinanzen gegangen. Linde war stellvertretende Kassenwartin, solange ich denken konnte, und Claus war bis zu seiner Pensionierung vor ein paar Jahren in halbwegs leitender Position im Finanzamt beschäftigt gewesen und kannte sich durchaus noch gut aus. Seit dem Tod seiner Frau ging er mehrmals in der Woche dort in der Kantine essen und hielt Kontakt zu früheren Kollegen und Kolleginnen, wo dann auch das ein oder andere Fachproblem auf den Tisch kam.

Ich wurde den Verdacht nicht los, dass die »Unfälle« – und ich zählte Alinas Verschwinden inzwischen dazu – irgendwie mit der Vereinskasse zu tun hatten. Ich musste nur herausfinden, wieso. Vielleicht aber sollte ich zumindest einen der Profis einweihen.

4

Nachdem ich ein paar Tage über all das nachgedacht hatte und mich ständig fragte, ob das, was ich bisher herausgefunden hatte, wirklich alles war, beschloss ich, erneut einen Blick auf das Rheinufer zu werfen. Inzwischen ging die Sonne so spät unter, dass ich am Donnerstag nach Feierabend noch im Hellen zum Garten fahren und außerdem den Rasen mähen konnte.

Wie immer fuhr ich über die Oberkasseler Brücke. Es war genauso windig wie noch im März, und ich verfluchte meine Idee. Umkehren war keine Option, ich hatte Bewegungsdrang und den unbedingten Wunsch, etwas Besonderes zu entdecken, das ich vorher gar nicht beachtet oder nur vergessen hatte. Etwas, das mit der Wasserleiche zu tun hatte – egal ob sie nun Alina war oder eben eine obdachlose Frau.

An den Rhein zu gehen, hatte ich in den letzten Wochen vermieden, weil ich zugegebenermaßen immer noch ungern daran erinnert wurde. Und über Mord, Mörder, Tatort, Tatwaffe und so weiter nachzudenken war ja nicht gerade vergnügungssteuerpflichtig.

Der Rhein war ungefähr halb so breit wie im März beim Hochwasser. Sosehr es vor einem Monat noch geregnet hatte, so wenig war durch den Nieselregen im April hinzugekommen, sodass der Wasserspiegel stetig gesunken war und nach diesen paar schönen und warmen Tagen hundert Meter Wiese und noch ein breiter Sandstrand zwischen Rheindeich und Fluss lagen. Und auf dem Sand saßen und lagen die unvermeidlichen Griller. Irgendwer grillte immer am Rhein: Familien, Abiturienten, Studenten, Kunsthochschüler – und je mehr Leute mitmachten, desto besser.

Dass es dabei gelegentlich zu Stress und Streit kam, glaubte ich gern, zumal auch der Alkohol meist in Strömen floss. Bier, Wodka-Mix, Jägermeister-Energydrinks … Jedenfalls boxte um sechs auf den Rheinwiesen noch der Papst, Jogger kämpften sich an Spaziergängern mit Hund vorbei, Rennradler umkurvten die anderen in einem Höllentempo und holperten über die Wurzeln, die den Radweg alle paar Meter anhoben. Ein Wunder, dass nicht ständig Unfälle passierten.

An der Stelle, wo vor ein paar Wochen die tote Frau im Wasser gelegen hatte, erstreckten sich nun Wiesen, hohes Gras bog sich im Wind, Insekten tummelten sich, es war geradezu idyllisch.

Ich blieb einen Moment stehen und schaute aufs Wasser. Der Rhein zog ruhig nach links, nach Nordwesten in Richtung Holland. Kein Treibholz, kein Müll, nur ein Flusskreuzfahrtschiff auf dem Weg nach Koblenz oder Basel. Der erleuchtete Speisesaal füllte sich bereits, während oben auf dem Sonnendeck noch ein paar Cocktails geschlürft wurden. Zwar im Mantel, aber es war schließlich noch nicht Sommer.

Ich schaute dem Schiff hinterher. Holzmann war überzeugt, dass die Leiche »wahrscheinlich einen guten Kilometer flussaufwärts in den Rhein geworfen« worden war. Wie meine Feile von dort an die Rheinbrücke gekommen und schließlich wieder in der Kleingartenanlage unter Lindes Hecke gelandet war, fragte ich mich auch – nicht erst, seitdem der jungdynamische Strafverteidiger bei mir aufgekreuzt war.

Einen Kilometer flussaufwärts, hatte Holzmann gesagt. Wie weit war das? Der Rhein machte so viele Kurven, vermutlich am sogenannten Paradiesstrand, der für seinen feinen Sand berühmt war, aber auch dafür, dass dort regelmäßig die Partys eskalierten und jeden Sommer mehrmals jemand beinahe ertrank. Von Freitag auf Samstag von dahinten bis hierher. Möglich wäre es schon.

Und meine Feile? War sie von einem Kaninchen oder dem Fuchs gefunden und unter Lindes Hecke versteckt worden? Holzmanns Märchenstunde. Wer's glaubt, wird selig. Irgendjemand legte es darauf an, mich mit dem Mord in Verbindung zu bringen. Dass gleichzeitig die Vereinskasse leer war und diese Unfälle passierten, waren doch keine Zufälle. Da konnte mir

Koray sonst was erzählen. Die Frage war nur, wer mich auflaufen lassen wollte und auch die Gelegenheit hatte, alles Mögliche geschehen zu lassen. Wer besaß denn so viel kriminelle Energie? Meine Phantasie war in dieser Hinsicht begrenzt, mir fiel niemand ein. Außer vielleicht Tom Ziegler. Aber der hatte meines Wissens keinen Grund, mir zu schaden.

Es ärgerte mich total, dass ich die Feile immer noch nicht zurückhatte. Ich brauchte sie. Als mutmaßliches Tatwerkzeug bis zur Gerichtsverhandlung einbehalten – was für ein Blödsinn. Dass man sie untersuchte und ein paar Tage dabehielt, okay. Aber doch nicht so lange. Und bis zur Gerichtsverhandlung? Das konnte dauern, Holzmann hatte es selbst gesagt, die Polizei war eine Behörde …

Beim nächsten Gespräch mit Holzmann würde ich ihn darauf ansprechen und Forderungen stellen. Bis dahin musste ich mich mit Lindes alter Feile begnügen. Die war nicht schlecht, sie war immerhin ein Erbstück von Lindes Vater, meinem Opa. Der war Schlossermeister gewesen, hatte ganz Ober- und Niederkassel mit Türschlössern versorgt, das eine oder andere schmiedeeiserne Gitter gefertigt und seine bescheidenen künstlerischen Ambitionen an Tiffany-Lampen ausgelebt, die meine Oma so geliebt hatte. Eine davon leuchtete noch bei Linde in der Diele.

Opas alte Feile hing in einer Lederschlaufe neben anderem Werkzeug an der Wand von Lindes Werkzeugschuppen.

Ich ging eilig in den Garten und öffnete die Schuppentür. Hallo, Chaos! Schneller, als man hinsehen konnte, hatte sich die alte Unordnung wieder etabliert. Ich zerrte den Rasenmäher heraus und schob die Rechen und Harken, die sich mir in den Weg stellten, gnadenlos dahin zurück, wo sie hergekommen waren. Rasenmähen war eine lästige Pflichtübung, aber Linde bestand auf ihrem englischen Rasen.

Hier hatte schließlich jeder so seine Marotten. Nebenan war Astrid zugange. Unter der Woche abends kamen ganz andere Menschen in ihre Gärten als am Wochenende. Die einzige Konstante war der unvermeidliche Holger. Er war eigentlich immer da. Woher der die viele Zeit nahm? Oder ging er vielleicht seiner Frau aus dem Weg?

Oh nein, er war nicht allein da. Offensichtlich war die Familie vollzählig, die Kinder nörgelten, Holger wummerte mit der elektrischen Heckenschere herum, und Marijke schimpfte auf Holländisch mit den Kindern.

Schönen Abend noch. Ich war heilfroh, dass meine »Kleinen« schon so groß waren.

Astrid sah ich nebenan wie eine übergewichtige Elfe in ihrem hellen Gewand durch ihren Garten schweben. Sie ging von Strauch zu Strauch, pflückte Beeren und Blättchen ab, klaubte Heruntergefallenes auf, zupfte und murmelte vor sich hin. Wahrscheinlich sammelte sie Kräuter und Blüten für ihre berühmten Tees und Tinkturen. Wer von ihr ein Päckchen ihrer selbst getrockneten Blütenteemischung geschenkt bekam, hatte wirklich etwas ganz Besonderes, bei Linde hatte ich schon öfter davon kosten dürfen.

Ich schob den Rasenmäher an, bevor sie mich in ein Gespräch verwickelte, das womöglich länger gedauert hätte. Verstehen konnte ich sowieso nichts, solange ich mähte.

Nicht dass Linde einen elektrischen Rasenmäher besessen hätte. Nein, sie fand, das uralte mechanische Ding, das früher rot lackiert gewesen war und diese höllisch scharfen Messer hatte, tue es noch. Wenn nicht sogar besser als die modernen, die immer kaputtgingen. Sicher konnte man dazu geteilter Meinung sein, und ich hatte neulich online ein passendes Markengerät im Sonderangebot gesehen. Das wollte ich uns für diese Gartensaison gönnen und es über diese Onlineshop-Funktion bestellen, sodass der Verein auch noch profitieren würde.

Genau, »Shop for us« hieß das Ding, neulich war mir der Name nicht mehr eingefallen. Ich hätte zwar bei meiner vorigen Bestellung nachsehen können, aber auch daran hatte ich nicht gedacht. Wahrscheinlich war ich urlaubsreif. Und noch mehr als sechs Wochen bis zum Portugalurlaub.

Ich lenkte den Rasenmäher an Lindes Laube vorbei und um

meine Skulptur herum. Und dachte nicht an meine Feile, nicht an Holzmann. Nein!

Ich betrachtete den alten Rasenmäher, und plötzlich fiel mir wieder ein, dass ich als Kind auf keinen Fall auch nur in die Nähe dieses Geräts gedurft und dass meine Mutter mich deshalb nur äußerst ungern allein bei Linde gelassen hatte. Denn mein Cousin Thomas, dieser kleine Spinner aus dem Hunsrück, hatte sich mit Hilfe ebendieses Geräts im zarten Alter von sechs Jahren den Mittelfinger gekappt. Erfolgreich und nachhaltig. Oberhalb des obersten Fingergelenks, aber unterhalb des Fingernagels. Der Schreck in der gesamten Familie war groß gewesen. Thomas fand es vor allem bedauerlich, dass er trotzdem in die Schule gehen und schreiben lernen musste. Es war nämlich die linke Hand, und er war Rechtshänder. Aber er habe bei jeder Anmache einen prima Gesprächsaufhänger gehabt, hatte er mir mal stolz erzählt.

Beim Rasenmähen flogen meine Gedanken umher wie die Grashalme, die ich abschnitt. Es hatte etwas ungeheuer Beruhigendes, fast Entlastendes. Aber was war das denn für ein Bild? Ich musste selbst lachen bei dem Gedanken. Jedenfalls hatte ich gute Laune.

Es war dämmrig, als ich fertig war, Astrid nebenan war auch inzwischen gegangen. Und ich freute mich auf meine Dusche zu Hause, denn ich sah aus wie geteert und gefedert. Nur eben in Grün. Auf meinen schweißfeuchten Armen klebten Grashalme, ebenso in meinem Gesicht, und im Nacken juckte es auch schon. Vorher musste ich aber noch schnell in Lindes Wohnung nach dem Rechten sehen, das hatte ich ihr versprochen. Deswegen schob ich mein Rad vom Gartentor aus nicht nach rechts zum Rheindeich, woher ich gekommen war, sondern nach links in den Gartenweg II.

Es war Ruhe eingekehrt. Holger war mit seiner Familie hörbar ebenfalls weg. Nur bei Marek und Janina war die Oma wieder einmal mit Einmacharbeiten beschäftigt. Wenn sie nicht gerade rauchte, was das Zeug hielt, pfiff sie sich ein Liedchen bei der Arbeit.

Links in den Hauptweg, vorbei an Sandras stillem Garten und nach hundert Metern rechts rein in den Weg III. Ich stieg aufs Rad, für den kleinen Anstieg brauchte ich Schwung. Links im Gebüsch stand Michas Zelt, aber soweit ich sehen konnte, war er nicht zu Hause.

»Marie!«

Fast wäre ich vom Rad gefallen. Hendrik winkte und kam zum Weg gerannt.

»Mann, Hendrik, du hast mich vielleicht erschreckt!«

»Sorry«, japste er.

»Sag mal, wie siehst du denn aus?« Er schwitzte wie verrückt, ihm lief das Wasser über die Stirn, die angegrauten Haare waren nass, er trug Jeans und T-Shirt, darüber eine Schürze voller grüner Kleckse. »Was machst du da?«

»Bärlauchpesto«, verkündete er stolz. »Willste 'n Glas?«

»Klar, gern.« Das war eine gute Idee. Ich hatte Hunger, Nudeln waren immer im Haus, und auf Tomatensoße hatte ich keine Lust, aber so ein hübsch lauchiges Bärlauchpesto ... Ich nickte und folgte ihm zu seiner Laube.

»Weißt du, Marie, Frauke ist auf Klassenfahrt mit der 7b, und gerade ist der Bärlauch reif, und deshalb muss ich das machen. Ich hab das vorher noch nie, aber –«

»Hendrik, dabei kannst du nicht viel falsch machen. Der Bärlauch ist so intensiv, das schmeckt immer.«

»Meinst du? Ich find es ein bisschen fade, so im Vergleich zu dem, was Frauke letzte Woche gemacht hat.«

»Zeig doch mal, wie es geworden ist.«

Ich griff mir eins der zahllosen Gläser. Hendrik hatte wirklich eine Großproduktion angefangen. Hatte Frauke so viel Bärlauch hier? Na ja, es war schon ein ziemlich schattiger Garten, der große Baum nahm viel Sonne weg.

Ich öffnete das Glas und sog den Geruch ein. Tatsächlich. Ich hatte erwartet, dass mir der scharfe Lauch den Atem nehmen würde, aber nichts. Ich hielt die Nase darüber – und nahm nur Gras wahr. Es roch wie Rasen mit Olivenöl. Hatte ich es denn vom Mähen noch so dermaßen in der Nase, dass es alles andere völlig überdeckte?

»Bist du sicher, dass du nicht den Rasen mitgeerntet hast?«

»Marie, ich bitte dich! Ich werde doch wohl Rasen von Bärlauch unterscheiden können. Außerdem wächst der neben der Laube und drüben unterm Baum, und nirgendwo sonst habe ich geerntet.«

Ich folgte mit den Augen seinem ausgestreckten Arm, der auf die Ernteplätze wies. Und richtig, dort, wo neulich noch ein grüner Teppich gewesen war, hatte Hendrik gründlich geerntet. Ein grün-weißer Teppich.

»Hendrik!« Ich starrte auf die Gläser. »Hast du schon was davon gegessen?«

»Nö, wollte ich zu Hause erst. Wieso?«

Ich war kurz vor der Ohnmacht. »Der Bärlauch war nur neben der Laube. Unterm Baum standen doch eure Maiglöckchen. Und die sind giftig. Hochgiftig!«

»Scheiiiiiiße …«

»Kannst du wohl laut sagen. Das kannst du komplett wegschmeißen. Am besten sofort. Hast du einen Müllbeutel?«

Wir stopften gemeinsam Glas um Glas in eine alte Aldi-Tüte.

»Schade drum«, murmelte Hendrik.

»Nee, wirklich nicht! Sei bloß froh, dass du noch keinen vergiftet hast. Je nachdem, wie viel du davon isst, überlebst du das nämlich nicht.«

Hendrik erstarrte. »Ich hab Holger und Marijke zwei Gläser mitgegeben. Und der Mutter vom Marek. Und der Sandra hab ich auch was hingestellt.«

»Dann beeil dich! Ruf Holger auf dem Handy an, und dann sammelst du die anderen Gläser noch ein. Ich nehm den Sack mit und werfe ihn in den nächsten Mülleimer.«

Hendrik ging in die Laube, um sein Handy zu holen, und ich machte mich auf den Weg. Die entspannende Wirkung des Rasenmähens war komplett dahin.

Als ich auf mein Rad steigen wollte, durchfuhr mich ein Gedanke. Wenn Hendrik mir nicht ein Glas angeboten hätte, hätte er das heute Abend mit seinen Töchtern gegessen. Und dann wären spätestens morgen früh alle drei tot gewesen. Oder wie lange dauerte so was? Starb man qualvoll, oder wurde man nur bewusstlos? Ich hatte offen gestanden keine Ahnung und fühlte mich sträflich unwissend. Fakt war aber, dass Maiglöckchen hochgiftig waren. Und nicht nur Hendrik hätte es erwischt, sondern auch Holger, Marijke und die Jungs! Sandra und ihre Familie. Marek, Janina und die Oma, einzig das Baby hätte wohl nichts bekommen.

Um Gottes willen! Normalerweise machte man sich gar keine Gedanken darüber, wie schnell man einen halben Kleingartenverein auslöschen konnte. Ich überlegte, wer darüber wohl Bescheid wissen könnte.

***

Zu Hause angekommen, schaute ich im Internet nach, was man nach einer Maiglöckchenvergiftung zu erwarten hatte. Und fand heraus, dass sie zwar giftig waren, aber nicht tödlich giftig. Im Normalfall führte Maiglöckchenpesto nur zu Durchfall und Erbrechen. In seltenen Fällen auch zu Herzrhythmusstörungen, aber die waren nur für Menschen gefährlich, die sowieso Herzprobleme hatten, ein Fakt, der mich beruhigte. Der einzige Mensch im Kleingartenverein mit Herzproblemen, den ich kannte, war Claus, und der lag sowieso schon im Krankenhaus.

Wegen des Infarkts nach der Vereinssitzung. Von dem niemand wusste, was ihn ausgelöst hatte.

Ich saß schlagartig senkrecht. Die Schnittchen mit Tomate, Mozzarella und Pesto! Sollte der unglückliche Hendrik da schon seine Finger im Spiel gehabt haben?

5

Ohne den Namen des Übeltäters zu nennen, hatte ich am Freitagmorgen gleich Holzmann angerufen, vom Pesto-Debakel erzählt und nachgefragt, ob der arme Claus eventuell davon gegessen haben könnte. Hatte er nicht, es war ein Medikament gewesen, wie Holzmann mich erinnerte. Ach ja, hatte ich in der Aufregung vergessen. Es war mir etwas peinlich. So sehr, dass ich mich gar nicht traute, mein Werkzeug einzufordern, was mich den ganzen Samstag über ärgerte, während ich meiner Freundin Friederike von der Skulptur erzählte.

Das Erste, was mir am Sonntagmorgen in den Gärten auffiel, war der Flieder. Der Platzregen gestern Abend hatte ihm nicht geschadet, wie Linde befürchtete, die ich vorher noch im Marienhospital besucht hatte. Ihr ging es recht schnell erheblich besser, und so war der Flieder im Regen tatsächlich ihre größte Sorge gewesen.

Die Sträucher, die es fast in jedem Garten gab, standen plötzlich in voller Blüte, ein Traum in zartem Lila, Rosa, Magenta und Weiß. Auch neben Lindes Laube leuchtete einer, in kräftigem Pink.

Pünktlich zum Muttertag. Ich würde nachher einen Strauß abschneiden und meiner Mutter vorbeibringen, dafür hatte ich Lindes Segen. Aber ich würde nicht die an der Laube nehmen. Weiter vorn am Weg war auch noch ein riesiger Fliederbusch in Zartlila. Aber der hatte keine einzige Blüte mehr?

Langsam ging ich an Lindes Gartenzaun entlang. Es waren nur noch wenige Stiele zu sehen und noch weniger welche mit Knospen. Was war das denn?

Ich lehnte mich über den Zaun zum Strauch hinüber in den Garten. Das war keine Folge des Gewitters. Hier war jemand mit einem Messer oder einer Schere zugange gewesen.

Blumen klauen ging gar nicht. Und schließlich war das kein Feld mit Schild »Zum Selbstpflücken«!

Ich stellte mein Gepäck hinter Lindes Gartentörchen und schlenderte unauffällig weiter, um nachzusehen, ob es andere auch getroffen hatte.

Ich schaute gegenüber bei Marek und Janina hinein, aber deren wenige Rosenbüsche waren noch nicht so weit. Der Rest des Gartens war reine Nutzfläche. Marek war für Obstbäume, Janina liebte ihre Himbeerhecke, und die Oma baute Gurken an.

Rechts daneben bei Ulla und Rolf sah das Tulpenbeet am Zaun ziemlich abgeerntet aus. Aber die Tulpenzeit war so gut wie zu Ende, und vielleicht hatte Ulla die letzten schönen Tulpen selbst mit nach Hause genommen. Keine Ahnung. Gegenüber bei Tom konnte man bekanntlich sowieso nicht hineinschauen.

Weiter links bei Holger? An dessen Fliederbusch prangten ebenfalls nur noch ein paar abgeschnittene Stängel, genauso bei Lindes Nachbarin Astrid. Das schien System zu haben. Immer vorn am Zaun. Jemand war mit einer Schere losgezogen und hatte relativ wahllos alles geräubert, was blühte. Konnte man nicht die paar Meter weiter zum Blumenladen gehen? Um die Ecke auf der Luegallee waren zwei.

Nun ja. Linde würde sagen, dass es auch Leute gab, die sich das nicht leisten konnten. Und wenn sich eine Mama über einen schönen Strauß freute, dann hätte sie den gern hergegeben.

»Twilight, komm!«

Ich drehte mich um. Das Mädchen, mit dem ich vor ein paar Wochen neben der Wasserleiche gewartet hatte. Seitdem hatte ich sie nicht mehr gesehen.

»Hallo, wir kennen uns doch, im März, bei der Toten am Rhein, wie war noch mal dein Name?«

»Morgen, ich bin Mila.« Sie sah mich zuerst verdutzt an, dann schien sie mich zu erkennen. »Oh, hallo.«

Ich deutete auf den Blumenstrauß in ihrer Hand. »Schönen Muttertag! Deine Mama wird sich freuen.«

Sie grinste. »War echt 'ne riesige Schlange beim Laden. Total nervig.«

Ich sah an dem Papier, das um den Tulpenstrauß gewickelt war, dass sie bei der preiswerten Kette eingekauft hatte, nicht beim Edelfloristen.

»Muss los, Frühstück machen, bevor Mama aufsteht«, sagte sie und wollte schon losstürmen.

»Warte mal kurz. Hast du vielleicht eine Idee, wer keine Lust gehabt hat, Schlange zu stehen, und stattdessen Flieder geklaut hat?« Ich zeigte auf den leeren Strauch.

Mila riss die Augen auf und druckste herum.

»Ja?«

»Mir sind welche entgegengekommen, als ich los bin. Zwei Jungs mit großen Sträußen, mit riesigen lila Rispen – und rosa Blüten. Superschön. So was wollte ich auch kaufen. Aber im Laden hab ich das auch gesehen, so groß und so viele Stängel, dafür hätte ich fast fünfzig Euro ausgeben müssen …«

»Kanntest du die beiden?«

Mila wurde rot und nickte. »Nicht richtig, aber die wohnen im Nachbarhaus.« Sie zeigte hoch zur Straße. »Der eine ist eine Stufe über mir in der Schule, der Kleine, weiß nicht, bisschen jünger als ich.«

Jungs aus Luxusapartments oder Townhouses. Und die hatten es nötig, Blumen zu klauen? Den älteren fand sie offensichtlich toll. Ob sich das ändern würde, nachdem sie nun wusste, was er tat?

»Falls du den beiden begegnest, sag ihnen einen schönen Gruß – und dass es richtig Ärger gibt, wenn das noch einmal passiert. Sag mir vorsichtshalber doch mal die Adresse.«

»Äh, das ist Kaiser-Friedrich-Ring, Ecke Hohenstaufenstraße. Ich geh dann mal.« Sie nickte eilig und zerrte an der Leine. »Komm, Twilight!«

Wenn nur alles so leicht herauszufinden wäre! Bei der toten Frau am Rhein tappten sie weiterhin im Nebel. Ich wusste aber nicht genug, um etwas zu unternehmen, auch konkrete Anhaltspunkte hatte ich nicht, die ich nachverfolgen konnte – und die Polizei schon gar nicht. Deren Ermittlungen, ganz gleich, in welche Richtung, schienen in einer Sackgasse zu enden. Das war hoffentlich für den Strafverteidiger genauso.

Aber statt weitere Nachforschungen anstellen zu können, war ich gnadenlos mit der Kehrseite des lustigen Schrebergärtnerlebens konfrontiert. Ich musste in Lindes Garten, besonders bei den Gemüsebeeten, jäten, jäten, jäten und ein für alle Mal so richtig Grund reinbringen. Und schon längst hätte ich so gern an meiner Skulptur weitergebaut. Es war verdammt ärgerlich, dass ich meine Feile immer noch nicht zurückhatte.

Andererseits war ich mir nicht sicher, wie es sich anfühlen würde, mit einer Tatwaffe künstlerisch zu arbeiten. Immerhin hatte Blut daran geklebt. Mir gruselte bei dem Gedanken, denn ich hatte sicher nicht vor, meine Skulptur dem Einfluss einer sozusagen mörderischen Dimension auszusetzen. Insgeheim war ich daher mit Opas Feile fürs Erste ganz zufrieden. Zunächst würde ich damit diesen Grat abfeilen, der im Moment noch verhinderte, dass sich der längste Arm der Skulptur geschmeidig bewegen konnte. Eines Tages würde das Ganze anfangen zu rosten und immer weniger Spiel haben. So hatte ich es geplant. Aber vorher sollten sich die Stahlteile natürlich in Bewegung setzen. Die Skulptur würde in jedem Moment anders aussehen, bis zu dem Tag, an dem sie im Zusammenspiel mit Regen, Sonne und Wind ihre bleibende Gestalt annahm, sozusagen einfror. Darin sah ich den Sinn meiner Arbeit. Die Kraft von Wind und Wetter hatte eine wesentliche Rolle. Aber ob nun Sturm oder Nieselregen, sie konnten nur etwas verändern, wenn ich die rauen Kanten vorher geglättet hatte. Opas Feile war ein bisschen zu groß, meine Raspel zu grob, das Schmirgelpapier zu fein, ich brauchte wirklich meine Feile, die ich vorher gründlich reinigen würde. Holzmann behinderte meine Arbeit, und das durfte meiner Ansicht nach nicht sein.

Ich fiedelte wenig erfolgreich mit einem Blättchen Schmirgelpapier an dem Grat entlang, der kein bisschen flacher wurde. Wütend zerknüllte ich das Schmirgelpapier und ging zur Rumpelkammer. Um das Unkraut im Garten musste ich mich schließlich auch noch kümmern. Linde hätte mich natürlich verbessert und gesagt, dass es »Beikraut« statt Unkraut hieß, aber das tat meiner Meinung nach nichts zur Sache. Egal wie es hieß, es musste raus, denn die Nährstoffe aus dem Boden wie auch das Wasser waren für Kohlrabi, Bohnen, Gurken und Tomaten vorgesehen, nicht für alle möglichen anderen Pflänzchen, die sich auch in diesem Beet drängelten.

Ich bearbeitete Un- und Beikraut so lange, bis ich so entspannt war, dass mich Holzmann mal kreuzweise konnte.

Irgendwann aber sah ich auf die gejäteten Beete und merkte in dem Moment erst, wie erschöpft ich war. Ich hatte wirklich ganze sechs Stunden im Garten dies und das getan und war dementsprechend müde und hungrig. War das der optimale Zustand, um bei meinen Eltern vorbeizufahren und den Muttertagsstrauß zu überreichen?

Ich sah auf die Uhr. Halb fünf. Für sechs Uhr hatte ich uns angekündigt, Matthias wollte gegen fünf von seinem Halbmarathon in Kleve zurück sein. Ich musste noch nach Hause und wenigstens den Gartenstaub abduschen. Wenn ich sofort aufbrach, würde es zeitlich gerade so passen. Aber ich musste mich beeilen.

Ich räumte Hacke und Grabegabel weg und schnappte mir die Gartenschere, um einen Strauß besonders schönen Flieder abzuschneiden, räumte die Schere zurück in den Schuppen, knotete eben ein Band um den Flieder, zog schnell noch meine Jacke vom Haken und verschloss die Laube.

Beim Blick auf die Tür von außen erstarrte ich. Vorhin hatte ich den Kratzern rund ums Schloss keine große Beachtung geschenkt, doch sie sprachen sozusagen zu mir, in breiten Strichen wie von Wachsmalstiften in Kinderhänden.

War ich verrückt? Die Kratzer hatten doch neulich deutlich anders ausgesehen. Oder phantasierte ich?

Mit zitternden Fingern entsperrte ich mein Handy. Das Foto war noch aufgerufen. Ich hielt es neben die Laubentür. Finde den Fehler. Ich fand eine ganze Menge.

Wie in Trance machte ich ein Foto vom aktuellen Stand und schickte es an Koray. Die Antwort kam schnell.

»Shit. Ruf Holzmann an. Fehlt was? Melde mich morgen – bin grad bei Mama.« Zwinkersmiley.

Pflichtschuldig rief ich Holzmann an, den ich auf dem Rückweg von seiner Mutter in der Nähe von Hannover im Auto erwischte. So brave Söhne, diese Polizisten. Holzmann hörte sich mäßig begeistert an, was ich zu erzählen hatte, und erklärte spitz, Einbruch sei nicht seine Dienststelle.

Sie hatten mich vor die Wand laufen lassen, alle beide. Wo mein geschultes Auge Muster und grafische Unterschiede wahrnahm, waren Kripo und LKA gleichermaßen mit Blindheit geschlagen. Musste ich eigentlich alles selbst machen?

6

Am nächsten Tag ging ich noch einmal in den Garten, um bei Tageslicht nachzusehen, ob an der Laubentür wirklich nur zusätzliche Kratzer waren oder ob darüber hinaus noch etwas drinnen fehlte. Der Muttertagsabend bei meinen Eltern hatte mich vielleicht nicht sonderlich beruhigt, aber zumindest abgelenkt. Meine Eltern waren tendenziell anstrengend, aber auf eine andere Art als die Eltern von Matthias. Mein Vater hatte mich über seine Schwester Linde ausgefragt und alles missbilligt, was sie tat und sagte. Meine Mutter fand das unpassend und wollte ihn subtil daran hindern, wurde aber dadurch immer angespannter, sodass sich unser gemeinsames Essen zu einem einzigen Eiertanz entwickelt hatte. Immerhin hatte sie sich über die Blumen gefreut.

Nun aber zu Linde: An meinem freien Montag wollte ich eben noch eine Bestandsaufnahme vor Ort machen, bevor ich zu ihr ins Krankenhaus ging. Um sie nicht grundlos aufzuregen, würde ich ihr nur dann etwas vom Einbruch erzählen, wenn wirklich etwas fehlte. So wie beim letzten Mal das Kassenbuch.

Mist! Danach hatte ich sie gar nicht gefragt. Aber Holger hatte sich auch noch nicht gemeldet, insofern brannte da offenbar nichts an.

Auf den ersten Blick sah ich nichts Ungewöhnliches. Allerdings musste ich zugeben, dass ich ja am Muttertag dort gewesen war und einiges angefasst hatte. Es konnte also gut sein, dass ich gestern, ohne darauf zu achten, schon Dinge weggeräumt und Spuren verwischt hatte.

Ich ging langsam und bedächtig durch den Raum, verglich das, was mir ins Auge sprang, mit dem, was ich mir eingeprägt hatte. Ich konnte nichts Auffälliges entdecken, aber … wie oft war bei Linde nun schon eingebrochen worden? Zum dritten Mal! Und zwar in zwei Monaten. Dafür, dass es hier nichts zu holen gab, war das eine ganze Menge.

Beim letzten Mal hatten Koray und ich einen Zettel unter dem Tisch gefunden. Da war jetzt nichts mehr. Zur Sicherheit legte ich mich flach auf den Boden. Ich wollte schließlich nichts unversucht und außer Acht lassen und nichts übersehen.

Ich entdeckte Dinge, die ich gar nicht hatte finden wollen: Wollmäuse in Zweierreihen, unter dem Sofa hinten ein Stück lose Fußleiste. Hinter der kamen wahrscheinlich im Sommer die Ameisen herein. Ich sollte mich beizeiten darum kümmern.

Ich zog mich wieder hoch, ließ mich aufs Sofa plumpsen und starrte in die Gegend. Linde bewahrte viel Krimskrams auf. Manches war wirklich schon sehr alt. Zum Beispiel ihr Skizzenbüchlein, diese ledergebundene Kladde auf dem Beistelltischchen neben der Schlafcouch. Warum wurde die in der Laube aufbewahrt, wo es feucht war? Ich dachte immer, die habe sie in ihrer Wohnung.

Neugierig nahm ich sie in die Hand – und stellte fest, dass in diesem Ledereinband gar keine Kladde war, sondern ein flaches Pappkästchen mit verblichenem Sonnenblumendekor. Na gut, das Ding war wirklich hässlich, da musste man etwas drum herumkaschieren. Aber ich konnte mich dann doch nicht beherrschen, in das Kästchen zu schauen.

Darin lagen ein Haargummi, ein paar bemalte Kieselsteine, eine Playmobil-Prinzessin ohne Haare und unten ein Blatt von einem Shaun-das-Schaf-Block. Jemand hatte mit rosa Stift Herzchen draufgemalt. Es sah aus wie ein Kinderbrief. Jedenfalls war er nicht von mir, denn der Herzchentyp war ich nie gewesen. Ich hatte als Kind grellbunte Muster gemalt, flächendeckend.

Nein, die Sachen waren Andenken an Alina! Das war genau ihr Stil gewesen als Kind, ich erinnerte mich an vieles aus der Zeit, als ich ihre Babysitterin gewesen war. Und mir war sofort klar, wer sich brennend dafür interessierte. Derselbe, der Tom Ziegler jagte und dringend nach DNA-Spuren von Alina Horn suchte.

***

Keine halbe Stunde später stand Koray angespannt wie ein Jagdhund in Lindes Laube.

»Wo kommt das Haargummi so plötzlich her? Hat Holzmann das schon? Was weiß der?«

»Nee, wieso? Das war noch hier. Ich hab's in das Kästchen zurückgelegt. Ist doch uralt, noch aus Kindertagen, in pastelligen Regenbogenfarben mit einem Einhornkopf drauf.«

»Gib es mir. An Haargummis bleiben immer ein paar Haare hängen.«

Ich stand zögernd auf. »Ich hab es aber schon angefasst.«

»Egal, Hauptsache, die Haare sind noch dran. Und das muss superschnell zu Holzmann. Hast du ein Tütchen dafür?« Er tippte eine Weile auf seinem Handy herum, unser Gespräch schien beendet zu sein.

Ich ging in die Laube, holte einen Gefrierbeutel und Lindes Alina-Erinnerungen aus der Kladde und legte alles auf den Tisch vor der Laube.

Koray platzierte sein Handy daneben. »Ist gleich bei uns.«

»Wer? Holzmann? Sag mal, geht's dir noch gut? Du könntest mich wenigstens fragen, ob mir das recht ist.«

»Ich bin davon ausgegangen, dass dir klar ist, wie signifikant und eilig das ist.« Koray lief zur Hochform auf. Wichtigmann und Söhne.

Ich war genervt. »So, auf einmal?«

»Marie, wir haben bisher keinerlei DNA von Alina Horn. Null. Auf dem Tuch, das mit der Toten zusammen gefunden wurde, befanden sich Haare von mindestens fünf Leuten. Von der Toten, klar, aber eben auch noch von vier anderen.«

»Habt ihr denn kein Privatleben? Dass ihr ständig abends und am Wochenende hier aufkreuzen könnt?«

»Danke der Nachfrage. Mein Privatleben kommt schon nicht zu kurz, keine Sorge.« Er grinste, dann seufzte er. »Heute Abend hab ich aber nichts weiter vor, als nachher eine Runde zu laufen, da kommt es nicht auf ein paar Minuten an. Und der Holzmann, das ist so ein armer Wicht, der hat nichts außer seiner Arbeit.

Der hat immer Zeit.« Koray sah mich skeptisch an. »Und du? Warten sie zu Hause nicht auf dich?«

Ich schüttelte den Kopf. »Keiner da. Ist aber nicht schlimm. Meine Söhne sind noch bis Ende Juni in Kanada, Work and Travel. Und mein Mann trainiert für den Marathon in Berlin. So richtig mit Trainingsplan und soundso viel Kilometern am Tag.«

Koray nickte verständnisvoll. »Und das Richtige essen und genug schlafen, alles nach Plan. Das schränkt das Familienleben ziemlich ein. Seh ich grad bei einem Schulfreund in Gelsenkirchen, der will allerdings in Hamburg laufen. Bei dem steht die Ehe schon auf der Kippe. Aber ich will dir natürlich keine Angst machen.« Er sah mich prüfend an.

Ich wandte meinen Blick schnell ab und dachte nur darüber nach, dass Koray von mir vielleicht mehr mitbekam, als mir lieb war.

***

Keine zehn Minuten später stand Holzmann tatsächlich vor dem Gartentor. Hemdsärmelig, aber in Anzughose, Koray dagegen in Jeans und Sneakers, dafür aber weißem Hemd. Und mit normal zurückgegelten Haaren, nicht in Verkleidung. Er schien sicher zu sein, Tom Ziegler nicht anzutreffen, und bewegte sich in Lindes Garten schon so, als wäre er sein zweites Wohnzimmer.

»Sag mal, warum erfahre ich das erst jetzt?«, polterte Holzmann Koray an, als der ihm den Gefrierbeutel mit Alinas Haargummi gegeben und den Zusammenhang erklärt hatte.

»Rapha, entspann dich. Das ist noch ganz frisch. Hat sie gerade gefunden.«

Ich stellte interessiert fest, dass die beiden Herren Kommissare, die mir gegenüber den anderen nur beim Nachnamen nannten, sich duzten. Dicke Freunde waren sie aber trotzdem nicht. So viel war mir auch schon klar geworden.

»Kommissar Holzmann, wann –«

»Hauptkommissar.« Er korrigierte mich todernst.

Wie grotesk. Vorsichtig lächelnd sah ich zu ihm hinüber, ob das auch wirklich so gemeint war. Es war ihm ernst. Auch Koray verzog keine Miene. Diese Beamten! Selbstironie war offensichtlich ein Fremdwort für sie.

Mühsam riss ich mich zusammen. »*Haupt*kommissar Holzmann, ich wollte bloß wissen, wann ich meine Feile, mein Arbeitsgerät …«, ich zeigte hinüber zur fast fertigen Skulptur, »… zurückhaben kann.«

»Es sind noch zu viele Fragen offen.«

»Sie haben die Tote identifiziert und wissen, dass sie mit meiner Feile ermordet wurde. Was kann ich dafür, dass Sie auf der Stelle treten?«

»Ich bräuchte zum Beispiel ein richtiges Geständnis vom Mörder.«

»Oder von der Mörder*in*?« Vielleicht war ich auch nicht besser als Holzmann, nur anders pingelig, und ich hätte besser nichts gesagt – aber das war mir eben mal wieder so herausgerutscht.

Holzmann und Koray sahen mich gleichermaßen wortlos wie interessiert an.

»Frau Busch, wissen Sie etwas, das ich nicht weiß?« Holzmann baute sich vor mir auf.

»Keine Ahnung. Dazu müsste ich zuerst einmal wissen, was Sie wissen und was nicht.« Holzmann machte mich wahnsinnig. Und wahrscheinlich brachte ich mich, egal was ich auch erwiderte, in Teufels Küche. »Herr Holzmann, im Ernst: Was ich weiß, habe ich Ihnen schon gesagt. Ich weiß über die tote Frau rein gar nichts, und dass ich am Deich war, als sie angeschwemmt wurde, war purer Zufall.«

»Ja, ja.«

»Sie denken doch nicht im Ernst immer noch, dass ich …?«

»Nein.«

»Was macht Sie da so sicher?« Ich hatte sicherlich nicht die klügste Frage gestellt, ungefähr so, wie man auch am Flughafen bei der Gepäckabfertigung keine blöden Witze über bombige

Stimmung oder Waffen im Koffer machte. Es war längst ausgesprochen, bevor ich darüber nachdenken konnte.

Auch Koray rollte mit den Augen.

An Holzmann aber perlte das ab. »War nicht Ihre DNA unter den Fingernägeln der Toten.«

»Bitte? Woher wissen Sie das denn? Woher haben Sie ...?«

Keiner der beiden Supercops bot mir eine gute Antwort an. In diesem Punkt waren sie sich jedenfalls einig.

Sie betrachteten die Gegend: Koray interessierte sich für Lindes Gemüsebeet, und Holzmann prüfte die Wetterlage.

Ich wurde sehr ungern ignoriert, besonders, wenn ich eine berechtigte Frage gestellt hatte. Ich musste mich sehr zurückhalten, um nicht mindestens einen der beiden beim Kragen zu packen und zu schütteln.

***

Als Holzmann längst weg war, sprach ich Koray darauf an, ich platzte fast vor Ärger. »Sag mal, woher kann denn Holzmann wissen, dass das nicht meine DNA war? Soweit ich mich erinnere, habe ich ihm keine Probe von mir gegeben.«

Koray lächelte mich peinlich berührt an. »Wir brauchten einen sicheren Hinweis, und ich konnte dir damals nicht vertrauen, solange ... Und es war echt Zufall, Marie, ich hatte ein Haar von dir an der Jacke, und Holzmann hat's gesehen, das musst du mir glauben ...«

»Ganz ehrlich: Ich will das gar nicht hören.«

»Ich gebe zu, das war nicht hundertprozentig der korrekte Ablauf, tut mir leid, ich hätte dir Bescheid sagen sollen, aber es ist dir doch auch lieber so, oder?«

Ich war sprachlos. Sollte ich ihm auch noch nachträglich die Erlaubnis geben? Was bildete er sich ein?

»Ja, wirklich? Ohne mich vorher zu fragen? Du kannst mich mal!«

Die Stimmung war im Keller, und ich wollte ihn so schnell

wie möglich loswerden. Das merkte er immerhin auch, und er verabschiedete sich ziemlich zügig. Ich hielt ihn nicht auf.

Haare anderer Menschen ungefragt an sich zu nehmen und ins Labor zu geben war nicht okay. Abgesehen davon war wohl kein bisschen Gefahr im Verzug gewesen. Nichts, was mich in diesem Fall betraf, war besonders eilig. Es würde noch dauern, bis ich ihm das verzeihen würde.

Stocksauer packte ich Lindes restliche Alina-Andenken zurück in das Kästchen. Zum Schluss den Brief. Ich war neugierig. Aber es war Lindes Brief. Durfte ich? War das ebenso übergriffig wie mit meinem Haar? Nein, ein privates Geheimnis war das wahrscheinlich nicht. Für solche Dinge hatte Linde ein Fach in ihrem Schreibtisch zu Hause.

Ich klappte den Brief auf. Nur Geburtstagsglückwünsche von vor zwanzig Jahren. Beim Zurücklegen aber fand ich auf der Unterseite zwischen Ledereinband und Kästchen ein verirrtes Post-it. Es hatte bereits ein Eselsohr, war dreckig und klebte kaum noch. Viel interessanter aber war, was mit verblasstem Bleistift daraufgekritzelt war.

»Buchungen akt. GJ? Ordner bei TZ → Laube!!!«

Und definitiv in Alinas Handschrift.

Ich konnte es kaum glauben. Wenn das wahr war? Tom Ziegler lagerte in seiner Laube noch Buchhaltungsunterlagen? »GJ« hieß ja wohl »Geschäftsjahr«, und Alina schien davon überzeugt gewesen zu sein, dass die Aufzeichnungen bei ihm waren – und das war nicht einmal abwegig. Schließlich war Tom vor einer Weile zweiter Kassenwart des Vereins gewesen und hatte Zugriff auf die Vereinsbuchhaltung gehabt. So lange, bis Linde das Amt von ihm übernommen hatte, weil Tom beruflich zu eingespannt gewesen war. Und bis Alina Jupp geholfen hatte. Wahrscheinlich kannte Tom auch sämtliche Zugangsdaten, die natürlich keiner regelmäßig änderte. Und er war gewieft genug, nach Belieben Schindluder damit zu treiben.

Ja, Alina hatte herausgefunden, was er getan hatte. Sie war ihm auf die Schliche gekommen und hatte später mit ihrem Leben dafür bezahlt, wenn nicht am Rheindeich, dann irgendwo anders. Denn sie war schließlich nach wie vor verschwunden. Selbst wenn sie nicht die Tote vom Rheindeich war, bedeutete das noch lange nicht, dass sie am Leben war. Vielleicht war sie einfach nicht gefunden worden.

Musste ich der Polizei nun Bescheid sagen? Nein, beschloss ich. Meine Wut wegen der DNA-Probe war so was von überhaupt nicht verflogen – die zwei Knallkörper hatten es sich heute gründlich mit mir verdorben.

Es war wie bei meiner Abschlussprüfung an der Kunsthochschule. Anfangs hatte man mich nicht ernst genommen und dann später um einen guten Einstieg in die Kunstwelt gebracht. So sah ich das auf jeden Fall: Hätte *ich* damals den Ausstellungsplatz in der Galerie bekommen und nicht der inspirationslose Mitschüler, der sich dummerweise in mein Bett geschlichen und dann ein Jahr später meine Idee geklaut hatte … dann wäre ich im Geschäft gewesen, und meine Familienpause wäre vielleicht nicht so lange ausgefallen – oder ich hätte womöglich gar keine eingelegt. Das wurmte mich auch nach all den Jahren noch, obwohl ich nicht eine einzige Minute bereute, die ich mit meinen Kindern statt mit meinen Kunstwerken verbracht hatte. Na ja, wenn ich ehrlich zu mir selbst war, die ein oder andere Spielgruppenstunde sicher, aber auf meine Jungs war ich sehr, sehr stolz.

Damals war ich zwar durchaus schon in der Lage gewesen, meine Belange zu vertreten, aber zum Prüfungszeitpunkt war ich hochschwanger und weder hormonell-emotional noch körperlich imstande gewesen, mich zu wehren. Aber nun war ich ein paar Jahre älter und erfahrener. Diesmal ließ ich mich nicht davon abhalten, was andere sagten. Und ich wusste, was ich konnte.

7

Die Woche hatte ich genutzt, um in all meiner Wut einen, wie ich glaubte, genialen Plan zu entwickeln. Wenn mich sämtliche Beteiligten so dermaßen zum Narren hielten, würde ich den Mord und was damit zusammenhing, eben allein aufklären. Und den nächsten Schritt hatte ich schon genauestens durchdacht.

Am Sonntagabend um kurz nach zweiundzwanzig Uhr machte ich mich auf den Weg zu Tom Zieglers Laube. Um diese Zeit war wirklich niemand mehr in der Kleingartenanlage, sodass mich der Bewegungsmelder, der unweigerlich ansprang, nicht weiter störte, es würde sowieso niemand sehen.

Ich stieg nicht etwa durchs Fenster ein, sondern ging erhobenen Hauptes durch die Tür. Geräuschlos und natürlich ohne am Schloss Kratzer zu hinterlassen wie die anderen Stümper. Wie man mit Draht umging, wusste ich, und wie Schlösser funktionierten, ebenfalls. Wozu arbeitete ich schließlich in einer Schlosserei?

Wer immer in Lindes und in Holgers Laube eingebrochen war, hatte offensichtlich keine Ahnung und nur wenig handwerkliches Geschick gehabt. Es sprach viel dafür, dass auch das Tom gewesen war, denn ehrlich gesagt besaß er zwar edelstes Werkzeug, aber umgehen konnte er damit nicht. Als ich mit Koray über Lindes Leiter geredet hatte, war ich von Toms Geschick noch überzeugt gewesen, aber inzwischen hatte ich ihn beobachtet, sooft es ging. Ihm fehlte die Erfahrung. Man musste schon wissen, was man tat.

Wie wenig Tom auf Gebäudesicherheit achtete, zeigte sich daran, wie leicht das Schloss ohne Schlüssel zu öffnen war – ich war fast ein bisschen beleidigt und fühlte mich dezent unterfordert. Andererseits war mein Bedürfnis nicht so groß, bei Nieselregen länger als unbedingt notwendig draußen herumzustehen und in einem Türschloss zu prokeln.

Zwar ging ich nicht davon aus, dass noch irgendjemand außer mir in der Kleingartenanlage war, aber am Deich gingen Tag und Nacht Hundebesitzer spazieren. Mit dem Bewegungsmelder war es zuerst hell genug, und danach – wozu gab es schließlich Handytaschenlampen?

War ich schon jemals in Toms Laube gewesen? Doch, natürlich. Aber mein letzter Besuch bei ihm war ewig her. Damals hatten seine Großeltern noch gelebt. Seine Oma hatte Eierkuchen mit Blaubeeren gebacken, und ich hatte eine Portion abbekommen. Links neben dem Fenster hatte das Kohleöfchen gestanden. Jetzt war da eine sehr moderne Anrichte mit einer Induktionskochplatte. Fast ein Wunder, dass Tom keine Spülmaschine eingebaut hatte. Wahrscheinlich hatte der Platz nicht ausgereicht. Irgendwie fand ich es überraschend eng im Innenraum. Vielleicht lag das an dem großen Schrank an der Wand gegenüber. Völlig überdimensioniert, aus Metall und deckenhoch.

Was bewahrte der Mann in diesem Monstrum auf? Sicher nicht nur seine Gartenkleidung.

Ich sah mich um. Keine Regale mit Ordnern. Dann waren die garantiert hinter den großen Metalltüren verstaut. Wenn ich an seiner Stelle wichtige Unterlagen verstecken oder auch nur unterbringen wollte, ich würde sie in dieses Ungetüm packen. Allerdings fand ich weder Griff noch Schloss. Jedenfalls keines, wo ich mit meinem Draht weitergekommen wäre. Das Ding hatte ein IT-Fachmann verschlossen. Es hatte etwas James-Bond-Haftes.

Ich schaltete das Handy aus.

Ein kleines rotes Licht leuchtete mittig auf. Und verlosch. Leuchtete wieder. Verlosch. Immer so weiter. Okay. Da saß das Schloss. Ich leuchtete mit meinem Handy darauf. Hier kam ich nicht weiter.

Ich ließ den Lichtschein weiterwandern. Hinter der Tür eine Hakenleiste – garantiert edelste Hölzer und von Manufactum. Daran hingen eine Daunenjacke, eine englische Wetterjacke, Typ schottischer Landedelmann, und …

Ich schwenkte die Lampe nach unten, sammelte mich einen Moment. Wahrscheinlich hatte ich mich verguckt. Nein. Ich leuchtete wieder an die Stelle. Tatsächlich, eine Trainingsjacke des DHC, Alinas Hockeyclub.

Mit zitternden Fingern zuppelte ich an der Jacke, bis ich auf der linken Brust ihre Initialen sah: AH.

Nun gab es keinen Zweifel mehr. Tom Ziegler hatte Alina Horn auf dem Gewissen. Und er bewahrte sogar ihre Jacke als Trophäe in seiner Gartenlaube auf!

Ich hob das Handy, um ein Foto zu machen. Hatte ich draußen etwas gehört? War da jemand? Bestimmt nur ein Tier. Ein nächtliches Kaninchen oder ein Fuchs vielleicht.

Aber das Geräusch, so leise es war, bewegte sich auf die Laube zu. Für ein Kaninchen klang es zu groß. Wer konnte das sein? Tom war in der Schweiz, das hatte Koray erzählt. Wollte jemand etwa einbrechen? Die Tür war nicht verschlossen.

Auf der Anrichte hatte doch Werkzeug herumgelegen. Ich griff mir das nächstbeste, mit dem ich mich verteidigen konnte. Ein kleines Handbeil. Mit Lederkappe an der Schneide. Damit konnte man keinen Schädel spalten, aber jemandem ordentlich eins überziehen.

»POLIZEI!«

Krachend flog die Tür auf, und ein Trupp bewaffneter Polizisten mit Helm stand mir gegenüber und leuchtete mir grell ins Gesicht.

»Ich … äh … das ist nicht meine Laube. Sie suchen Tom Ziegler, oder? Der ist –«

Schneller, als ich den Satz zu Ende denken konnte, hatten mich zwei Polizisten gepackt, mir das Beil aus der Hand genommen und hielten mich fest.

Ein anderer baute sich vor mir auf. Es wurde dunkel, denn er war größer als der mit der Lampe in der Hand. »Wir wissen, dass er nicht hier ist. Herr Ziegler hat uns informiert, dass bei ihm eingebrochen wurde. Was machen Sie in seiner Laube, Frau Busch?«

»Woher wissen Sie, wie ich heiße?«

»Herr Ziegler hat nicht nur Bewegungsmelder installiert, sondern auch Kameras, die ihm sofort Bilder auf sein Handy übertragen. Und Sie kennen sich wohl. Zufrieden? Also, Frau Busch: Was machen Sie hier?«

Neben mir nieste der Kollege mit der Lampe mehrmals. Das Licht schwankte. Der Chef der Truppe redete weiter.

»Sind Sie vom LKA? Kennen Sie den Herrn Levent? Weiß der, was Sie gerade tun?«

»Nein, kenne ich nicht. Polizei, nicht LKA, Frau Busch. Uns ist ein Einbruch gemeldet worden vom Besitzer dieser Gartenlaube. Der hat Sorge um sein Eigentum.« Er holte tief Luft. »Wie wär's, wenn Sie meine Frage beantworten würden? Die Kollegen können auch ungemütlich werden.«

Mister Lampe hatte endlich seinen Niesanfall beendet. Ich spürte, wie der Griff der beiden fester wurde. Die waren nicht gekommen, um Tom Ziegler zu verhaften, sondern mich. Koray wusste von nichts. Ich musste mir etwas ausdenken.

Mein Blick fiel auf das Beil in seiner Hand. Ich zeigte darauf. »Wollte ich mir ausleihen.«

Gelangweilt sah er mich an. »Ja klar.«

»Ich brauchte ein Beil und wollte mir das von Tom, äh – von Herrn Ziegler ausleihen.«

»Sie brauchten ein Beil. Wofür?«

»Ich bin Künstlerin, ich arbeite mit Stahl, aber kleinere Modelle fertige ich aus anderen Materialien an, ich mache manchmal auch Holzarbeiten. Ich war vorhin so im Flow und wollte –«

»Um diese Uhrzeit? Und um sich ein Beil auszuleihen, brechen Sie in eine Laube ein?«

»Wie gesagt: so im Flow. Und die Tür war offen. Äh, ich meine, sie war zu, aber nicht verschlossen.«

»Sie kommen mit uns ins Präsidium, Frau Busch.«

***

Weit nach Mitternacht war ich schließlich zu Hause, Matthias schlief längst. Ich dagegen hatte Mühe, zur Ruhe zu kommen. Die Ereignisse des Abends fuhren noch stundenlang in meinem Kopf Karussell. Man hatte mich mehr oder weniger lustlos verhört. Denn zwar war Tom ein einflussreicher Anwalt, andererseits lag nun nicht gerade ein Kapitalverbrechen vor. Die Beamten gingen ihrer Pflicht nach und betrachteten die Sache ansonsten eher als Bagatelle.

Parallel zu meiner Befragung war mehrfach mit Tom telefoniert worden. Ich beharrte auf der Version, dass Toms Laube nicht verschlossen gewesen war, dass ich mir ein Werkzeug hatte ausborgen wollen, dass das im Verein so üblich war. Aus welchem Grund ich dann schließlich ohne Weiteres wieder nach Hause durfte, erfuhr ich nicht. Vermutlich konnte Tom nicht nachweisen, dass er abgeschlossen hatte. Somit stand dann wohl Aussage gegen Aussage.

Als Matthias' Wecker klingelte, stand ich mit ihm auf, früher, als ich musste, in der Hoffnung, seine Meinung als Unbeteiligter würde mir Klarheit verschaffen. Ich hatte schlecht geschlafen, denn mich verfolgte das unbestimmte Gefühl, an irgendeinem Punkt etwas verpasst zu haben. So als wäre ich die einzige Unwissende in einem absurden Theaterstück.

Ich erzählte Matthias, was ich über den Fall herausgefunden hatte, ahnte oder auch nur vermutete. Mir war es mittlerweile völlig egal, ob ich Ermittlungsgeheimnisse ausplauderte.

Matthias starrte mich sprachlos an, während ich redete. Erst als ich fertig war, fühlte ich mich imstande, einen ersten Schluck Kaffee zu trinken.

»Du hast *was*, Marie?« Er schüttelte den Kopf. »Du bist in eine fremde Laube eingebrochen? Sag mal, bist du bescheuert?«

Es war an mir, wortlos zu starren.

»Ich meine, es ist immerhin erfreulich, dass du nicht mehr die Hauptverdächtige in dem Mordfall bist. War das nicht schon schlimm genug? Aber diesen Einbruch – den kannst du nun nicht leugnen. Der Typ hat dich identifiziert! Hast du denn auch nur einen Moment darüber nachgedacht, was das bedeutet? Nicht nur für dich – auch für mich. Du bist dann vorbestraft. Die Polizei wird mich wahrscheinlich auch verhören und fragen, ob ich deinen Plan kannte. Meinst du, die glauben mir, wenn ich sage, dass ich keine Ahnung von deinen Plänen hatte? Wie steh ich denn da?«

Als er in sein Büro abdampfte, saß ich lange Zeit wie paralysiert am Küchentisch. Zur Arbeit kam ich zu spät, schleppte mich durch den Tag und versuchte, möglichst wenig falsch zu machen, denn mein Kopf fühlte sich leer an, und trotzdem kreisten meine Gedanken um Toms Laube.

Am Abend sah ich drei verpasste Anrufe von Koray und rief zurück.

»Hast du einen Moment, Marie?«

»Bin zu Hause, warum?«

»Wir müssen reden. Das war ja wohl das Letzte.«

»Find ich auch.«

Ich hörte ihn schnaufen und wusste, dass er sich bemühte, professionell rüberzukommen. Es gelang ihm mäßig. »Das ist scheiße gelaufen gestern.«

»Ja.«

»Wie geht's dir?«

Immerhin fragte er nach. »Scheiße.«

»Waren die Kollegen okay?«

»Haben sich bemüht. Im Rahmen ihrer Möglichkeiten. Ich dachte, *du* kommst oder hast die geschickt. Aber die kannten deinen Namen nicht.«

»Du hast die nach mir gefragt? Ich hoffe, später im Präsidium.«

»Nee, schon als die mich bei Tom gepackt hatten. In der Laube.«

»Marie!«, brüllte er.

Ich hielt den Hörer schnell so weit weg von meinem Ohr, wie es eben ging. Diese Lautstärke kannte ich noch nicht von ihm.

»Du hast ernsthaft meinen Namen genannt, während Tom Ziegler zugeguckt und zugehört hat? Ich glaub es nicht.«

»Und selbst wenn?«

Schnauben und wütendes Aufstöhnen am anderen Ende. »Hör mal, wenn du eine Möglichkeit gefunden hättest, Ziegler seine Verstrickungen in internationale Machenschaften nachzuweisen, würde ich keine Sekunde zögern, das auf meine Kappe zu nehmen. Auch wenn mich das den Kopf kostete. Aber deine sinnlose Aktion von gestern Abend, die gefährdet unsere Ermittlungen. Und zwar existenziell! Es ist wahrscheinlich alles komplett aufgeflogen! Wenn Ziegler ›LKA‹ und meinen Namen hört, dann ahnt er nicht nur, dann *weiß* er sofort, dass wir ihm dicht auf den Fersen sind. Und dann findet er Mittel und Wege, wichtige Indizien verschwinden zu lassen. Wir brauchen aber Beweise, verstehst du das?«

»Ich bin nicht total blöd.«

»Weiß ich. Aber vielleicht lässt du endlich mal in dein Hirn einsickern, dass nicht alles, was du erlebst, zusammenhängt. Nur weil du im März die tote Frau gefunden hast, hat das noch lange nichts mit dir und deinem kleinen Verein und vor allem mit Tom Ziegler zu tun. Bleib auf dem Teppich, Marie, das sind zwei verschiedene Paar Schuhe. Und die sind ein paar Nummern zu groß für dich. Misch dich nie, nie, niemals mehr in professionelle Polizeiarbeit ein!«

Ich legte auf und löschte gleich auch seinen Kontakt.

8

Nach den dramatischen Ereignissen hatte ich mir eine Woche Auszeit genommen und beschlossen, mich zukünftig nur noch um mich und meine Kunst zu kümmern. Meine Freundin Friederike stand ebenso zu mir wie Linde – mit diesen beiden Konstanten in meinem Leben bestritt ich die nächste Zeit. Von Kriminalfällen hatte ich die Nase voll, weder als Film noch als Buch wollte ich damit zu tun haben. Aber eins war klar: Ich hätte immer wieder genauso gehandelt, ich bereute nichts. Mich ärgerte nur, dass ich den Vereinsordner vom letzten Geschäftsjahr nicht gefunden und demnach auch nicht mitgenommen hatte.

Ich war hundertprozentig sicher, dass er stichhaltige Beweise gegen Tom Ziegler enthielt. Und damit hätte ich nicht nur den mysteriösen Geldschwund im Verein aufgeklärt, sondern auch dem Strafverteidiger den Wind aus den Segeln genommen, was mich betraf.

Zum Glück war eine Regenphase über Nordrhein-Westfalen hereingebrochen, sodass ich nicht einmal zum Gießen den Garten betreten musste. Ich war wirklich nicht traurig drum, sondern brauchte den Abstand. Einzig zum Feuerwerk am Japantag kam ich zum Rhein, aber ich bestaunte es von »meiner« Seite aus. Nicht vom Rheindeich bei Linde, sondern im Rheinpark am gegenüberliegenden Ufer.

Was mich zusätzlich von allem ablenkte, was mit Koray doof gelaufen war, war eine Nachricht meiner Jungs. Im Familienchat kam die etwas zu lässige Info von ihnen, dass sie sich entschlossen hätten, etwas länger in Kanada zu bleiben, inklusive Sommerferien.

Nicht dass ich eine Glucke gewesen wäre, aber ich hatte mich schon darauf gefreut, dass wir nach ihrem Auslandsjahr und bevor sie weiß Gott wo studieren wollten, einen richtig schönen Familienurlaub zusammen verbrachten. Ich hatte Urlaub beantragt, ein Ferienhaus in Portugal gemietet und Flüge gebucht. Zum Glück war das stornierbar. Jedenfalls das Ferienhaus.

Die Jungs waren sichtlich dabei, ihr trautes Zwillingsdasein auseinanderzudividieren. Sie hatten jedenfalls höchst unterschiedliche Gründe fürs Längerbleiben. Ben hatte einen südamerikanischen Work-and-Traveller kennengelernt und wollte mit ihm ein bisschen wandern, vielleicht zu den Niagarafällen und auf jeden Fall auch noch nach New York. Ob man das im Hochsommer haben musste, ließ ich dahingestellt, fand so eine Kumpelreise aber grundsätzlich eine erfreuliche Idee. Und Jan, der schüchternere Zwilling, hatte sich unsterblich in eine Französin namens Aurélie verliebt, wollte mit ihr noch Zeit in Kanada verbringen, irgendwo zelten, und dann strebte er an, möglichst nah an der französischen Grenze zu studieren. Studienfach relativ egal, Studienort Saarbrücken, Trier oder maximal Aachen, Hauptsache, nicht weit weg von Aurélie.

Das bedeutete, dass Matthias und ich einen Pärchenurlaub machen würden. Wahrscheinlich gar keine schlechte Idee, denn als Paar taten wir uns seit einiger Zeit etwas schwer. Vielleicht konnten wir in Portugal, in neuer Umgebung, auf neutralem Boden, besser reden als zu Hause.

Ich fand ein kleineres Ferienhäuschen in der Nähe von ein paar spektakulären Laufstrecken und traumhaften Stränden, so war doch für jeden was dabei. Ich buchte und freute mich auf erholsame Ferien.

***

»Na, wir sind ja ein richtiges Himmelfahrtskommando«, hatte Ulla zum Abschied gescherzt – und ich hatte müde, aber nicht unfreundlich gelächelt. Der Witz war in den vergangenen Tagen mehrfach gemacht worden. Mehrfach pro Stunde. Gefühlt tausendmal vor diesem Himmelfahrtswochenende. Und ja, ich hatte es natürlich nicht durchgehalten, mich länger nicht im Garten sehen zu lassen. Wenn Linde fragte, konnte ich schlecht

Nein sagen. Ich war nach dem Japantag mehrmals im Garten gewesen und hatte dadurch die volle Ladung Himmelfahrtswitze mitbekommen. Nicht auszudenken, was auf diejenigen zukam, die mitfuhren.

Dann war der Bus angerollt und mit Taschen und Gartenfreunden beladen worden. Ohne Linde, ohne Claus, ohne mich. Gut so. Claus und Linde wären schon gern mitgefahren, aber die beiden waren noch ans Bett gefesselt. Linde war inzwischen zu Hause und kurierte ihre Prellungen und den Rest der Gehirnerschütterung aus, auch Claus war aus dem Krankenhaus entlassen worden, sein Herz schlug wieder im richtigen Takt, aber er hatte noch große Gedächtnislücken. Er konnte sich nicht mal mehr erinnern, auf der Vereinssitzung gewesen zu sein.

Mich sprach zum Glück keiner auf meine Eskapaden an, und ich war sehr froh darüber, dass ich nicht erklären musste, was ich wirklich in Toms Laube gewollt hatte. Mit ein bisschen Glück hatte das niemand so richtig mitbekommen.

Seit Tagen pendelte ich zwischen Schlosserei, Garten und Lindes Wohnung hin und her. Zu Hause in meiner Wohnung war ich nur noch zum Schlafen und Duschen, denn das Wetter war warm und sonnig und Linde hatte zahlreiche Aufträge für mich. Auch wenn ich mich immer noch angeschlagen fühlte, erfüllte ich sie gern, aber nicht alle mit dem gleichen Erfolg. Die Gartenpflege hatte ich ordentlich mit Handyfotos dokumentiert. Ich hatte Möhren gesät und vorgezogene Zucchinipflänzchen und Sonnenblumen eingesetzt. Wohlgemerkt, sie wuchsen umgeben von einem zwei mal vier Meter großen Schneckenzaun.

Beim Aufbauen hatte mir Joe geholfen. Obwohl ich eine Stahl- und Blech-Expertin war: Dieses Ding hatte mich zur Verzweiflung gebracht. Der Onlineshop hatte nichts geliefert, woraufhin ich die Bestellung storniert und dann im Baumarkt die letzten Reste aus den Regalen gekratzt hatte. So hatte ich nun statt vier Eckteilen nur drei bekommen. Verwenden konnten wir im Endeffekt nur zwei, aber die Schnecken sollten ab sofort keine Chance mehr haben, an die zarten Blättchen der Zucchinipflanzen zu kommen. Insbesondere nachdem ich noch im Umkreis von zwanzig Zentimetern jedes Blattwerk entfernt hatte, das als Schneckenleiter ins Gemüseparadies dienen konnte.

Joe hatte sich dank seiner Kellerbau-Expertise als sehr hilfreich erwiesen, er hatte für seinen Selbstversorgergarten eine Menge gutes Werkzeug, nicht so schick wie das von Tom Ziegler, aber eben auch nicht so alt wie Lindes.

Die strahlte später hochzufrieden auf ihrem Sofa mit dem hochgelegten Bein, als ich ihr die Fotos vom fertigen Beet zeigte. Meine Einkäufe fand sie dagegen nicht so gelungen. Aus ihrer Sicht hatte ich die falsche Milch gekauft, nicht die richtigen Paprika, das Brot beim falschen Bäcker, den Käse am Stück statt in Scheiben …

Wie bei ihrem Rasen war Linde eigen. Sie wollte ihre Lebensmittel so und nicht anders und natürlich möglichst wenig plastikverpackt. Ich hatte ihr nichts recht machen können.

Ihr Genörgel noch in den Ohren, war ich, zugegeben, mit den Nerven zu Fuß, als ich am abfahrbereiten Bus stand. Eigentlich wollte ich mich gar nicht länger dort aufhalten, sondern nur Holger eine kurze Frage stellen. Und dann kam noch Ulla, die davon überzeugt war, dass ich statt Linde teilnähme, und schwärmte mir vor, was ich in Holland verpassen würde. Ihr Enkel hatte ihr einen großen Stapel Informationen aus dem Internet ausdrucken müssen, damit sie auf den Ausflug optimal vorbereitet war.

Ulla hakte die Liste der Anwesenden ab, es waren wirklich fast alle gekommen. Marek und Janina sah ich sich in die Schlange der Wartenden einreihen, Mareks Mutter, Sandra Moosbichler mit Mann und den drei Kindern, Holgers Frau und die Jungs, Astrid, Ingo sowie Frauke und Hendrik, deren Teenietöchter lieber ihre Demo planten als in holländischen Schaugärten spazieren zu gehen.

Tom Ziegler fehlte. Der hielt sich vermutlich bedeckt. War mir nicht unrecht, denn ich hatte keine große Lust, ihn zu treffen. Wahrscheinlich saß er im Urlaub in irgendeinem Liegestuhl und war total busy, sein Firmenimperium zu sortieren.

Es dauerte eine Weile, bis der Busfahrer Rolfs Rollstuhl verstaut hatte – und bis man auch Rolf selbst sachgerecht in den Bus gehievt hatte. Ursprünglich war ein behindertengerechter Bus bestellt worden, doch der hatte kurzfristig plötzlich nicht mehr zur Verfügung gestanden, und Holger hatte auf die letzte Minute noch ein anderes Busunternehmen ausfindig gemacht, das die Fahrt durchführen wollte, und einen Busfahrer, der bereit war, Rolf in den Sitz zu schleppen. Natürlich war das teurer als der Angebotspreis, den Holger bei dem anderen Unternehmen ausgehandelt hatte.

Holger sammelte von den Mitreisenden noch einen kleinen Aufpreis ein. Eigentlich dachte ich, ich hätte damit nichts zu tun, denn weder ich noch Linde wollten mitfahren. Aber weil Linde mich gebeten hatte, dass ich Holger auf die Füße trat, damit er ihr endlich die Fahrtkosten zurücküberwies, fragte ich ihn nach einer Rückerstattung.

Das sei nicht so einfach, wie ich mir das vorstellte, sagte er, denn er habe das Eingezahlte abgehoben, um diesen nun tatsächlich fahrenden Bus bar zu bezahlen. Damit sei es dann wieder günstiger. Der Busfahrer selbst dürfe das aber nicht hören, Holger habe das mit dessen Chef vereinbart.

Mir kam die Sache etwas halbseiden vor, aber der Bus schien in Ordnung zu sein.

Jedenfalls war ich doch sehr froh, dass Linde nicht mit an Bord war. So müsste sie sich, wie Holger angekündigt hatte, noch ein bisschen gedulden, bis er die Zahlungen und Anzahlungen ausgerechnet, gegeneinander verrechnet hatte und so weiter. Es wirkte kompliziert, und ich wollte das auch gar nicht im Einzelnen nachhalten. Aber er schien die Buchhaltung auch nicht besser im Griff zu haben als seine Vorgänger. Und dann hatte er auch noch alle möglichen anderen Pöstchen übernommen und half hier und da aus. Über kurz oder lang lief er Gefahr, sich zu verzetteln, so sah es jedenfalls aus. Aber solange er sich Mühe gab …

Ach, Moment, die Schneckenzaun-Arie. Die war ja noch immer nicht ganz erledigt, obwohl der Zaun seit Wochen stand. Die Stornobestätigung vom Online-Gartenbedarf war prompt in meiner Mailbox gelandet, dazu ein Vermerk, der mich irritierte. Man hatte mir mitgeteilt, es sei keine Rückzahlung notwendig, da ja meine Bezahlung bei ihnen noch gar nicht eingegangen war. Deswegen war meine Bestellung auch nie abgeschickt worden. Aber wie konnte das sein? Ich hatte die Bestätigung von PayPal bekommen und die Abbuchung für den Schneckenzaun auf meinem Konto gesehen.

Irgendwas knirschte da, und zwar gewaltig und nachhaltig, denn ich hatte bisher keine Rückzahlung erhalten. Das fand ich ungewöhnlich. Es konnte nur an dem Shop liegen. Mal Holger fragen.

»Holger, ganz kurz, bevor ihr abfahrt. Ich hab was gekauft über ›Shop for us‹ …«

»Marie, das ist super! Weiter so. Es machen leider viel zu wenige mit.«

»Na klar. Mir geht's um was anderes. Ich musste was stornieren, das ich bestellt habe, und die Erstattung dauert ewig.«

»Oh ja. Ist mir auch schon passiert. Hab Geduld. Das ist ein total kleiner Laden. Kann halt sein, dass die ein bisschen überfordert sind. Ich hab das auch an Tims Klasse weitergegeben. Und wenn die jetzt auch alle zum Wohle des Vereins einkaufen, dann läuft denen das Auftragsbuch über. Mach dir keine Sorgen, wird schon. Ich frag nach, wenn wir zurück sind.« Und schon war er im Bus verschwunden.

Tja, dann – da konnte ich wohl jetzt nichts ausrichten. Ich winkte ein wenig schlapp hinterher und freute mich auf die Ruhe im Garten.

Doch weit gefehlt. Ich war nicht die Einzige, die den Ausflug schwänzte. Klar, dass Annabell und Isabell sofort ihr Extinction-

Rebellion-Übungscamp in die Kleingartenanlage verlegt hatten. Sturmfreie Bude sozusagen.

Als ich an ihrem Garten vorbeikam, schielte ich vorsichtig über die Hecke. Es sah sehr nach Abenteuerspielplatz aus. Ein etwa Zwanzigjähriger mit Dreadlocks war auf einen der hohen Bäume geklettert, hatte ein Tau an einem der oberen Äste befestigt und schwang nun Tarzan-artig über den Gärten hin und her. Und das offensichtlich nicht bloß aus Jux und Dollerei, wie ich zunächst wohlwollend angenommen hatte. Bei näherem Hinsehen erkannte ich, dass es ihm verdammt ernst war, damit von einem Baum zum nächsten zu gelangen. Der Plan bestand wohl darin, zu üben, wie man in luftiger Höhe großformatige Transparente anbrachte und entrollte. Mit »großformatig« meinte ich so etwas wie zwei mal fünf Meter. In diesem Fall war es nur eine alte Lkw-Plane, auf der noch der Aufdruck einer Spedition zu lesen war.

Dieser mächtige alte Baum war aber eben doch nicht der Düsseldorfer Fernsehturm, weder so hoch noch so glatt, und so hörte ich sie alsbald fluchen, weil sich das Ding sichtlich in ein paar Ästen verheddert hatte. Trotzdem war ich neugierig, wie ihre nächste Aktion aussehen würde.

Zu meiner Überraschung nahm auch Joe nicht am Ausflug teil. Er stand nämlich schweißüberströmt mit dem Spaten in der Hand vor seiner Laube und hob schwerfällig eine Hand. Wie immer lag bei ihm allerlei herum. Leere Blumentöpfe, Werkzeug, das er irgendwo schnell abgelegt und dann nicht mehr beachtet hatte. Er war das absolute Gegenteil von Claus und Linde.

»Danke noch mal für deine Hilfe mit dem Schneckenzaun, Linde war echt begeistert.«

Joe lächelte schüchtern. »Schon okay.«

»Warum bist du nicht mitgefahren nach Holland?«

»Was soll ich da? Meine Mutter stammt aus der Ecke, ich kenn da jeden Grashalm.« Er bückte sich, um weiterzuschaufeln. »Und auch jede Tulpenzwiebel.«

Aber ja, daran hatte ich gar nicht mehr gedacht.

»Außerdem ist das nicht so mein Ding. Blumen sind mir total egal. Mein Garten ist für was anderes da, weißt du doch.«

Ich nickte. »Und das, was du jetzt ausgräbst, das wird – was?«

»Belüftungsschacht«, verkündete er außer Atem.

»Erklär mir das doch. Ich lad dich auch auf eine Rhabarberschorle bei Linde ein.«

Joe richtete sich auf. »Oh ja! Lindes Rhabarbersirup ist legendär.«

So schnell, wie Joe den Spaten fallen ließ und sich den Dreck von der Hose geklopft hatte, konnte ich gar nicht gucken. Er war sogar früher an Lindes Gartentor als ich.

Als ich mit ihrer geliebten Keramikkaraffe und zwei Gläsern aus der Laube kam, war Joe an Lindes Werkzeugschuppen zugange. Keine Ahnung, warum, aber es störte mich. Was war an diesem Schuppen so interessant, dass ständig jemand meinte, darin herumsuchen zu müssen?

Ich war kurz davor, zu explodieren, als Joe freudestrahlend mit einem uralten, riesengroßen Winkelmesser auftauchte.

»Das leih ich mir aus, ja? Für den Schacht, dann muss ich nicht immer mit meinem Zollstock so …« Er fuchtelte mit den Händen herum, und ich nickte. »Danke, Marie. Ich wusste doch, dass Linde so was hat.«

Na gut, er hatte nett gefragt, und es gehörte zum guten Ton, dass man sich im Verein gegenseitig dies und jenes auslieh. Wieder versöhnt, stellte ich Schorle und Gläser auf den Tisch und ließ mich auf einen von Lindes alten Korbstühlen fallen.

»Puh! Was für ein Tag, ich bin jetzt schon total gebügelt. Linde hat mir einiges an Arbeit aufgetragen, in den Beeten und bei ihr zu Hause.« Ich schenkte uns ein und nahm einen kräftigen Schluck. »Ich komme nicht mehr zur Ruhe, weil, so ganz nebenbei hab ich ja auch noch einen Job, und Matthias kümmert sich im Haushalt um gar nix.« Warum klagte ich Joe, den ich gar nicht wirklich kannte, mein Leid? Aber er war wohl nur zur falschen Zeit am falschen Ort, und so musste er sich mein Lamento anhören. »Und weil echt Land unter war, hab ich ihm gestern aufgetragen, die Wäsche zu waschen. Das ist nicht kompliziert, sollte man denken. Aber Matthias hat nix anderes im Kopf als sein blödes Marathontraining. Wie der so nebenher seinen Job schafft, ist mir schleierhaft. Jedenfalls – was, denkst du, macht der? Lässt Waschmaschine und Trockner gleichzeitig laufen. Die hängen an ein und derselben Mehrfachsteckdose. Altbau, Mehrfamilienhaus. Muss ich mehr sagen?«

»Fuck.« Joe schien die Tragweite des Geschehens schneller verstanden zu haben als Matthias. »Kurzschluss?«

»In beiden Geräten. Das hat einen Mordsknall gegeben, sagt die Nachbarin. Sie behauptete, ihr wäre zwei Minuten das Herz stehen geblieben.«

»Kein Wunder, dass du fertig bist.« Er nickte mitleidig.

Und ich redete und redete. »Und das Beste kommt noch: Beide Geräte sind hin. Sind nun mal nicht die neuesten, aber vorher war nichts dran, und jetzt, wo die Kinder nicht mehr bei uns wohnen, laufen sie nicht mehr jeden Tag. Egal. Jedenfalls kostet uns diese nicht so lustige Explosion mindestens schlappe zweitausend Euro. Das ist für die Portokasse ein bisschen viel, ich meine, wir müssen Miete zahlen, haben unseren Sommerurlaub gebucht, die Rückflugtickets für die Kinder aus Kanada kosten auch nicht wenig … Aber warum erzähle ich dir das so ausführlich? Tut mir leid.«

»Marie, schon okay. Ich versteh das. Kommt halt vor. Hatte ich neulich auch. Bloß anders.« Joe trank in zwei beherzten Schlucken das Glas leer und schenkte sich großzügig nach. »Aber ich überleg gerade, ob das, was der Holger mir empfohlen hat, nicht auch was für dich sein könnte.«

»Was hat er dir empfohlen? Sicherheitssteckdosen? Der Elektriker –«

»Nee, ich meine ein Anlagekonzept. Geldanlage. Damit immer was da ist, für genau solche Fälle. Und der Holger, der kennt sich ja echt gut aus.«

Da durfte man gespannt sein. Dass Holger sich wirklich so gut auskannte, davon war ich mittlerweile sehr viel weniger überzeugt als Joe, der nicht zu stoppen war und mir in großer Ausführlichkeit und allen Details Anlagemöglichkeiten schilderte, bis mir der Kopf schwirrte. Es war wohl so etwas wie ein Geheimtipp. Holger hatte da auch Geld reingesteckt, seine halbe Familie sowie etliche Geschäftspartner und Joe inzwischen auch.

»Joe, entschuldige, es ist viel zu warm, um mir über so was Gedanken zu machen. Und ich hab im Moment so viel anderes ... Leider geht das sicher nicht so schnell, dass mir das bei unserem Waschmaschinenproblem weiterhelfen würde. Aber klar, Holger kann mir das gern mal mailen, ich besprech das dann mit Matthias, der ist bei uns für die Finanzen zuständig. Es eilt auch nicht, Matthias ist sowieso geschäftlich unterwegs.« Ich lehnte mich zurück und trank den Rest Rhabarberschorle. »Und was für ein Belüftungsdings gräbst du dir nun?«

»Schacht. Belüftungsschacht. Für den zweiten Keller. Wenn's dicke kommt, Dritter Weltkrieg und so, bin ich absolut katastrophensicher. Weil so, wie der Keller im Moment noch ist, würd ich nach einer halbe Stunde drin ersticken. Dann brauch ich noch eine Filteranlage, wozu sonst der Keller. Na ja, diese Anlagen sind heftig teuer, und mit Negativzinsen kann man schlecht sparen. Deswegen hab ich da was angelegt, was Holger mir empfohlen hat. Das entwickelt sich gut, Holger schickt mir immer Updates. Ich denk mal, so in einem Jahr kann ich das einbauen. Und dann ...«, Joe freute sich wie ein Kind, »... dann kann von mir aus kommen, was will: Atomunfall, Krieg, verseuchte Luft. Das ist dann die perfekte BOL.«

»BOL?«

»Bug Out Location. Mein Zufluchtsort. Ich hab schon das Zeug, Lebensmittel, Wasser und so, drin untergebracht, alles, was ich brauch, um so vier Wochen durchzuhalten.«

»Vier Wochen?« Ich schüttelte den Kopf. Joe hatte eine Meise. Oder? War ich eventuell leichtsinnig? Klar hatten wir auch einen zusätzlichen Kasten Wasser im Keller für den Fall, dass der Haupthahn kurzfristig abgedreht werden musste, aber sonst doch nichts. »Das musst du mir bei Gelegenheit mal zeigen.«

»Komm einfach mit.« Er stand auf, und ich trabte hinterher.

In seinem Garten zog er ein klappriges, selbst gebaut aussehendes kleines Gewächshaus über die Grube, die er eben gegraben hatte.

»Sieht man dann nicht so von weiter weg«, raunte er grinsend. Dann wurde er ernst. »Ich kann dir doch vertrauen, oder?«

»Klar.« Ich nickte und zeigte auf das Gewächshäuschen über der Grube. »Okay. Das ist der Belüftungsschacht. Wird ordentlich schmal, find ich.«

»Ja, geht so, ne? Nicht ganz 'n Meter mal 'n Meter. Zum Graben echt anstrengend, und wenn du drinstehst, wird's wahrscheinlich echt schmal, aber reicht mir.«

»Wie tief wird das?« Bislang hatte er nicht mehr als einen guten halben Meter tief gebuddelt.

»Zweieinhalb Meter. Muss ja.«

»Ist das denn okay, so tief zu graben?«

»Na ja, hier war halt ein Bombentrichter aus dem Zweiten Weltkrieg, der war nur provisorisch zugeschüttet. Und den hab ich als Grundlage genommen. Für den großen Keller auch schon. Gut verschalt und nässegedämmt, alles supidupi.«

»Echt, ein Bombentrichter? Ist das denn erlaubt, oder kriegst du Ärger, wenn das einer sieht?«

»Deswegen hab ich das Gewächshaus ja drüberstehen. Sieht keiner, und es regnet nicht rein.«

Joe führte mich in seine Laube. Wie bei Linde war unter zwei großen Bodenbrettern in der Küche ein kleiner Erdkeller eingelassen, ungefähr einen halben Meter tief. Eine Nachkriegserfindung aus Zeiten, als noch niemand einen Kühlschrank im Garten gehabt hatte. Darin wurden früher eingemachtes Obst, Gemüse und Kartoffeln gelagert. Der Unterschied zu Lindes Keller bestand zunächst in der Tiefe. Bei Linde kniete man sich auf den Boden und konnte die eingelagerten Sachen greifen. Vom Volumen her ungefähr wie ein normaler Kühlschrank, der auf dem Rücken lag.

Joe hatte sehr viel tiefer gegraben. Es gab einen Lichtschalter, der wahlweise an einen Generator oder ein Solar-Aggregat angeschlossen werden konnte, wie er mir stolz erklärte. Als das Licht anging, konnte ich das Ausmaß des Kellers erahnen. Eine Steckleiter führte in einen Raum hinunter, der fast so groß zu sein schien wie die Laube darüber, auch von der Raumhöhe schien er ähnliche Ausmaße zu haben. Ich sah ein Feldbett, einen gepackten Rucksack und ein Regal mit Konserven, Wasserflaschen und ebendem Generator.

»Hast du die ganze Laube unterkellert?«

Er hob die Schultern und grinste linkisch.

»Hält das denn?«

»Hab die Bodenplatten verstärkt, bin ja nicht lebensmüde. Unten muss ich nur noch die Verbindung zum Belüftungsschacht fertig machen …«

»Und dann?«

»Kann kommen, was will. Da kann mir keiner was, ich bin drinnen vollkommen sicher, und keiner findet mich, wenn ich das nicht will.«

»Wer etwa sollte denn …?«

Joe hob die Arme. »Wat weiß ich? Keine Ahnung, bloß so …«

Ich nickte und verabschiedete mich, ich hatte zu tun. Die halbe Stunde im Schatten mit Joe und der Schorle hatte gutgetan, aber auf mich wartete noch jede Menge Gartenarbeit. Linde sollte schließlich keinen Schock erleiden, wenn sie ihren Garten nach langer Zeit zum ersten Mal wieder betrat.

***

Joe hatte mir so viel von Holgers Finanzexpertise erzählt. Aber am Bus hatte ich eher den Eindruck gewonnen, dass Holger auch nur mit Wasser kochte. Nun wollte ich mehr wissen, nicht über sein Finanzierungskonzept, sondern ob es ihm gelungen war, Licht ins Dunkel der komischen Überweisungen auf dem Gartenvereinskonto zu bringen.

Ich loggte mich am Abend gleich ein – und erhielt eine Fehlermeldung nach der anderen. Ich kam nicht rein. Holger hatte wohl die Zugangsdaten geändert. Damit war klar, dass er sauer auf mich war. Andererseits hätte ich an seiner Stelle dasselbe gemacht. Schließlich hatte jemand im Konto herumgefuhrwerkt, und keiner, weder er noch ich, hätte gewollt, dass die- oder derjenige noch mehr Schaden anrichtete.

Bloß wer? Linde hatte nach ihrer »Abwahl«, wie sie es seit Neuestem immer nannte, wutentbrannt die Brocken hingeworfen und nichts mehr angefasst, was mit der Vereinsbuchhaltung zu tun hatte.

9

Der Tag war noch jung, halb neun morgens. Manchmal, wenn es mir wie heute gelang, früh aufzustehen, konnte ich vor der Arbeit noch richtig produktiv sein und ordentlich was wegarbeiten. Alles, was ich tagelang vor mir hergeschoben hatte, wie etwa die Rechnung vom Elektriker, den Kostenvoranschlag für neue Sicherheitssteckdosen und die jährliche Überweisung für die Autoversicherung.

Ich bemerkte, wie meine Laune schlechter wurde.

Mein Handy klingelte. Meine Laune besserte sich schlagartig. Bestimmt meine Freundin Friederike, wir waren locker für den Abend verabredet, sie wollte sich melden, wenn sie wusste, ob ihr eher nach Griechisch oder Indisch war.

Ich hoffte sehr auf Griechisch, lief in die Diele zu meinem Handy, drückte auf »Anruf annehmen« und rief ihr fröhlich ein *»Kaliméra«* entgegen.

»Holzmann. Frau Busch?«

»Oh. Äh, ja. Entschuldigung. Guten Morgen.«

Ich hörte Straßenlärm, offenbar war er in der Stadt zu Fuß unterwegs, sagte aber nichts mehr. Eine gute Gelegenheit, die Frage loszuwerden, die mir nach wie vor auf den Nägeln brannte.

»Ich brauche meine Feile. Wann bekomme ich die zurück? Ich dachte, der Fall wäre längst abgeschlossen.«

»Ich habe veranlasst, dass Ihnen das mutmaßliche Tatwerkzeug zugestellt wird, sobald geklärt ist, wie es an den Tatort gelangt ist. Zur Gerichtsverhandlung brauchen wir es dann zurück.«

»Und wann wird das sein? Glauben Sie denn selbst noch, dass ich die Feile vor dem Sankt-Nimmerleins-Tag zurückbekomme? Ich meine, das kann doch nicht so schwer sein, oder?« Ich kümmerte mich gar nicht mehr um Befindlichkeiten, sondern redete, wie ich wollte. Nach meinem Ausflug in Toms Laube hatte ich ohnehin nichts mehr zu verlieren, auch nicht bei Holzmann. Ob er wohl darüber informiert worden war?

Wie Koray, so besaß auch Holzmann die Fähigkeit, solche Dinge einfach an sich abgleiten zu lassen. Und überhaupt nicht auf meine Frage einzugehen. Ich persönlich wäre wahrscheinlich ziemlich ungehalten gewesen, wenn mich jemand so angeblafft hätte.

Fast hätte ich mich entschuldigt, doch Holzmann hatte bereits das Thema gewechselt. »Ich muss Sie noch einmal ein paar Dinge fragen. Treffe ich Sie in der Schlosserei an?«

»Ich bin auf dem Weg.« Ich hatte ein bisschen gelogen, aber ich wollte eben losgehen.

»Gut. Ich treffe Sie dann dort.« Und damit legte er auf. Hallo?

***

Als ich von der Klever Straße in die Schwerinstraße einbog, stand er schon vor mir, mit einem Blick, als ob er sich fast freute, mich endlich einmal wiederzusehen.

»Ich würde Sie gern ein paar Dinge zu Alina Horn fragen. Darüber, wie Ihr Verhältnis gewesen ist. Wir haben eine Aussage dazu, dass das Verhältnis nicht ungetrübt gewesen sein soll. Ein paar Hintergrundinformationen dazu wären schön. Wir müssen das auch nicht direkt besprechen. Wenn Sie Zeit hätten …«

Es war noch früh, ich hatte mich zwar mit ein paar Erledigungen beschäftigt, aber trotzdem nur eine einzige Tasse Kaffee intus, bei seinem Anblick jedoch war ich schlagartig auf hundertachtzig. »Wieso? Ich dachte, der Fall ist abgeschlossen? Und wie ich hörte, war Alina Horn nicht die Tote. Warum reiten Sie immer noch darauf herum? Und was wollen Sie eigentlich noch von mir?«

Er öffnete den Mund, wurde leicht rot – aber bevor er mir einen Wutausbruch entgegenschleudern konnte, redete ich lieber weiter.

»Ich habe in den letzten Jahren nur selten Kontakt zu Alina Horn gehabt.«

Er beruhigte sich zusehends, wirkte fast ein bisschen enttäuscht. »Und das, obwohl Sie doch früher ein recht enges Verhältnis gehabt haben, wie ich gehört habe.«

Was hatte der denn gehört? Warum? Schnüffelte er hinter mir her?

»Alina ist fünfzehn Jahre jünger als ich.«

Keine Reaktion. Er ließ sich nicht provozieren.

»Ich war ihre Babysitterin, als ich studiert habe. Stundenlang habe ich ihr vorgelesen, ihr das Fahrradfahren beigebracht. Und später hab ich ihr Nachhilfe in Physik gegeben. Eines Tages ist der Kontakt dann ein bisschen eingeschlafen, das ist doch normal. Wir haben uns gegenseitig zum Geburtstag gratuliert und Weihnachtskarten geschickt, das war's in den letzten Jahren.«

»Und sonst haben Sie sich nie getroffen?«

»Nein.«

»Nun, ich hörte, es habe bei Ihrer Tante im Garten einen Streit gegeben vor ein paar Jahren.«

»Hm, ja. Wer hat Ihnen denn das erzählt?«

»Der Rechtsbeistand des Angeklagten hat das offenbar herausgefunden.«

»Der Strafverteidiger? Dieser junge Schnösel?« Ich konnte mir denken, welche Klatschtante ihm das erzählt hatte. Außer Jupp und Linde wusste nämlich nur Ulla davon.

»Na gut. Hin und wieder haben wir uns zufällig in den Gärten gesehen, aber wenig miteinander geredet. Einmal hab ich mich mit ihr gestritten, aber echt nicht ernsthaft. Es ging darum, dass ich ihr ein paar Jugendbücher von mir geliehen hatte, als sie so vierzehn, fünfzehn war. Und die wollte ich gern zurückhaben, als meine Kinder so alt waren. Als ich dann erfahren habe, dass sie die bei eBay verkauft hat, bin ich sauer geworden. Das waren Bücher, an denen mein Herz hing, mit Widmung von Linde, meiner Patentante. Alina hat sich entschuldigt und zwei der

Bücher für meine Kinder nachgekauft und ihnen geschenkt. Damit war's auch gut.«

»Sagen Sie.«

»Sage ich. Und wenn Sie Alina Horn fragen würden, würde sie das bestätigen.«

»Könnten Sie sich ein Suizidmotiv vorstellen?«

Was sollte das werden? »Für Alina? Nein, gar nicht. Und unser Streit von vor fünf Jahren war wirklich nicht gravierend.«

Ob ihm das als Aussage reichte, konnte ich nicht einschätzen, aber ich war angefressen und ließ ihn einfach stehen.

Wie überfahren schlich ich zur Schlosserei. Das war bestimmt nicht der Tagesanfang, den ich mir erhofft hatte. Wenn das auf die Woche ausstrahlte, dann gute Nacht.

Warum behandelte mich Kommissar Holzmann immer noch als Verdächtige? Er war wie ein Eichhörnchen, das überall winzig kleine Nüsschen ausgrub und mit seinem Fund prahlte.

Obwohl, nein. Er überprüfte nur das, was der Strafverteidiger angeblich zutage gefördert hatte. Was wollte der? Mich für den Tod eines Menschen verantwortlich machen, den ich nicht kannte, und dazu noch für Alinas Verschwinden? Wegen der Bücher war ich sicher nicht so wütend, dass ich ihr Jahre später eine Feile über den Kopf gezogen hätte, und sie war auch nicht so am Boden zerstört gewesen, dass sie sich deswegen umgebracht hätte. Warum wühlten sie ständig in diesen ollen Kamellen, statt sich eingehender damit zu beschäftigen, wer dem armen Claus was ins Bier geschüttet hatte? Und wer Lindes Leiter manipuliert hatte, das sollte man ja auch nicht unter den Tisch kehren.

***

Das einzig Positive an diesem Tag war, dass sich Friederike für griechisches Essen entschieden hatte und »den neuen Griechen auf der Oststraße« ausprobieren wollte. Sie hatte nur noch für achtzehn Uhr einen Tisch bekommen, was zu spät war, um unmittelbar nach der Arbeit hinzuradeln, und zu früh, um noch zwischendurch etwas Produktives zu erledigen.

Nach einem sonnigen Tag in der stickigen Schlosserei entschied ich mich spontan, sofort loszufahren, aber mit einem entspannten Umweg durch den Hofgarten. Ich radelte hin und her und um den Teich herum – und sah plötzlich Joe aus einem Seitenweg kommen. Ich erkannte ihn an seinem fettigen Zopf. Statt der grottenhässlichen Garten-T-Shirts trug er zur ehemals schwarzen Jeans ein orange-ockerfarbenes Kurzarmhemd. Nichts gegen kräftige Farben, aber für manche brauchte man den entsprechenden Teint. Den hatte Joe leider gar nicht.

Er kam von der Seite auf den asphaltierten Hauptweg und blickte sich in alle Richtungen um. Er sah mich nicht oder erkannte mich nicht mit dem Fahrradhelm. Suchte er jemanden, oder wollte er sichergehen, dass er niemanden traf, den er kannte? Hatte er nicht neulich erzählt, in seinem Keller würde ihn niemand finden? So redete doch nur jemand, der sich verstecken wollte.

Aber aus welchem Grund? Hatte Joe etwas zu verbergen? Wie gut kannte ich ihn? Was war er für ein Typ, und waren seine kruden Weltuntergangstheorien wirklich harmlos? Er beschäftigte sich mit Geld und Geldanlagen, hatte aber offensichtlich nicht allzu viel. Welches Geheimnis verbarg Joe?

Ich wollte es wissen. Und ich hatte noch reichlich Zeit, bis zur Oststraße brauchte ich maximal fünf Minuten.

Joe verschwand im Gebüsch. Was hatte er nur vor?

Ein paar Meter weiter kam er schon heraus. Hatte er den dunklen Beutel vorher auch schon in der Hand gehabt? Dann bog er wieder ein ins Dickicht, zuvor schaute er mehrmals über die Schulter, so als ob er nicht gesehen werden wollte.

Ich fuhr langsamer, trödelte um eine ältere Dame mit Rollator herum, wurde beinahe von einem Dreijährigen auf einem Laufrad umgefahren – und blieb stehen.

Da war er! Er hatte eine Abkürzung genommen. Während ich noch unten am brackigen Hofgartenteich stand, war Joe bereits oben auf der freien Fläche in Richtung Theatermuseum unterwegs. Er ging schneller.

Joe hatte mir erzählt, dass er im Dreischeibenhaus arbeite, beim großen Pauschalreiseanbieter flytours. Und von dort aus waren es höchstens zwei Minuten zum Hofgartenteich. Bei flytours machten die sicher keine Nachtschicht, er musste schon Feierabend haben.

Ich fuhr um den Teich herum und bremste am »Monumento«, der riesigen, rostigen Skulptur von Eduardo Chillida. Daran konnte ich mich nicht sattsehen, es war ein Geschenk, dass dieses Kunstwerk mitten in Düsseldorf aufgestellt war und ich es anschauen konnte, wann immer ich wollte.

Joe blickte sich um. In meine Richtung! Was, wenn er mich entdeckte?

Mein Impuls war, mich sofort und auf der Stelle unsichtbar zu machen. Doch wie?

Hektisch ließ ich meinen Blick schweifen – und beruhigte mich schnell. Ich war schließlich nicht allein im Hofgarten. Es war früher Abend, Feierabend, viele Leute waren unterwegs. Einige gingen ins Theater, andere kamen aus den Kaufhäusern der Schadowstraße, etliche Anzug- und KostümchenträgerInnen kamen aus den Banken und Kanzleien auf der nahen Kö.

Ich beschloss zu bleiben, wo ich war. Wo hätte ich mich auch verstecken sollen auf dieser großen freien Fläche. Und: Ich liebte dieses Kunstwerk und fuhr manchmal extra hierher, um es mir anzuschauen. Allenfalls hätte ich mich auf eine Bank setzen können, vorn auf dem Grünstreifen, auf der anderen Seite der Straßenbahnschienen. Aber da saß schon jemand. Ich setze mich ungern zu wildfremden Leuten auf eine Bank.

Wobei ... Der Typ, der sonnenbebrillt auf seinem Handy spielte, war mir nicht wildfremd. Es war Koray! Aber auch er war heute anders gekleidet als sonst. In Anzughose mit Lederschuhen und hellblauem Button-down-Hemd sah er aus wie die anderen Büro-Ameisen auch. Einen Arm hatte er lässig über die Rückenlehne der Bank gehängt, in der Hand einen Coffeeto-go-Becher, mit der anderen hielt er sich das Handy vors Gesicht. Und er bemerkte auch gar nicht, dass ich näher kam, war komplett absorbiert von diesem Ding. Wie ein Teenager.

Ich wollte schon auf dem Absatz kehrtmachen, schließlich war er der letzte Mensch, neben dem ich auf einer Parkbank sitzen wollte, dachte dann aber, dass ich die Situation ausnutzen könnte, um meine eigenen Nachforschungen voranzutreiben. Er pflanzte sich schließlich selbst auch nach Belieben in meinen Garten, um hinter Tom Ziegler herzuermitteln.

Ich ging hinüber und blieb ein Stück entfernt vor ihm stehen. »Na, was machst du denn hier?«

Ohne den Kopf zu bewegen, winkte er ab. »Sekunde.« Er wies auf den Platz neben sich.

Also hatte er mich doch bemerkt. Ich setzte mich und sah, dass Joe an einem Fahrradständer angekommen war und sein Rad aufschloss. Er stieg auf und fuhr los.

Erleichtert atmete ich auf. Joe hatte mich nicht gesehen.

Warum war ich überhaupt erleichtert? Das hier war öffentlicher Raum, jeder konnte sich dort aufhalten. Auch ich. Und was Koray betraf: Ich spürte, dass mein Groll ihm gegenüber nachgelassen hatte. Wir waren noch nicht quitt, konnten aber – von mir aus – gern wieder normal miteinander reden. Ob das von ihm aus auch so war …?

Ich sah zu Koray hinüber. Er spielte gar nicht am Handy. Er redete fast pausenlos, leise und unverständlich, wahrscheinlich türkisch, aber er telefonierte auch nicht, es sah bloß so aus. Es sollte bloß so aussehen. Sein Blick war auf den Bildschirm geheftet, er hatte die Fotofunktion geöffnet und sah quasi hinter sich. Schräg hinter ihm, hinter uns, lag der Teich – und ein Lokal mit vielen Tischen draußen. Wer saß denn da wohl Interessantes?

Ich traute mich nicht, mich umzudrehen, denn ich wollte ihm ausnahmsweise nicht in die Parade fahren.

Ein paar Minuten saßen wir nebeneinander, dann sagte jemand aus dem Handy: »Das war's. Bis morgen.«

Koray schaltete das Handy aus, nahm die verspiegelte Pilotenbrille ab und sah mich fröhlich an. »Hi.«

»Grüß dich. Wem guckst du denn hinterher?«

Wenn er gewollt hätte, hätte er den Scherz aufgreifen und mir Blödsinn erzählen können. Aber er wollte nicht. Er sagte gar nichts.

»Hallo? Ich hab dich was gefragt.«

»Fragen, die ich nicht beantworten will, habe ich nicht gehört.«

»Bringen sie euch das in der Polizeischule bei? Der Holzmann macht das auch so.«

»Hm.« Er sah zur Skulptur hinüber, betrachtete sie eingehend. »Ich komme mit dem Chillida irgendwie nicht klar.«

Immer diese abrupten Themenwechsel! Ich wollte ihn auch ein bisschen aus seinem selbstgefälligen Takt bringen: »Aber vielleicht interessiert dich ein Zitat von ihm: ›Unser Wissen ist niemals umfassend – verbirgt doch das Wohlbekannte in seinem Inneren das Unbekannte.‹«

»Oh, das ist gut. Obwohl ich trotzdem Mack besser finde.«

Gut gekontert, ich staunte und wollte wissen, ob er bluffte. »Die Raumkeile oder den Dreisegelbrunnen?« Beide Skulpturen von Heinz Mack standen gar nicht weit entfernt ebenfalls in der Düsseldorfer Innenstadt.

»Den Brunnen natürlich.«

Ich konnte ihn verstehen. Wasser und Metall spielten so viel mehr mit dem Licht als der bloße Granit der Raumkeile. »Seit wann kennst du dich mit Kunst aus?«

»Schon länger, Marie. Zwar nicht so gut wie du, aber ein bisschen. Ich gehe gern ins Museum.«

»Ernsthaft?«

»Jahaaa. Ich habe lange in einer WG gewohnt, und eine meiner Mitbewohnerinnen hat Kunstgeschichte studiert. Zeitweise war die mit einem Maler zusammen, der an der Kunstakademie war. Unsere WG wusste immer über die nächste Ausstellungseröffnung oder Vernissage Bescheid.«

Ich grinste. »Billiger Wein und pappige Häppchen?«

»Man merkt, du bist vom Fach. – Nein, im Ernst, ich war anfangs oft peinlich unwissend. Und ihr Künstler könnt ziemlich arrogant sein. Also hab ich mir was draufgeschafft. Und mich so durchgeschlagen …«

»Um Kunststudentinnen anzubaggern?«

»Könnte sein.« Koray sah mich verschmitzt an. »Aber im Lauf der Zeit habe ich gelernt, worum es bei der Kunst geht. Irgendwann habe ich gemerkt, dass mich das sogar interessiert. Und heute kommt es mir zugute, dass ich ungefähr abschätzen kann, was die Sachen wert sind, die die Leute an der Wand hängen oder im Garten stehen haben. Selbst dann, wenn es Fälschungen sind.«

»Stimmt, gute Fälschungen können richtig teuer sein, Skandale hat es schließlich schon genug gegeben. Und das fällt auch unter Wirtschaftskriminalität?«

»Klar. Wenn das jemand im größeren Stil macht und wenn Museen betrogen werden. Da, wo viel Geld für etwas bezahlt wird, das so tut, als wär's was anderes, ist das was für uns.« Breites Grinsen. »Für mich.«

»Und wir vertragen uns wieder?«

»Klar, hat sich ja alles in Wohlgefallen aufgelöst. Auf dem Überwachungsvideo war mein Name nicht zu hören, weil einer der Beamten im richtigen Moment geniest hat. Marie, ich sag mal, du hast unverdient viel Glück gehabt.«

Zuerst war ich sprachlos, dann lachte ich mit ihm zusammen. Und ich war schon froh, dass wir eine neue gemeinsame Ebene gefunden hatten.

»Wo ich dich aber schon mal hier hab, kann ich dich auch was fragen. Holzmann hat mir heute Morgen auf dem Weg zur Arbeit aufgelauert. Er sagt, dass der Strafverteidiger das mit der Toten vom Rheindeich einfach nicht akzeptieren will. Weißt du Näheres?«

Koray schüttelte den Kopf. »Ich weiß nur, dass der Typ, der anfangs quasi gestanden hat, sich jetzt an nichts mehr erinnern kann und dass die Tote eine Obdachlose war, die vorher oft in der Hafengegend gesehen wurde.«

Sie konnte dann nicht Michas Freundin sein. Zum Glück. Ich war erleichtert, aber nicht ganz. »Und der Holzmann fragt mich, ob sich Alina selbst umgebracht haben könnte.«

»Wirklich?«

»Ob sie ein ›Suizidmotiv‹ gehabt hat.«

»Ah! Also … es ist rein hypothetisch, was ich jetzt sage, ja?«

Ich nickte.

»Gut. Es könnte theoretisch sein, dass Alina Horn spurlos verschwunden ist. Es könnte theoretisch auch sein, dass Alina Horn ihren eigenen Tod vorgetäuscht hat, um warum auch immer ein neues Leben anzufangen. Und dabei könnte sie möglicherweise Hilfe aus Gärtnerkreisen gehabt haben.«

»Ziemlich viele Konjunktive. Aber wo ist sie dann? Und wer postet Fotos in ihren Insta-Account?«

»Holzmann auf keinen Fall. Aber ich hab mir das angesehen, das ist so unpersönlich, das könnte jeder gepostet haben, der sich zu ihrem Account Zugriff verschafft hat. Kein einziges Bild von ihr.«

»Neuerdings vielleicht. Aber ihre ganzen alten Urlaubsbilder sind doch noch drin. Alina ist echt eine andere Generation als ich. Seit Jahren aus jedem Urlaub, von jeder Party, von jedem Sonnenuntergang ein Bild. Auch Sachen, die ich nie jemandem gezeigt hätte. Frühmorgens nach einer Party mit Waschbäraugen … Oder im knappsten Bikini irgendwo am Strand.«

»Dann hat sie vieles gelöscht. Ein paar nichtssagende Bilder sind drin, von ein paar Sonnenuntergängen am Rhein oder von vor ein paar Jahren in den USA, aber nirgendwo ein Gesicht. Und auch kein Bikini mehr zu sehen.«

»Bist du enttäuscht?«

»Klar.« Er lachte sich kaputt über mein entsetztes Gesicht. »Sie hat auch nicht sonderlich viele Follower.«

»Kannst du eigentlich in ihren Account reingucken und sehen, ob sie sich einloggt?«

»Leider nein. Das kann nur Instagram selbst. Jedenfalls solange es keinen zwingenden Grund gibt, dass die Polizei Nachforschungen anstellt. Wenn Alina Horn aber einer Straftat verdächtig ist oder als vermisst gemeldet wird, bekommen wir freundlicherweise Zugang zu solchen Informationen. Ansonsten steht uns der Datenschutz im Weg.«

»Hm …« Ich überlegte. Grundsätzlich war ich durchaus und immer für den Schutz meiner Daten, hier aber tat sich eine Prinzipien-Grauzone auf. Offensichtlich nicht nur für mich.

»Na, ich würd auch schon gern wissen, was sie von Ziegler weiß, zum Beispiel. Da fällt mir ein: Wann hast du Ziegler zuletzt gesehen?«

»Das ist eine Weile her, vor ein paar Wochen, ganz genau weiß ich es nicht mehr. Du wirst es nicht glauben, aber er hat mich fast über den Haufen gefahren. Ist mit seinem Porsche aus seiner Ausfahrt raus, scharf abgebogen und mit Vollgas die Straße runter.«

»Vollgas? Reifenquietschen?« Koray grübelte.

»Na ja, vielleicht nicht Vollgas, aber jedenfalls zu schnell für diese Straße.«

»War der Wagen beladen?«

»Keine Ahnung? Woher soll ich das wissen? Ich hatte keine Chance, reinzugucken. Außerdem hat der getönte Scheiben.«

»Aber ihn hast du gesehen?«

»Ja, er hatte das Fenster runtergedreht und hat im Fahren den Außenspiegel ausgeklappt. Er hatte ’ne Sonnenbrille auf und einen weißen Hoodie an. Vielleicht wollte der zum Sport. Oh, warte!« Ich sah auf meine Uhr. Achtzehn Uhr sieben. »Mist, wir haben uns verquatscht. Ich muss los, Friederike wartet.«

Juni

Men don't protect you anymore.

Jenny Holzer, »Truisms«

1

Vielleicht war es nur Gruppenkoller, vermutete ich zuerst, nachdem sie bei der Besichtigung der Gärten so dicht aufeinandergehockt und mehr Zeit miteinander verbracht hatten als geplant. Aber wie sich bald herausstellte, war bei der Fahrt einiges schiefgelaufen. Und das war ihnen so peinlich, dass keiner darüber sprechen wollte. Die Informationen waren tröpfchenweise durchgesickert. Ich reimte es mir dann zusammen, den Rest erzählte mir haarklein Ulla.

Erstens war Holger, statt wie die anderen mit dem Bus zurück nach Düsseldorf zu fahren, an den Schaugärten von seiner Frau mit dem Familien-Pkw abgeholt worden, dann war Familie Schwahn zu Marijkes Eltern abgebraust, um dort das Wochenende zu verbringen. Das sorgte durchaus für ein paar Irritationen. Immerhin war Arnheim von Düsseldorf aus nur eine Autostunde entfernt. Holger jedoch erklärte denen, die abfahrtbereit im Bus saßen, seine Kinder hätten am Brückenfreitag schulfrei und man wolle das schöne Wetter nutzen, um Marijkes holländischer Mutter ein bisschen in deren Garten zu helfen.

Gesagt, getan. Als dann die Reisegruppe am späteren Abend in Düsseldorf angekommen war, wollte der Busfahrer bezahlt werden. Er sei angewiesen, den Fahrpreis in bar und bei der Rückankunft zu kassieren.

Nun staunten die Pappelwäldler nicht schlecht, denn man war davon ausgegangen, dass Holger das selbstverständlich bei der Ankunft in den Schaugärten geregelt hatte. So war es abgemacht gewesen, und dafür hatte er schließlich das Bargeld eingesammelt.

Ulla regte sich furchtbar auf, fühlte sich vom Busfahrer übers Ohr gehauen. Unser Immobilienpapst Ingo versuchte es wohl zunächst mit Diplomatie, hatte sich dann aber offensichtlich so in die Sache hineingesteigert, dass er nur mit Mühe daran zu hindern gewesen war, auf den Busfahrer loszugehen, der doch nur sein Geld wollte. Marek und Hendrik hatten ihn mit körperlichem Einsatz zurückhalten müssen, damit er dem Busfahrer nicht an die Gurgel ging.

Das Problem, warum man ihm nicht einfach sein Geld gab, war, dass erstens Holger das Bargeld hatte, zweitens Holgers Handy auf stumm geschaltet und er nicht erreichbar war und sich drittens die zusammengekratzte Barschaft der gesamten Reisegruppe auf nicht mehr als hundertsiebenunddreißig Euro sechsundsechzig belief und der Busfahrer natürlich kein EC-Gerät in der Tasche trug. Man hatte in Holland im Shop der Schaugärten ordentlich zugeschlagen und stand mit Tüten beladen vor dem Bus. Alle, ausnahmslos alle waren begeistert gewesen, hatten so viele neue Ideen zur Gestaltung ihrer Gärten bekommen, dass jeder ordentlich eingekauft hatte: von Samentütchen über meterhohe Bäumchen bis hin zu Spalieren und in einem Fall tatsächlich sogar vier Gartenstühle im Sonderangebot.

Der Busfahrer wollte nicht einmal so lange warten, bis einer bei der Bank Geld abgehoben hatte, sondern hatte bereits die Polizei verständigt und pochte seelenruhig und schmerbäuchig darauf, sofort und auf der Stelle seine etwas über tausend Euro ausgehändigt zu bekommen.

Ich fand nur, dass das im Nachhinein ziemlich gewagt war, die Polizei zu rufen, wenn man einen Sondertarif gegen Barzahlung ausgehandelt hatte.

Die Motorradpolizistin, eine resolute Mittdreißigerin mit einem leuchtend roten Kurzhaarschnitt, zeigte jedenfalls Mediatorenqualitäten. Sie hatte die Streithähne getrennt, jede Aussage einzeln zu Protokoll genommen. Es hatte gedauert … Und dann hatte sie den Busunternehmer angerufen. Der hatte zähneknirschend bestätigt, dass eine Barzahlung in ebendieser Höhe vereinbart worden war. Und wenn Barzahlung auch nicht unbedingt gängige Praxis war, so war sie doch nicht rechtswidrig. Im Endeffekt wurde der Busunternehmer noch einmal aus dem

Bett geklingelt, man einigte sich telefonisch, dass das Unternehmen dem Verein eine Rechnung schicken und Holger dann die Überweisung machen würde. Diese Aktion musste bis kurz vor Mitternacht gedauert haben, und sämtliche Beteiligten waren, so wurde mir erzählt, entsprechend mürbe.

Das wurde mir zwar nur so zugetragen, ich hörte es also bloß aus zweiter Hand, aber die Schilderungen waren zum Teil so eindrucksvoll bildhaft, dass ich das Gefühl hatte, dabei gewesen zu sein.

Zusätzlich war eine ziemliche Missstimmung aufgekommen, weil die Töchter des Lehrerpaars Frauke und Hendrik zwar auf Wunsch ihrer Eltern bei Extinction Rebellion ausgestiegen waren, die Aktivistenlaufbahn jedoch mitnichten an den Nagel gehängt hatten. Statt sich Greta-mäßig nachmittags mit einem Pappschild in die Fußgängerzone zu stellen und die Weltöffentlichkeit freundlich über die Klimakrise aufzuklären, waren die Mädchen dem Lockruf eines durchaus ansehnlichen jungen Mannes namens Jonas gefolgt, der seit seinem Abitur im vergangenen Jahr in einem Baumhaus nahe dem Braunkohletagebau residierte. Die neue Mission von Annabell und Isabell war nun: die Dörfer am Rande des Tagebaureviers zu erhalten, zu demonstrieren und möglichst viel Zeit dort zu verbringen. Des Klimas wegen, der Dörfer wegen – und wahrscheinlich auch wegen Jonas.

Das hätte sicher keine Auswirkungen auf den Kleingartenverein gehabt, wenn Jonas nicht die brillante Idee gehabt hätte, ein »Skillshare-Wochenende« im Garten von Frauke und Hendrik abzuhalten. Ohne deren Wissen, versteht sich, und zeitgleich mit der Hollandfahrt. Der Plan war gewesen, die Mädchen mit den notwendigen »Skills« auszustatten, die man fürs Leben im Baumhaus benötigte und die Jonas bereits besaß und zu sharen gedachte: am Seil klettern, damit man überhaupt ins Baumhaus kam, Banner malen, essbare Wildkräuter sammeln und so weiter.

Jonas hatte noch einen Kumpel mitgebracht sowie etliches an Ausrüstung. Das Material war quasi im selben Moment angeliefert worden, wie der Bus in Richtung Holland abfuhr. Den rostigen, behelfsmäßig zum Camper umgebauten Lieferwagen hatte ich oben an der Straße parken sehen. So ein Fahrzeug fiel natürlich auf in Oberkassel, das nicht nur als bevorzugte Wohngegend gilt, sondern auch als wohlhabendes Stadtviertel. Ich hatte mir aber nichts dabei gedacht, denn erstens kannte ich nicht alle Gartenpächter aus Lindes Verein, zweitens gab es nebenan zwei weitere Vereine, und drittens parkte am Wochenende Hinz und Kunz aus Düsseldorf und Umgebung am Rheinufer, um dort den Hunden freien Auslauf zu lassen.

Gehämmer und lautes Rufen hatte ich aus Fraukes und Hendriks Garten natürlich gehört, klar, wie auch nicht. Ich hatte auch den kletternden und am Seil schwingenden Jonas mit seinen dunklen Dreadlocks gesehen. Bloß war ich halt nicht gucken gegangen, wie Linde und Ulla das vielleicht getan hätten. Mehrmals wären sie rübergegangen. Und dann hätten sie die Mädchen zur Rede gestellt, ob das so mit den Eltern abgesprochen und ob das denn erlaubt und rechtens sei. Was in einem Kleingarten erlaubt war und was nicht, das wussten die beiden sowieso besser als ich.

Was Ulla und Linde gesehen hätten, ich aber nicht, weil ich schlicht nicht so neugierig war und anderes zu tun gehabt hatte, war ein Baumhaus, das schräg oberhalb der Laube von Frauke und Hendrik entstanden war. Nicht etwa so ein Baumhaus, wie es die Kinder von Marek und Janina hatten, ungefähr anderthalb Meter hoch, mit rotem Plastikgeländer und eben so viel Platz, dass zwei Vierjährige nebeneinanderstehen konnten. Nein, was die Aktivisten dort skillsharend gebaut hatten, wirkte dauerhafter. Es hatte ein Dach und Platz für eine Luftmatratze für mindestens zwei erwachsene Menschen. Ein Schelm, wer Böses dabei denkt. Welche weiteren Skills Jonas außer dem Klettern und Baumhausbauen mit Isabell und Annabell geteilt hatte, war nicht überliefert. Zumindest nicht an mich.

Frauke und Hendrik waren jedenfalls der Meinung, die Daheimgebliebenen, wie ich und Joe oder aber Mareks Schwiegermutter, hätten dem Treiben Einhalt gebieten sollen. Wer jedoch war ich, mich in das Erziehungskonzept anderer Familien einzumischen?

Beim Baumhaus war es – wie zu befürchten – nicht geblieben. Man hatte für die nächste Demo Banner und Transparente angefertigt. Große Banner und große Transparente, die Aufschrift jeweils gesprayt, Transpis im Aktivistenjargon.

Mindestens einer der vier jungen Aktivisten schien kein wahrer Künstler an der Spraydose gewesen zu sein, jedenfalls war einiges danebengegangen. Überhängende Buchstaben zierten nun sowohl die Laube, die frisch gestrichene Tür wie auch Fraukes geliebten Rhododendronstrauch. Seitlich an der Laube entlang und über den Eingang zu Hendriks geheiligter Werkzeugkammer hinweg hatten die vier aus der Not eine Tugend gemacht und das »n!«, das auf dem Plakat keinen Platz mehr gefunden hatte und nun auf der Tür leuchtete, um den Anfang der Forderung ergänzt: »Alle Dörfer bleibe«, prangte nun in Knallrot auf der Laube, die Frauke letzten Sommer neu in Lichtblau gestrichen hatte. Das dazugehörige »n« stand am Ende mit etwas Abstand und ein bisschen zu hoch auf der Tür.

Laube und Tür konnte man überpinseln, aber den Rhododendron? Der Strauch hatte zwar nur mehr oder weniger dicke Sprengsel abbekommen, aber aufgesprühte Farbe war schließlich ein Fremdkörper, auch wenn ich Graffiti sonst mochte. Und Rhododendren zählten allgemein doch zu den schönsten Blütensträuchern, die man so haben konnte. Ab einer bestimmten Größe stellten sie sogar eine echte Wertanlage dar. Anspruchsvoll, was den Boden betraf, waren sie aber schon. Auch pflegeintensiv: Regelmäßig düngen und spezielle Rhododendronerde, drum herum die Erde lockern, sagte auf jeden Fall Linde. Immerhin war der Standort am Rheindeich nahezu ideal, denn durch die Nähe zum Grundwasser und die tiefe Lage war es in den Rheinauen gleichmäßig feucht.

Wenn auch der bevorzugte Nachbar des Rhododendrons eine Kiefer war, von denen es in der gesamten Kleingartenanlage keine einzige gab, war Fraukes Prachtstück auch mit dem leichten Schatten zweier Birken und der Pappel am Weg sehr zufrieden. Sie hegte und umsorgte ihren Strauch jedes Wochenende mit heiligem Ernst, zupfte verblühte Blüten ab und verteilte Unmengen von Rhododendronerde. Und nun das.

Die rote Farbe, Typ Feuerwehr, biss sich leider sehr mit dem Pink der Blüten. Das störte den sonst so gewohnt harmonischen Anblick. Ob sich der Schaden nicht nur optisch, sondern auch biologisch auswirken würde, war noch abzuwarten.

Dass ich das Frauke gegenüber auch so aussprach, war dann nicht so klug gewesen. Meine Chancen, jemals eine gute Freundin von ihr zu werden, lagen nun danach bei kurz vor null. Damit konnte ich zwar leben, aber die Zickereien zwischen Ulla und Linde waren schwer erträglich. Linde beschuldigte Ulla, die von ihr noch vor dem Sturz ausgepflanzten Dahlien während ihrer Bettlägerigkeit vernachlässigt zu haben. Diese Pflanzen benötigten doch so viel Liebe und Pflege! Und nun, als sie so vor sich hin mickerten, war die Schuldfrage für Linde schnell geklärt.

Ulla hingegen erzählte dem halben Verein, Linde hätte keine Ahnung, wie man mit Rosen umzugehen hatte. Ausgerechnet Linde, deren ganzer Stolz ihre Rosen waren! Als Ulla im vergangenen Sommer mit Rolf zur Kur in Bad Oldesloe gewesen war, hatte sie Linde mit der Pflege ihrer teuren Edelrose betraut. Und was war passiert? Sie war voller Läuse gewesen, als Ulla erholt zurückkam, aber dafür konnte Linde nun wirklich nichts, denn sie hatte sogar ihre kostbare, selbst angesetzte Brennnesseljauche verwendet, um sie zu düngen. Anscheinend war der Rose aber eher danach gewesen, sich mit kleinen Freunden zu schmücken. Ulla wusste es besser und sagte, sie hätte die Rose damit besprühen sollen, statt nur zu düngen. Linde und Ulla sprachen deshalb mehrere Tage nicht miteinander und litten beide still vor sich hin. Doch schon am folgenden Wochenende hatten sie sich tränenreich wieder vertragen.

Das Ende vom Lied aber war, dass jede Familie allein vor sich hin grillte und Holger wohl noch in Holland war, denn in seinem Garten blieb es ruhig. »Allein« zu grillen hieß aber nur, dass jeweils kein Gartennachbar eingeladen war. Ansonsten hatten alle die Hütte voll. Klar, es war Anfang Juni, schönes Wetter, ein langes Wochenende nach dem nächsten. Da luden die Gartenpächter Verwandte und Freunde zu verschobenen Partys, nachgeholten Geburtstagsfeiern und alljährlichen Grillabenden ein.

In jedem, fast ausnahmslos jedem Garten wurden am Pfingstsamstag Partys gefeiert. Ich arbeitete an meiner Skulptur so lange weiter, bis es dunkel wurde, und hoffte dann, den Abend damit ausklingen zu lassen, dass mir jemand im Garten Gesellschaft leisten und eine Flasche Weißwein mit mir leeren würde. Ursprünglich hatte Matthias kommen wollen, um sich pflichtschuldig mein Werk anzusehen. Die Gelegenheit war günstig, denn Linde wäre auf jeden Fall nicht da gewesen.

Man musste dazu wissen, dass Linde und Matthias schon immer ein Verhältnis zueinander gehabt hatten, das mit »schwierig« noch sehr diplomatisch bezeichnet war. Sie gingen sich seit zwanzig Jahren tunlichst aus dem Weg. Dies wäre eine der seltenen Gelegenheiten gewesen, allein mit ihm einen lauschigen Abend im Kleingarten zu verbringen.

Matthias jedoch hatte inzwischen andere Pläne, er hatte mit viel Glück einen Nachrückerplatz bei einem Laufseminar bekommen und war vorfreudig in die Lüneburger Heide abgerauscht. Mit unserem Auto, versteht sich.

Friederike war ebenso wie meine Lieblingsnachbarin anderweitig verplant, die Kollegen sah ich unter der Woche oft genug. Also kümmerte ich mich um meine Skulptur, schließlich wollte ich sie aus zwei Gründen fertig haben. Erstens wollte Linde sie gern anlässlich des Sommerfests enthüllen, und zweitens hatte ich Folgeaufträge. In den Schaugärten in Holland hatten auch einige Skulpturen gestanden, das hatte bei Ingo, Frauke und zwei anderen für Interesse gesorgt. Und Marek, die gute Seele, hatte sich eingeschaltet und so lange Werbung für mich gemacht, dass die vier nicht in Holland Kunsthandwerk geshoppt hatten, sondern sich erst mal bei mir erkundigten, ob ich nicht für den gleichen Preis auch »so was« anfertigen könnte.

»So was«, wie sie in Holland gesehen hatten, würde ich zwar nicht machen, und ich hatte Ingo und Frauke mühsam meine Auffassung von Kunst und dem Unterschied zwischen Kunst und Kunsthandwerk erklären müssen, aber wir waren uns einig geworden. Beide hatten etwas in Auftrag gegeben. Frauke wünschte sich etwas Kleines, das sie im Winter vielleicht auch mit nach Hause nehmen konnte, und Ingo wollte polierten Stahl, etwas Glänzendes, bloß nichts Rostiges, wegen der Kinder.

Was mein Werk in Lindes Garten anging, so sah es schon lange nicht mehr nach einem Wäscheständer aus, und selbst Ulla erkundigte sich ab und zu nach dem Fortschreiten meiner Skulptur. Auf der tragenden Säule hatte ich bis Pfingsten vier »Äste« angebracht. Zwei fest angelötete, zwei frei bewegliche. Vier wegen der vier Himmelsrichtungen und der vier Elemente, die auf das Metall wirkten und der Skulptur im Lauf der Zeit ihre endgültige Form und Farbe verleihen würden. An diese vier Äste oder Arme brachte ich nun eine Vielzahl von kleineren Metallteilen unterschiedlichster Formen an. Als fünftes Element würde die Zeit das Ganze verändern.

Damit die Teile zunächst in Bewegung gerieten, mussten sie mit etwas Spiel angebracht werden, aber auch nicht zu lose, damit sie sich nicht ineinander verhakten. Das bedeutete in diesem Stadium sehr viel mühselige Kleinarbeit mit Lötkolben, Raspel und Schmirgelpapier. Natürlich wäre es mit meiner eigenen Feile viel schneller gegangen und viel besser gelungen.

Ich feilte und raspelte und lötete so lange, bis ich nichts mehr sah. Nicht weil es dunkel wurde, sondern weil mir die Grill- und Rauchschwaden in den Augen bissen, da der sonst allgegenwärtige Wind in Düsseldorf heute zu meinem Pech eine Pause machte. Astrid nebenan räucherte Kräuter über offenem Feuer, Sandra Moosbichler grillte mit Freundinnen Vegetarisches, Zucchini und Paprika auf Holzkohle, was fürchterlichen

Rauch ergab, als die Marinade verbrannte. Dann hatte ich die ganze Zeit das Gefühl, einen Mix aus Fleischgeruch, Knoblauch, Chili und Zitronenpfeffer in der Nase zu haben, denn Marek wendete stundenlang scharf Gewürztes auf seinem Gasgrill, dazu kamen Nackensteaks und Würstchen von gegenüber, wo Ulla und Rolf Besuch hatten von Tochter, Schwiegersohn und drei Enkelkindern sowie Sohn ohne Schwiegertochter, aber mit neuer Freundin. Andere Pächter hatten sich eine Feuerschale neu zugelegt, aber wenig Erfahrung damit, denn es loderte und qualmte wie beim Osterfeuer. In den Gärten blieb eben nichts verborgen. Privatleben wie auch Geheimnisse waren da nicht vorgesehen.

Meine Augen tränten, und ich gab auf. Dann würde ich es mir eben mit dem Weißwein und meinem Buch allein in der abgelegensten Ecke unseres Gartens gemütlich machen. Wozu hatte ich Linde denn zu ihrem letzten Geburtstag diese schicke LED-Leuchte geschenkt, die man mit einem Netzadapter aufladen und herumtragen konnte, wo man nur wollte? Linde blieb selten länger als bis zum Einbruch der Dunkelheit, aber heute war ein guter Tag, um die Akkulaufzeit der Lampe zu testen.

Im Gartenkühlschrank hatte ich ein Schälchen Oliven, Schafskäse und eine Schüssel mit meinem liebsten Sommersalat verstaut. Ich trug die feinen Speisen zusammen mit Wein und Fladenbrot vom türkischen Supermarkt meines Vertrauens zum Gartentisch, schaltete die Lampe an, goss mir ein und lehnte mich genussvoll zurück. Es würde ein sehr entspannter Abend werden. »Me-Time« hieß das in der Werbung, die mir immer in mein Mailpostfach gespült wurde.

Was ich bei der Abendplanung nicht einkalkuliert hatte, war, dass mit fortschreitender Zeit die Kinder ringsum quengeliger und mit steigendem Alkoholpegel die Erwachsenen lustiger und lauter wurden. Bei Marek und Janina wurden bereits im Chor polnische Lieder gesungen, auch bei ihnen waren mindestens zehn Leute zu Gast. Das störte mich nicht so sehr, die waren etwas weiter weg. Bei Ulla und Rolf wurde viel geweint, die

Kinder waren wahrscheinlich todmüde, die Erwachsenen aber wollten bleiben und weiter Ullas Geburtstag nachfeiern. Das Geburtstagskind wurde dementsprechend einmal pro Viertelstunde, vermutlich mit jeder Runde Verdauungsschnaps, aufs Neue zum Geburtstag besungen. Danach sang man Schlaflieder, die Enkelkinder waren in die Hängematte verfrachtet worden. Erst dann fiel bei Ulla und Rolf auf, dass in anderen Gärten noch gefeiert wurde. Also machte sich die Schwiegertochter, deren Namen ich immer wieder vergaß, auf, um die anderen lautstark um Ruhe zu bitten, die Kinder sollten schlafen.

Natürlich waren die Feiernden anderer Meinung. Logisch. Wenig später trabte eine aufgebrachte Ulla zu Marek, dann hörte ich ihn dröhnend reden, denn die Musik war so weit aufgedreht, dass man sich dort nicht normal unterhalten konnte.

Als dann aber bei Ingo ebenfalls die Musik aufgedreht wurde, um Mareks polnische Weisen zu übertönen, reichte es mir. Ich packte mein Essen und die angebrochene Flasche in meinen Fahrradkorb und fuhr heim.

Zu Hause setzte ich mich auf den Balkon und genoss die Stille. Im ganzen Hinterhof war ich fast die Einzige, die anderen Balkone waren leer, vom vierten Stock aus hatte ich einen prima Überblick. Kein Wunder, das Rheinufer und die Parks, an denen ich vorbeigeradelt war, waren voller Leute und Einweggrills gewesen. Es war kaum jemand zu Hause. Nur mir schräg gegenüber saß noch ein Pärchen, das sich sehr, sehr tief in die Augen blickte und dann bald in den Innenräumen verschwand.

2

»Ach, weißt du, Marie, der war ja als Kind so furchtbar hässlich, da muss er das jetzt wieder wettmachen …«

»Aber Linde!« Ich war entsetzt.

»Ich weiß, so was soll man nicht sagen. Und als Lehrerin sollte man alle Kinder mögen, egal, wie sie aussehen und wie sie sich benehmen. Aber erstens bin ich auch nur ein Mensch, und zweitens bin ich pensioniert. Ich darf das jetzt. Und der Thomas war nicht nur hässlich mit seinen Hasenzähnen und der dicken Brille, der war auch ein unausstehlicher Besserwisser.«

»Der *Thomas*?«

»Na, der heißt doch so. Dass er sich von allen immer Tom nennen lässt, finde ich total affig. Jetzt, wo er Kontaktlinsen trägt und sich die Zähne hat richten lassen. War bestimmt teuer.«

»Tom? Tom Ziegler? Wie lange kennst du ihn denn?«

»Ach, schon immer. Also jedenfalls seitdem ich diesen Garten übernommen habe. Das war … warte … 1971? Ach, da war der noch gar nicht auf der Welt und du auch nicht. Marie, da war noch was los im Garten. Menschenskind, was haben wir Partys gefeiert … Wir waren die reinste Hippiekommune.«

»Echt?«

»Oh ja. Es ging hoch her bei uns …«

Linde schloss die Augen und träumte in der Sonne auf ihrem Liegestuhl vor sich hin. Gut so. Denn solange sie so dasaß, konnte sie mich nicht herumscheuchen. Und sie scheuchte nicht nur mich. Im Grunde hielt sie Hof. Königin Linde saß in ihrem Liegethron und ließ ihr Gefolge antanzen. Es war ihr erster Tag im Garten nach dem Sturz, und sie wurde gefeiert, als wäre sie zwanzig Jahre weg gewesen. Aus ihrer Sicht fühlte sich das wahrscheinlich auch so an. Ulla schwamm auf derselben Welle, sie hatte Kuchen gebacken und Sandra Moosbichler verpflichtet, ebenfalls etwas zu zaubern.

Was sollte ich sagen? Ullas Kuchen war eine Schwarzwälder Kirschtorte mit viel Sahne und Amarenakirschen, Sandra hatte einen veganen Karottenkuchen aus Dinkelmehl mit reichlich Haferflocken gebacken, der doch recht trocken wirkte, trotz der Möhren. Jeder konnte sich denken, welche Kuchenplatte zuerst leer werden würde. Sandras Talente lagen sicherlich nicht in der Küche …

Da Ulla alle mit Nachdruck gebeten hatte, etwas zu Lindes Wohlergehen beizusteuern, war Holger Schwahn mit einer großen Thermoskanne Kaffee angekommen, und Joe hatte sich von einigen seiner Obstkonserven getrennt, die er zur Freude etlicher Wespen in Kompottschälchen umgefüllt und herumgereicht hatte.

Ich hatte zwei Gläser von Lindes im letzten Jahr eingemachten Kirschen gemopst und meine berühmten Kirschmuffins mit Kokosflocken gebacken, mit denen ich schon so manches Schulfestbüfett bereichert hatte. Auch diesmal waren nur zwei übrig geblieben, die ich schnell für Linde beiseiteschaffte.

Später waren sie in ihre eigenen Gärten abgezogen. Linde brauchte Ruhe, die anderen hatten zu tun.

Ich half Ulla beim Wegtragen von Gartenstühlen. Am Gartentor trafen wir auf Immo-Ingo. Wie immer mit fettigen, etwas zu langen Haaren, verknittertem dunklem Leinenhemd, ausgelatschten Turnschuhen und Jeans, bei denen ich unschlüssig war, ob sie High Fashion waren oder aus der Kleiderkammer kamen. Bei Ingo und seiner bizarren Patchworkfamilie war so einiges möglich.

Ulla winkte mich heran. »Marie, ich würde gern das Sommerfest um zwei Wochen vorverlegen. Die Küchenbauer können nur früher, das wird dann auch günstiger, wir brauchen gar nicht noch mehr einsammeln, sagt Ingo. Stimmt's?«

Ingo nickte. »Das ist eine Firma, mit der ich oft zu tun hab. Du weißt doch, dass ich Immobilienmakler bin, oder?«

Na klar. Eine Branche, die nicht so beliebt war.

»Aber, Marie, du weißt ja: Ich bin einer von den Guten.« Er

schaute mich mit einem Hundeblick an, der andere zu Tränen gerührt hätte. Ich war aber, was das betraf, sehr, sehr unempfindlich. Vor allem bei Ingo.

»Jedenfalls sind die absolut zuverlässig und machen uns einen guten Preis. Aber eben nur, wenn wir das spontan zu dem Termin machen, wann die das wollen.« Er sah uns eindringlich an.

»Denen ist also ein Auftrag flöten gegangen?«, mutmaßte ich, und Ingo nickte geflissentlich.

»Gut, dann ist das beschlossene Sache.«

Ingo und ich starrten Ulla an.

»Was, ihr zwei? Ich bin stellvertretende Vereinsvorsitzende. Claus ist leider nicht in der Lage, sein Amt auszuüben, das kann ich aber auch allein beschließen. Er findet das bestimmt in Ordnung. Schließlich sparen wir bares Geld. Ich schreibe den Aushang fürs Schwarze Brett, Ingo schreibt eine E-Mail, und du, Marie, schreibst das bitte ins Handy, ja?«

»Und Holger?«, warf ich ein. »Der ist doch kommissarisch –«

»Papperlapapp. Der findet das auch gut, das weiß ich.«

In diesem Punkt hatte sie sich aber gewaltig geirrt. Holger war nicht dafür, er war kein bisschen begeistert. Keine zwei Minuten nachdem ich die Nachricht zur Terminänderung in den Vereinschat geschrieben hatte und noch mit Ulla über Lindes Gesundheit sprach, stand Holger bei Ulla auf der Matte, hochrot im Gesicht.

»Das geht nicht. Das geht so nicht!«, brüllte er.

Ulla sah Holger an. In ihrem Blick lag etwas halb Mitleidiges, halb Taxierendes. Sie war eine erfahrene Vereinsvorsitzende, das merkte jeder sofort, der das mitbekam. Sie agitierte ein wenig von oben herab, obwohl sie doch ein gutes Stück kleiner war als er. Und sie setzte sich durch. Sie hatte die Entscheidung getroffen – und er hatte sich bitte schön damit abzufinden.

Er wollte aber nicht. Er kochte und keuchte und benahm sich wie ein Rumpelstilzchen. Strich sich über den nicht vorhandenen Bart. »Nein. Das geht nicht. Das könnt ihr nicht machen. Das schaffe ich nicht. Das ist doch viel zu knapp. Wir wollten das doch an dem Wochenende machen, wenn die Sommerferien anfangen. So mittendrin haben doch alle was vor.«

Ulla blieb eisern. Um Holger zu besänftigen, übernahm Ingo die Rolle des Mediators und nahm Holger sanft beiseite. Ich hoffte, dass Ullas Gehör ähnlich nachließ wie Lindes und sie nicht mitbekam, dass Ingo Dinge sagte wie »Lass die Alte mal reden«, »Das kriegen wir schon hin« und »Feiern ohne Küche ist auch scheiße«.

Holger kam zurück, er hatte sich wieder im Griff. »Ulla, du musst mich informieren. Das geht nicht über meinen Kopf hinweg. Vor Juli ist kein Denken an ein Fest.«

»Mein lieber Holger! Ich muss gar nichts. Du hast das Amt kommissarisch, das ist auch prima, aber das Kommissarische hat seine Grenzen. Und die sind genau hier.«

»Dann lass uns das Fest im Herbst machen und nicht vorziehen.«

»Das ist ein *Sommer*fest, Holger, das haben wir noch nie im Herbst gemacht.« Sprach's und stolzierte von dannen.

Holger und Ingo sahen ihr mit offenem Mund nach. Und ich muss sagen, dass auch ich beeindruckt war von Ullas Auftritt.

Danach war es wieder so paradiesisch wie eh und je. Linde und ich hatten uns ein Päuschen in den Liegestühlen gegönnt, Linde war eingeschlafen, und ich hatte mich in meine Georgia-O'Keeffe-Biografie zurückgezogen. Es war Entspannung pur, rund um uns herum war es leise, bis auf das weit entfernte Dröhnen von vorbeifahrenden Schiffen. Vögel in den Bäumen, Bienen in den Blumen, die Blätter der Pappeln rund um die Gärten rauschten im Wind. Gedämpft hörte ich von weiter her Gespräche und Radiogedudel, irgendwo ratterte ein Rasenmäher, neben mir schnarchte Linde leise. Dies war der erholsamste Nachmittag seit sehr, sehr langer Zeit. Drei Distelfinken turnten durch Lindes Rosmarin- und Thymianblüten. Dass ein so kleiner Vogel so laut sein konnte, erstaunte mich immer. Weit war ich in meinem Buch nicht gekommen, als ich eindöste.

3

So schön der Nachmittag gewesen war, so heftig war das Gewitter gewesen, das uns alle gleichermaßen überrascht hatte. Nachdem sämtliche Gäste einschließlich Ulla und Joe in ihre Gärten abgerauscht waren, waren Linde und ich nebeneinander in den Liegestühlen eingeschlafen. Ich hatte erst wieder aufgeblickt, als plötzlich die Sonne nicht mehr schien, sondern eine fette blauschwarze Wolke über uns thronte. Ringsherum war überall hektische Betriebsamkeit ausgebrochen, man hatte Laubentüren zuschlagen und Leute eilig den Weg entlanglaufen hören. Ich hatte Linde geweckt, und uns blieb nur die Zeit, die Sitzpolster notdürftig in der Laube zu verstauen und im Laufschritt zu meinem Auto zu eilen. Wir saßen kaum, da klatschten schon dicke Tropfen auf die Windschutzscheibe. Der folgende Guss war so heftig gewesen, dass ich bis auf die Haut nass war, als ich zu Hause ankam, obwohl ich Linde nur zu ihrer Haustür begleitet und schnell zum Auto zurückgesprintet war.

Am heutigen Morgen aber tat das Wetter so, als wäre nie was gewesen. Der unschuldigste blaue Himmel, den man sich vorstellen konnte. Zwei, drei Schäfchenwolken, klare Luft, achtzehn Grad. Perfektes Gartenwetter.

Aber – hatte ich denn schon wieder die Laube offen gelassen? Das konnte doch gar nicht sein! Stand ich denn so dermaßen neben mir? Ich fühlte mich ein wenig irre. Ich war mir hundertprozentig sicher, dass ich die Laubentür abgeschlossen und den Schlüssel in meine Hosentasche gesteckt hatte, trotz der Hektik vor dem Regenguss. Es war wie ein Déjà-vu. Und das, was so wunderbar gewesen war, stürzte krachend über mir zusammen.

Mit weichen Knien stieß ich die Tür auf und betrat die Laube. Was mich dazu noch förmlich erschlug, war die schiere Menge an Geschirr. Das hatten wir am Nachmittag noch großzügig ignoriert, bevor wir uns in die Liegestühle verzogen hatten. Es sah im Grunde aus wie nach einem Schulfest, wo sich unzählige Kuchenplatten neben Thermoskannen stapelten, dazu Schüsseln und Schälchen in den unterschiedlichsten Größen, Designs und Zeitaltern. Es stand überall etwas, und auch die Liegestuhlpolster hatte ich in der Eile nur schnell irgendwohin gepfeffert. Unmöglich, zu sagen, ob in der Laube etwas verändert worden war. Falls wirklich jemand eingebrochen war und etwas gesucht hatte, ich würde es nicht erkennen.

Erschwerend kam hinzu, dass ich selbst gestern, als es hektisch wurde, aus Versehen an Lindes Teewagen mit den fein säuberlich sortierten Malutensilien gestoßen war. Etliches war umgefallen, die Pinsel lagen nicht mehr sorgfältig aufgereiht.

Sowieso stand viel zu viel herum. Jeder hatte seinen leeren Kuchenteller, seine Kaffeetasse, sein Kompottschälchen der Wespen wegen in der Laube dort abgestellt, wo gerade Platz gewesen war. Mir schwante bereits, dass wir noch tage- oder wochenlang merkwürdige Überreste finden würden.

Ich ließ meine Tasche zu Boden gleiten. Sonst sah es drinnen normal aus. Abgesehen von den Geschirrbergen natürlich. Es gab nicht einmal Platz zum Spülen. Ich füllte Lindes große blassgelbe Plastikschüssel mit Wasser, schleppte sie nach draußen und holte mir nach und nach die dreckigen und verkrusteten Teller und Tassen. Linde konnte das nicht tun, so musste ich wohl in den sauren Apfel beißen, obwohl ich wirklich keinerlei Ehrgeiz in hausfraulichen Dingen hatte. Kochen ging noch, aber alles andere? Immerhin war es lecker gewesen, Ulla konnte spitzenmäßig backen. Die Torte war himmlisch gewesen. Mit ein bisschen Glück war noch ein Stückchen als Belohnung für mich, die Spülfee, übrig.

Linde wollte ich in den Garten holen, sobald ich klar Schiff gemacht hatte, ansonsten würde sie darauf bestehen, zu helfen und mitzumachen, was ganz und gar nicht Sinn der Sache war, denn sie sollte – musste! – sich noch ausruhen und schonen.

Ich besah mir Geschirr und Reste und stellte fest: Ullas Tortenteller war leer. Man konnte sogar deutlich sehen, dass jemand mit der Kuchengabel die letzten Kleckser Sahne und Kirschsoße weggekratzt hatte. Schade. Von Sandras Kuchen war noch mehr als die Hälfte übrig. Er war zwar ein bisschen trocken, aber im Grunde absolut essbar und sehr sättigend.

Doch wohin damit? Für mich war ein halber Kuchen zu viel, Linde fand ihn grässlich, und Sandra wollte ihn sicher nicht zurück, sie war auch heute gar nicht hier.

Im Sonnenschein und mit Vogelgezwitscher ging mir das Spülen leicht von der Hand, in der Kiste neben dem Tisch stapelten sich saubere Teller und Schüsseln, bald war nur noch das Besteck übrig. Das aber war alles Lindes. Oder? Nein, diesen großen Löffel, fast schon eine Kelle, hatte ich noch nie gesehen. Vielleicht gehörte er Sandra? Wahrscheinlich, er hatte einen Holzgriff, kein Gramm Plastik war daran.

Wo bitte hatte Linde frische Geschirrtücher? Die beiden von vorhin waren klatschnass, die vom Vortag hatten auf und unter den Schüsseln gelegen und sahen entsprechend aus. In der obersten Küchenschublade war das Besteck, da legte ich die gespülten Löffel und Gabeln hinein. Ich zog die darunter auf. Einmachgummis, Metallspangen und anderes Einmachzeug. Die dritte klemmte, ich konnte sie ungefähr eineinhalb Zentimeter weit herausziehen und sah schon, dass ich genau an der richtigen Adresse war. Dort lagen die Geschirrtücher im typischen Grubentuch-Design, die Linde im Garten ausschließlich verwendete. Bloß, ich kam nicht dran. Irgendetwas war darunter eingeklemmt.

Die unterste Schublade sah aus wie Kraut und Rüben. Gar nicht Lindes Stil. Sie war wirklich nicht immer superordentlich, aber übervolle Ablagen und Schubladen hasste sie wie die Pest. Es war ihr altes Lehrerinnenmantra, dass eine Schublade, die nicht schloss, bewies, dass der Besitzer schlunzig arbeitete. Und man konnte Linde viel vorwerfen, aber nicht Schlunz. Ihre Geschirrtücher zum Beispiel wurden zwar nie gebügelt, wozu auch, aber es waren nie zu viele in der Schublade, eher nahm sie eins wieder mit nach Hause, als dass sie die Lade verstopfte.

Und in der Schublade nun dieser Papierkram. Da waren die Gebrauchsanweisung vom Kühlschrank mit Garantieheft, obwohl der mindestens dreißig Jahre alt war, ihre Einmachrezepte, ein Kartenspiel und anderes Zeug, das sie nicht so oft brauchte.

Und dort hatte sich ein Spiralblock verhakt, vielmehr dessen Metallspirale. Er war uralt, mit einem blassblauen Kartondeckel. Wieso hatte sich ausgerechnet dieses Ding dort festgesetzt? Gestern war das noch nicht so gewesen. Jedenfalls noch nicht mittags, als ich angekommen war und eine Tischdecke aus dem Fach daneben geholt hatte. Linde hatte am Samstag die Laube nicht betreten, ich hatte sie auch gar nicht in die Küche gelassen, sondern gleich den Liegestuhl mit ihr angesteuert.

Aber Ulla und Sandra waren in der Küche gewesen, dann Joe, Holger und Frauke, sogar Tom und im Grunde alle außer ihr, denn sie hatten nur Schüsseln mitgebracht, aber keiner Teller und Besteck. Es war ein ständiges Rein- und Rausgerenne gewesen. Und klar, wenn man was in der einen Schublade nicht fand, dann suchte man in der nächsten. Würde jeder so machen.

Und trotzdem. In der untersten Schublade? Oder hatte jemand etwas hineingelegt, das da nicht reingehörte?

Ich setzte mich im Schneidersitz auf den Boden, holte die kleine Zange, die ich immer mit mir herumtrug, aus meiner Hosentasche und fing an zu prokeln. Es konnte ohnehin nicht so bleiben. Wenn Linde das sah, würde sie sich hinhocken und das machen, das würde ich schon gar nicht wollen.

Ich zog wie aus einer Wundertüte eine Sache nach der anderen raus: Spielkarten, lose Zettel mit Rezepten, andere Notizen und – besagte Kühlschrank-Gebrauchsanweisung. Nun war es nicht mehr so kompliziert, den verklemmten Spiralblock hervorzuholen. Er war wahrscheinlich eilig hineingestopft worden statt in Ruhe ordentlich neben die anderen Sachen und hielt deswegen die darüberliegende Schublade quasi fest.

Ich wollte zwar nicht behaupten, dass es bei Linde in der Laube spukte, aber was bitte war an diesem alten Block so interessant? Er hatte nur noch wenige Seiten, auf den meisten waren die Spielstände von Claus' und Lindes Doppelkopfrunden notiert. Sonst nichts.

Ich packte die Sachen zurück und faltete neugierig den Block auseinander. Die Handschrift kannte ich doch. Sah ganz nach Alina aus.

Auf dem einen stand: »Überweisung 286,90 am 28.7., aber A. Url.!!!« und »Überweisung 345,00 am 3.10., aber Opa Kh«.

Das Erstere bedeutete wohl, dass jemand Geld überwiesen hatte, als Alina im Urlaub gewesen war. Und das war nur bemerkenswert, wenn Jupp sonst die Überweisungen von Alina hatte machen lassen.

Die zweite Überweisung war getätigt worden, als Opa, also Jupp Horn, »Kh« war, was üblicherweise »im Krankenhaus« bedeutete. Und auch das war nur dann notierenswert, wenn Alina nicht diejenige gewesen war, die dieses Bankgeschäft erledigt hatte. Deswegen wohl stand darunter, mit pinkfarbenem Kuli geschrieben: »Linde fragen!, Zugangsdaten sichern, Termin Bank, T.?«

Verständlich, dass sie vorher Linde hatte fragen wollen, die die stellvertretende Kassenwartin gewesen war und sicherlich die Zugangsdaten gehabt hatte.

Oder? Das wollte ich mit Linde am besten schon heute Mittag zusammen herausfinden, auch ob sie noch wusste, wie lange das schon dalag. Hatte sich das vielleicht längst erledigt?

Und was ich auch unbedingt wissen wollte: Wer war T.? Da fiel mir eigentlich nur einer ein …

Das zweite Blatt war voller Zahlen, von oben bis unten. Mir erschloss sich der Sinn nicht. Es waren keine Rechnungen, sondern eher Kontogegenüberstellungen. Die Summen waren nicht sehr hoch, und ich hatte keinen Schimmer, was sie bedeuteten.

Aber: Wenn mich nicht alles täuschte, hielt ich endlich den konkreten Beweis in der Hand, dass Alina in bestimmten Überweisungen Unstimmigkeiten gefunden hatte. Und dass sie Linde davon unterrichten wollte oder schon hatte.

Ich machte ein Foto von beiden Seiten und schickte sie per

Whatsapp an Koray mit der Frage: »Passt das zu dem Zettel von neulich?«

Denn auf dem hatte »AU« und »OK« gestanden. Die Auflösung war doch wohl »AU = Alina Urlaub« und »OK = Opa Krankenhaus«.

Die Nachricht wurde zugestellt, aber nicht sofort gelesen. Wahrscheinlich hatte er an einem Sonntag anderes zu tun.

Ich auch. Das Geschirr von Lindes Genesungsfeier musste nämlich den Besitzern zurückgebracht werden. Schon allein damit wir uns in Lindes Laube wieder frei bewegen konnten.

Ich beschloss, die Gelegenheit zu ergreifen, um den Einzelnen ganz vorsichtig auf den Zahn zu fühlen. Ich wollte keine Ausnahme machen und mich nicht von alten Sympathien und Antipathien leiten lassen. Größtmögliche Objektivität schwor ich mir selbst.

Ich fing beim Einfachsten an. Mit Ullas Kuchenplatte, die kannte ich schon seit Kindertagen. Leider war Ulla gar nicht in der Stimmung, zu klönen oder wilde Mutmaßungen anzustellen. Selbst ihr Strickzeug lag unbeachtet in der Ecke, als sie sich bei mir beschwerte.

»Mädchen, das Gerede über Alina geht mir so auf den Keks. Bist du denn auch zur Verschwörungstheoretikerin geworden?«

Ich kam gar nicht zu Wort bei diesem Redeschwall – und überhaupt habe sie letzte Nacht wegen des Gewitters keine Sekunde die Augen zugetan. Und dann sei Rolf aus dem Rollstuhl gefallen, und der Pflegedienst sei zu spät gekommen …

Ulla hatte verständlicherweise sehr, sehr schlechte Laune. Ich schob die Platte auf den Tisch, dahin, wo ich Platz fand, und verabschiedete mich schnellstmöglich. Meine nächste Tour führte mich vom Geschirrstapel vor Lindes Laube zu Sandra.

Die war wirklich nicht da, ich stieg über den flachen Zaun und stellte ihren Teller samt der plastikfreien Kuchenhaube aus Holz und Bastgeflecht auf dem Tisch vor ihrer Laube ab. Die Kelle mit dem Holzgriff legte ich daneben und holte die nächste Fuhre.

Dann marschierte ich zu Joe, wo ich eine ganze Batterie von Schraubgläsern loswurde. Joe nahm sie dankbar in Empfang und versicherte, er würde auch andere leere Marmeladengläser von mir annehmen. Am liebsten gespült. Er sammelte schon für die nächste große Einmachaktion im Sommer.

»Sag mal, Joe, ist dir vielleicht was Komisches aufgefallen bei den Vereinsbeiträgen?«

»Hä? Du, nee, ich hab 'nen Dauerauftrag, da kümmer ich mich nicht drum.«

»Und andere Zahlungen? Das machst du doch nicht in bar wie Linde. Ist denn nie was schiefgegangen?«

»Du meinst, bei Jupp? Ja klar. Der hat das doch nicht mehr so auf die Kette gekriegt. Also bei mir war nichts, aber bei Holger ist mal zu viel eingezogen worden, und bei Ingo war auch mal was. Nich mal, als die Alina angefangen hat, ihm zu helfen, ging's wirklich besser. Soweit ich weiß. Dann, na ja, also bei deiner Tante, da ging auch irgendwas nicht so glatt, hab ich gehört. Aber jetzt macht das ja der Holger, und ich denk mal, das läuft dann.«

»Da hast du wohl recht. Und Jupp hatte nur von Alina Hilfe oder auch von anderen?«

Er schüttelte den Kopf. »Nur Alina, den Rest hat er allein gemacht, vorher jedenfalls.«

Als ich schon gehen wollte, erkundigte er sich noch nach dem Fortschreiten meines Waschmaschinenproblems, was ich lieb fand. Jedenfalls so lange, bis er mir wieder in blumigen Worten die von Holger empfohlene Anlageoption anpries.

»Todsicher, sag ich dir«, verkündete Joe vollmundig. »Fast kein Risiko und uuuunheimliche Gewinnchancen.«

»Wie beim Lotto, ja?« Ich konnte es nicht lassen. Joe war eben auch nicht unbedingt der Allerhellste.

»Quatsch. Das ist kein Glücksspiel, das ist Wissen, Algorithmus und so!«

Das wollte ich lieber nicht im Einzelnen wissen. »Weißt du was, ich frag Holger selbst danach, ich muss sowieso noch dahin, die Thermoskannen zurückbringen.«

Holger, leutselig wie immer, erzählte in epischer Breite von der überstürzten Abfahrt der gesamten Familie Schwahn während des Wolkenbruchs. Davon, dass die Kinder zuerst nicht schnell genug weggewollt – und dann nicht lange genug hätten dableiben können, dass seine Frau Marijke sich irgendwann wütend ins Auto gesetzt habe und er die tobenden Kinder habe einfangen müssen, bis er klatschnass gewesen sei und die Kinder auch. Und wie dreckig das Auto gewesen sei, weswegen er dann jetzt erst mal die Fußmatten mit dem Gartenschlauch und so weiter und so fort.

Von Schuldbewusstsein wegen der Sache mit der Busfahrt keine Spur, das war sozusagen »Schwahn von gestern«. Und ich fand, es war auch nicht unbedingt mein Job, ihn daran zu erinnern, denn ich war schließlich noch nicht einmal dabei gewesen. Trotzdem fand ich sein Selbstbewusstsein erstaunlich.

»Und dann, Marie, müssen wir uns noch dringend darum kümmern, dass das mit der Küche vom Vereinsheim endlich starten kann. Das ist jetzt echt Prio eins. Hast du die Mails gekriegt?«

»Welche Mails? Nee. Aber ich muss mal im Spam nachgucken, ich hab dich, glaub ich, noch gar nicht in meinen Kontakten.«

Mich traf ein missbilligender Blick. »Ich schick das noch mal los.«

»Geht's um die Solardinger? Ich dachte, Ingo kümmert sich darum. So habe ich Ulla verstanden. Der ist doch Immobilien-Irgendwas und kennt Küchenbauer und weiß, welche Materialien –«

»Ach, nee.« Holger sah arg missbilligend aus. »Der Ingo.«

Ich wusste nicht genau, was er damit meinte, aber er hob schon an, mir lang und breit zu erklären, wie sehr er sich doch auskenne und schon en détail ausgerechnet habe, was und wie viel benötigt werde, sogar einen Kostenvoranschlag angefordert habe und plane, von jedem Gartenbesitzer vorab eine kleinere Summe einzusammeln, damit es mit der Arbeit der Handwerker schneller gehe. Das müsse sein, weil die Vereinskasse wegen des

Diebstahls leer sei. Wenn man die Solarpanels separat einkaufe, dann könnten die Arbeiten schneller beginnen, und Solar sei so nachhaltig, und man könne damit das Vereinsheim samt Küche mit Strom versorgen.

Holger machte gleich Nägel mit Köpfen, denn noch während wir uns unterhielten, plingte mein Handy mehrfach, und eine Mail nach der anderen landete in meinem Postfach. Ich schielte auf den Bildschirm, während er weitersprach.

Hallo!
Um den Preis im Rahmen zu halten, ist es wichtig, dass ich die Materialien (insbesondere die Solarpanels) frühzeitig anmelde beziehungsweise anmiete.
Dies werde ich, wie in meiner letzten E-Mail erwähnt, dann machen, wenn die Anzahlungen eingegangen sind, weil ich die Materialkosten auch sofort bezahlen muss.
Ich bitte euch deshalb, die Anzahlung schnellstmöglich zu leisten, damit ich noch diese Woche alles buchen kann.
Solltet ihr bereits bezahlt haben, betrachtet diese E-Mail bitte als gegenstandslos.
Danke und Gruß
Holger

Hallo, liebe Gärtner!
Der Zahlungstermin für die restlichen Kosten (Solarpanels, Handwerker et cetera) ist gekommen.
Um die Rest-Gesamtzahlung an die Firmen fristgerecht zahlen zu können, bitte den Restbetrag für aktive Mitglieder auf das bekannte Konto überweisen. Wir wollen doch ein schönes Sommerfest mit renoviertem Vereinsheim feiern!
Kontoinhaber: Holger Schwahn
IBAN: DE07 3005 1001 2345 6789 10
Verwendungszweck: Vorname Nachname Parzelle, wie gehabt.

Betrag: 200 € (pro Parzelle)
Vielen Dank und Gruß
Holger Schwahn

Mit Mühe konnte ich ihn anschließend auf ein Thema umlenken, das ich viel wichtiger fand. Der erneute Einbruch in Lindes Laube. Der aber interessierte ihn gar nicht so sehr, wie ich gedacht hatte. Er fragte nicht einmal, ob etwas geklaut worden sei. Und sosehr er um mein Mitgefühl bei seiner Geschichte von gestern Abend gebuhlt hatte, so wenig zeigte er es jetzt für mich und Linde. Das fand ich schon ein bisschen enttäuschend. Ich versuchte es deshalb andersherum und fragte ihn nach dem Einbruch in seiner Laube vor ein paar Wochen. Und, welche Überraschung, er taute direkt auf.

»Also das war, Marie, ganz genauso wie bei Linde vorher. Ganz genauso! Das Schloss aufgebrochen, da, guck dir das an! Und dann drinnen rumgewühlt. Aber so, dass du es nicht sofort merkst. Und geklaut worden ist ja bei uns das Handy für Tim.«

Ich besah mir einen Moment lang die Spuren vom Einbruch, die Kratzer an seiner Laubentür. Und stellte fest, dass der Tathergang, so nannte man das doch, wohl ziemlich ähnlich gewesen sein musste, aber dass die Kratzer an seinem Türschloss doch anders aussahen als die beim ersten Einbruch in Lindes Laube, und von einem anderen konnte er eigentlich gar nichts wissen. Ich konnte mich spontan nicht erinnern, ob und wem ich davon erzählt hatte. Es ergab grafisch ein anderes Bild, das Muster war anders. So sehr, wie sich ein Chillida von einem Giacometti unterschied.

Ich holte tief Luft. Aber … diese Kratzer sahen den neuen Kratzern an Lindes Laubentür sehr ähnlich, in dieser Hinsicht hatte Holger doch recht …

Mein Telefon brummte. Koray. Den wollte ich nicht in anderleuts Garten sprechen. Ich verabschiedete mich von Holger mit dem Hinweis, dass ich da rangehen müsse, und verschwand schnell in Lindes Garten.

»Hallo, Koray.« Ich setzte mich auf den Betonsockel meiner Skulptur. »Danke, dass du zurückrufst. Ich fall gleich mit der Tür ins Haus: Erinnerst du dich, dass ich dir erzählt hab, in einer anderen Laube sei vor ein paar Wochen auch eingebrochen worden? Ein Handy ist da geklaut worden, und sonst war aber alles genauso wie bei Linde? Auch mit Kratzern am Schloss? Ich hab das gerade mal genauer angeguckt. Die Handschrift ist anders. Mehr so wie unsere aktuellen Kratzer.«

»Was für eine Handschrift? Und wie definierst du ›anders‹?«

»Hm. Hast du die Spuren bei Lindes Tür vor Augen?«

»Auf meinem Handy, warte. Ich schaue sie mir gerade an.«

Auch ich schaltete den Lautsprecher ein und scrollte in meinen Fotos. Zum Aufstehen war ich zu faul. »Die Spuren bei Linde waren vorher relativ fein und faserten nach außen hin aus. Wie eine Bleistiftzeichnung, richtig? Bei Holger dagegen sieht das aus, wie wenn Kleinkinder mit Wachsmalstiften malen und den Stift zu fest in der Faust haben. Eben wie die neuen bei Linde.«

»Ich übersetze mal: Bei Linde waren die Kerben nahe am Schloss tiefer eingeritzt, weiter weg wurden sie flacher, richtig? Das heißt für mich, dass jemand am Schloss angesetzt hat und abgerutscht ist. Und bei Holger sind die Kerben überall gleich tief? Hast du nachgefühlt? Oder ein Foto gemacht?«

»Nee. Soll ich? Ich flitz schnell hin. Bleib dran.«

Ich wartete seine Antwort nicht ab, sondern ging mit dem Handy in der Hand noch mal rüber zu Schwahns. Ich brauchte nur noch eine Ausrede. Aber da fiel mir meistens etwas ein.

»Holger, sorry, eins hab ich noch vergessen: Eure Kletterrose da neben der Laubentür, die hat so eine tolle Farbe. Genauso eine will ich meiner Mutter zum Geburtstag schenken. Ich mach mal eben ein Bild, dann kann ich damit morgen ins Gartencenter fahren. Sonst hab ich gleich wieder vergessen, wie die Farbe aussah.«

»Du, lass mal mit dem Foto. Ich geb dir einen Ableger.« Er guckte ein bisschen grimmig und schob mich von der Tür weg.

»Echt? Das wär natürlich noch besser.«

Von Rosen hatte Holger definitiv keine Ahnung, das war schon mal klar, sonst hätte er gewusst, dass man mit seinem Ableger nur die Wildform bekäme. Wozu gab es schließlich Rosenzüchter?

Ich trat einen Schritt näher ran an die Rose, nahm eine Blüte in die Hand. »Die ist sooooo schön. Danke.«

Holger verschwand in der Laube, um die Gartenschere zu holen. Ich nutzte die Gelegenheit, um doch ein Foto zu machen. Mein Telefon hatte ich lautlos geschaltet und auf gut Glück mehrmals auf den Auslöser getippt. Hoffentlich konnte Koray darauf etwas erkennen.

Holger kam raus, sah mich skeptisch an und knipste den Blütenzweig ab, den ich in der Hand hielt. »Den, ja?«

»Dank dir, Holger. Mami wird sich total freuen.« Nicht dass ich meine Mutter jemals Mami genannt hätte. Keine von uns war der Mami-Typ.

»Kein Problem. Aber ich hab zu tun.«

»Bin schon weg.«

Schnell war ich zurück auf dem Weg, bog zu Lindes Garten ein und hob das Handy ans Ohr. »Bist du noch da?«

»Sicher.« Er klang amüsiert. »Als ob *du* eine Farbe vergessen würdest … Mir könntest du das nicht erzählen. Interessanter Zeitgenosse übrigens.«

»Wieso? Na ja, der ist halt immer ein bisschen komisch und launisch, aber sonst total hilfsbereit. Das ist der, der zusätzlich zum Kassenwartsamt auch kommissarisch den Vereinsvorsitz übernommen hat. Der engagiert sich wirklich.«

»Hm.« Koray schien nicht hundertprozentig überzeugt. »Ich hab da was gehört. Also bei ihm, in der Stimme. Der weiß sicher mehr, als er dir sagt.«

»Und was genau?«

»Glaub es mir einfach. Nenn es Erfahrung oder Bauchgefühl oder was auch immer. Der hat irgendein Problem mit dir. Bist du ihm mal auf die Füße getreten?«

»Nicht dass ich wüsste. Aber vielleicht, weil ich immer auf Lindes Seite bin und es auch nicht so super fand, dass er sich bei der Wahl vorgedrängelt hat.«

»Gut möglich. Schick mir die Fotos, ich meld mich im Laufe der Woche.«

»Danke, dass du an einem Sonntag Zeit für mich hattest.«

»Immer gern«, ich hörte ihn förmlich grinsen, »jederzeit dein Freund und Helfer ...«

Ich legte grußlos auf. Es gab Sprüche, die verdienten keine Antwort.

Zurück in Lindes Laube, teilte ich Sandras Kuchen in zwei Teile und wickelte ihn in Alufolie. Das kleinere Stück legte ich in meine Handtasche, das andere sollte Micha bekommen. Eigentlich hatte ich ihm gestern schon etwas bringen wollen, aber dann war das Gewitter gekommen. Hoffentlich war ihm das Zelt nicht abgesoffen.

Sein Platz war am Ende der Anlage, noch hinter den Gärten von Frauke und Hendrik und Ken und Shin. Mit dem Kuchen in der Hand bog ich vom Hauptweg aus schwungvoll rechts um die Ecke und erwartete, dass im Gebüsch gegenüber Michas grünes Zelt auftauchte. Ich sah aber nichts. War ich in der falschen Ecke, am falschen Gebüsch? Das konnte nicht sein, ich war unzählige Male bei ihm gewesen. Aber ... wo Michas Zelt stehen müsste, war ... nun ja, rot-weißes Absperrband gespannt worden.

Was sollte das denn? Hatte das Ordnungsamt zugeschlagen und ihn von seinem Platz vertrieben? Aber wohl nicht am Wochenende. Das Düsseldorfer Ordnungsamt hatte ich noch nie an einem Sonntag arbeiten sehen.

Und zu meinen Füßen gab es jede Menge Reifenspuren. Was war denn hier los gewesen? Ich hatte offenbar eine größere Aktion verpasst. Im platten Gras steckten vereinzelt kleine weiße Fähnchen, so wie ich das aus Fernsehkrimis kannte. An einem Tatort.

Ich stand wie betäubt und starrte. Keine Ahnung wie lange.

»Wen haben wir denn da, die Frau Busch! Ich hatte Sie heute früh schon vermisst.«

Holzmann. Der hatte mir gerade noch gefehlt. »Heute früh? Wieso? Wann?«

»Kurz vor acht.«

Da hatte ich noch süß und selig geschlummert.

»Kannten Sie den Herrn Ivanov, Frau Busch?«

»Wen? Nee.« Ich schüttelte vehement den Kopf. Vor allem um den fiesen Gedanken abzuschütteln, der sich in meinen Kopf schlich. Aber Holzmann wies hartnäckig weiterhin auf die Stelle, an der gestern noch Michas Zelt gestanden hatte. »Micha? Den kenn ich, aber ich weiß nicht, wie er mit Nachnamen heißt. Wollte ihm ein Stück Kuchen vorbeibringen. Von gestern war noch so viel übrig ...«

»Der hatte schon.«

»Echt? Von wem? Moment, woher wissen Sie das denn?«

»Er ist natürlich untersucht worden. Frau Busch? Herr Ivanov ist tot.«

Ich starrte Holzmann an. Diese Nachricht zog mir den Boden unter den Füßen weg. Dankenswerterweise hakte Holzmann mich kurzerhand unter und begleitete mich zu Lindes Laube.

Er erklärte mir, dass Micha mit vollem Namen Michail Ivanov hieß, in der ehemaligen UdSSR geboren war und seit vielen Jahren ohne Pass, also staatenlos, in Düsseldorf lebte. Daher kam seine Abneigung gegen Ordnungskräfte ...

Ein Jogger hatte ihn am frühen Morgen leblos vor seinem Zelt gefunden und die Feuerwehr alarmiert. Rettungsdienst und Notarzt hatten nichts mehr für ihn tun können, er war bereits in der Nacht an einer Vergiftung gestorben. Gegessen hatte er unter anderem Kuchen, ein Stück hatte man noch bei ihm gefunden.

4

Der Schock saß tief, und ich war nicht imstande, konzentriert zu arbeiten. An Kreativität war schon gar nicht zu denken. Es lag nicht allein daran, dass Micha tot war. Das war schon schlimm genug. Aber am Montagmittag hatte Hauptkommissar Holzmann mir aufgelauert, als ich die Schlosserei zur Mittagspause verließ und auf der Nordstraße ein paar Erledigungen machen wollte.

So weit kam es aber nicht. Er lud mich ein, ein Stück mit ihm spazieren zu gehen. Wobei »einladen« schwer geschönt war, er ordnete es an. Hätte er nicht so eine sogar für seine Verhältnisse strenge Miene gezogen, hätte ich fast gedacht, dass er womöglich Anlässe erfand, mich unsinnige Dinge zu fragen, und mir nachstellte.

Schön wär's gewesen. Oder sagen wir: Damit hätte ich schon noch umgehen können. Tatsächlich aber sah ich mich erneut einem Mordverdacht ausgesetzt. So drückte der gute Mann sich aus. Und ich war wie vor den Kopf geschlagen. Die Kripo hatte eine »toxische Substanz in letaler Dosis« in einem meiner Kirschmuffins gefunden. Dem Muffin, den Micha in der Hand hielt, als er starb, und in einem weiteren, den er bereits gegessen hatte.

Holzmann und Co hatten schon etliche Gärtner aufgesucht, alle waren schockiert. Von einer Person aber hatten sie den Hinweis bekommen, dass ich grundsätzlich nach jedem Fest Micha beziehungsweise »Herrn Ivanov« mit einer Portion versorgen würde mit dem, was übrig geblieben war.

»Das ist zwar in der Sache richtig, Herr Holzmann, aber in diesem Fall komplett falsch.«

»Uns liegt eine Zeugenaussage vor, dass Sie trotz des Gewitters noch länger als die anderen in Ihrem Garten geblieben sind.«

»Von wem?«

Holzmann lächelte milde.

»Ja, ja. Und nein! Ich war nicht länger dort als die anderen. Wir sind doch eigentlich alle gleichzeitig los, würde ich sagen. Ich meine, es hat angefangen, zu blitzen und zu donnern, und dann hat doch jeder zugesehen, dass er wegkam. Wer jetzt eine Minute früher weg war, könnte ich gar nicht sagen. Ich habe mich um meinen Kram und meine Tante gekümmert, die ja bis vor ein paar Tagen noch im Krankenhaus war.«

»Sie können also nicht ausschließen, länger als andere dort gewesen zu sein?«

»Nein. Kann ich nicht.«

»Hm.«

»Herr Holzmann, im Ernst: Warum hätte ich Micha was antun sollen? Der hat mir doch nichts getan. Im Gegenteil, er hat meiner Tante immer bei Gartenarbeiten geholfen. Dafür hat er dann entweder Geld oder was zu essen bekommen.«

»Oder Werkzeug?«

»Nee. So 'n Quatsch. Wofür denn? Wenn Micha was gebraucht hat, um sein Zelt aufzurichten oder was zu reparieren, hat Linde es ihm doch geliehen.«

»Hatte Herr Ivanov Zugang zu Ihrem Werkzeug?«

»Ja. Nein! Was wollen Sie mir denn jetzt wieder unterschieben?«

»Nichts, Frau Busch. Ich möchte eine genaue Antwort.«

»Micha hätte natürlich theoretisch Lindes Werkzeugkammer öffnen und was rausholen können. So wie jeder andere auch, der sich dort auskennt. Zum Beispiel sogar Sie. Das ist ja alles nicht sonderlich sicher weggeschlossen.«

»Wäre es möglich, dass Herr Ivanov Ihre Feile entwendet hat, um damit einen Mord zu begehen? Und dass Sie dahintergekommen sind? Und ihm, weil er Sie vielleicht erpresst hat, eine toxische Substanz verabreicht haben?«

»Blödsinn. Welche denn?«

»Sagen Sie es mir. Selma Petrovic ist jedenfalls mit Ihrer Feile erschlagen worden.«

»Selma? Die Tote ist Selma? Michas Selma?«

»Ja, wir gehen derzeit von einer Beziehungstat aus.«

»Blödsinn.«

»Frau Busch, es gibt zwar im Moment noch keinen dringenden Tatverdacht, aber Sie hatten die Gelegenheit und ein Motiv.«

Sprach's und ließ mich im Regen stehen.

Im wahrsten Sinne des Wortes. Es regnete drei Tage lang, was mich für Bäume und Sträucher und Gräser und Blumen echt freute. Aber es war auch Sinnbild meiner Stimmung. Ich war fertig. Mit Matthias darüber zu reden war definitiv keine Option, nachdem er schon nach meinem Ausflug in Toms Laube ausgerastet war.

Linde dagegen hatte Verständnis für meine Sorgen und machte das Beste, was man tun konnte. Sie hörte zu, gab keine klugen Ratschläge, beschuldigte mich nicht, war für mich da.

Mit einem einzigen Abend bei Linde war es aber nicht getan. Ich brauchte drei, nur um einigermaßen in Takt zu kommen. Danach aber wusste ich, was zu tun war. Zum Glück hatte ich die Sache mit Koray wieder eingerenkt.

5

Über den gefühlt letzten Brückentag im Jahr schienen alle ausgeflogen zu sein, deswegen war heute Abend nur wenig Betrieb in den Gärten. Nur Koray, der so etwas wie Freizeit vermutlich nur dann kannte, wenn es um Fußball ging, saß nach meiner kurzfristigen Einladung mit Welterklärermiene am Feiertag frühabends mit mir vor Lindes Laube am Tisch und war ganz in seinem Element.

Wir hatten nämlich einen Deal gemacht: Ich hatte ihm eine Zeichnung vom Innenleben von Tom Zieglers Laube angefertigt, für die er sich sehr interessierte.

Wir näherten uns einander wieder an. Und immerhin, er glaubte mir, dass ich nicht für Michas Tod verantwortlich war. Seiner bescheidenen Meinung nach fischte Holzmann im Trüben und wollte jedem einzelnen Vorwurf, den der Strafverteidiger ihm freudestrahlend präsentierte, detailgetreu nachgehen. Michas Tod hatte einige seiner Theorien zum Einsturz gebracht, und laut Koray wollte Holzmann vor allem sicher sein, dass er nichts übersah.

»Koray, hast du eigentlich meine Zeichnung noch?«

Er kramte ein zerknülltes Papier aus der Hosentasche.

Ich war sprachlos. So ging das LKA mit von mir erstelltem Beweismaterial um? Er lachte sich kaputt.

»Marie? Bleib locker. Das hier ist nur mein Einkaufszettel von gestern.«

Koray hatte sichtlich Spaß daran, mich zu piesacken. Er entsperrte sein Handy und hatte schnell das Foto meiner Zeichnung und das der Kalenderseite gefunden, die auf dem Boden gelegen hatte. Ich hielt den Zettel aus Lindes Kästchen und die Weihnachtskarte daneben, die Alina mir vor ein paar Monaten geschickt hatte. Es war die gleiche Handschrift, man musste kein Graphologe sein, um das zu erkennen.

Koray legte sein Handy und meine Karte nebeneinander auf den Tisch.

»Okay. Diese Notiz ist also von Alina. Definitiv. Es sind Überweisungen gemacht worden, genau zu den Zeiten, die im Kalender mit ›UA‹ und ›OK‹ angekreuzt sind, als Alina im Urlaub und ihr Opa im Krankenhaus war.«

»Ja und?«

»Zunächst heißt das, dass es einen Plan gab. Diese Überweisungen waren kein Zufall, sondern da liegt Vorsatz vor, das ist schon mal super.«

»Und von wem?«

»Die Frage kann uns nur Alina Horn beantworten. Es geht schließlich nicht nur darum, wer ein Motiv hat. Überleg auch, wer die Gelegenheit hat, die technische Einrichtung oder Ausrüstung, das Know-how – und wer nicht.«

»Linde, Holger, Tom und ich. Wem traust du es am wenigsten zu?«

»Dir, Marie.«

»Bleiben Linde und Holger. Ich schließe Linde aus, Tom ist wohl eine andere Größenordnung. Und Holger? Echt jetzt?«

Koray sah mich fragend an. »Keine Ahnung. Ich kenne den nicht. Aber lass mal langsam angehen. Selbst wenn jemand die Gelegenheit hat oder hätte, ist er noch nicht gleich schuldig. Meistens ist es sowieso einer, den keiner auf dem Zettel hat. Ich schau auch noch mal rein und sag dir Bescheid, wenn ich was gefunden habe. Trag zusammen, was du hast, dann sehen wir weiter. Ich denk mal, das eilt jetzt nicht.«

Er verabschiedete sich, und auch ich packte zusammen.

Ich musste jedoch noch lange über das Gehörte nachdenken. Wenn Holzmann sich weigerte, mir mein Werkzeug zu geben, weil er im Trüben fischte und sich mit seinen Ermittlungen in krude Theorien verstieg, in denen ich dummerweise jedes Mal die Rolle der Mörderin zugedacht bekam, wollte ich noch einen Versuch machen, Alina, die vielleicht noch quicklebendig war, zu finden. Wie gern würde ich mit ihr über ihre Notizen und

Rechnungen reden! Sie konnte schließlich nicht einfach vom Erdboden verschwunden sein.

Ich beschloss, auf dem Heimweg vom Garten bei ihrer Wohnung vorbeizuradeln. Es war kein großer Umweg, es war nicht kalt, und auf mich wartete zu Hause niemand. Matthias war entweder laufen oder hatte seinen Regenerationsabend, dann verschwand er gegen acht ins Bett und fiel in Sekundenschnelle in Tiefschlaf. Ich hatte die Übersicht verloren, an welchem Tag was dran war.

Nur Alina würde mir sagen können, was ihre Notizen zu bedeuten hatten, ob sie herausgefunden hatte, wer den Verein betrog, oder ob sie nur eine vage Vermutung hatte.

Ich fuhr also zu ihrer Wohnung. Dabei sollte es allerdings auch bleiben.

Auf mein Klingeln kam keine Reaktion. Ich wartete, klingelte noch mal. Und noch mal.

Nach schätzungsweise zehn Minuten wurde im Erdgeschoss links ein Küchenfenster geöffnet. Es erschien Alinas Vermieterin, in Gestalt einer Concierge niederrheinischer Art: frisch ondulierte Dauerwelle, Schürze über dem Kleid und Düsseldorfer Platt auf den Lippen.

»Zu de Fru Horn? Die treffen Se do aber nit mär aan.«

»Guten Abend, ja, Entschuldigung. Ich wollte zu Frau Horn. Wieso nicht *mehr*? Ist sie ausgegangen oder weggefahren?«

»Wat sinn Se eijentlisch so neujierisch?«

»Ich bin eine alte Freundin, nein, also ich war früher ihre Babysitterin, und ich hab sie länger nicht gesehen. Aber ich habe eine Karte von ihr bekommen und wollte sie was fragen.«

»Sinn Se ma auf de Idee jekomme, do anzuroofe?«

»Ich hab ihre Telefonnummer nicht.« Das war nur so halb gelogen. Dass ich Alina in den sozialen Netzwerken angeschrieben hatte, wollte ich ihr nicht auf die Nase binden, aber eine Festnetznummer hatte ich tatsächlich nicht. »Haben Sie die?«

»Isch hatt da wat im Mietvertrach stehn, aber nä, dat is privat. Unn damit Se nit nächste Woch wieder hier stonn, da sach isch

Ihnen jleich, de Frau Horn is weg. Ausjezooren. Und wohin, weiß isch nit.«

»Ausgezogen? Im Ernst? Wann?«

»Letzte Woch. Isch war nit do. All ihr Züsch hat sie russjeholt und den Vertrach jeründischt. Zahle doot se noch bis Ende Juli, soll ma rescht sein. Und bevoor Se frare, 'ne neue Mieter hamma auch schon. Dä zieht bald ein.«

Das war ein Hammer. Ich verabschiedete mich und schob mein Fahrrad die Grafenberger Allee hinunter in Richtung Stadtzentrum. Fürs Aufsteigen und Radfahren war ich im Moment zu perplex.

Ich blieb stehen. Wenn ich etwas herausfinden wollte, musste ich die Handwerker anrufen, Koray hatte recht.

Ich sah auf die Uhr. Es war Donnerstagabend, fünf vor acht. Den Elektriker, der bei uns schon diverseste Reparaturen erledigt hatte, konnte ich um diese Zeit todsicher erreichen. Warum nicht auch die Klempner, die den Rohrbruch im Vereinsheim repariert hatten?

Nun, ich erreichte niemanden, aber der Anrufbeantworter bot mir an, eine Nachricht zu hinterlassen. War das okay, oder würde man das auch auf mich zurückführen können?

Ach was, ich wollte es nur wissen. Koray veranstaltete viel zu viel wichtigtuerische Geheimniskrämerei.

Ich sprach meine Frage auf das Band und bat um Rückruf. Jetzt hieß es abwarten, ich hatte getan, was ich konnte.

6

Ein Tag wie aus dem Bilderbuch. Was konnte da noch schiefgehen? Das Wetter war ja bekanntlich der natürliche Feind des Gartenfests.

Trotz der perfekten Wetterlage gab es einen echten Wermutstropfen: Wir feierten die Eröffnung eines Vereinsheims, das noch nicht fertig war, nicht mal annähernd. Die Baustelle auf dem Dach, wo die Solaranlage montiert werden sollte, bestand seit Wochen, und besonders einladend sah das Gerüst an der Vorderseite des Vereinsheims nicht aus. Und die Solarpanels waren immer noch nicht geliefert worden.

Warum die Arbeiten stockten, darüber schwieg Holger sich gediegen aus. Langsam ging er mir ziemlich auf den Geist. Solange sich der Bau im Projektstadium befand, war er der große Zampano, hatte alles im Griff, ließ Kontakte spielen und so weiter. Wenn es dann aber konkret wurde, war das Ergebnis ziemlich armselig. Wie bei der Kontoführung der Vereinskasse. Das knirschte und hakte, und immer wieder wurde aufs Neue Geld eingesammelt. Jupp und Linde hatten wenigstens die Größe besessen, sich Hilfe zu holen …

Ich würde Holger nachher ganz zwanglos meine Hilfe anbieten und ihm dabei auch auf den Zahn fühlen.

Es lief nämlich gar nichts rund, denn auch der von Ingo empfohlene Bautrupp hatte die Arbeit niedergelegt. Nachdem sie die in die Jahre gekommene Küche des Vereinsheims herausgerissen hatten, in der jahrzehntelang Frikadellen gebraten, Nudelsalate angerührt und Mettbrötchen geschmiert worden waren, waren sie nicht wieder aufgetaucht. Seit Tagen war niemand auf der Baustelle gesichtet worden, Holger lief nur noch mit dem Handy am Ohr durch die Gärten, so hatte Linde mir berichtet. Aber erfolglos. Der Verein stand vor dem großen Sommerfest quasi ohne Infrastruktur da.

Die praktisch denkenden Kleingärtner hatten dann doch noch das Beste aus der Notlage gemacht: Zusammen mit mir kamen sie mit Schüsseln und Platten bepackt durch die Tore des Kleingartenvereins. Es schien so, als hätte nahezu jeder etwas mitgebracht, im Zweifel waren das hausgemachte Kartoffel- und Nudelsalate, die dann die schnell aufgestellten Biertische füllten.

Dazu hatte Hendrik seine Töchter und ihre Extinction-Rebellion-Truppe als Wiedergutmachung für die besprayte Laube als mobiles Grillkommando einbestellt. Heute Abend grillte ein Trupp Vegetarier und Veganer Nackensteaks und Rostbratwürste für uns. Das einzig Tröstliche daran war, dass sie nichts davon wegfuttern würden. Wenn man meine Söhne zum Grillen verdonnert hätte, bekäme kein anderer etwas auf die Gabel. Und ich dachte, für die vegetarischen Weltretter sei das bestimmt eine echte Strafe. Was, wenn sie eine neue Protestaktion daraus machten? Aber nach dem gewaltigen Donnerwetter wegen der Laube waren sie wahrscheinlich sehr zahm.

Die allgemeine Stimmung war trotzdem nicht hundertprozentig entspannt, denn noch ein paar Dinge hatten sich vor dem Fest hochgeschaukelt. Beispielsweise die Frage nach der passenden Garderobe. Es reichte plötzlich nicht mehr, nur die Gartenschürze abzulegen und die Gummistiefel gegen ziviles Schuhwerk einzutauschen. Das durch Holgers Öffentlichkeitsarbeit ins Leben gerufene Brimborium hatte echte Notwendigkeiten geschaffen, mit denen ein paar Wochen zuvor niemand gerechnet hätte.

Ulla hatte angefangen. Als Vorsitzende des Kleingartenvereins, hatte Holger ihr erklärt, werde sie ein paar Worte sagen müssen, vor versammelter Mannschaft und den geladenen Gästen. Jawohl. Und er hatte seine Ankündigung wahr gemacht und wirklich den Vizebürgermeister angesprochen. Der hatte sogar zugesagt und würde seine Frau mitbringen.

Dann hatte Ulla im Überschwang der Ereignisse und der Vorfreude im Karnevalsverein den amtierenden Karnevalsprinzen gefragt. Und weil der Vizebürgermeister zugesagt hatte, wollte der Prinz sich nicht lumpen lassen und hatte angekündigt, neben seiner Frau auch seine Venetia und die wiederum ihren Verlobten mitzubringen.

Der Immo-Ingo hatte einen Freund seines Schwagers mobilisiert, der an der Kunsthochschule studierte und im Laufe der vergangenen dreißig Jahre schon hin und wieder mal ein paar Fotos hatte ausstellen dürfen. Er war in Kennerkreisen dem einen oder anderen ein Begriff, aber nicht so wirklich berühmt. Da nun aber der Vizebürgermeister und der Karnevalsprinz und so weiter …

Weil der Termin nun vorverlegt worden war, zweifelte ich, ob die angefragte und angekündigte Lokalprominenz tatsächlich heute auftauchen würde. Der Fotograf erhoffte sich vermutlich ein paar Connections, somit würde das Event für die digitale Öffentlichkeit sowie die Nachwelt dokumentiert werden. Jeder im Verein hatte bereits seine schriftliche Erlaubnis erteilt, abfotografiert zu werden, nur Sandra wollte das nicht. Ich hatte keine Ahnung, wie der Fotograf das regelte. Würde er sie und ihre Kinder dann nachträglich aus den Bildern herausretuschieren?

So oder so, für die breite Masse galt: Auf Fotos musste man gut aussehen. Bereits vor der Erfindung von Social Media war das bekannt gewesen, sodass Ulla und Linde von Panik getrieben die Kleiderabteilungen der einschlägigen Kaufhäuser am Kö-Bogen gestürmt hatten. Schon allein daran konnte man sehen, dass Linde ihren Unfall bestens hinter sich gelassen hatte und wieder ganz die Alte war. Undenkbar, bei der Eröffnung des neuen Vereinsheims in einem Kleid dazustehen, das sie schon irgendwann anders angehabt hatten!

Der arme Rolf würde mit Sakko und Krawatte anrollen müssen. Die Damen hatten vom Shoppingausflug nicht nur geblümte Kleider mit Stolen für den Abend mitgebracht, sondern auch modische Herrenausstattung mit Krawatte, die zu Ullas Kleid passte.

Einzig Joe und Sandra ließ das Kleiderspektakel vollkommen unberührt, es perlte an ihnen ab. Die anderen waren ausnahmslos infiziert. Und auch ich, obwohl es mich ärgerte, machte mir Gedanken über den Dresscode. Ich wollte aber nicht extra für diesen Anlass etwas kaufen, hatte also vor meinem Schrank gestanden und überlegt. In dem Kleid vom letzten Sommer, das ich für den Abiball meiner Jungs gekauft hatte, wäre ich vollkommen overdressed gewesen. Was dazukam … ich fand die ganze Aktion blöd und völlig überzogen.

Doch wer war ich, mir darüber eine Meinung zu bilden? Ich war lediglich Lindes Begleitung. Deswegen hatte ich nicht vor, größeren Aufwand zu veranstalten, und entschied mich für meinen persönlichen Klassiker: den knallroten Leinenanzug, dazu offene Haare statt Zopf und eine Kette aus feuervergoldetem Silberdraht von einer Düsseldorfer Künstlerin – mein Standard-Sommer-Outfit für Vernissagen, Jubiläen und runde Geburtstage.

Das sollte ja wohl reichen für ein Kleingartenfest, das sich aufzublähen begann wie ein Heißluftballon.

***

Joe schob Rolf vor sich her, der wie ein Konfirmand an seinem Hemdkragen zuppelte. Das Sakko war ihm als Zugeständnis an die Temperaturen zunächst erlassen worden, lag aber locker gefaltet im Gepäckfach vom Rollstuhl.

Ich ärgerte mich über meine Schuhwahl – Riemchensandalen mit Plateauabsatz, die ich im letzten Italienurlaub gekauft und fast nie getragen hatte –, denn die waren auf dem Kiesweg denkbar unpraktisch. Alle zwei Meter hatte ich einen Stein unter der Fußsohle, und auf das schöne schwarze Leder legte sich eine hellgraue Staubschicht.

Linde und Claus zuckelten aus Rücksicht auf Claus' allgemeinen Gesundheitszustand und Lindes Bein langsam hinter uns her. Sandra vor mir redete wie ein Wasserfall auf Astrid über vertrocknende Kräuter, dürres Gras und den richtigen Zeitpunkt zum Blumengießen ein.

Ulla nutzte die Gelegenheit, als ich stehen blieb, um mir einen kleinen, spitzen Stein aus der Sandale zu schütteln, und hakte sich bei mir ein.

»Mir ist nicht wohl«, flüsterte sie mir zu.

Ich sah sie entsetzt an. Nicht wohl? Sie würde sich doch nicht vor Aufregung übergeben müssen? Wie meine Großmutter an ihrem fünfundachtzigsten Geburtstag? Es war furchtbar peinlich gewesen.

Aber nein, Ulla war das blühende Leben. Rotwangig, prima frisiert, kein bisschen bleich um die Nase.

»Ulla, was ist denn los?«

»Das Fest, mir gefällt das überhaupt nicht.«

Ausgerechnet Ulla teilte mein Unbehagen. Dem Karnevalsverein sei Dank verfügte sie über größte Erfahrung in gesellschaftlichen Events, sie hatte schon Mögliches und Unmögliches erlebt. Sie konnte nichts mehr schocken, hatte ich gedacht. Leider sprach sie ihre Skepsis erst an, als wir schon im feinen Zwirn auf dem Weg zur Feier waren.

Ich schloss die Augen und blieb stehen. Nur war das nicht der Zeitpunkt, um noch zurückzurudern. Alles war eingestielt. Auch ich hatte die ganze Zeit das Gefühl gehabt, dass mich etwas störte, wusste aber nicht, was. Ich sah sie fragend an.

»Weißt du«, fuhr sie fort, »man feiert doch nicht, wenn noch gar nichts fertig ist. Und ich frage mich die ganze Zeit, warum? Wie kann das sein, dass die Handwerker plötzlich nicht mehr weitergemacht haben?«

»Tja, ich weiß auch nicht, vielleicht hatten die an einer anderen Baustelle Dringendes zu tun?«

Sie blieb entrüstet stehen. »Jetzt sinn wer ma jaaanz ehrlisch, Mädsche …« Wenn Ulla sich aufregte, blieb das Hochdeutsch auf der Strecke. »Wenn ich enne Auftrach hab, dann hab ich enne Auftrach! Un dann mach ich dat. Nix anderes.«

Ich nickte. Sie hatte schon recht. Auch in meiner Welt machte man eins nach dem anderen. Es sei denn, es lief was schief, zum Beispiel finanziell.

»Die werden doch ganz normal bezahlt, oder? Ulla, hast du denn einen Einblick?« Das war doch genau mein Thema!

»Nä, macht alles der Holger. Der hat die Kontakte und den Überblick, und der hat die doch beauftragt. Da geh ich mal schwer davon aus, dass der die auch bezahlt. Wozu hat er schließlich das ganze Geld eingesammelt?«

»Wie viel war das denn?«

»Das waren pro Garten einmal fünfhundert, dann dreihundertfünfzig und vor Ostern noch mal siebenhundertfünfzig.«

»Bitte? Jeder Garten satte tausendsechshundert Euro? Das sind ja zweiunddreißigtausend Euro insgesamt! Sind doch zwanzig Gärten, oder?«

Ulla nickte eifrig. »Ganz schön viel Geld. Soll schließlich auch schön werden.«

»Und Sponsoren gibt es doch auch. War nicht die Rede von zwanzigtausend Euro gewesen? Ich bin zwar kein Bauunternehmer, aber mit mehr als fünfzigtausend Euro kann man sehr viel Küche reparieren und noch ein paar Solarpanels kaufen – und zwar ganz schnell.«

Mein Blick schweifte gemeinsam mit Ullas hoch zum Dach des Vereinsheims. Außer dem Gerüst immer noch kein Fortschritt. Bodennah aber hatte irgendwer seine Dekoleidenschaft voll ausgelebt. Grundsätzlich waren helle Farbtöne ja schön, und Windlichter konnten edel aussehen. Aber glitzernde Billig-Plastikschleifen an jedem, wirklich jedem Zaunpfahl rund ums Vereinsheim, dazu ein schneeweißer Baldachin und zwei überproportional große Glaslaternen mit batteriebetriebenen Kerzen waren viel zu viel. Wobei … vielleicht war es sogar so gewollt, überlegte ich. Aber von wem? Hilde? Unwahrscheinlich. Der Deko-Overkill lenkte jedenfalls total vom unfertigen Haus ab.

Überhaupt war hier Reizüberflutung angesagt, Kaufhausmusik perlte nicht eben leise aus den Lautsprechern, und zwei

Aroma-Diffusoren verströmten dampfend Blütenduft. Ernsthaft: Blütenduft. In einem Kleingartenverein, wo an jeder Ecke Rosenbüsche blühten. Wer um Himmels willen hatte sich das aufschwatzen lassen?

Und wer bezahlte das? Ich war zwar kein Eventmanager, aber ich hatte noch letztes Jahr als Elternvertreterin im Organisationskomitee eines Abiballs gesessen. Seitdem hatte ich eine gewisse Vorstellung davon, was solche Spielereien kosteten. Wenn man ein Viertel eines Abiballs rechnete, was etwa dem hier anwesenden Personenkreis entsprach, war vom eingesammelten Geld allein für die Partyausstattung eine ganze Stange draufgegangen, obwohl das sicher nur die Schönwetter-Billigvariante war.

Angesichts der pastellfarbenen Partypracht war Ullas Unwohlsein nun wie weggepustet. Sie bestand nur noch aus »Ah« und »Oh«. Linde ging es ebenso. Joe hatte Rolf zielsicher in Richtung Grill geschoben, wo der ein Bierfass erspäht hatte, und steuerte dann auf das Tablett mit den Gläsern voller Rosé-Sekt zu. Steckte hinter seiner rauen Schale etwa ein galanter Kern?

Während ich noch glaubte, er werde gleich als Gentleman alter Schule den älteren Damen jeweils ein Glas reichen, sah ich, wie sich seine Blicke starr auf die Dekolletés der vollbusigen Sektkellnerinnen richteten. Er schwankte fast, weil er sich nicht entscheiden konnte, wo er zuerst hinsehen sollte. Die Tabletts ruhten sanft in den Händen von zwei noch sehr jugendlich wirkenden Mädchen mit Häubchen und Schürzchen in gefährlich knappen Kleidchen. Im gleichen Maße, wie ihr Ausschnitt zu tief war, waren die Hacken ihrer Pumps zu hoch. Es sah hochgradig unseriös aus. Aber Joe fuhr voll darauf ab.

Ich wollte hier und heute keine Spielverderberin sein und nahm mir noch einmal fest vor, mich einfach nur zu amüsieren und notfalls auch zu betrinken. Den Weg mit dem Rad kannte ich gut genug, ich würde es auch leicht alkoholisiert nach Hause schaffen.

Ich griff einmal mehr zum puderrosafarbenen Sekt, der sehr

schön kühl war, und stellte mich zu Frauke und Hendrik. Die waren zwar ein bisschen anders sozialisiert als ich, aber immerhin etwa in meiner Altersklasse. Sie hatten ihre wilde Zeit auf der Ratinger Straße in der Düsseldorfer Altstadt verbracht, ich nebenan in der Kunstakademie. Frauke hatte wohl im Aufbruch vergessen, wie sonst mit Parfüm zu übertünchen, dass die beiden vorhin eine kleine Tüte geraucht hatten, um das Wochenende einzuläuten.

Während wir über angesagte Pflanz- und Gießtechniken smalltalkten, beobachtete ich, wie Holger die Sektmädels herumdirigierte, als hätten die noch nie so etwas gemacht. Holger, der Macher und Organisator, der hilfsbereite Nachbar im Kleingarten, schien alles im Griff zu haben.

Ich bemerkte auch, wie er sich zwischendurch immer mal wieder unsicher umsah, kein Wunder bei dem Stress. Trotz des Rummels um die Bezahlung des Busses waren ihm die Kleingärtner dankbar, dass er sich kümmerte. Er hatte offensichtlich Kontakte, die er zu nutzen wusste, und der Verein profitierte davon. Er redete wie gedruckt und konnte, wie Ulla sagte, »Kühlschränke an Eskimos verkaufen«. Niemand von den älteren Leuten schlug sich gern mit dem Bauamt oder anderen Behörden herum, und die jüngeren Vereinsmitglieder waren entweder kontaktscheu wie Joe oder hatten noch anderes zu tun, Kinder, Job, pflegebedürftige Verwandte, so wie Frauke und Hendrik, Moosbichlers, der Immo-Ingo mit seiner Multikulti-Patchworkfamilie und nicht zuletzt ich. Wobei ich mich doch eher als Zuschauerin fühlte.

»Hätte ich gewusst, dass du Rot trägst, hätte ich meine Garderobe besser darauf abgestimmt«, schnarrte mir eine Stimme samtweich ins Ohr.

Ich drehte mich um. Koray.

»Wieso? Geht doch.«

Er trug blaue Chinos, Sneaker, ein aufgekrempeltes Jeanshemd, das ein wenig über der aufwendig trainierten Brustmuskulatur spannte – er wusste um seine Wirkung –, und natürlich auch die Hipster-Brille und die in die Stirn gekämmte Emo-Frisur statt der zurückgegelten schwarzen Haarpracht.

Moment. »Was machst du denn hier?«

»Ich bin dein Date für heute Abend.«

»Äh, wie jetzt? Ich kann mich nicht erinnern, dass ich eins wollte.«

Er sah mich eindringlich an und sprach sehr leise. »Bitte. Und geht das ein bisschen diskreter? Ich bin beruflich hier.«

»Oh. Du hattest schon Zeit, dir das anzugucken, im Verein mit …« Ich nickte hinüber in Richtung Holger.

»Nee. Nicht so richtig. Kam was Wichtiges dazwischen. Hab einen Kollegen drauf angesetzt.«

»Und was willst du? Als was bist du da? Was mach ich mit dir?« Ich war ein wenig verwirrt.

»Ganz einfach.« Er grinste. »Du freust dich, dass ich endlich da bin. Wir kennen uns schon seit dem Studium und haben uns in den letzten Wochen öfter getroffen. Mehr muss keiner wissen. Lass alle denken, was sie wollen.«

Widerwillig nickte ich, während er mich umarmte und rechts und links auf die Wange küsste, wie man das unter sehr guten alten Freunden so machte. Er war definitiv ein besserer Schauspieler als ich. Okay, ich würde auch keine Spielverderberin sein, selbst nach der Geschichte mit dem Haar und dem Drama mit dem Einbruch, aber das ging mir gerade alles zu schnell. Und er störte mich. Ich wollte ihn im Moment nicht so gern um mich haben, auch wenn sein Aftershave gut roch. Ich wollte viel lieber sinnlos trotzig und allein puderrosafarbenen Sekt trinken, über nichts nachdenken, schon gar nicht über Linde, Alina, Kassenbücher, viel zu viel eingesammeltes Geld und erst recht nicht über Matthias, und wenn das hieß, mit schunkelnden Senioren einen beschwingten Abend zu verleben, dann sollte das eben so sein. Ich brauchte eine Pause, denn mein ganzes Brüten über die Zusammenhänge zwischen den Vereinsfinanzen, den Morden rund um den Verein und den Unfällen und Einbrüchen im Verein hatte mich nur noch mehr verwirrt. Korays Erklärungen hatten mir leider nicht so richtig weitergeholfen. Sie hatten mir im Gegenteil das Gefühl gegeben, etwas Wichtiges übersehen zu haben.

»Ich wollte immer schon so auf Augenhöhe mit dir reden, Marie.«

Er war ein Meister des Themenwechsels. Aber in der Tat, dank meiner Plateausandalen war ich fast genauso groß wie er. Jetzt bereute ich meine Schuhwahl schon nicht mehr.

Meine Laune besserte sich. Linde kam fröhlich angelaufen, begrüßte strahlend den »netten jungen Mann« und fand es sooo reizend, dass er gekommen war, und redete auf ihn ein. Selbst schuld, wenn er hierherkommen musste. Ich dachte nicht daran, ihn zu erlösen, sondern beschloss, mich nach einem weiteren Glas Sekt umzuschauen.

Trotzdem fragte ich mich, warum Koray wirklich hier und jetzt anwesend war. Tom Ziegler war gar nicht da, er hatte sich nicht einmal angemeldet, ich hatte die Liste gesehen. Und Tom war doch der Einzige, an dem Koray interessiert war, oder?

Ich schlenderte herum und ins Vereinsheim hinein. In einer knappen halben Stunde sollte es mit den Feierlichkeiten losgehen, es würden kleine Reden gehalten werden, und dann hätte der neue Gastronomiebetrieb die Pforten öffnen sollen. Das fiel ja nun erst mal flach. Das Logo der Brauerei war noch hinter Plastikplanen verborgen, das Rollo zur nicht mehr vorhandenen Küche war heruntergelassen, aber ich hörte aufgeregte Stimmen.

Oje! Es war wahrscheinlich wie immer und überall, kurz vor knapp brach noch Panik aus.

Ulla flatterte herein und suchte Holger, wollte sich noch schnell vergewissern, an welcher Stelle des Programms ihr Auftritt geplant war. Sie inspizierte die kleine, ebenfalls mit Windlichtern und Satinschleifen geschmückte Bühne, tippte auf das Mikro – das dann erwartungsgemäß ein lautes Knacken durch die Lautsprecher erschallen ließ. Sandra fuhr erschrocken zusammen, die ersten Schaulustigen kamen herein.

Es öffnete sich der Vorhang zur Küchenbaustelle, und Holger kam heraus. Er schien mir nicht so hundertprozentig die Ruhe selbst zu sein wie sonst. Er wirkte unsicher, hektisch und verschwitzt, rauchte mehr und öfter. Ungeduldig scheuchte er Astrid auf, die sich bereits einen guten Platz ausgesucht und dort niedergelassen hatte. Auch andere Neugierige wies er an, sich doch bitte bei einem Gläschen Sekt noch ein bisschen zu gedulden. Da war er dann wieder, Holger, der Macher.

Wo waren eigentlich Marijke und die Jungs?

7

Er hatte uns das Blaue vom Himmel versprochen, blühende Landschaften und florierende Geschäfte. Aber nun hinkte er, was die Baustellen betraf, übel im Zeitplan hinterher. Wir redeten hier von Wochen, wenn nicht gar Monaten. Funktioniert hatte bislang von all seinen hochtrabenden Plänen – nichts. Und die Vereinsfinanzen liefen nicht besser als bei Jupp und Linde vor ihm. Im Gegenteil, er mauschelte viel mehr hin und her.

Von Sandra hatte ich gehört, dass Holger das Bargeld, das er für die Busfahrt eingesammelt, aber nicht an den Busfahrer übergeben hatte, angeblich mit anderen Auslagen für den Verein verrechnen wollte, ebenso das Geld, das er für Alinas Grabgesteck eingesammelt hatte. Joe hatte er erklärt, dass das Barzahlen von Handwerkerleistungen ungemein lukrativ für beide Seiten sei, weil man Negativzinsen spare, wenn das Geld nicht auf dem Konto liege, sondern bar vorhanden sei. Der Sparstrumpf als Erfolgsmodell?

Ich persönlich fand Online-Überweisungen vor allem deswegen so praktisch, weil man sich damit den Schreibkram sparen konnte. All die kleinen Barzahlungen im Kassenbuch nachzutragen, was für eine Arbeit! Selbst wenn es nicht Lindes altes Schulheft war, sondern in Holgers Fall eine Excel-Tabelle.

Trotzdem schien auch dieses Modell nicht aufzugehen, denn die Arbeiten sowohl an der Solaranlage wie auch in der Küche waren noch längst nicht abgeschlossen. Das Festkomitee aber hatte ganze Arbeit geleistet und gekonnt die Tatsache verdeckt und versteckt, dass wir uns auf einer Baustelle befanden.

Holger sprach ein paar einleitende Phrasen und übergab dann das Mikro an Cora Müller von der Marketingabteilung des Sponsors. Die Vertreterin der Brauerei hätte sich vielleicht auch ein bisschen mehr Gedanken darüber machen sollen, wo sie auftrat. Mit ihren nicht gerade geländegängigen schwarzen Stilettos versank sie bei jedem Schritt fast komplett im Rasen. Sie hatte wohl schon einige Meter damit laufen müssen, denn als sie ins Vereinsheim gestöckelt kam, sah man, dass die vormals silbernen Pfennigabsätze bereits mit unschönen Erdkrusten versehen waren.

Doch das schien sie nicht zu kümmern, denn sie hatte noch mehr und andere Probleme: Große Schritte konnte sie auch nicht gehen, das ließ ihr hautenger Lederrock nicht zu. Wer kam auf die Idee, bei fast fünfundzwanzig Grad im Schatten einen Lederrock anzuziehen? Und dann noch mit Strumpfhose darunter, immerhin einer dünnen Strumpfhose – schwarze Netzstrümpfe.

So etwas hatte ich vor etlichen Jahren zum Karneval getragen, fiel mir dabei ein. Meiner Ansicht nach passte das nicht zu einem offiziellen Event. Die Geschmäcker waren eben verschieden. Auch die pinkfarbene Bluse saß zu spack, war im Farbton zu schrill und sah vom Material her recht billig aus. Sie wirkte absolut fehl am Platz.

Ich schüttelte den Kopf. Wenn die Brauerei geahnt hätte, dass sich die Stellvertreterin des Marketingleiters so ungeschickt kleiden würde, hätte man sie doch wahrscheinlich vorher gebrieft. Insgesamt sah die Dame mehr nach Escortservice aus als nach Marketingkompetenz.

Aber ich wollte nicht lästern, ich mahnte mich im Stillen, den Menschen vorbehaltlos gegenüberzutreten und ihnen zuerst einmal zuzuhören. Schlechter Kleidungsstil war ja im Grunde nichts Verwerfliches und nichts, was man nicht noch lernen konnte. Wenn sie nicht fachlich top gewesen wäre, hätte man sie sicher nicht hergeschickt.

Doch am Mikro hatte sie noch weniger Glück. Cora Müller aus der Marketingabteilung war hypernervös, und sie war es offensichtlich nicht gewohnt, vor Publikum zu sprechen, sie stammelte herum und bekam keinen vollständigen Satz hin.

Koray neben mir riss die Augen auf und murmelte: »Scheiße, Scheiße, Scheiße. Was geht denn hier ab?«

Auch ich war schockiert, so sehr, dass ich gar nicht richtig mitbekam, was vorn gesagt wurde. Mal ehrlich, was hatte sich die Brauerei dabei gedacht, eine derart ungeübte Mitarbeiterin zu schicken? Das warf doch auch ein schlechtes Licht auf das Unternehmen. Klar, man sollte auf dem Teppich bleiben, dies war das Sommerfest eines Kleingartenvereins, keine Großveranstaltung. Und natürlich waren Wochenendtermine bei kleinen Vereinen nicht ganz oben auf der Beliebtheitsskala der Wichtigen. Trotzdem war ich der Meinung, dass sich in einem Unternehmen dieser Größe doch ein Mensch finden musste, der wortgewandter und stilsicherer war als diese arme Frau Müller. Sie haspelte sich durch die üblichen Phrasen und Floskeln solcher Veranstaltungen, wie sehr man sich freue, wie sehr man es bedauere, dass noch nichts fertig sei, wie sehr man aber hoffe und so weiter und so fort. Ich schwankte zwischen Entsetzen, Mitleid und Amüsement über diese Darbietung.

Ging es den anderen genauso wie mir? Linde mir gegenüber flüsterte mit Claus, Ullas Blick wanderte voller Bewunderung über die Deko, Joe prostete Rolf zu, Sandra hing geradezu an ihren Lippen, Frauke und Hendrik standen gelangweilt mit einem Bier in der Hand im Schatten, einzig Ingo und der mittlerweile eingetroffene Karnevalsprinz schüttelten ungläubig den Kopf.

Ich sah zu Koray, doch der tippte und scrollte auf seinem Handy herum. Es sah aus wie eine Tabelle, schaute er Fußballergebnisse an?

Er sah mich an, angespannt und kein bisschen belustigt.

»Sag mal, diese Präsentation vom Sponsor ist wohl eher eine Farce«, entrüstete ich mich.

Korays Gesicht blieb ausdruckslos. »Liebelein, du hast recht, die war wirklich nicht ganz echt, aber erzähl es bitte keinem, ich kümmere mich.«

In dem Moment hasste ich ihn geradezu in seiner Selbstgefälligkeit. Außerdem: »Liebelein« nannte mich niemand ungestraft in der Öffentlichkeit!

»Lass mich eben durch, ich muss nach hinten, telefonieren.« Dann war seine Spielerei am Handy wohl doch beruflich bedingt. Er beugte sich näher zu mir und flüsterte: »Ziegler muss in Düsseldorf sein, ich habe gerade einen Tipp bekommen.

Keine Ahnung, ob er hier auftaucht. Ich muss schauen, was ich tun kann. Ich halte mich im Hintergrund, man soll mich nicht unbedingt sehen und erkennen. Und Ziegler weiß bekanntlich nicht, dass ich nicht nur dein alter Kumpel bin …«

Plötzlich fiel mir etwas ein. »Übrigens, ich hab heute früh eine Antwort von dem Handwerker bekommen. Die haben das zurücküberwiesen.«

»Zeig.« Warum glaubte er mir denn nie?

Die Mitteilung war nicht sonderlich lang, aber ich wollte auch nicht so zickig sein. Ich entsperrte mein Handy, stellte es stumm, um nicht mitten in der Rede noch durch einen Anruf aufzufallen, und rief die SMS auf.

»Danke für ihre Nachricht. Haben zurück überwiesen die 72.00 auf Konto DE23 1004 0000 0123 4567 89. Gruss.«

»Hast du nicht gesagt, das Vereinskonto ist bei der Sparkasse?«

»Ja, wieso?«

»Das ist eine IBAN von der Commerzbank.«

»Bist du sicher? Keine Ahnung.«

»Hm. Da stimmt etwas nicht. Aber ich kann mich jetzt nicht drum kümmern. Frag doch irgendwen.«

Es war warm im Vereinsheim, Koray schwitzte in seinem Jeanshemd, ihm stand der Schweiß auf der Stirn. Ich dagegen hatte die Hemdjacke meines Leinenanzugs abgelegt und trug nun nur noch ein poppiges Top mit Marimekko-Print.

»Warum bist du so warm angezogen?«

»Weil ich was drunter hab, das man nicht sehen soll.«

Es dauerte einen Moment, bis ich begriff, dass er entweder bewaffnet oder verkabelt war. Ich wollte schon nachfragen, entschied dann aber, dass ich das vielleicht gar nicht so genau wissen wollte.

»Komm«, sagte ich. »Ich geh mit raus, lass uns was trinken.«

»So gern ich im Moment ein Bier hätte, ich muss telefonieren. Reservier mir was von dem Quinoasalat.« Er blieb stehen, weil ich ihn irritiert ansah. »Was? Ja, ich bin Vegetarier.«

Koray war immer für neue Überraschungen gut. Jetzt war er auch noch Vegetarier? Das hatte ich ihm nicht zugetraut.

Cora Müller war am Ende ihres Zettels angekommen, sie sah sich hilfesuchend nach Holger um, doch der war anderweitig beschäftigt, diskutierte angeregt mit Claus. Der sollte sich doch nicht aufregen! Nicht dass wir ihn wieder ins Krankenhaus schaffen mussten. So was konnte ich heute gar nicht gebrauchen.

Aber zu ihrem Glück fand sich in einem Verein wie diesem immer jemand, der sich profilieren mochte. In diesem Fall ergriff Ingo beherzt das Wort, bedankte sich beim Sponsor im Allgemeinen und bei Frau Müller im Besonderen dafür, dass das Event stattfinden konnte, bevor alles fertig war. Er erklärte noch einmal das Bauvorhaben mit der Küche, versicherte, er werde auch mal nachhaken und den Handwerkern »Beine machen«, damit man möglichst bald die neue Küche einweihen könne.

»Und jetzt, meine Lieben«, verkündete er betont jovial, »möchte ich euch auf einen ganz besonderen Tagesordnungspunkt hinweisen. Es ist uns gelungen, den bekannten Fotokünstler Lothar Große-Kleinschmidt für diesen Abend zu gewinnen. Lothar präsentiert uns heute eine exklusive Fotoinstallation.«

Ingo deutete an den verhängten Küchentresen. Dort waren in der Zwischenzeit einige großformatige Fotos aufgestellt worden, die wie Gemälde aussahen. Auf Leinwände gedruckt, etwa eineinhalb mal zwei Meter groß, zeigten sie ausschließlich Küchen und zubereitete Speisen. Die Motive waren jeweils zigfach dupliziert, man sah auf einem Bild schätzungsweise zweihundert identische Espressokannen nebeneinander, auf einem anderen Tausende von Sushi-Röllchen auf endlosen Holzbrettern, dann wieder mosaikartig etliche bunte Drinks, eine Ansammlung von Suppenkellen, eine Armada von Kochmessern. Es war vom Prinzip her ganz nett, aber leider nicht annähernd so, wie es vielleicht ein Andreas Gursky gemacht hätte. Lothars Stil war eher plakativ, und er hatte mit extrem kräftigen Farben nachkoloriert, wohl als Pop-Art-Reminiszenz waren es ausschließlich Primärfarben. Nur hatte das nicht mehr viel von deren Klarheit, es wirkte billig, wie Kaufhaus-Deko oder die Bilderabteilung von Ikea.

Ich kannte Lothar Große-Kleinschmidt bis dato noch nicht, ein Blick per Handy ins Internet verriet mir, dass er so irrsinnig berühmt dann doch nicht war und sich in letzter Zeit mit Food-Fotografie für Blogs und Selbstverlage über Wasser gehalten hatte.

Bei den Umstehenden jedoch kam diese Vernissage erstaunlich gut an. Frauke diskutierte mit Ingos Lebensgefährtin, ob sie sich lieber die Drinks oder die Espressokannen zu Hause aufhängen würden, und sie spekulierten über die Preise. Messer oder Suppenkellen wollte keine der beiden, diese Motive fielen übrigens auch bei Linde und Claus komplett durch. Mit gerümpften Nasen betrachteten sie die Fotos der Küchengeräte.

Ich musste unwillkürlich lächeln. Nein, das war nicht die Art von Kunst, die Linde schätzte.

Holger drückte sich in der Nähe der Tür herum, er schien auf jemanden zu warten. Meine Gelegenheit.

»Du, Holger …«

»Jetzt nicht.«

»Ganz schnell nur. Ich wollte dich entlasten.«

Seine Augenbrauen zuckten nervös. »Was? Wie? Können wir das später besprechen?« Er wirkte skeptisch.

»Ich meine, mit der Buchhaltung. Du hast dir so viel Arbeit aufgehalst, da wollte ich dich ein bisschen entlasten. Du kannst mir gern was abgeben von dem ganzen Kram. Ich arbeite ja nur Teilzeit. Hab mich sowieso schon gefragt, wie du das schaffst mit deiner Firma und den Vereinsgeschäften.«

»Meine Firma läuft auch mal kurz ohne mich. Ich muss nicht immer präsent sein. Und zu deinem Angebot: Danke, aber geht schon. Und ich muss noch –«

Linde zupfte mich am Ärmel und bedeutete mir, doch lieber leise zu sein.

Lothar trat vor seine Bilder und ergriff das Wort. Er stellte sich und seine Arbeit in markigen Worten vor, ließ die Blogs aber weg und die Zuhörer in dem Glauben, er könne von seiner

Kunst leben. Dann schwadronierte er möglichst beiläufig über ein paar Ausstellungen in Berlin und New York – ohne jedoch den exakten Ort zu nennen.

Ich kannte mich gut genug in der Szene aus, um zu wissen, dass bei wirklich bedeutenden Ausstellungsorten nicht die Stadt genannt wurde, sondern der Name des Museums oder der Galerie. Wenn ich bei meiner Cousine zweiten Grades in Weinheim für vierzehn Tage eine kleine Skulptur im Vorgarten aufstellte, konnte ich auch erzählen, am Bodensee ausgestellt zu haben.

Aber gut, ich wollte mich nicht beschweren, Ingo und Lothar hatten die Veranstaltung so weit gerettet, dass Cora Müller beinahe in Vergessenheit geriet.

Zum Abschluss seiner kleinen Rede forderte Lothar alle auf, sich doch bitte während des folgenden Essens so natürlich wie möglich zu verhalten, wenn er uns mit seiner Kamera »begleiten« würde.

Ich schüttelte mich innerlich bei dem Gedanken, dass er mir mit dem Ding zu nahe kommen würde, und hoffte, dass dieser Kelch an mir vorüberging, sonst würde es womöglich noch einen Eklat geben, denn ich konnte es nicht leiden, fotografiert zu werden.

»Ich möchte diesen besonderen Abend für uns alle fotografisch dokumentieren – und nicht nur das, ich sehe bereits Motive, die viel Potenzial haben. Wahrscheinlich genug für eine ganze Ausstellung …« Er breitete die Arme aus, schloss theatralisch die Augen, schwelgte bereits in der Vorstellung einer größeren Vernissage. Ebenso wie offensichtlich Ulla und Sandra.

»Ja«, unterbrach Ingo, »und weil sicher keiner will, dass die herrlichen Steaks verbrennen, würde ich sagen, wir holen uns jetzt mal was vom Grill, oder, Holger?«

Holger war soeben dabei, Cora Müller zu verabschieden. Er blieb stehen, drehte sich um. »Ja, ja. Äh, das Büfett ist eröffnet.« Und schon war er hinter der Theke verschwunden, hinter Cora Müller her, die ihre Handtasche holte.

Der puderrosa Sekt war mir ziemlich zu Kopf gestiegen, denn

nach ihrem schrägen Vortrag kam ich auf die merkwürdigsten Ideen: Hatte Frau Müller etwas damit zu tun, dass Marijke nicht zum Fest gekommen war? Betrog Holger seine Frau mit Cora Müller? Waren am Ende seine Connections zur Brauerei rein privater Natur?

Die allgemeine Bewegung in Richtung Büfett brachte mich auf andere Gedanken. Ich trottete mit, was mich auch ein wenig ernüchterte. Danke, Ingo, dachte ich nur. Dafür dass er im richtigen Moment in die Bresche gesprungen war und die peinliche Situation gerettet hatte. Und dafür dass er in weiser Voraussicht den Fotografen engagiert hatte.

Lothars Anwesenheit hatte alle, mich eingeschlossen, von dem schrecklichen Gestammel der Brauereimitarbeiterin abgelenkt. Es war schiefgegangen, was hätte schiefgehen können. Von den abgebrochenen Bauarbeiten über die Unpässlichkeit des Brauereisprechers bis hin zu dessen unglücklicher Vertreterin.

Gut immerhin, dass auf diesen Verein Verlass war, auf den Verein als Ansammlung engagierter Menschen. Allen war sofort die Notlage klar gewesen, als es hieß, dass die Küche kalt bleiben müsse, in atemberaubender Geschwindigkeit hatten Ulla und Linde alle verfügbaren Kräfte mobilisiert und eine Liste mit Salaten verteilt, in die sich so gut wie alle eingetragen hatten.

Mit meinem Rest Sekt im Glas prostete ich Ulla und Linde zu.

Draußen waren die Sektmädchen wie vom Erdboden verschluckt, es gab keinen Nachschub mehr. Wahrscheinlich war das angesichts der Temperaturen und der Tatsache, dass ich noch nicht allzu viel gegessen hatte, sogar gut so. Aber ich musste dringend gegensteuern. Am besten mit einem handfesten Steak, also holte ich mir einen Teller und stellte mich in die Büfettschlange unter dem Kastanienbaum.

Isabell und Annabell, die Töchter von Frauke und Hendrik, hatten die improvisierte Getränkeausgabe übernommen. Sie schenkten Bier, Cola und Wasser in Pappbecher aus, es hatte was von Schulfest, auch was die Lautstärke und die Albernheit der

Gespräche anging. Zwei ihrer Extinction-Rebellion-Freunde, der junge Mann mit den Dreadlocks und ein schmaler, bleicher Rothaariger, wendeten mit ebenso viel Abscheu wie Hingabe die Nackensteaks.

Bis ich an der Reihe war, waren schon keine Würstchen mehr zu haben. Und die Steaks ... Nein, die waren mir zu fettig. Ich hielt mich an die Salate. Fix hatte ich erspäht, dass auch eine sehr große Schüssel mit Heringssalat auf dem Büfett stand, nach rheinischem Rezept mit reichlich Roter Bete. Ullas Heringssalat war legendär. Linde hatte Apfelkuchen gebacken, der schon so gut wie weg war. Ansonsten gab es noch Nudelsalat, klassisch mit viel Majo und Erbsen, Kartoffelsalat mit Gürkchen und Speck, gemischten grünen Salat, ein Tablett mit Melonenstücken, eine Rohkostplatte und eine ziemlich große Holzschale mit einem sehr gesund aussehenden Mix aus Quinoa, Granatapfel, verschiedenen Körnern und Rucola.

Korays Sorge war komplett unbegründet gewesen. Sandras Quinoasalat sah noch ziemlich unberührt aus, davon würde er auf jeden Fall eine große Portion abbekommen. Wahrscheinlich würden ihm höchstens Isabell und Annabell und ihre Jungs Konkurrenz machen.

Wo war Ulla denn? Ich schaute mich um, sie hatte sich mit Rolf, Linde und Claus unter eine der großen Kastanien in den Schatten zurückgezogen. Die vier hatten sich einen kleinen Tisch und Stühle organisiert, während der Rest der Feiergäste an Stehtischen speiste.

Ich winkte Ulla und zeigte anerkennend auf den Heringssalat. Sie nickte, und ich griff begeistert zu. Wunderbar.

Nach zwei Bechern Wasser und einer Scheibe Olivenciabatta mit Kräuterbutter zum Salat fühlte ich mich halbwegs stabil. So stabil, dass ich zwar an eine Erscheinung glaubte, aber immerhin nicht das Gleichgewicht verlor, als plötzlich neue Gäste eintrafen.

8

Als Tom Ziegler »'n Abend allerseits« in die Runde dröhnte und hinter ihm jemand ein »Huhu« flötete, bekam ich direkt weiche Knie und musste mich am nächststehenden Tisch festhalten. Das konnte doch echt nicht wahr sein. Da stand Alina. Lebend, bester Laune und strahlend.

Ich schloss die Augen und öffnete sie vorsichtig wieder. Nein, ich hatte mich nicht vertan. Es war Alina. Und sie war mit Tom Ziegler gekommen, tatsächlich händchenhaltend.

Ich war nicht die Einzige, die komplett überrascht war. Auf dem ganzen Gelände verstummten die Gespräche, der Lautstärkepegel sank um etliche Dezibel, um mich herum erstarrten die Menschen. Frauke blieb der Mund offen stehen, die Gabel voller Nudelsalat auf halbem Weg dahin. Eine Erbse nach der anderen kullerte über ihre Hand, fiel auf ihre Jeans und landete schließlich im Gras. Joe war dabei gewesen, Bier in seinen Pappbecher zu zapfen, und merkte gar nicht, wie es überlief. Ulla ließ ihr Sektglas fallen.

Gerade kam Holger zurück. Wo hatte der denn so lange gesteckt? Er sah Alina an und wäre fast über die Türschwelle des Vereinsheims gestolpert. Schlagartig wich ihm die Farbe aus dem Gesicht. Bis zu diesem Moment hatte ich das nur für eine Redewendung gehalten, aber Holger sah aus, als würde er ein Gespenst sehen. Ihm entgleisten die Gesichtszüge – aber nur einen Wimpernschlag, dann hatte er sich wieder im Griff. Er schluckte, und seine Miene versteinerte sich, sein Blick wurde kalt.

So hatte ich Holger noch nie gesehen. Alle hatten nur Augen für Alina. Nur ich konnte nicht anders, als ihn anzustarren. Er benahm sich – mir fiel kein anderes Wort ein – verdächtig. Ich bedauerte zutiefst, dass Koray eben weggegangen war. Was war mit Holger los? Was hatte er zu verbergen?

Zufällig trafen sich unsere Blicke – und auf einmal wurde mir alles klar. Und Holger sah das. Mir wurde abwechselnd heiß und kalt. Holger Schwahn hatte die entscheidenden Ämter im Verein an sich gerissen. Er war nicht der Retter des Vereins, sondern dessen Untergang. Seinen Sponsor gab es gar nicht. Und Frau Müller hatte er wer weiß wo aufgegabelt.

Die Ungereimtheiten mit den Überweisungen, die mir komisch und stümperhaft vorgekommen waren, waren tatsächlich Absicht gewesen, planvoll, offensichtlich Betrug: die vielen Barzahlungen, das ewige Geldeinsammeln, die Abhebungen, der geänderte Kontozugang, die zu hohen Überweisungen, das, was Koray als »Overpay« bezeichnet hatte …

Und Alinas Notizen ergaben endlich für mich einen Sinn: Holger hatte so viel Geld wie nur möglich in die eigene Tasche verschoben und den Verein betrogen. Alina war Holger auf die Schliche gekommen. Sie hatte seine Handlungen durchschaut und ihn vielleicht sogar zur Rede gestellt. Sie hatte ihre Notizen absichtlich bei Linde deponiert, weil sie ihr vertraute. Holger hatte versucht, Alina aus dem Weg zu schaffen. Und dann Linde. Aber es war ihm nicht gelungen. Alina stand leibhaftig vor ihm. Sie hatte ihn nur noch nicht gesehen.

Ich warf einen weiteren prüfenden Blick auf den schwitzenden Festorganisator und sah, wie es in ihm ratterte. Er sah so aus, als ob er sich aus dem Staub machen wollte, nur noch nicht wusste, wie. War er deshalb dagegen gewesen, das Fest zu verschieben?

Plötzlich fügte es sich wie Puzzleteile zusammen: Er hatte wohl verschwinden wollen, bevor alles aufflog, und Ulla mit ihrem vorverlegten Fest hatte seine sämtlichen Pläne durchkreuzt. So hatte er etwas aus dem Hut zaubern müssen, um seine Haut zu retten. Und das war gründlich schiefgegangen.

Ich musste Koray finden und Alina warnen. Aber Koray, wollte der nicht eigentlich Tom verhaften? Deswegen musste er doch mit seinen Leuten telefonieren.

Was sollte ich jetzt tun? Ich sah vorsichtig zu Alina hinüber: Nichts an ihr war mehr so wie früher: Frisur, Kleidung – sie hatte eine erwachsene, andere Ausstrahlung. Sie wirkte nicht mehr mädchenhaft, auch nicht mehr so streng wie in ihrem Business-outfit, sondern selbstbewusst und in sich selbst ruhend. Was ich völlig bizarr fand, andererseits bewegte und verhielt sie sich wie immer. Ihre Haare waren immer noch dunkelblond, die Augen wasserblau, die Nase zu groß, der Mund zu klein, um wirklich schön zu sein, aber immer noch die hübsche, nette Alina, die wir kannten. Die Veränderungen waren nur äußerlich, schloss ich. Sie begrüßte die Umstehenden wie immer mit ihrem strahlenden Lächeln und ihrer leicht piepsigen Stimme.

»Marie! Wie schön, dass du auch hier bist!«

»Wo bist du gewesen?« Mehr brachte ich nicht heraus. Und mehr fiel mir auch nicht ein, sie war doch diejenige gewesen, von der man nicht gewusst hatte, wo sie steckte!

»Ich war doch in der Schweiz mit Tommy. Ich brauchte eine Veränderung. Opis Tod hat mich so mitgenommen, ich hab mich gefühlt wie im freien Fall. Und dann hier, also, nee, ich will gar nicht drüber reden. Allein wäre ich nie im Leben noch mal hierhergekommen. Aber mit Tommy fühle ich mich sicher.« Sie strahlte und sah glücklich aus. Und ich gönnte es ihr auch, so absurd ich die ganze Situation fand. »Ja, nach meinem Praktikum in seiner Kanzlei … also eigentlich schon mittendrin, ja da hat es gefunkt bei uns. Und –«

»Du bist mit ihm weggegangen, und keiner von euch hat was gesagt? Weißt du denn, was hier los war?«

»Ja, schon. Ich hab ein bisschen was mitbekommen, aber ich wollte neu anfangen, ich brauchte einen glatten Schnitt, einen kompletten Neuanfang in allen Lebensbereichen. Auch hier vom Garten, gerade von hier. Ich bin da ja noch mit Holger aneinandergeraten, war … im Grunde richtig scheiße. Der hat mir Angst gemacht, gedroht. Deswegen … Also, ich musste das alles hinter mir lassen – und es tut mir leid, dass ich mich nicht gemeldet habe. Ich habe nur einer einzigen Freundin davon erzählt, und die hat auf meine Anweisung dichtgehalten.«

Mir wurde kalt bei dem Gedanken an Holger und dessen eisigen Blick auf Alina. »Und was wirst du tun?«

»Ich bin jetzt nur mit Tommy für ein paar Tage hier. Ich habe meine Wohnung ja schon aufgelöst und lebe mit ihm in Lugano, du glaubst gar nicht, wie schön das ist!«

»Arbeitest du da?«

»Klar! In Tommys Schweizer Kanzlei. Ich bin so glücklich! Und wenn ich dann mein allerliebstes Andenken an den Opi wiederhab, dann weiß ich gar nicht, ob ich überhaupt jemals noch mal nach Düsseldorf komme.«

»Den Schal? Den du zum Geburtstag bekommen hast?«

»Ja!« Sie war plötzlich sehr aufgeregt. »Weißt du, wo er ist? Ich muss ihn in der Anlage verloren haben.«

»Hier?«

»Ja, wir sind doch im März bei Nacht und Nebel vom Garten aus losgefahren in die Schweiz, das war so romantisch. Und als wir angekommen sind, hab ich gemerkt, dass der Schal weg war. Ich habe alle Raststätten abtelefoniert, wo wir gehalten haben. Die einzige Möglichkeit ist, dass der hiergeblieben ist.«

Ich nickte. »Ich glaub, der ist gefunden worden …«

Aber Alina hörte mich schon nicht mehr, ich sah Linde auf die Neuankömmlinge zueilen.

»Alina!«, rief sie. »Dass du da bist! Wir dachten …«

Strahlend fiel Alina Linde um den Hals.

»Ich freu mich ja auch so!«

Ich musste aus dem Getümmel verschwinden und mir Zeit zum Nachdenken verschaffen. Das Wiedersehen mit Alina, diese Begegnung der dritten Art mit Holger, all das musste ich erst mal verdauen, einen klaren Kopf bekommen. Ich ging zum Büfett, um mir Wasser nachschenken zu lassen, obwohl ich lieber einen Schnaps getrunken hätte.

Alina hatte Angst vor Holger. Aus gutem Grund, wenn meine Vermutungen richtig waren. Aber Alina stand neben Tom Ziegler, der ihr einen Arm über die Schulter gelegt hatte. Tom mochte so viel Steuergelder verschoben haben, wie er wollte, und was auch immer Koray ihm vorwarf, aber im Moment war er Alinas Beschützer, und für mich war das das Allerwichtigste.

Holger hatte sich nach unserem Blickwechsel verzogen. Er wollte wahrscheinlich abhauen. Sollte er, bitte sehr. Und zwar so weit weg wie eben möglich und so schnell wie möglich. Ich wollte ihn nicht mehr sehen. Koray konnte das lösen oder Holzmann oder beide.

Oh, Koray, da war doch noch was. Der wollte Salat. Eine gute Gelegenheit, nach ihm zu suchen und ihm alles zu erzählen.

Ich holte einen Teller, lud eine große Portion Quinoasalat darauf und machte mich auf die Suche nach ihm. Jetzt war es dringend, dass ich ihn fand. Denn wenn ich recht hatte und Holger ein Betrüger war und Holger klar war, dass ich wusste, was er mit der Vereinskasse gemacht hatte, dann …

Auf dem Festgelände sah ich Koray nirgends, auch auf dem Weg zu Lindes Garten war er nicht. Draußen auf der Zufahrtsstraße? Da waren nur ein paar Spaziergänger. Aber oben an der Straße sah ich ihn. Er telefonierte und ging zwischen den Bäumen auf und ab. Er konnte mich nicht winken sehen.

Na gut, dann eben nicht. Ich wollte ihm nicht mit dem Salatteller hinterherrennen – sosehr ich auch meinen Vermutungen Luft machen wollte. Wenn Koray Zeit hatte, dann hatte ich sie auch. Dann würde ich den Salat irgendwo abstellen, am besten bei Linde. Und wenn ich dann die Hände frei hatte, würde ich mich auf die Suche nach Holger machen. Denn nein, mir war es doch nicht egal, ob Holger sich aus dem Staub machte. Er hatte Dreck am Stecken, er hatte alle Möglichkeiten gehabt, die Situation zu beeinflussen. Er hatte so seltsam reagiert, als Linde von der Leiter gefallen war, er war mit Claus zusammen gewesen, bevor der einen Infarkt erlitten hatte. Er war der Einzige, der ebenfalls Einbruchsspuren an der Laubentür hatte. Und der immer darauf hingewiesen hatte, dass »alles ganz genauso« aussah wie bei Linde. So lange, bis es wirklich so aussah.

Mir lief ein kalter Schauer über den Rücken. Wer wusste schon, was Holger noch so plante, während die Polizei so tat, als ob es völlig egal wäre, wenn immer mehr Geld aus der Vereinskasse versandete. Klar, das LKA dachte finanziell wahrscheinlich in anderen Dimensionen, und auch für die Kripo waren das Peanuts. Aber nicht für diesen Verein!

Ich bog links in den Hauptweg ein und sah kurz nach rechts zu den Gärten von Ingo und seiner bunten Truppe sowie von Joe und Claus. Gärten konnten nicht unterschiedlicher sein als die von diesen beiden. Claus hielt es hugenottisch und pflegeleicht, man konnte vom Zaun aus den ganzen Garten überblicken, das einzig hohe Gewächs war der alte Apfelbaum, die anderen nur flach bis halbhoch. Und perfekt aufgeräumt, bei Claus lag nie etwas herum, seine Werkzeuge hingen sauber und ordentlich aufgereiht in seinem Geräteschuppen.

Direkt daneben bei Joe das genaue Gegenteil. Joes Garten war das reinste Chaos, alles war improvisiert. Und offensichtlich hatte Joe wie üblich nichts weggeräumt, als Sandra ihn zum Fest eingesammelt hatte. Noch nicht einmal das Gartentor hatte er zugemacht, als ob er es sehr eilig gehabt hatte.

Ich ging näher heran. Der Spaten steckte noch in der Erde, und die Tür zum Gewächshaus stand offen, das Gewächshaus, unter dem er an seinem Luftschacht werkelte. Wenn ich das richtig sah, denn bei Joe konnte man nirgends durchgucken, an jeder Ecke hatte er eine Regentonne stehen oder seine Bohnenranken an hohen Stäben. Im letzten Jahr hatte er es sogar mit Hopfen versucht, um eigenes Bier zu brauen. Den Versuch aber hatte er offenbar drangegeben.

»Wo willst du denn hin?«

Das klang nicht wie Joe. Es kam aber aus seinem Garten.

Ich ging ein paar Schritte hinein. Holger. Was wollte der denn hier?

Mein Hirn raste. Holger und die Vereinskasse, Holger und der Betrug, Holger und Alina. Der letzte Rest vom puderrosafarbenen Sekt und die Erkenntnisse von vorhin waren keine gute Kombination. Ich konnte ihn nur wortlos anstarren.

Er kam näher. »Was willst du?«

Der Sekt verlieh mir fast Flügel, als ich plötzlich fand, dass ich Holger die Meinung sagen müsste, und schon legte ich los:

»Holger, ich weiß, was du gemacht hast. Du wolltest den ganzen Verein abzocken. Und dich bereichern. Du hast das Bargeld genommen. Und die Overpay-Überweisungen gemacht, und das mit dem Onlineshop ist doch auch nicht echt, oder? Deswegen wird das ewig nicht zurückgezahlt. Du hast den Bus nicht bezahlt und den Verein betrogen! Und jetzt?« Mein Blick fiel auf das Werkzeug in seiner linken Hand. »Willst du noch bei Joe die Hecke schneiden, bevor du dich vom Acker machst?«

Er guckte komisch. »Was mischst du dich eigentlich ein? Du bist auch nicht schlauer als die andere blöde Schlampe. Aber die krieg ich auch noch. Und du kommst hier nicht mehr weg.« Er packte mich am Arm, als mein Handy anfing zu brummen.

Ich versuchte, mich loszumachen, aber er ließ nicht locker. »Ich … meinem Freund dahinten in Lindes Garten will ich noch was vom Essen bringen. Der wartet drauf.«

In der linken Hand hielt ich den Teller, mit der rechten, deren Arm Holger festhielt, fummelte ich in meiner Tasche herum, die mir beinahe von der Schulter rutschte. Fast verlor ich das Gleichgewicht, als ich mit den Plateausandalen auf Joes wackeligen Gehwegplatten einen Schritt zurück machte.

Holger sah mich grimmig an und drehte die Heckenschere um. Statt am Griff hielt er sie an der geschlossenen Schere. Er beugte sich bedrohlich nahe zu mir herüber.

»Denkst du etwa, ich werd mit dir nicht fertig? Hast dir so einen Bodyguard angelacht, der dich später sowieso mit 'ner Jüngeren betrügt. Du bist so naiv, Marie. Du hast bloß Glück – bis jetzt. Linde und Claus, die haben ihren Denkzettel bekommen, die halten sich schön zurück. Der russische Penner –«

»Micha?«

»Der ist genauso größenwahnsinnig gewesen wie du. Ihr habt beide gedacht, ihr schnüffelt da mal so rum, ja? Du hast wirklich keine Ahnung, mit wem du es zu tun hast, Mädchen. Ich mache das beruflich! Und was glaubst du, warum ich eine Krankenschwester geheiratet habe?«

»Warum erzählst du mir das alles?«

»Weil es das Letzte ist, was du hören wirst.«

Mein Handy brummte wieder. Ich schaffte es noch, es zu entsperren, konnte den Anruf aber nicht annehmen, denn Holgers Griff wurde immer fester. Das Handy glitt mir aus der Hand, Holger kickte es mit dem Fuß ins Gebüsch, zog mich ruckartig zu Boden und schlug zu.

Den Kopf schützend weggedreht, schaute ich fast versonnen dem Teller mit dem Quinoasalat nach, wie er im hohen Bogen wegflog. Aber ich hatte keine Chance. Dann erst spürte ich den Schlag auf den Schädel.

Mein Körper war mit Wucht auf den Weg geprallt, ich sah mich fallen, erst später kam ein heftiger Schmerz. Warum? Ich fiel immer noch und sackte gleichzeitig zusammen. Mir wurde kotzübel. Dann verlor ich das Bewusstsein.

***

Wie viel Zeit vergangen war, ich hatte keine Ahnung. Noch immer lag ich auf dem Weg, und Holger zerrte an mir herum. Was wollte er?

Eine Welle Übelkeit und Schmerz kam und ging, während ich mich tot stellte. Ich konnte nicht anders, ich war wehrlos, und mein linker Arm fühlte sich komisch an. Ich wagte nicht, mich zu bewegen, sonst würde er sicher noch mal zuschlagen. Er würde mich wegschaffen wollen. Keine Ahnung, ob er glaubte, ich sei tot, vielleicht musste ich nur aus dem Weg sein.

Ich dachte an Alina, an Selma, die ihm wohl auch im Weg gewesen waren, aber ich konnte nicht glauben, dass er mir wirklich etwas antun wollte. Obwohl es so war. Er hatte mich niedergeschlagen, und ich tat jetzt so, als ob das mal eben passiert wäre?

»Scheißfotze«, fluchte Holger gepresst, während er mich an den Armen wegzog und über den Weg schleifte.

Höllenschmerzen. Ich konnte die Augen nicht öffnen, aber es ging um die Ecke, wahrscheinlich in eine Laube hinein. Mein roter Anzug war dann wohl Geschichte, dachte ich idiotischerweise, als ob es darauf ankäme.

Holger merkte zum Glück nichts, er mühte sich mit meiner Masse ab, eine Welle seines Schweißes zog über mich hinweg und ließ mich wieder würgen. Er roch unangenehm, nein, er stank. Nicht wie beim Sport, sondern wie vom Stress.

Das Geräusch von im Wind flatternden Planen kam näher, ich wusste gleich, wo ich war. Joes billiges Gewächshaus, Joe war alles andere als ein Perfektionist, *quick and dirty*, dachte ich, mir kamen immer mehr sinnfreie Dinge in den Kopf, dann fühlte ich einen Ruck, er hatte mich gestoßen, und ich fiel, Meter tief.

Ich schrie auf vor Schmerz, aber Holger schien das egal zu sein. Ich hörte noch, wie sich seine Schritte entfernten, sie knirschten auf dem Weg, und ich fühlte mich, als ob etwas Entscheidendes in mir kaputtgegangen war. Ich drückte meinen schmerzenden Arm gegen eine kühle Wand und sackte weg, versuchte, mich wach zu halten, dann gab ich auf.

Um mich herum herrschte nun Kälte, nur Kälte. Mein Kopf dröhnte, die Gedanken rasten weiter, als ob nichts gewesen wäre, als ob es mich gar nicht gäbe. Nicht einmal schreien ging. Ich konnte es nicht. Mich zu bewegen war unmöglich, ich blieb starr liegen.

Schließlich begann es mir zu gefallen, dieses Schweben und Treiben im Kopf. Ich musste nichts mehr tun. Ich schloss die Augen und ließ los.

***

Als ich wach wurde, lag ich im Hellen. Wie viel Zeit war vergangen? Stunden? Minuten? Tage? Ich hatte kein Gefühl.

Linde beugte sich besorgt über mich. Und Koray war auch da. Ich fühlte verschwommen, wie mir jemand in die Augen leuchtete. War es das dann?, dachte ich noch und versank in einem unendlichen Meer aus Schwarz.

9

Ich hörte es rauschen. War das Wasser? Oder Wind? Ich hörte auch Vogelgezwitscher. Wo war ich? Mein Kopf schmerzte.

Es rauschte, so wie Wind in den feinen Blättern einer Birke. Oder war das eine Pappel? Sauste es nur in meinem Kopf?

Der Schmerz war stechend, aber gedämpft. Ich versuchte es mit einem halb geöffneten Auge. Ein Sonnenstrahl fiel auf mein Gesicht und blendete mich sofort, aber in Wirklichkeit war mir kalt.

Wo war ich? Ich lag nicht unbequem, nur ein bisschen krumm. Mein rechter Arm klemmte in einer Orthese, mein linkes Knie schmerzte, und mit meinem Kopf war etwas komisch.

Da sagte jemand leise: »Ich glaub, sie wird wach.«

Sofort bekam ich Angst. Was geschah mit mir? Meine freie Hand glitt von meinem Bein und landete neben mir auf einem trockenen, weichen Polster. Das fühlte sich vertraut an. Ich drückte dagegen, und es knirschte leicht, wie es bei alten Polstern schon mal der Fall sein kann.

»Mariechen!«

Das war Linde! Sie setzte sich zu mir und nahm meine Hand in ihre.

Vorsichtig öffnete ich die Augen. Über mir leuchtete grün Lindes Apfelbaum. Die Sonne schien durch die Blätter. Ich lag auf Lindes Gartenliege. Ich war in Lindes Garten. Alles war gut. Mir tat nur alles weh.

Wo aber war die Birke, die ich gehört hatte? Vorsichtig drehte ich den Kopf und versuchte dabei, den Schmerz zu vermeiden, der unweigerlich kommen würde.

Ein wenig verschwommen sah ich den weiß-schwarzen Stamm. Komisch, dass mir das vorher nie aufgefallen war. Nebenan in Astrids Garten stand wirklich eine Birke, die ich bisher nicht wahrgenommen hatte, und daneben sah man weiter hinten eine ganze Allee Pappeln. Ein Mann versperrte mir die Sicht, der auf sein Handy starrte und aussah wie ein Fußballspieler.

Oh, Koray.

Langsam kam die Erinnerung zurück: Ich war im Krankenhaus gewesen. Mit einer Rippenprellung, verstauchtem Arm und jeder Menge blaue Flecke – und wie die Ärztin gesagt hatte, hatte ich dabei sehr viel Glück gehabt. Dazu eine Gehirnerschütterung vom Feinsten, daher die Kopfschmerzen.

Matthias hatte mich heute Morgen im Krankenhaus abgeholt und dann zu Linde gefahren. Ich sollte mich ausruhen. Wir waren nur kurz zu Hause gewesen, damit ich mich umziehen konnte. Er hatte mir frische Sachen mitgebracht, denn mein schöner roter Leinenanzug war unwiderruflich hinüber. Meine Sonnenbrille hatte ich verloren, auch die Handtasche und das Handy waren weg.

Als aber Linde still meine Hand hielt und sie streichelte, fühlte ich mich wie in einem Nebel. Vermutlich hatte ich Medikamente bekommen, die mich kreislaufschwach und insgesamt wackelig sein ließen. Ein brennender Kopfschmerz kam in Wellen. Am Hinterkopf konnte ich eine Beule ertasten. Ich sollte ein paar Tage nicht lesen, nicht fernsehen und nicht auf Bildschirme jedweder Art starren. Als ob ich das unbedingt gewollt hätte.

Ich war bei Linde, weil ich einen Babysitter brauchte und Matthias' Trainingsplan keine Unterbrechung zuließ. Sicher besser, als allein zu Hause zu sein.

Der Wind strich über mich hinweg, die Birke raunte mir geheime Zeichen zu, und ich merkte, wie kalt mir war. Hätte ich außer Jogginghose und Sweatshirt doch noch eine Jacke gebraucht? Ich fröstelte.

Beim kleinsten Anzeichen war Linde sehr um mich besorgt losgelaufen, um mir eine Wolldecke aus der Laube zu holen. Ich brauchte gar nichts zu sagen. Sie war so aufmerksam, meine liebe, liebe Tante. Die aufkommenden Tränen schluckte ich schnell herunter, als ich sah, dass Koray näher kam.

Er schien auf dem Sprung zu sein, setzte sich aber trotzdem zu uns. Es wirkte recht bemüht, als er das Handy in die Hosentasche schob und sich mir zuwandte. Er sah ziemlich unausgeschlafen aus, wenn mich mein verlangsamter Verstand nicht an der Nase herumführte. Auch sein Haarstyling war diesen Morgen anscheinend ausgefallen.

Ich beugte mich nach vorn, doch ich musste mich sofort wieder zurücklehnen. Es ging nicht.

»Hallo, Koray.«

»Marie, bleib liegen. Du siehst scheiße aus.«

»Das ist mal eine Begrüßung.«

»Ja, sorry. Wie geht's dir?« Er wirkte fast besorgt, als er das sagte.

»Ich glaub, mir ging es schon besser.« Ich hatte wenig Lust, über meinen Zustand nachzudenken, sondern betrachtete ihn eingehend. Heute trug er eine Brille, ein schwarzes, zeitloses Gestell, aber sonst kein Styling, es gab keine Emo-Frisur, kein Gel. Koray sah vielmehr aus, als wäre er mit nassen Haaren ins Bett gegangen – seine Frisur lag in etwa zwischen Boris Johnson und Karl Lauterbach, nur eben in Schwarz. »Ist das eine neue Verkleidung? Was an dir ist nun echt?«

»Die Sehschwäche. Ich trage normalerweise Kontaktlinsen. Aber sonst bin ich heute schon ziemlich nah an der Wahrheit.« Er hatte richtiggehend Ringe unter den Augen.

»Und du siehst auch nicht total fit aus, Koray. Warst du noch in der Altstadt feiern?«

»Schön wär's! Die Kripo hat mich gestern noch die halbe Nacht durch den Wolf gedreht. Holzmann schiebt natürlich alles mir in die Schuhe.«

»Holzmann? Dir? Was?«

»Ich habe, findet er, seine Zeugin – also dich – in Gefahr gebracht. Ich hätte das Risiko für dich nicht erkannt und nicht zum Telefonieren weggehen dürfen. Bla, bla, bla.« Er schnaufte wütend. »Wenn das aber sein so superwichtiger Fall ist, du *seine* beschützenswerte Zeugin, warum war er dann nicht selbst da?

Hm? Warum hat er nicht selbst eins und eins zusammengezählt?«

»Wo war Holzmann denn gestern?«

»Keine Ahnung, er hat's mir auch nicht gesagt.«

Ich versuchte, mich umzudrehen, aber jede noch so kleine Bewegung brachte neuen Kopfschmerz. »Jedenfalls er hat ›Zeugin‹ gesagt, nicht mehr ›Verdächtige‹, oder? War das gestern …?«

Linde und Koray nickten im Chor.

»Und wieso warst du beim Fest? Sicher doch nicht wegen mir, oder?«

»Nein, tut mir leid, wegen Ziegler. Ich hatte gehört, dass er in Düsseldorf war, und habe vermutet, dass er wohl plant, zum Vereinsfest zu kommen. Weil ich glaube, dass er in seiner Gartenlaube etwas versteckt oder mit irgendwem reden will, jemanden treffen – so was eben. Jaaa, liebe Marie, und dann hast du mir wieder einmal gründlich die Tour vermasselt.«

»Ich?«

»Na was, du glaubst nicht, wie schnell der Ziegler weg war, nachdem jemand gesagt hat, man müsse die Polizei einschalten.«

»Wieso die Polizei?«

Koray sah mich kritisch an. »Was weißt du denn überhaupt noch von gestern? Was ist das Letzte, woran du dich erinnerst?«

Linde stemmte die Hände in die Hüften und setzte ihren Lehrerinnenblick auf. »Junge, nun lass mein Mariechen aber mal. Die braucht Ruhe. Du redest schon lange genug auf sie ein.«

»Linde, ist schon gut, ich muss das doch wissen.«

Trotzdem war ich dankbar, dass sie aufstand und Koray mit in die Laube nahm. Ein paar Minuten Stille. Ein paar Minuten nur das Rauschen der Pappeln, entferntes Vogelgezwitscher, noch entfernteres Reden von Menschen.

Wenig später saß Koray in einem von Lindes alten Korbsesseln neben mir und stocherte freudlos in einem Quinoasalat. Eine Erinnerung blitzte auf, etwas von fliegenden Körnern und einem Teller, der auf dem Weg zerschellte. Dieser Salatteller war aber ausnehmend gut gefüllt, dass er sogar als Serviervorschlag durchgegangen wäre. War der Salat so lecker gewesen, dass er heute noch eine Portion davon essen musste?

Offensichtlich lag ich falsch, denn dem leisen Gespräch der beiden entnahm ich, dass sie sich inzwischen duzten und dass Sandra den Salat nicht ausreichend ottolenghisiert hatte: Zwar waren Granatapfelkerne drin, und er sah auch hübsch aus, aber sie hatte in ihrem Gesundheitsoptimierungswahn zusätzlich Buchweizen hineingetan, sodass das Ganze nun wohl extremst mehlig schmeckte.

Aber Linde wusste Rat und kramte eine Flasche »Sylter Salatsoße« aus dem Gartenkühlschrank, die wiederum aber leider vor siebzehn Monaten abgelaufen war. Korays aufmerksamem Blick entging eben nichts. Daraufhin schleifte die sich schuldig fühlende Linde ihn in ihren Geheimgang. Auf dem Weg zum Plumpsklo, seitlich an ihrer Laube, waren schmale Regale angebracht, wo lange Reihen voller Einmachgläser zum Teil seit Jahren darauf warteten, geöffnet zu werden.

Korays Wahl fiel schließlich auf Lindes Rhabarberkompott vom Mai dieses Jahres. Auch ich bekam eine Portion Kompott, mit Vanillesoße, die Linde frisch anrührte.

Trotz aller Fürsorge hatte ich einige Erinnerungslücken, und zwar ziemlich große.

»Sagt ihr mir endlich mal, was gestern passiert ist? Und, Koray, wo warst du im entscheidenden Moment? Wenn man dich braucht, bist du nicht da.«

»Dir geht's wohl immer besser, wie schön.« Er sah mich besorgt an. »Marie, ich musste mir doch das Okay holen, um eventuell auf Ziegler zugehen zu können. Aber Lagarde war schon im Anmarsch. Sie ist direkt wieder umgekehrt, nachdem er weg war.«

»Mariechen, wir haben dich alle gesucht!«

»Warte, Linde.« Koray hob die Hand. »Also, Marie, du hast mich angerufen, während ich mit meiner Chefin telefoniert habe. Ich hab dich zurückgerufen, du bist drangegangen, ich habe Stimmen gehört, aber nichts verstanden, dann hast du das Handy weggeworfen oder Holger Schwahn. Weißt du noch etwas davon?«

Plötzlich raste mein Herz wie wild, aber ich wusste wirklich nichts mehr. Und ich ärgerte mich gleichzeitig darüber, dass Koray dachte, ich hätte nur durch einen Schlag auf den Kopf meinen Verstand verloren, dass er es so detailliert wie möglich erklären müsse. Aber sosehr ich mich anstrengte, die Erinnerung blieb schwammig.

War Sandras Quinoasalat wirklich das Letzte, an das ich mich erinnern konnte? Holger war auch da gewesen …

»Holger, der hat mich gepackt und das Handy weggeworfen, und er hat gesagt … Mehr weiß ich nicht … ›Schlampe‹ und Schlimmeres hat er mich genannt und gesagt, dass ich mich nicht einmischen soll, genauso wenig wie Alina und Linde. Und die Heckenschere hatte er in der Hand. Und … Holger ist Linkshänder.« Warum war mir das jetzt eingefallen? Ich hielt es für wichtig, aber kaum dass ich es ausgesprochen hatte, schien es mir nichtig.

Koray nickte. »Ja, Selma Petrovic ist von einer linkshändigen Person erschlagen worden. Das ist Holzmanns Ass im Ärmel – so ganz unter uns. Aber du vergisst das vielleicht sowieso wieder.« Er grinste.

Ich rollte mit den Augen.

»Ich notiere es, aber in den nächsten Tagen wirst du noch offiziell befragt werden.« Er tippte mit beeindruckender Geschwindigkeit in sein Handy, für meinen Geschmack etwas zu übereifrig. Schließlich war es noch nicht einmal sein Fall, oder? »Ich bin dann jedenfalls runtergerannt und hab dich gesucht. Am Vereinsheim, dann hab ich Linde getroffen. Wir haben erst zusammen geschaut, dann die anderen gefragt und irgendwann war klar, dass auch Holger Schwahn weg und von den ›Sponsoren‹ keine Spur mehr war und auch Ziegler und Alina Horn längst gegangen waren.«

»Wir sind alle los und haben dich gesucht, Mariechen. Aber du warst wie vom Erdboden verschluckt. Claus hat die Polizei angerufen. Die hat dann systematisch einen Garten nach dem anderen durchkämmt. Hunde hatten sie auch dabei. Menschenskind, was für eine Aktion. Und natürlich haben sie die Beete platt getrampelt!«

»Aber wo war ich denn?«

»Gefunden haben sie dich bei Joe. In seinem Keller, in dem neuen Schacht, den er gegraben hat. Aber Joe hat dich da nicht reingeschubst. Der war wohl die ganze Zeit am Vereinsheim, mit Ingo am Palavern, also hat er ein wasserdichtes Alibi.« Linde freute sich. »Und weißt du, wer dich gefunden und rausgeholt hat? Koray war's. Der hatte den richtigen Riecher!«

»Nee, Linde, das war schon ein bisschen anders.«

Ich wunderte mich fast, Koray war doch sonst nicht so bescheiden. Trotzdem verkniff ich mir eine Bemerkung, denn ich wollte einfach nur wissen, was passiert war.

»Ich bin noch mal hoch zum Weg am Kaiser-Friedrich-Ring und hab mir von oben einen besseren Überblick in die Anlage verschafft. Ich dachte, vielleicht kann mich Marie von da aus sehen. Danach bin ich wieder runter und in den Weg parallel zu diesem hier rein. Ein Gartentor stand auf, und Werkzeug lag herum, und die Tür von dem komischen Gewächshaus war halb offen. Ich kenne mich mit Gärtnern null aus, aber dass man ein Gewächshaus immer zumacht, das weiß selbst ich. Na, und da drinnen warst du dann. Unten drin, das eine Bein verdreht und nicht bei Bewusstsein. Rausgeholt haben dich die Sanitäter, ich habe gewartet, weil ich sicher sein wollte, dass du noch atmest.«

»Danke. Und wer …?«

»Wer dir eins übergebraten hat? Ich denk mal, Holger Schwahn. Die anderen waren am Vereinsheim – und er ist der Einzige mit einem Motiv. Das BKA hat sich auf Schwahns Spur gesetzt, und Lagarde und ich haben später im LKA recherchiert. Stell dir vor: Weder die Solarfirma noch die Brauerei ist jemals wegen Sponsorings angesprochen worden. Und diese Cora Müller hat nicht das Geringste mit der Brauerei zu tun, die hat

Holger Schwahn bei einem Escortservice angeheuert. Nach ihm wird mit Hochdruck wegen Mordversuchs gefahndet, soweit ich weiß. Aber das ist nicht meine Baustelle, sondern Holzmanns.«

»Mord! Nicht Mordversuch! Er hat Selma umgebracht. Und Micha.« Ich dachte einen Augenblick nach. »Dann ist Tom unschuldig. Aber du hast ihn wegen anderer Sachen gesucht, oder? Und Alina auch?«

»Sofern sie wirklich mit drinhängt ... Wenn er in der Schweiz weiter so agiert hat, wie ich vermute, und sie wirklich seine Lebensgefährtin ist ...«

»Ich kann mir das immer noch schlecht vorstellen. Tom ist ein bisschen älter als ich, geht steil auf die fünfzig zu, und Alina ist sechsundzwanzig. Sie wirkte so, als würde sie die Beziehung ernst meinen. Ich hoffe für sie, dass Tom ähnlich denkt. Meinst du, das hat Zukunft mit den beiden?«

»So ein Altersunterschied, na ja, so was kommt doch öfter vor. Hört man immer wieder. Auch wenn das für mich persönlich nichts wär. Ich wollte nicht mit einer Frau zusammen sein, die meine Tochter sein könnte.«

»Interessant zu hören.«

»Ja, ich mag erwachsene, erfahrene Frauen.« Koray war einfach unmöglich.

»Wie erfahren?«

In seinem Gesicht breitete sich ein Grinsen aus. »Also, wenn ich mich zwischen euch beiden entscheiden müsste ... Dann definitiv für Linde.« Er ließ sich neben sie auf einen Korbsessel fallen, nahm sie in den Arm und strahlte sie an.

Ich konnte nur mit offenem Mund staunend zusehen, wie Linde mitspielte und ihren Kopf an seine Schulter lehnte.

»Marie!« Koray sah mich eindringlich an. »Ich war in dem Gang dahinten und habe die vielen Marmeladengläser gesehen. Liebe geht nun mal durch den Magen. Tut mir leid ...«

Hinter mir räusperte sich jemand. Aus Rücksicht auf meine Kopfschmerzen wollte ich mich nicht umdrehen, brauchte ich auch nicht.

Linde lächelte, sprang auf – und Koray hatte keine Chance mehr bei ihr. »Claus!«

»Rosi. Ich hab Stachelbeerkuchen gebacken. Mit Baiser.«

»Oh Claus, wie herrlich, das ist doch mein Lieblingskuchen. Aber … sind bei dir die Stachelbeeren denn schon reif?«

Claus wurde doch wirklich ein wenig rot. »Auf dem Wochenmarkt gab es sie schon … und ich weiß doch, wie gern du sie isst.«

Kichernd wie ein Schulmädchen hakte sich Linde bei Claus ein und drehte sich noch einmal zu Koray um. »Schade, Jung, du bist zu spät.«

»Können wir die beiden denn allein lassen?« Claus wirkte fast besorgt, als er das sagte.

»Die sind nicht allein«, sagte eine neue Stimme.

Ich hörte Koray leise, aber genervt aufstöhnen.

Dann stand Hauptkommissar Raphael Holzmann vor mir. Heute sommerlich leger mit dunkelblauem Polohemd, das er militärisch präzise in die frisch gebügelte Jeans gesteckt hatte. Mit jeder Hand hielt er mir etwas hin, links einen Klarsichtbeutel mit meiner Feile, offensichtlich frisch aus dem Labor, rechts einen Blumenstrauß, ebenfalls in durchsichtigem Plastik und liebevoll verziert mit dem Aufkleber einer Tankstelle.

»Frau Busch. Gute Besserung. Und, äh, vielen Dank für Ihren Einsatz. Sie haben das Richtige getan.« Er machte eine bedeutungsvolle Pause, suchte nach den passenden Worten.

Hinter Holzmann kringelte sich Koray vor Lachen ob des Schauspiels, mir war nicht danach. Die Rippenprellung verhinderte so einiges. Außerdem fand ich es rührend von Holzmann, dass er vorbeigekommen war und dann auch noch Blumen dabeihatte.

Ich bot ihm einen Stuhl an. Vorsichtig setzte er sich auf die Kante. Er war wahrscheinlich einfach so unbeholfen.

»Ich weiß, dass Sie schon länger von einem Zusammenhang gesprochen haben zwischen dem Mord und den Unregelmäßigkeiten in Ihrer Vereinskasse … Und ja, ich muss mich entschuldigen: Sie hatten recht. Wir hätten dem früher nachgehen sollen, das ist ein Versäumnis, das mich persönlich sehr wurmt. Ich hoffe, Sie nehmen meine Entschuldigung an.«

Hatte er damit indirekt zugegeben, dass er sich mitschuldig daran fühlte, dass ich hier lag? Trotzdem wollte ich, dass er wusste, wie sehr ich mich freute.

»Ja sicher und vielen Dank«, sagte ich mit der mir verbliebenen Kraft. »Wenn es mir ein bisschen besser geht, kann ich endlich weiter an meiner Skulptur arbeiten. Das kann ich nämlich nicht gut ohne diese Feile. Aber was ist nun mit Holger Schwahn, wissen Sie etwas Neues?«

»Frau Busch, es gibt eine gute und eine schlechte Nachricht, welche wollen Sie zuerst hören?«

»Gern die schlechte zuerst, dann haben wir es hinter uns.«

»Der Herr Schwahn ist uns knapp entwischt, er hat sich nach Holland abgesetzt. Und die gute Nachricht: Die holländischen Kollegen sind sehr kooperativ und haben ihn bereits in Gewahrsam genommen.«

»Wollte Holger sich denn ernsthaft an der Vereinskasse bereichern?«

»Ja. Er wollte nicht nur, er hat es. Ihr Vereinskonto ist komplett leer, das ist leider noch eine schlechte Nachricht. Und es gibt auch kaum Aussichten, dass Sie das Geld wiederbekommen. Ich habe bis in die Nacht hinein Zeugenaussagen aufgenommen. Holger Schwahn hat das gesamte eingesammelte Bargeld ausschließlich für sich behalten und das Vereinskonto mit vielen kleinen Einzelabhebungen systematisch geleert. Er hat einen Sponsor erfunden, sich per Overpay an den Handwerkerrechnungen bereichert, die Vereinsgelder, die über den Onlineshop fließen sollten, eingestrichen und weder den Busunternehmer noch die Solarpanels oder die Küchengeräte bezahlt oder auch nur angezahlt.«

»Deswegen sind die Bauarbeiten nicht weitergegangen.«

Holzmann nickte. »Genau. Leider ist es sehr mühsam und wird eine Weile dauern, Schwahn alles nachzuweisen. Die einzelnen Kleinvergehen sorgen zwar insgesamt für eine nicht unbeträchtliche Summe auf seinem Konto, aber weil jede umgeleitete Überweisung ein eigenes Delikt ist, muss das auch einzeln aufgeklärt werden. Ob das jemals vor Gericht kommt, ist fraglich.«

»Aber es kann doch nicht sein, dass Sie ihn davonkommen lassen.«

»Hat er Ihnen das nicht erzählt?« Holzmann wies fragend auf Koray.

Der schüttelte den Kopf. »Ich wollte dir die Pointe nicht verderben.«

»Also, Frau Busch, das war's leider doch noch nicht. Wir haben unter den Fingernägeln von Selma Petrovic, der toten Frau vom Rheindeich, Hautpartikel gefunden. Und es hat sich eine Übereinstimmung mit der DNA von Herrn Schwahn ergeben. Hatte er im Frühjahr auffällige Verletzungen im Gesicht, an den Armen oder Händen? Ist Ihnen etwas aufgefallen?«

Selbst das Überlegen tat weh, aber mir fiel etwas dazu ein. »Stimmt! Er hatte einen langen Kratzer, am Hals. Das sah so heftig aus, dass ich ihn danach gefragt habe. Er hat gesagt, das sei die Katze seiner Schwester gewesen.«

»Herr Schwahn hat gar keine Schwester.«

»Oh.«

»Ja, da hat er Sie angelogen. Aber das ist wohl nichts Neues. Jedenfalls wird Herr Schwahn morgen von den niederländischen Kollegen zu uns gebracht, und dann erwartet ihn eine Anklage wegen Mordes an den beiden Obdachlosen Selma Petrovic und Michail Ivanov und eine wegen Mordversuchs an Ihrer Tante und an Ihnen, Frau Busch.« Holzmann zeigte erst auf Linde, dann auch auf mich. »Ach so, und er hat versucht, Herrn Claus Bachmann mit einem Medikamentencocktail auszuschalten. Mit derselben Substanz, die wir in tödlicher Dosis bei Herrn Ivanov festgestellt hatten.«

»Holgers Frau ist Krankenschwester.«

»Ja, Marijke Schwahn steckt tief mit drin. Auch gegen sie wird ermittelt.«

»Die armen Kinder …«

Holzmann kündigte meine Zeugenvernehmung im Lauf der nächsten Woche an und verabschiedete sich.

Nachdem er sich entfernt hatte, setzte sich Koray oberbeschäftigt mit dem Rest seines Salats zu mir, ließ mich aber mit meinen Gedanken allein. Ich konnte noch nicht alle Erinnerungslücken schließen, aber das Wichtigste hatte ich verstanden: Holger Schwahn waren wir nun los. Wir alle, der ganze Verein war ihm und seinem Unternehmergeist auf den Leim gegangen. Keiner hatte ihm Einhalt geboten, als er Ämter und Befugnisse an sich gerissen hatte, um ungestört agieren zu können. Niemand hatte mitbekommen, vielleicht auch gar nicht sehen wollen, wie er systematisch betrog, um sich zu bereichern. Und er hatte zwei völlig Unbeteiligte auf dem Gewissen.

Ich dachte an Selma, von der ich nur das Passautomatenfoto kannte. So jung war sie gewesen, und jetzt …

Es war furchtbar für mich, dass meine geliebte Feile mit für den Mord verantwortlich war. Ich schälte sie aus Holzmanns Plastiktüte. Sie war unglaublich sauber, sauberer als jemals in den letzten Jahren. Man sah ihr nichts mehr an, aber ich konnte sie nicht in der Hand halten, ohne daran zu denken, was geschehen war, und legte sie erst mal an die Seite. Würde ich meine Skulptur vollenden können, sobald ich wieder fit genug war?

Linde kam Arm in Arm mit Claus zurück. Die beiden setzten sich auf die windgeschützte Bank vor der Laube. Es war ein schönes Bild, sie so zu sehen.

Linde war glücklich. »Endlich kann der Gartensommer kommen. Gut, dass es vorbei ist.«

Koray mümmelte neben mir am letzten Bissen Salat und schluckte ihn herunter. »Bloß das mit Ziegler, *das* ist noch nicht vorbei.«

Linde seufzte kurz und sagte nur: »Na, das mag wohl sein, aber, Jung, du bist hier bei uns im Garten immer willkommen.«

Danke

an Bettina, die vom ersten Moment an diesen Krimi geglaubt hat,
an das Kultusministerium NRW für das Künstlerstipendium,
an alle Schrebergärtner/-innen, die sich zahllose Fragen und Ideen mit bewundernswerter Geduld angehört haben,
an POK Thomas S. und an PHK Kareen S., die viele polizeiorganisatorische Fragen schnell und kompetent beantworten konnten,
an Notfallsanitäter Philip von der Berliner Feuerwehr für Informationen zu Rettungseinsätzen und Verletzungen,
an die Testleser/-innen Ilke, Sandra, Regina, Christa, Moritz und Peter,
an Manfred für inspirative Gedanken und den Einblick in seinen wunderbaren Garten,
an Susann für das tolle, umsichtige Lektorat,
an das Emons-Team, das in entscheidenden Momenten da war,
an Alex für die Website
und an Kater Karlchen für die Aufsicht im Garten, einer muss es ja machen.